imortalidade
uma história de amor

imortalidade

uma história de amor

dana schwartz

tradução de guilherme miranda

Copyright © 2023 by Sidley Park

TÍTULO ORIGINAL
Immortality: A Love Story

PREPARAÇÃO
Ilana Goldfeld

REVISÃO
Anna Beatriz Seilhe

PROJETO GRÁFICO ORIGINAL
Devan Norman

DIAGRAMAÇÃO
Julio Moreira | Equatorium Design

ARTE DE CAPA
Zach Meyer

DESIGN DE CAPA
Kerri Resnick

ADAPTAÇÃO DE CAPA
Lázaro Mendes

LETTERING DE CAPA
Antonio Rhoden

CIP-BRASIL. CATALOGAÇÃO NA PUBLICAÇÃO
SINDICATO NACIONAL DOS EDITORES DE LIVROS, RJ

S427i
   Schwartz, Dana, 1993-
      Imortalidade : uma história de amor / Dana Schwartz ; tradução Guilherme Miranda. - 1. ed. - Rio de Janeiro : Intrínseca, 2024.
      384 p. ; 21 cm.

      Tradução de: Immortality: a love story
      Sequência de: Anatomia: uma história de amor
      ISBN 978-85-510-0969-7

      1. Romance americano. I. Miranda, Guilherme. II. Título.

24-92633   CDD: 813
                                  CDU: 82-31(73)

Gabriela Faray Ferreira Lopes - Bibliotecária - CRB-7/6643

[2024]
Todos os direitos desta edição reservados à
EDITORA INTRÍNSECA LTDA.
Av. das Américas, 500, bloco 12, sala 303
22640-904 – Barra da Tijuca
Rio de Janeiro – RJ
Tel./Fax: (21) 3206-7400
www.intrinseca.com.br

Para todos que estão à
frente de seu tempo.

— Não são todos — disse Elinor — que compartilham de sua paixão por folhas mortas.

— Jane Austen,
Razão e sensibilidade

prólogo

Paris, 1794

A PRAÇA ESTAVA cheia de gente que havia acordado antes do amanhecer para ver sangue derramado. Uma multidão cercava o palco de madeira onde a guilhotina tinha sido montada, acotovelando-se e empurrando-se até a frente, todos tentando chegar o mais perto possível do local do grande acontecimento. Os poucos sortudos que haviam conseguido uma posição privilegiada seguravam lenços... quando as cabeças começassem a rolar, tentariam mergulhar o tecido no sangue. Uma lembrancinha. Uma herança que eles poderiam passar para seus filhos e netos. *Veja só, eu estava lá*, diriam eles, desdobrando o lenço. *Vi a Revolução Francesa. Vi os traidores na forca.*

A luz do sol matinal se refletia no tribunal, um prédio de pedra branca. Mesmo com as mãos amarradas, Antoine Lavoisier conseguiu ajeitar os punhos da camisa. Ele tinha vestido trajes mais modestos para o julgamento naquela manhã, uma peça simples cor de linho. Era o que ele usava em seu laboratório, para trabalhar, quando sabia que poderia se manchar de suor ou com uma das centenas de soluções químicas dos frascos de vidro. Sua esposa, Marie-Anne, havia ameaçado jogar fora aquela camisa uma dezena de vezes. Antoine optara por ela para a ocasião na esperança de provar ao juiz e à multidão clamorosa que ele era um homem do povo. Não surtiu efeito; se ele tivesse usado brocados de seda, o resultado teria sido o mesmo.

— Por favor — suplicara ele ao juiz. (Aquelas palavras malditas quase ficaram engasgadas; se a circunstância não fosse *tão* catastrófica, a índole de Antoine o teria impedido de implorar.) — Por favor — repetiu —, a França precisa do meu trabalho. Imagine o que posso fazer pela nação, pela *República*, se eu puder continuar com minhas investigações científicas. Já avancei tanto no estudo do oxigênio. Do hidrogênio, da ciência da combustão! Permita-me, ao menos, voltar para minha casa e organizar meus papéis. São anos de estudo, de cálculos. As possibilidades para…

O juiz interrompeu com uma tosse seca e fleumática.

— Basta. A República não precisa de estudiosos nem de químicos que roubaram do povo. E o exercício da justiça não pode mais ser postergado. — Ele bateu com o martelo na mesa. — Culpado.

Lavoisier suspirou.

— Uma pena — murmurou para si mesmo, baixo demais para ser ouvido entre gritos e zombarias da multidão animada.

Oficialmente, Antoine Lavoisier tinha sido acusado de evasão fiscal e venda de tabaco adulterado, enganando plebeus ao acrescentar água para que a mercadoria pesasse mais. Mas todos, incluindo ele mesmo, sabiam muito bem que na verdade o julgamento era por outra coisa: por ser um aristocrata e um acadêmico. Por ter passado a última década da vida com a esposa, organizando recepções em sua casa para intelectuais e artistas, com Marie-Anne servindo aos convidados chá, comentários e biscoitos preparados pelos criados.

A França estava mudando, já *tinha* mudado, mais depressa do que Lavoisier pensava ser possível. Havia uma sede de sangue no ar, um frenesi por algo que era chamado de justiça, porém parecia mais crueldade. Meia dúzia de seus amigos já tinham sido condenados à forca por acusações criminais insignificantes que apareciam na calada da noite. O restante fugira para Londres ou para a Itália. O casal Lavoisier também teve a oportunidade de escapar para a Inglaterra, mas não conseguiu abandonar seus experimentos e o laboratório. Eles estavam *tão* perto...

Naquele momento, era tarde demais.

Poucos meses antes, Lavoisier tinha visto a própria rainha ser levada pelas ruas de Paris na traseira de uma carroça, transportada feito lenha, e em uma cela aberta para que os cidadãos locais da República pudessem vê-la, pudessem atirar nela seus repolhos e frutas podres. Ele teve que se obrigar a observar a cena. Na última vez em que estivera na presença da rainha, tinha sido como convidado em Versalhes para demonstrar uma nova forma de combustão química ao rei Luís e sua corte. Naquela ocasião, a rainha estava usando um vestido de cetim amarelo, o cabelo empoado chegando a um metro de altura, decorado com plumas de avestruz e pérolas. Ele se lembrou de vê-la sorrindo. Deu risada quando ele provocou as pequenas explosões: a fumaça primeiro azul, depois verde, depois roxa, produzida com a intenção de impressionar e divertir. O rosto dela era jovem e suas bochechas estavam coradas.

No dia em que levaram a rainha à guilhotina, Lavoisier viu que o rosto dela estava encovado e enrugado. Parecia uma mulher décadas mais velha do que de fato era. O cabelo ficara branco e tão ralo que ele conseguia ver o couro cabeludo em certos pontos. Os olhos dela, Lavoisier reparou enquanto a carroça passava, estavam vazios e inexpressivos. Era como se ela já tivesse morrido havia muito tempo.

Um guarda com uma baioneta o empurrou na direção do palco. Alguns dos espectadores tentaram golpeá-lo e fazer com que tropeçasse, mas Lavoisier mal notou, tão focado que estava em vasculhar os milhares de rostos em busca da esposa, Marie-Anne.

— Lá! — gritou ele.

O sol iluminava a mulher por trás, o cabelo dela lhe conferindo uma auréola dourada. Ela estava próxima aos degraus de madeira do palco, olhando ao redor com um olhar determinado, a boca comprimida e tensa. O guarda se virou confuso para Lavoisier, sem saber ao certo o que o condenado havia apontado.

Bem naquele momento, Marie-Anne avistou o marido e começou a costurar a multidão para alcançá-lo.

O guarda empurrou Lavoisier, tentando forçá-lo a seguir em frente.

Ele resistiu.

— A justiça da República não pode esperar eu dar um beijo de despedida em minha esposa?

O guarda suspirou, parou e deixou o casal se abraçar. Marie-Anne sussurrou no ouvido do marido. Ninguém notou quando ela colocou um pequeno frasco na mão dele.

A lâmina da guilhotina estava escura de sangue. Duas decapitações já tinham sido realizadas naquela manhã, e a palha sobre o palco se encontrava empapada de sangue. Alguém segurava um cesto, pronto para apanhar a cabeça de Lavoisier quando ela fosse decepada. Mais lenços brancos foram erguidos no ar, todos na esperança de conseguir respingos de sangue.

Marie-Anne Lavoisier não assistiu ao marido subir os pequenos degraus de madeira que conduziam ao palco. Não quis saber se ele tremeria ou se as pernas dele cederiam. Havia até algumas histórias de condenados que defecaram nos trajes.

Ela atravessou a multidão apressada, para longe da praça, rumo a casa deles, onde recolheria o máximo possível da pesquisa do marido antes que os abutres viessem à procura de quaisquer itens de valor que pudessem roubar. O novo regime se apoderava de tudo em que conseguisse pôr as mãos. Marie-Anne se consolou ao ponderar que, independentemente de quem furtasse os estudos, era muito pouco provável que compreendessem seu conteúdo.

Ela saiu por um pequeno beco. Seus passos eram rápidos e determinados. A multidão às suas costas suspirou, entusiasmada. Houve gritos que ela não conseguiu entender. E então o som inconfundível de uma lâmina. Marie-Anne Lavoisier fez uma oração rápida por seu marido, e por seu país, e continuou andando.

1

Edimburgo, 1818

HAZEL SINNETT ACHOU que não adiantava de nada mentir.

— Vai doer. Sinto muito — avisou.

O garoto mordeu com mais força o pedaço de couro que ela havia trazido para aquele propósito e assentiu. Uma jovem batera à porta de Hazel na noite anterior e implorara por ajuda, descrevendo a forma como o braço do irmão mais velho havia se quebrado semanas antes, durante o expediente no estaleiro, e como havia cicatrizado da forma errada: torto e impossível de se mexer. Quando Hazel chegou ao imóvel encardido perto de Mary King's Close de manhãzinha, ela havia encontrado o braço do garoto inchado e tórrido, a pele coberta de hematomas amarelados e esverdeados e distendida como uma linguiça esturricada.

Hazel preparou os instrumentos: um bisturi para fazer uma incisão na pele, de modo que o pior da infecção vertesse por ali; a agulha e a linha que ela usaria para a sutura; e pedaços de tecido e madeira que Hazel transformaria em uma espécie de tala para manter o braço do rapaz no lugar depois que o quebrasse de novo e o encaixasse na posição certa. Aquela seria a parte mais dolorosa.

O paciente se chamava Martin Potter e devia ter por volta da idade dela, talvez dezesseis ou dezessete anos, mas seu rosto já era escurecido e enrugado como o de um adulto. Hazel supôs que ele devia trabalhar nas docas de Leith desde que tinha dez anos.

— Martin, certo? Sou Hazel. Dra. Sinnett. *Srta. Sinnett*, na verdade — corrigiu-se ela. — E vou fazer o possível para ajudar.

Ele respondeu com um aceno de cabeça tão brando que poderia ser confundido por um calafrio.

O barulho de crianças rindo e subindo a escada a passos duros interrompeu o silêncio tenso e nervoso. Martin tirou o pedaço de couro da boca.

— Meus irmãos e irmãs — explicou ele, quase em tom de desculpa. — Somos oito, mas sou o mais velho. A senhorita já deve ter conhecido Rose. Foi ela quem foi atrás de ajuda. Ela tinha ouvido falar de uma médica que não pedia muito em termos de pagamento.

— Oito irmãos! Coitada da sua mãe. Na minha família, somos apenas três. Eu e meus dois irmãos.

Hazel só percebeu o que havia dito depois que as palavras tinham deixado a sua boca. Em algum momento, *tinham* sido três: George, Hazel e o pequeno Percy. George, o menino de ouro, vigoroso e forte, mais inteligente do que Hazel e *bondoso*; Hazel, que sempre encontrava uma forma inusitada de ser criticada pela mãe; e Percy, o principezinho mimado que tinha se tornado quase o poodle da mãe deles.

Só que não eram mais três. Não mais. George havia morrido alguns anos antes, quando a febre romana varreu a cidade, um dos milhares que sucumbiram antes sequer que as pessoas entendessem do que se tratava a doença. Era tão *jovem*, tão inabalável, tão *saudável* que, mesmo quando ele adoeceu, Hazel se lembrava de se perguntar se o irmão estaria bem para jogar boliche no quintal naquele fim de semana ou se ela teria que esperar mais um pouco até o garoto ter recuperado as energias. Contudo, tão rápida quanto veio, a doença o levou. Certa manhã, Hazel acordou com o som da mãe chorando de soluçar. E George estava frio.

    Hazel sentia um nó na garganta sempre que pensava no irmão. Antes, ela precisaria virar as costas e inspirar fundo algumas vezes para conter as lágrimas que começariam a arder em seus olhos. Mas, nos últimos anos, a lembrança que tinha dele parecia ser um tecido cicatricial, regenerado tantas vezes a ponto de se tornar reluzente e macio ao toque, que quase nunca latejava. Era uma dor incessante, mas não tão aguda. Por outro lado, a morte de Jack ainda era uma ferida aberta. Ela não podia pensar nele naquele momento. Não enquanto estivesse trabalhando.

— Está pronto? — perguntou ela.

O braço de Martin, distendido e torto, já iria lhe oferecer uma distração por si só. Hazel repassou na mente os livros que havia memorizado sobre o posicionamento correto dos ossos e os ligamentos que conectavam os músculos. Ergueu o bisturi e repetiu:

— Está pronto?

Passou o bisturi logo abaixo do cotovelo. No mesmo instante, um líquido amarelo ralo espirrou da ferida. Era a infecção que estava deixando o braço de Martin quente e inchado. Martin se crispou.

O pus começou a sair... aos montes, pelo visto, sem qualquer estímulo adicional de Hazel.

— Vou precisar de um pano. Tem algum trapo que eu possa usar?

Assim que Hazel pediu, escutou o som de passos descendo a escada. Duas menininhas de cachos castanho-escuros despenteados correram na direção dela, ambas carregando quadrados de tecido cinza. Pareciam ser gêmeas, com não mais do que oito anos.

— Eu trouxe — declarou uma das meninas, oferecendo o tecido para Hazel.

A outra deu uma cotovelada forte nas costelas da irmã.

— Não, *eu* trouxe!

Com graciosidade, Hazel aceitou os panos das duas e os usou para absorver o líquido que ainda vazava da incisão.

— Obrigada, meninas — disse ela. — Ele é irmão de vocês?

As gêmeas assentiram, mas continuaram boquiabertas, sem conseguir desviar a atenção do braço quebrado. Martin reparou e tirou o pedaço de couro da boca com a mão boa.

— Sue, May... saiam daqui. Avisei para ficarem lá em cima, lembram?

As meninas agiram como se não o tivessem ouvido. Uma delas (Sue, talvez) estendeu o indicador para cutucar o ferimento.

Hazel deu um tapinha no dedo dela antes que encostasse.

— O irmão de vocês tem razão. Precisam voltar lá para cima se quiserem que Martin fique bem.

As meninas riram baixo, imóveis. Não se intimidaram pelo pus amarelo que expelia em um volume menor, porém agora em placas esverdeadas. Hazel decidiu testar uma nova estratégia.

— Meninas — disse ela, colocando a mão no bolso e tirando algumas moedas. — Poderiam me fazer o favor de comprar uma laranja para seu irmão? É muito importante que Martin chupe uma laranja para ficar bem. Podem fazer isso por mim?

Por mais fascinadas que elas estivessem pela cirurgia, as moedas as haviam deslumbrado mais. Elas apanharam o dinheiro com tanta rapidez que pareciam achar que a mão de Hazel se fecharia. Sem lhe dar tempo suficiente para mudar de ideia, saíram correndo pela porta rumo a missão.

A sala voltou a um relativo silêncio. Hazel terminou de pressionar o corte para expelir a secreção, lavou o ferimento com água e aplicou um pouco do álcool do pequeno frasco que ela havia roubado da coleção do pai.

— Certo, agora vamos para a sutura.

Muitos eram os obstáculos para uma jovem trabalhar como cirurgiã, mas havia uma vantagem: passara anos da infância bordando — dominando os pontos caprichados e intrincados que, segundo as promessas da mãe, dariam ótimos presentes para sua futura sogra —, o que significava que Hazel era um prodígio quando o assunto era dar pontos.

Seu irmão mais velho tinha feito aulas de latim, história e matemática; quando tratava de ciências, Hazel não tinha alternativa senão bisbilhotar atrás de portas, aprender por livros emprestados e lições recontadas por George. As aulas de Hazel eram de violino e piano. Ela aprendeu francês e italiano. E era obrigada a se sentar, por horas a fio, enquanto o solário era preenchido por um calor abafado e sufocante do fim da tarde, *e praticar costura*.

Na época em que Hazel vestira as roupas do irmão e se infiltrara nas aulas da Sociedade de Anatomistas com um nome falso, fingindo ser um garoto, ela ficou entre os melhores da turma. Mas foi sua habilidade em dar pontos que fizeram até o dr. Straine, famoso por sua severidade e impassividade, a elogiar seu talento.

— Ora, mas é evidente! — zombara um dos garotos depois de Straine classificar o trabalho de Hazel no coelho morto que ela recebera para a aula como impecável. — Ele tem mãos de menina! Prefiro costurar mal e ter mãos maiores, *se é que me entendem*.

O resto da turma havia rido até Straine disparar um olhar mortal contra todos. Hazel havia segurado o próprio riso.

O braço de Martin foi suturado em segundos, a linha reta e precisa. Hazel sorriu para o próprio trabalho. Era provável que nem ficasse uma cicatriz. Martin cuspiu o couro.

— Já terminamos, então? — perguntou ele. — A senhorita conseguiu? Já estou melhor?

— Não por completo.

Martin olhou para o braço.

— Mas estou cheio de pontos!

— Seu braço foi quebrado de forma muito grave — explicou Hazel, apertando com delicadeza em um ponto acima do cotovelo dele. — Em vários lugares, parece. Se não o colocarmos no lugar agora, pode ser que você nunca mais consiga usá-lo de novo. Ou, pior, ele pode precisar ser amputado.

Martin fechou bem os olhos.

— Arrume, então.

Hazel se apoiou na mesa e apertou firme o braço de Martin. Ela precisaria se posicionar no ângulo correto para voltar a quebrar o osso. Respirou fundo, expirou com força e puxou, reunindo toda sua força em um único movimento vigoroso e no local correto.

O estalo ecoou pelo cômodo pequeno.

Antes que ele pudesse gritar, Hazel recolocou o osso no lugar, onde cicatrizaria da maneira correta. As testas dos dois brilhavam de suor. O cabelo de Martin estava úmido perto das orelhas e uma mancha de suor estava brotando em sua camisa, na altura das axilas.

— Terminamos — anunciou Hazel. Ela limpou o bisturi no avental e o guardou na maleta. Em seguida, envolveu o braço de Martin. — Fique com esse braço imóvel por uma semana, pelo menos. Troque o curativo dos pontos se ficar amarelo, mas não antes disso. E avise a sua mãe que você não pode ir, por um mês, ao estaleiro. Vai ser inviável fazer qualquer tipo de esforço.

Martin virou o braço devagar na altura do ombro para testar a firmeza das amarras.

— Não tenho mãe — respondeu ele, ainda concentrado no braço.

— Como assim? E todas as suas irmãs, as meninas?

— Mamãe morreu no parto das gêmeas. É um milagre que elas estejam vivas. Tentaram trazer uma parteira quando estava dando à luz, mas mamãe disse que já tinha passado por aquilo diversas vezes e sabia o que fazer. Sem falar que... a gente não tinha como arcar com um médico caro.

Ele olhou para Hazel com algo entre gratidão e desconfiança.

— Então eu cuido de toda a família — acrescentou ele. — Posso ficar uma semana sem trabalhar, não mais do que isso.

Naquele momento, as gêmeas ressurgiram à porta. Uma delas segurava uma laranja redonda na palma da mão, comprada por uma moeda em uma das barraquinhas da High Street.

— Pronto — declarou uma delas. — Trouxemos a laranja. Muito importante.

— Muito importante — ecoou a irmã.

— Isso mesmo — concordou Hazel. — Podem fazer uma grande gentileza e descascá-la para nós?

As duas aceitaram a tarefa com disposição, enfiando as unhas minúsculas na laranja e arrancando a casca. Quando a fruta estava exposta, torta e pingando suco pela escavação desleixada, uma delas a ofereceu para Hazel como se fosse uma joia.

— Agora vem a parte mais complicada — explicou Hazel. — Vocês vão precisar dividi-la em três e ajudar o irmão de vocês a comer a parte dele sem que ele use as mãos. Sabem o que isso significa? Vocês vão compartilhar a laranja de maneira suficiente para vocês três.

Sem demora, as meninas partiram para a ação. Agradecido, Martin abriu a boca para que as irmãs lhe dessem um pedaço.

— Não me lembro da última vez que compramos uma laranja — comentou ele, deixando um pouco do suco escorrer do canto de sua boca e escorrer por seu queixo.

— Bem, comida boa vai ajudar você a se curar. É para isso que deixei aquilo. — Hazel apontou para a pilha de moedas que havia colocado em cima da mesa. — Para que você descanse por uma semana, pelo menos.

Martin fez uma careta e se mexeu como se fosse afastar as moedas, mas ele só conseguiu levantar o braço por dois ou três centímetros antes de se encolher de dor e voltar a baixá-lo.

— Não aceito caridade — retrucou, a voz de repente mais fria e assustada do que momentos antes, quando Hazel cortou a pele dele com uma lâmina.

— Não é caridade — argumentou Hazel. — É tratamento. De que adianta eu vir aqui e tratar do seu braço se você vai infeccioná-lo amanhã trabalhando nas docas?

Martin cerrou os dentes. Suas irmãs estavam em um canto, sujas de laranja, dividindo a fruta.

— Não vou agradecê-la por isso, senhorita — disse ele, por fim, indicando o dinheiro com um gesto de cabeça. — Mas obrigado por cuidar do meu braço.

— Não há de quê — respondeu Hazel. Ela terminou de arrumar a maleta médica de couro preto e fez uma pequena reverência a Martin, depois às irmãs dele. — Senhoritas.

E Hazel Sinnett saiu do apartamento deles para as ruas de Crichton's Close, andando a passos rápidos para a consulta seguinte enquanto o sol ainda nascia às suas costas. Havia mais um osso a pôr no lugar, duas extrações de dentes e um caso de sífilis para tratar. E a sra. Bede estava para dar à luz a qualquer instante. Havia trabalho a fazer.

Anotações de Hazel Sinnett,
Um tratado sobre medicina moderna *(não publicado)*

Embora a febre romana possa acometer suas vítimas com rapidez, existe certa ordem na manifestação dos sintomas — o que talvez seja reconfortante. Primeiro, os pacientes relatam alguns dias de exaustão, apesar de não conseguirem dormir, e febre. Logo depois, as pústulas (bubões) aparecem, em geral nas costas, nos braços e nas pernas.

Os bubões se enchem de sangue e possuem uma coloração entre roxo e vermelho e, depois de um tempo, estouram. Ao contrário da crença popular, a febre romana não recebeu esse nome porque teria se originado na Itália (na verdade, os primeiros casos foram identificados em Londres e na Baviera), mas porque, quando os furúnculos estouram, os trajes dos pacientes ficam com manchas de sangue que lembram feridas de punhaladas, semelhantes às que Júlio César sofreu na escada do Senado romano.

Embora nenhuma cura nem prevenção tenha sido identificada, constatei a partir de minha experiência que flor-de-erva ameniza os sintomas e evita que se torne um caso fatal. Apliquei raiz de flor-de-erva em um bálsamo e a administrei como um chá, e vou descrever a linha de ação mais eficaz. Também vou procurar literatura sobre a possibilidade de prevenir a febre romana por inoculação. (Ainda não me sinto confiante a ponto testá-la em pacientes, tampouco em mim mesma.)

Chá de flor-de-erva: seque e moa vários caules da planta. Em seguida, faça uma infusão em água quente com mel e limão.

Bálsamo: moa a erva seca e acrescente óleo e cera de vela quente.

Tratamento adicional para a febre romana: sementes de cardamomo e leite morno à noite, para fortalecimento.

2

Hazel Sinnett sonhava com dedos. Dedos esqueléticos e compridos, com nós tão inchados que pareciam nozes e pele de um tom verde acinzentado que descamava em tiras finas. Às vezes, os dedos não estavam ligados a mão nenhuma; às vezes, eram como seres vivos, deixados em uma mesa vazia, contorcendo-se feito patas de inseto. Em seus sonhos, ela via os dedos do dr. Beecham, com a aparência que tinham quando o famoso cirurgião tirou as luvas de couro para ela na Sociedade de Anatomistas e revelou a verdade escondida pelo acessório: dedos inchados, alguns roxos e pretos, costurados à mão dele.

Dedos que tinham sido perdidos e reimplantados. Um mindinho que parecia nunca nem ter sido dele.

Não. Hazel jamais acordava dos sonhos sem fôlego ou aos berros, com suor encharcando o cabelo e a testa. Jamais sentia o coração disparar. Jamais falava ou gritava enquanto dormia. Sua criada, Iona, nunca precisava entrar às pressas com um pano frio e uma xícara de chá calmante. Os pesadelos de Hazel não a assustavam mais.

Certa noite, ela tinha sonhado com um único dedo indicador, com o osso visível na altura das articulações, ainda pingando sangue, arrastando-se como uma minhoca. Quando acordou, Hazel refletiu sobre quais tipos de pontos ela teria escolhido para reimplantá-lo em uma mão.

Ela não tinha mais tempo para temer sangue ou decomposição: trabalhar como cirurgiã implicava que cada segundo importava mais do que o anterior. Um mero segundo, o mísero instante que levaria para se encolher de repulsa ou conter as próprias emoções, poderia significar a diferença entre a vida e a morte. Ela tinha um trabalho a fazer. E, nos últimos meses, tinha ficado muito, muito ocupada.

— Cuidado!

Hazel puxou o prato de torradas da mesa, removendo-o de onde a barriga de Iona quase o derrubara no chão. A jovem já estava com cinco meses de gestação (Hazel a obrigava a fazer exames e consultas regulares), mas Iona ainda não parecia consciente do estrago que poderia causar quando passava por espaços estreitos.

— Hmm, o quê? — perguntou Iona, dando meia-volta, derrubando um prato vazio no chão.

Por sorte, ele girou e caiu sem quebrar.

— Não, não, eu pego! — interveio Hazel, vendo a criada começar a se abaixar.

— É essa barriga maldita — reclamou Iona, esfregando-a, distraída. — Já está do tamanho do ombro de um cordeiro. E vai ficar ainda maior... Quantos meses a senhorita disse que faltam mesmo?

— Quatro. E não espero que trabalhe em Hawthornden por muito mais tempo, está me ouvindo? Em breve precisará de repouso, ainda mais se esse bebezinho continuar crescendo nesse ritmo. Eu vou ser a parteira dessa criança, então faça o que digo.

— Charles diz que todos os bebês da família dele são robustos. Nascem com uma cabeleira e a boca cheia de dentes — comentou Iona, sentando-se à mesa na cadeira ao lado da de Hazel e soltando um gemido.

— Minha nossa — murmurou Hazel.

— Olha, além disso... Vou trabalhar até quando eu quiser, mocinha.

Iona ainda não havia tido o bebê, mas já estava tratando Hazel como se fosse uma mãe, embora as duas tivessem quase a mesma idade.

— Quem mais vai alimentá-la quando a senhorita trabalhar até tarde da noite? — perguntou a criada.

A garota fez uma careta.

— Estou trabalhando madrugada adentro só até terminar meu tratado. Depois vou começar a manter um horário mais descente.

— Ah, seu *tratado*. — Iona revirou os olhos e mordeu um pedaço de torrada.

Hazel quase não falara de outros assuntos nos últimos meses: tinha o objetivo ambicioso de elaborar um guia atualizado sobre anatomia e tratamentos caseiros básicos, incluindo até ilustrações de próprio punho.

A ideia por trás do tratado era oferecer um livro de anatomia prático, escrito no estilo de um manual para uso doméstico, o tipo de livro que qualquer pessoa que soubesse ler poderia entender, com figuras do corpo humano e seus componentes e receitas de tratamentos caseiros. Era evidente que o *Tratado de anatomia do dr. Beecham* — ou *A prevenção e cura de doenças modernas* era uma obra-prima na área; o produto de toda uma vida (ou *várias* vidas, Hazel se lembrou), mas era um livro tão pesado que mataria alguém se caísse de uma prateleira alta — e quase impenetrável para quem não tinha interesse específico em fisiologia. A obra de Hazel seria diferente, influenciada pelos manuais de etiqueta e pelos guias que ensinavam a ser uma boa anfitriã (e que surgiam como em um passe de mágica na sala de estar de cada jovem mulher logo que completava quinze anos).

Todas as pessoas possuem um corpo, pensava Hazel. *Portanto, não há motivo para não compreenderem como ele funciona. E muitas não conseguem pagar médicos, ou os que elas conseguem pagar são charlatões ou negligentes.* Ela via com uma clareza genuína como um guia simples para remédios caseiros eficazes poderia salvar vidas.

Era evidente que o problema era que, por mais nobres que fossem suas intenções, Hazel tinha inadvertidamente começado uma empreitada assombrosa. Se fosse minuciosa em seu esforço, um livro com a intenção de identificar doenças comuns e possíveis tratamentos poderia levar anos para ser escrito. Além disso, ela queria detalhar as descrições e figuras dos principais sistemas e órgãos do corpo. Os desenhos dos órgãos na obra de Beecham eram bem nítidos, como moldes de costura, e, apesar de saber disso, Hazel ficara estupefata quando viu um cadáver aberto pela primeira vez. Diante de si, o que de fato havia sob nossa pele era um monte de carne úmida, escura e ensanguentada. Era espantoso saber que aquilo era o que todos os humanos eram, que a alma existia em algum lugar daquela sopa pútrida e contorcida. Mas não precisava ser algo assustador. Tudo poderia ser explicado, e seria ela quem explicaria, com imagens e uma linguagem que se aproximasse da maneira como as pessoas falavam.

Desde o julgamento e o enforcamento de Jack, tinha se tornado quase impossível para estudantes de medicina conseguirem corpos novos. Hazel precisara se contentar com anotações antigas e figuras que desenhara quando ainda estava estudando para o Exame Real de Medicina. E, no fim, ela não havia sequer feito a prova. Em vez disso, tinha seguido o dr. Beecham até o anfiteatro, testemunhado ele "transplantar" um olho de um homem vivo para um paciente e, depois, tentar tirar o coração pulsante de Jack Currer. Ela impediu o médico, mas não foi o bastante. Hazel não conseguira salvar a vida de Jack. Ele se foi.

Bastou pensar nele para Hazel sentir como se um choque elétrico tivesse subido por seu corpo, como se ela tivesse engolido algo metálico e vivo. A saudade dele era tanta que parecia infiltrar em seus ossos, uma sensação de anseio que vinha de todo o seu ser. Ela sentia falta dos braços dele a envolvendo, do cheiro dele, da forma como a barba dele roçavam em sua pele quando ele beijava sua testa e ela só queria puxá-lo cada vez mais para perto de si, para sempre. Jack se foi... ele se foi. De que adiantava pensar nele? O garoto era um vazio dentro dela, um desejo que ela não conseguia satisfazer, mas cujo calor lancinante parecia se aliviar quando ela trabalhava, quando se debruçava em suas tarefas.

Reunir suas anotações. Ler suas anotações. Passar a limpo suas anotações para que a letra ficasse legível. Identificar as lacunas no conteúdo do tratado. Ilustrar lenta e metodicamente o sistema de veias que transportava sangue a cada membro: desenhos para os braços, as pernas, as mãos, os pés. Eram aquelas horas vastas e demoradas depois de Iona aparecer com o jantar de Hazel e antes de ela bater à porta do laboratório com o café da manhã... quando as velas ainda estavam queimando e a única coisa que ocupava a mente de Hazel era representar as veias que desciam pelo polegar de uma mão preservada que ela havia encomendado de Paris, na qual cera endurecida estava nos vasos que antes transportavam sangue... Era quase como se Jack estivesse lá fora, cavalgando um cavalo ou dormindo em Hawthornden, tão seguro e próximo que ela poderia chamar por ele.

De um fogo ardente que ameaçava reduzir o mundo de Hazel a cinzas, a saudade ia se abrandando até se tornar uma chama pequena, uma vela bruxuleante visível apenas no canto dos olhos. *Você não pode falar com ele agora, mas Jack está bem aqui se precisar dele*, dizia a vela. *Ele está bem aqui, apenas fora de seu campo de visão*. Era daquela maneira que Hazel sobrevivia à perda de Jack: fingindo que ele estava por perto e que, a qualquer momento, ela poderia ir até o castelo e vê-lo sorrindo ao tomar uma xícara de chá, admirar a forma como seus dentes caninos se estendiam além dos outros dentes e se sobrepunham, observar seu cabelo bagunçado, que sempre tinha um montinho de serragem em meio às mechas. Transformar Jack de uma lembrança em algo que nem precisava preocupá-la... aquele era o segredo para seguir em frente. Aquela era a magia que ela só conseguia conjurar quando sua concentração estava na escrita.

Seu trabalho era importante demais para permitir distrações. Hazel tinha consciência disso e, se repetisse aquelas palavras para si mesma, talvez um dia chegasse a acreditar nelas.

A garota virou uma página do jornal sobre a mesa do café da manhã e esfregou a tinta entre as mãos, imaginando o custo dos materiais e do uso do prelo que um dia viabilizariam a publicação do seu livro. A tinta deixou pretas as pontas dos seus dedos. Era uma variação agradável das manchas habituais, os diferentes tons de marrom e bordô do sangue seco.

Iona prendeu a respiração, e Hazel se levantou de um salto.

— O que foi? O bebê está bem? Está sentindo alguma cólica ou dor?

A criada estava concentrada no jornal, apontando para um desenho na primeira página.

— É a princesa? É, sim! É a Charlotte! O que está dizendo, Hazel?

Hazel voltou a se afundar na cadeira e puxou o jornal mais para perto. Iona sabia ler, mas era um processo lento e custoso, e Hazel desistira havia muito de atormentá-la para que praticasse.

— Talvez damas elegantes como a senhorita tenham tempo de ler romances o dia todo, mas alguns de nós têm trabalho a fazer — zombara a criada certa vez.

Afinal, Iona não se interessava por romances, mas, sim, por fofocas sobre a princesa de Gales, a futura rainha da Inglaterra e filha única do príncipe regente.

— Diz aqui... — leu Hazel, o coração acelerado recuperando-se de seu pânico de momentos antes — ... que a princesa Charlotte decidiu terminar o noivado com Guilherme de Orange.

Iona pareceu desolada.

— Não! Eles formavam um casal lindo! E ela não é mais tão jovem... Se não tiver um bebê logo, só Deus sabe se ela vai conseguir.

— Ela não é muito mais velha do que nós! — exclamou Hazel. — Tem o quê? Vinte e um? Creio que ela tem tempo de sobra, Iona.

A criada passou a mão na própria barriga.

— Menos do que a senhorita imagina. O jornal diz o porquê? Ele flertava com outras mulheres? Aposto que não. Aposto que um novo pretendente despertou o interesse dela... O duque de Gloucester, imagino eu.

Hazel não conseguiu conter o riso.

— Não sei. Não menciona o motivo. Creio que deve ter tido algo a ver com a doença dela. Talvez a princesa Charlotte não estivesse bem o bastante para viajar para a Holanda. E permita-me perguntar: por que você se importa? Ainda mais uma boa escocesa como você. Já a ouvi maldizer o nome do rei e do príncipe em mais de uma ocasião, quando pensou que eu não estava por perto.

Iona corou, mas sua expressão não vacilou.

— Bem, posso não gostar do rei e da Inglaterra por tudo que fizeram conosco e, ainda assim, gostar da princesa — declara ela, altiva.

— Se você diz.

Mas a criada não era a única. Na verdade, parecia que todos gostavam da princesa. Toda a frustração e o ressentimento com a monarquia... a pena e a repulsa que as pessoas sentiam pelo pobre e louco rei George III, e a antipatia franca contra o príncipe regente bufão... Tudo aquilo se dissolvia quando o assunto era a princesa Charlotte.

— Você a conheceu, certo? — questionou Iona.

Dava para ver que ela queria que Hazel contasse uma anedota que já havia relatado em mais de uma ocasião, mas da qual Iona nunca parecia se cansar.

— Conheci. Foi muito breve, quando eu estava em Londres. Antes de George morrer. Na última vez em que minha mãe me levou lá para comprar vestidos novos. Ainda não tinha debutado *oficialmente*, por isso não fui a nenhum baile nem nada assim. Mas Mercer Elphinstone, uma garota de Edimburgo com quem eu tinha conversado, era amiga da princesa. Ela recebeu algumas convidadas para um chá, e foi assim que conheci a princesa.

— E...? — insistiu Iona, animada como sempre, os olhos arregalados.

— *E*... eu me lembro que ela era muito bonita, elegante e gentil. Ela já usava vestidos de cintura alta antes que qualquer uma de nós os usasse e ficava maravilhosa com eles. E estava de ceroulas, acredita? Lembro de conseguir ver as bordas de renda saindo por baixo do vestido dela. Um escândalo. Minha mãe me contou depois que ela tinha usado o garfo errado para a salada e achei isso tão engraçado que dei risada durante todo o caminho de volta a Edimburgo. Por haver um garfo correto para salada, pela princesa usar o errado, e por pessoas como a minha mãe notarem.

— No entanto — interveio Iona —, a senhorita sempre me pede para pôr a mesa com os garfos corretos e sempre sabe qual se deve usar.

— Bom — disse Hazel, limpando os lábios com o guardanapo —, creio que certas coisas se tornam hábito.

Era verdade que as lições que a mãe sabatinou por horas a fio quando Hazel era criança ainda tinham poder sobre ela. Depois que George faleceu, as aulas de etiqueta sofreram uma interrupção abrupta, uma vez que a mãe havia mergulhado em uma melancolia profunda, raramente saindo do quarto e mal conversando com a filha. Depois da morte do irmão, a garota se criou por conta própria, vestindo as roupas que pudesse encontrar ou decidisse mandar fazer, educando-se com os livros da biblioteca do pai. Seus modos, à época, eram estranhos, não estavam de acordo com o que era esperado de alguém de sua posição social. Ela sabia a maioria das regras de etiqueta para uma garota de sua classe, mas, devido aos anos que passou mais ou menos sozinha, achava que algumas haviam se sobreposto, como frases escritas umas sobre as outras em um pergaminho.

No entanto, Hazel escolheu um traje de equitação adequado e um chapéu combinando para fazer uma consulta em domicílio naquela manhã a uma das mansões elegantes de pedra branca na Cidade Nova. Certas coisas não podiam ser evitadas, pensou ela.

O trajeto era bem curto e, antes mesmo de o sol ter chegado ao ápice, Hazel chegou trotando às ruas de paralelepípedo. Quase um século antes, os ricos haviam se cansado das ruas estreitas e do fedor da população crescente e amontoada no centro da cidade ao redor do Castelo de Edimburgo. E, assim, uma segunda cidade, a Cidade Nova, tinha surgido em quadras perfeitamente ordenadas, fileiras de mansões de tijolo branco e colunas neogregas. As duas Edimburgo eram separadas pelos Jardins de Princes Street. Onde antes havia um lago cheio de esgoto e todo tipo de dejetos passou a existir faixas de grama aparada com elegância, a área de um parque a que apenas aqueles que pagavam uma taxa anual exorbitante poderiam ter acesso, embora muito se falasse sobre abri-lo para o público. Hazel gostava da ideia, e não apenas porque conseguia imaginar como aquilo escandalizaria a mãe.

Quando começou a fazer consultas em domicílio, ela atendia, sobretudo, aos pobres trabalhadores de Edimburgo, aqueles que nunca teriam como pagar um médico particular e que, horrorizados com a possibilidade de ir parar em um dos terríveis hospitais para os pobres, estavam dispostos a recorrer à jovem cirurgiã de quem tinham ouvido falar. No entanto, nos últimos meses, Hazel vinha fazendo a viagem a cavalo para a Cidade Nova com cada vez mais frequência.

Depois que ela havia descoberto a verdade sobre a prática médica do dr. Beecham em Edimburgo — ou seja, que ele estava sequestrando ressurreicionistas, pedintes e crianças para roubar partes do corpo para seus clientes ricos —, o médico desapareceu da cidade. Dentre aqueles que não sabiam a verdade, e ninguém sabia exceto por Hazel e Jack, logo surgiu uma variedade de boatos: o médico tinha se apaixonado por uma mulher na Suécia. Ele fora convocado para tratar o czar Alexandre na Rússia. Tinha morrido em uma viagem rumo à Índia.

Entretanto, se Beecham era imortal como afirmava ser, Hazel sabia que ele só poderia permanecer durante certo tempo em um mesmo lugar sem que sua aparência imutável levantasse suspeitas. Ele precisava desaparecer uma vez a cada geração, ressurgindo com um nome novo ou, se tivesse passado tempo suficiente, com uma história de que era um parente distante de Beecham, e torcer para que aqueles ainda vivos vissem apenas uma leve semelhança com o médico que haviam conhecido.

Não tinha como saber onde ele estava. Beecham poderia estar em qualquer lugar do mundo. Encontrá-lo seria impossível. Obrigá-lo a enfrentar algum tipo de justiça pelas pessoas que ele havia matado era ainda mais improvável. Por meses, Hazel fantasiou sobre tudo que poderia ter dito ao dr. Beecham, como a última conversa deles na Sociedade de Anatomistas poderia ter sido. Será que haveria palavras que ela poderia ter dito a fim de destravar a empatia dele, como uma chave que abre uma porta? Poderia Hazel tê-lo persuadido a submeter à justiça? Haveria algo que ela poderia ter dito para ajudá-lo a entender que o que ele estava fazendo era cruel, que o médico não tinha direito de sacrificar uma vida em benefício de outra?

Pensar demais no assunto deixava Hazel de estômago embrulhado, furiosa. Ela disse a si mesma que o melhor que poderia fazer no momento era ajudar as pessoas de sua cidade.

E, na ausência de Beecham, muitos de seus antigos pacientes ricos foram deixados sem ninguém que os tratasse. Ou, ao menos, ninguém *respeitável*.

Médicos eram até fáceis de encontrar, jovens formados na faculdade de medicina ou que chegavam a Londres de cartola, trazendo estojos de couro gravados com suas iniciais. Mas cirurgia era diferente. Cirurgiões... esses profissionais eram quase carniceiros. E dispostos a vender todos os seus segredos por um pouco de tabaco.

Ainda assim, em certos casos, era necessário um carniceiro.

De algum modo, a alta sociedade ficou sabendo que a *sobrinha* de lorde Almont era competente e tratava de enfermidades comuns, e que dava pontos pequenos e bem-feitos, quase sem deixar cicatriz. Uma cirurgiã mulher era, para dizer o mínimo, algo curioso. Mas, se fosse para convidar alguém para os cômodos particulares das mansões, era melhor que fosse um profissional que pertencesse aos melhores círculos. Eles poderiam não saber nada sobre a formação de Hazel em medicina, mas ao menos poderiam se consolar com o fato de que a garota sabia quais eram as luvas adequadas para usar na ópera. Além disso, a reputação de Hazel já estava na lama, e quem melhor para ouvir os segredos não tão decentes dos outros do que alguém a quem ninguém daria ouvidos?

Assim, para o espanto da própria Hazel, pedidos discretos começaram a chegar em Hawthornden para que a srta. Sinnett ajudasse em partos, examinasse em segredo genitálias depois de encontros com amantes (e sem contar às esposas) e arrancasse dentes cariados e lascados.

E foi desta forma que Hazel foi parar em um cômodo particular de Richard Parlake, o conde de Hammond, examinando a boca rosa e fétida de seu amado filho, Richard Parlake III.

O herdeiro, um menino irrequieto de uns doze anos, não estava contente em ser tratado por uma mulher. Estava mal-humorado, recusou-se a fazer contato visual quando Hazel entrou e negou-se a tirar o chapéu. Continuou com a cartola na cabeça mesmo depois que a garota fez sinal para o menino se sentar no sofá cor de ameixa e abrir a boca. Quando foi para trás dele para examinar os dentes problemáticos, ela "sem querer" derrubou o acessório no chão.

— Opa — disse, chutando-o para de baixo do sofá.

Era um caso bem simples: dois dentes lascados e já moles.

Richard Parlake pai, um homem que se orgulhava de sua cabeleira grisalha na altura dos ombros, encarregou-se de ficar olhando por cima do ombro de Hazel, quase enfiando a mão na boca do filho junto para direcioná-la ao dente certo.

— É todo esse açúcar — declarou o homem, assentindo diante da própria sabedoria. — Todo esse açúcar que os jovens estão acrescentando às suas xícaras de chá. Deixa os dentes pretos, mas ninguém dá ouvidos ao que tenho a dizer a respeito.

Hazel concordou com um pequeno grunhido e tentou alcançar a pinça na maleta médica, que havia deixado na mesinha ao lado.

— Se puder dar licença, lorde Parlake...

Ele a ignorou.

— Vivo dizendo a Dickie, não é, rapaz? Vamos todos acabar morrendo por causa do *açúcar*. Se os homens de Edimburgo se alimentassem como nas Terras Altas... Ora, eles, *sim*, sabem o que é comida de verdade. Carne! Nada de açúcar. Nada de *açúcar no chá*. Não suporto isso. Era para sermos homens dignos, e não, sabe... menininhas.

Ele lançou um olhar de desculpas para Hazel. Ela fingiu não ouvi-lo e continuou a avaliar os dentes podres do filho dele.

Ao sentir que estava perdendo o controle da conversa, o conde se aproximou.

— Como está, Dickie? — perguntou.

O menino estava com a boca bem aberta. Soltou um som engasgado em resposta ao pai.

Lorde Parlake deu um tapinha forte nas costas do filho, quase deslocando o pano que Hazel tinha colocado dentro da boca do garoto e o engasgando.

— Bom garoto — elogiou o conde, de forma jovial, sem ter consciência do caos que causara.

— Vou precisar que o senhor dê alguns passos para trás — pediu Hazel. — É necessário boa iluminação para ter certeza de que estou puxando o dente correto.

O paciente, Dickie, voltou os olhos arregalados para ela com gratidão.

O conde murmurou algo, mas aquiesceu. No entanto, com o orgulho ferido, falou:

— Sabe, mandamos uma carta para o dr. Ferris tratar Dickie. Já ouviu falar dele? Dizem que é o melhor cirurgião da Europa. É ele mesmo, em pessoa, que cuida do George III! Era para *ele* estar arrancando os dentes de Dickie. O homem é tão genial que imagino que encontraria uma forma de tratar sem precisar extrair os dentes.

Hazel tinha, sim, ouvido falar do dr. Ferris. Ela tinha a impressão de que quase todo ano chegava à pequena ilha deles um novo médico muitíssimo pomposo da Dinamarca, da Alemanha ou da Rússia, carregando uma maleta médica e uma reputação de gênio. Na opinião de Hazel, o brilhantismo deles parecia se limitar a uma capacidade extraordinária de tirar dinheiro de tolos. Eram o tipo de médico que cobrava centenas de libras para receitar aos pacientes que comam mais cascas de batata ou, então, *menos* cascas de batata e que passavam mais tempo valsando em bailes dados em sua homenagem do que fazendo consultas. Hazel até conseguia imaginar Ferris: com sessenta anos de idade, talvez, uma pança graças a todos os banquetes que as pessoas lhe deram e todo o vinho com que o presentearam; o tipo de médico que tinha uma peruca empoada e mãos macias.

— Uma pena que ele não tenha conseguido vir — comentou Hazel.

— Pois é! — concordou o conde, bufando. — Imagino que minha carta tenha se perdido a caminho de Londres.

Se o médico fosse tão aclamado quanto o conde parecia acreditar, Hazel duvidava muito de que ele teria se dado ao trabalho de vir a Edimburgo para arrancar dois dentes, uma tarefa que qualquer barbeiro decente poderia fazer — talvez até um barbeiro ruim tivesse grandes chances de fazer uma boà extração.

Hazel pediu para que Dickie se inclinasse um pouco mais para trás, de modo que a claridade da janela a ajudasse a visualizar os dentes que precisava arrancar. As gengivas não pareciam infeccionadas. Hazel segurou a pinça com delicadeza e, tão rápido quanto uma raposa mudava de direção, ela pegou um dos dentes problemáticos e o torceu. Dickie gritou, mas, antes que que o som saísse de sua boca, Hazel pinçou o outro dente. Mais uma torção e pronto, os dois dentes chacoalhando na palma da mão e Dickie esfregando o maxilar em choque.

— Dói por um minuto, mas aposto que esses dentes o estavam incomodando fazia um tempo — sussurrou Hazel para o garoto. — Essas coisas são assim: uma dorzinha aguda agora para poupar você de muita dor com o tempo. — Ela se voltou para o pai dele. — Dois xelins, por favor.

Como a maioria das pessoas ricas, o conde achava muito desagradável pagar por um serviço prestado a ele. Ele jogou as moedas na mão de Hazel com uma careta. Ela fechou a mão ao redor do dinheiro e dos dentes cariados. Eles tinham raízes pontudas, ainda manchadas de sangue.

— Embeba um pano em vinho e o pressione nas gengivas hoje à noite e amanhã — instruiu ela. — Se o sangramento não tiver cessado até amanhã de manhã, mande alguém me procurar.

— Sim, sim — respondeu o conde, distraído.

Dickie soltou um gemido de dor.

E Hazel chacoalhou os dentes e as moedas na mão, já rascunhando na sua mente um capítulo sobre extração de dentes para o seu tratado.

3

CASTELO HAWTHORNDEN, o lar da família de Hazel, foi construído com pedras sobre um penhasco com vista para um pequeno córrego, a vários quilômetros do tumulto e da sujeira da Cidade Velha, visível como uma chaminé fumacenta ao longe. Lençóis cobriam a maior parte dos móveis, poeira se acumulando em seus vincos. Teias de aranha tinham se espalhado por toda a sala de visitas, e Hazel achava que não valia a pena afastá-las. Como se encontrava sozinha, Hazel mantinha metade dos quartos do castelo sem luz ou aquecimento... afinal, não havia por que desperdiçar velas ou lenha.

Durante o verão, o irmão mais novo de Hazel, Percy, fora admitido em Eton, na Inglaterra (uma escola *excelente*, elogiara seu pai em cartas quando soube da notícia) e lady Sinnett, como não desejava ficar a muitos dias de viagem de seu filhinho precioso, havia decidido se esconder de maneira permanente em uma casa de dois andares em Slough, de cuja janela conseguia ver as torres cinzentas do colégio. Era o bastante para fazer Hazel quase sentir pena de Percy.

A garota havia presumido que a notícia de suas consultas clandestinas chegaria aos ouvidos dos pais em algum momento (a mãe em Londres e o pai em Santa Helena, onde ainda ocupava um posto de capitão da Marinha Real), mas semanas se passaram, e depois meses, e nenhuma reprimenda veio.

Talvez trabalhar como cirurgiã não fosse um escândalo tão grande quanto ter recusado o pedido de casamento de Bernard no ano anterior. Lady Sinnett passara a ver Hazel como uma causa perdida, um desperdício de filha. Uma vergonha, na verdade. Ninguém iria querer se casar com uma garota que passava os dias lancetando furúnculos e fazendo incisões, tratando pacientes no submundo da empobrecida e deselegante Cidade Velha, que cheirava à urina e fumaça de carvão.

Se sua reputação já estava arruinada... que assim fosse, pensou Hazel. Não faria mal *continuar* a arruiná-la.

Lady Sinnett mal tinha se despedido da filha ao entrar na carruagem, que já estava vergada devido ao peso de três valises imensas, amarradas ao teto. A mãe de Hazel vestia apenas preto desde a morte do filho mais velho, George, e, embora fosse um dia quente de agosto, ela escolhera um vestido de veludo preto e um véu sobre o rosto. Os cavalos relincharam. Lady Sinnett observara Hazel com frieza. Ela erguera o véu e dera alguns passos cuidadosos na direção da filha e, por um momento, a garota se perguntara se a mãe lhe daria um beijo.

— Seus sapatos estão manchados. — Foi tudo o que a mulher dissera. — De terra.

Hazel baixara os olhos para as botas. Sujas de terra, eram as mesmas que ela calçara para invadir o cemitério com Jack a fim de roubar cadáveres para poder estudá-los no seu laboratório. Não tinha passado pela cabeça da garota limpar a terra dos sapatos. Hazel sempre pensava que ela e Jack voltariam aos cemitérios em algum momento.

Antes que a filha pudesse pensar em uma resposta adequada, lady Sinnett voltara à carruagem e fechara a porta. Então Hazel observara o veículo desaparecer pela estrada cercada de árvores.

Daquele dia em diante, Hazel ficou quase sozinha no Castelo Hawthornden. A cozinheira continuou lá para preparar refeições para a garota, embora lady Sinnett tivesse insistido para a mulher se juntar ao resto da criadagem na Inglaterra.

— Nasci na Escócia, e vou morrer na Escócia — rebatera a cozinheira. — Eu não ia preparar nada de bom se tentasse cozinhar com legumes e verduras cultivados nas rochas inglesas ou as vacas magras alimentadas por ervas inglesas.

Era evidente que Iona, a criada de Hazel, continuou lhe fazendo companhia, mas estava grávida do primeiro filho, e Hazel lhe pediu que passasse muitos dias de repouso na cabana no alto da estrada, onde a criada morava.

Hazel não se importava que Hawthornden ficasse semifechado e frio. Além disso, ela passava tão pouco tempo no castelo em si... Quando não estava fazendo consultas em domicílio na cidade, estava trabalhando no laboratório.

Ela tinha construído o laboratório peça por peça, levando móveis, tochas e livros até que ficasse confortável o bastante para passar dias ali, sem precisar sair, e assim poder se dedicar a escrever e registrar meticulosamente cada sintoma que identificava e cada tratamento que administrava. Outrora, o laboratório havia sido a masmorra de Hawthornden, escavada em uma caverna na lateral da colina do castelo. Em seu interior, o ar era frio e possuía um forte cheiro de umidade e terra. Apenas uma janela alta permitia a entrada de uma fresta de luz natural e, por isso, Hazel cercava a mesa com dezenas de velas para que conseguisse ler até tarde da noite.

Ela trouxera do quarto sua poltrona favorita, coberta por um tecido vermelho desbotado, para poder ler, e tirara uma pintura a óleo da família do escritório do pai para colocar em uma prateleira. O retrato tinha sido encomendado quando George ainda estava vivo e Percy ainda era um bebê. Sua mãe parecia quase feliz. (Hazel odiava a própria aparência na pintura: tinha cerca de doze anos, o cabelo em cachinhos que ela se lembrava de puxarem o couro cabeludo e coçar.)

Quando deu meia-noite no dia em que Hazel fez dezoito anos, ela estava lendo uma revista de medicina sobre as possíveis desvantagens da utilização de sangria em pacientes de cólera. Levantara a cabeça com o badalar do relógio e vira os rostos de sua família na pintura. Fora quase como se eles estivessem presentes, desejando-lhe um feliz aniversário.

Na semana seguinte, recebera uma carta do pai (o serviço postal das ilhas era conhecido por ser complicado, escrevera ele como um pedido de desculpas pelo atraso que já antecipara), e um desenho de um gato chegara de Percy na semana seguinte. (Ela e Percy jamais tiveram um gato, tampouco haviam falado sobre qualquer predileção em particular por gatos, portanto, a escolha do animal pareceu um pouco aleatória. Apesar disso, Hazel ainda assim afixou o desenho sobre a escrivaninha para olhar para ele enquanto trabalhasse.)

A carta pela qual ela de fato ficara esperando não era sequer da família. Hazel estava esperando — fazia *meses* — por notícias de Jack, o único garoto que ela já havia amado. Jack Currer, que morara no teatro e trabalhara à noite como ressurreicionista, desenterrando cadáveres e os vendendo para médicos que precisavam de corpos para estudar. Jack Currer, que a tinha levado a escavações noturnas a cemitérios, que a havia beijado em uma cova, que a fez sentir como se seu coração tivesse sido esmagado e todo o ar nos pulmões de repente se transformasse em chumbo. Jack Currer, que fora incriminado por assassinatos cometidos pelo dr. Beecham, sentenciado à morte e enforcado no Grassmarket. E que talvez, apenas *talvez*, segundo as esperanças que Hazel guardava com uma parte oculta de si, tivesse encontrado uma forma de sobreviver.

Hazel sabia que era ridículo pensar que o frasco que o dr. Beecham tinha lhe dado pudesse tornar alguém imortal. Aquilo contrariava todos os princípios científicos que ela aprendera, todos os livros. O corpo humano não foi feito para durar para sempre... e, sim, para se deteriorar, consumir e gastar energia e, então, entregar sua alma a um lugar de repouso eterno. Não havia nenhum elixir da vida, nenhum *tônico* (como Beecham o chamava) que pudesse desfazer a mortalidade. No entanto...

No entanto, Beecham ainda estava vivo.

Beecham, que Hazel conhecera como um homem na meia-idade, deveria ter pelo menos cem anos. Isso se o que ele alegava fosse verdade, Hazel lembrava a si mesma quando se via em meio a devaneios fantasiosos. Talvez Beecham fosse apenas um doido. Talvez tivesse descoberto uma forma de transplantar partes de corpos mais jovens e saudáveis para pacientes enfermos dispostos a pagar por novos olhos, fígados, mãos... Mas isso não significava que Beecham de fato *era* o dr. Beecham *original*, aquele nascido um século antes, e não seu neto, como as pessoas acreditavam. E com certeza não significava que ele viveria para sempre ou que conhecesse uma forma de permitir que alguém sobrevivesse à forca.

(Naquele momento, menos de um ano depois, a lembrança da conversa de Hazel com Beecham estava começando a se enfraquecer. O tônico era roxo ou dourado? O frasco estava fechado por uma rolha? Ele havia prometido imortalidade contra todos os males ou apenas imunidade a doenças? A parte mais forte da lembrança era apenas uma sensação: o frenesi e o terror inundando seu cérebro e turvando sua visão, a sensação de estar na proa de um navio enquanto o oceano se agitava.)

Alguns meses antes, ela recebera uma carta, sem identificação nem assinatura, em uma caligrafia que ela tinha certeza de que conhecia.

Meu coração continua batendo, e ainda é seu. Estarei esperando por você.

Estarei esperando por você.

Ao pé da página, o remetente havia rabiscado as palavras: *Estados Unidos*. Hazel guardara a carta dentro do corpete, pressionada contra o seio por semanas, até as bordas do papel começarem a se desintegrar e a tinta se rachar. *Tinha que ser de Jack. Tinha que ser.* O que mais poderia ser? Uma pegadinha cruel? Uma carta aleatória?

Havia dias em que Hazel tinha certeza de que o tônico de Beecham havia funcionado e que Jack estava vivo em algum lugar, ganhando a vida no Novo Mundo, um lugar onde os homens que não nasceram em berço de ouro poderiam encontrar oportunidades. Em outros, ela cerrava os dentes e dizia à outra parte de si que estava agindo como uma menina boba, não a cirurgiã a quem as pessoas confiavam a vida.

Mesmo nos dias em que Hazel tinha *certeza* de que Jack estava vivo, morando em algum lugar distante, pairavam as questões: como ela o encontraria? Os Estados Unidos eram uma nação tão vasta em um continente ainda maior. Se ele estava nos Estados Unidos, por que não escrevia uma segunda carta, dizendo a Hazel onde o encontrar? Pedindo que ela fosse atrás dele?

Não. Aqueles pensamentos eram tolos. Jack tinha morrido.

Em seu âmago, Hazel sabia a verdade, mesmo se deixasse sua imaginação correr solta de tempos em tempos. Não recebera nenhuma outra carta dele. Não sabia nem se aquela primeira era mesmo dele. Jack tinha sido enforcado. Hazel havia se apaixonado, um amor verdadeiro que a deixava arrepiada e a fazia sorrir sem motivo. Tinha amado com todo o coração, e aquilo já era mais do que muitas pessoas desse planeta poderiam dizer.

Melhor ser grata pelo que viveu, aceitar que havia acabado, e continuar servindo ao povo necessitado de Edimburgo que não tinha recursos para pagar por tratamento. Ela estava aprendendo e se aprimorando a cada dia, ganhando confiança em suas habilidades com o bisturi, seus diagnósticos mais rápidos e certeiros. Era aquele o seu destino, por isso que havia passado horas na infância sentada na biblioteca do pai, estudando livros que ninguém mais se dava ao trabalho de ler, até entender o corpo humano como uma pessoa poderia aprender uma língua estrangeira. Com ou sem o Exame Real, Hazel era uma cirurgiã, finalmente. Trabalhando, tratando pacientes, descobrindo mais a cada dia sobre o milagre da anatomia e as variações infinitas de pragas e ferimentos estranhos que afetavam as pessoas. De nada adiantava chorar por um garoto que ela amou no passado.

Mesmo assim, Hazel desejava se lembrar do cheiro dele.

E havia um problema em ter arruinado a própria reputação: Hazel se sentia solitária.

Às vezes, quando não tinha pacientes e Iona estava de folga, ela passava o dia inteiro em silêncio. Quando chegava a tarde, ela sentia que, se falasse, sua voz sairia como um rangido. Nem sempre fora assim: na infância, ela contara com George, e então com Bernard, que ao mesmo se dispunha a suportar os monólogos dela e sorrir com educação quando ela se animava com algum assunto. E mais tarde vieram suas aulas, com colegas com quem ria pelas costas de Straine. Eles poderiam jamais ter ciência da verdadeira identidade dela, mas Hazel os conhecia, e eles foram seus amigos, de certo modo. Haviam estudado juntos sobre válvulas do coração e componentes do sangue e trocado teorias sobre quais bisturis e instrumentos usar para quais amputações.

No momento, ela não tinha ninguém com quem trocar ideias além do próprio caderno.

Hazel tinha lembranças de infância, de quando o pai ainda estava em Edimburgo, de convidados que foram jantar em

Hawthornden. Ela se escondia entre as pernas das pessoas e ouvia os adultos conversando sobre livros, poesia e sinfonias. Todos pareciam tão sofisticados, falando em uma língua imperscrutável que parecia tão *adulta*, tão impossível. Onde estavam acontecendo esses eventos? Haveria jantares nas casas da Cidade Nova onde as pessoas ainda se reuniam para falar sobre Walter Scott, Goethe e Lord Byron?

No meio da noite, aquela fome terrível prendia suas garras em Hazel: o pensamento de que sim, sem dúvidas os ilustres membros da alta sociedade ainda se reuniam — intelectuais interessantes, seus risos tão efervescentes quanto champanhe — *em algum lugar*. Entretanto, por sua desonra, Hazel não era convidada. Ela seria chamada para extrair os dentes do jovem Parlake, porém, se alguém mais os visitasse naquele dia, ela seria convidada a se retirar pela porta dos fundos.

Quando Hazel estava cavando covas com Jack, a noção de "desonra" lhe parecia muito abstrata, tão distante quanto a lua. Mas, naquele instante, uma pequena parte dela entendia o que havia sacrificado em sua impulsividade. Jack estava morto e ela, sozinha. Se tivesse se casado com Bernard, não seria uma cirurgiã, mas seria convidada para jantares. Teria amigos e poderia conversar. Haveria pessoas com quem compartilhar ideias.

Por ora, as ideias de Hazel eram apenas dela. Os pensamentos sobre anatomia humana se tornavam pote após pote de tinta transformada em escritos que se tornariam seu tratado. Na maior parte do tempo, estava ocupada e concentrada, o cérebro vibrando, determinado. Mas, nos momentos de silêncio, imaginava as festas que com certeza estavam acontecendo sem ela do outro lado da cidade. Lembrava-se de Jack e se questionava se havia se condenado a ficar sozinha para sempre.

Folha de Edimburgo

10 de março de 1818

Sua Alteza Real, a princesa Charlotte de Gales, rompeu o noivado com Guilherme, príncipe hereditário de Orange. A princesa Charlotte é a filha única do príncipe regente e a única neta legítima do rei George III.

Fontes próximas à princesa especulam que o casamento foi cancelado ao menos em parte devido à doença da princesa. Em 1814, a princesa Charlotte sofreu de um caso debilitante de febre romana. A doença vem se prolongando, e a princesa ainda não retomou as aparições públicas, embora multidões estrondosas já a tenham visto diante de sua residência, a Casa Warwick, e em viagens de carruagem ao St. James' Park.

Como herdeira presuntiva do trono, a princesa Charlotte entende indubitavelmente a importância de escolher um marido adequado e proporcionar o tão aguardado herdeiro ao país.

4

No fim do dia em que arrancou os dentes de Dickie Parlake, Hazel estava lendo na cama quando ouviu uma batida ecoando por Hawthornden. Ela suspirou. Como era de se esperar, o conde já havia decidido mandar alguém para procurá-la. Sem dúvida, tinha visto uma gota de sangue no guardanapo do filho durante o jantar e gritado para o lacaio sair de imediato.

— Falei para ele esperar até amanhã — murmurou ela, vestindo o roupão e pegando a vela da mesa de cabeceira.

Iona tinha saído à noite; o castelo estava vazio e, portanto, não havia ninguém para abrir a porta, exceto Hazel. O visitante continuou a bater, mais rápido e mais alto. *Coitado do criado*, pensou ela. A garota sabia que, na escada lá fora, encontrava-se um pobre lacaio enviado para cavalgar por uma hora no frio até lá, no completo breu, quem sabe quase congelando. Ela teria que persuadi-lo a entrar para tomar uma xícara de chá e se aquecer antes de eles voltarem à Casa Hammond na carruagem dela.

Com certeza lorde Parlake dissera ao lacaio que se tratava de um *assunto urgente* e que o homem *precisava buscar a doutora de imediato!*, pensou Hazel. Mas ela sabia que não havia nada de errado com a boca de Dickie. Os dentes tinham saído sem qualquer dificuldade e não havia nada a ser feito a não ser esperar, da mesma forma que se faria com uma chaleira posta para ferver. Hazel teria o maior prazer de dar pontos nas gengivas se isso impedisse o conde de se preocupar, mas a medida só causaria mais dor ao garoto, sendo que a boca iria se cicatrizar bem de um jeito ou de outro.

O ressentimento contra o conde e o filho aumentava conforme ela descia a escada. Procurá-la *àquela* hora da noite sendo que tinha dito que não haveria problema que exigisse a presença dela até a manhã seguinte... obrigá-la a sair da cama *àquela* hora... como aquela gente era arrogante. Talvez ela desse ao mensageiro uma xícara de chá ou um copo de uísque e o mandasse embora, pedindo para informar ao conde que estaria lá *amanhã de manhã*, como era razoável.

As velas da entrada haviam queimado quase até o toco. Era quase meia-noite. Quando sua mãe e Percy partiram para a Inglaterra, Hazel havia se deleitado com o silêncio, a *liberdade* de ler, costurar ou estudar em qualquer um dos cômodos enormes da casa a seu bel-prazer. Mas, em geral, depois do jantar, quando seu chá esfriava e ela percebia que precisava tirar mais cobertas do armário para impedir que o frio a envolvesse como uma mão apertando seus ossos, admitia que o castelo *às vezes* era solitário. Mas a solidão, assim como a geada, tendia a se derreter sob o sol matinal.

As batidas continuaram e, quando o som ecoou pelo hall de entrada, Hazel sentiu o estômago revirar. Toda sua irritação, bem como as verdades que ela planejava dizer, dissolveu-se em um instante, como um confeito de açúcar na água. Algo deixou os pelos da sua nuca arrepiados, e ela de repente ficou desperta.

— *Por favor.*

Havia uma voz chamando do outro lado da madeira grossa de carvalho, quase inaudível, o murmúrio de alguém desesperado e exausto.

Hazel abriu a porta e viu uma mulher, não muito mais velha do que ela, mas tão pequena que à primeira vista que parecia uma criança. Ela tinha um metro e meio de altura, no máximo, com olhinhos penetrantes. Algo em sua aparência remetia a um camundongo. Cachos castanhos escapavam por sob a touca, e Hazel levou alguns segundos para perceber que as mãos da desconhecida estavam cobertas de sangue.

— Por favor — repetiu, a voz não muito mais alta do que um sussurro.

E então caiu para a frente, nos braços de Hazel.

Por menor que a mulher fosse, a garota não tinha como a levar para o quarto no segundo andar, muito menos para os quartos de hóspedes no terceiro. Hazel foi, então, até a sala de estar da mãe e voltou empurrando o sofá preto-azulado até a sala mais perto da entrada da casa. Ajudou a desconhecida a se levantar para que ela pudesse repousar no móvel.

Quando tirou a capa da mulher, Hazel levou um susto. A barriga dela estava grande, inchada e redonda como um melão. *Grávida*, pensou Hazel. E, do espaço entre suas pernas, escorria sangue, que já encharcava as ceroulas e a *chemise*.

Os olhos da mulher se fecharam, e seus cílios eram tão claros que eram quase brancos. O rosto dela estava pálido. Remetia a Hazel uma máscara mortuária.

Não havia nenhum cavalo lá fora, nenhuma carruagem. Só Deus sabia a distância que a mulher percorrera, no frio e no escuro, tropeçando em raízes de árvores e curvas da trilha que levavam até o castelo. Era um caminho traiçoeiro de dia; Hazel mal conseguia imaginar o pavor de percorrê-lo sozinha, em uma noite sem luar, caindo e perdendo tanto sangue que a sua visão devia ter se enevoado.

— Precisamos tirar esse seu vestido. Toma... — disse Hazel, retirando *o próprio* roupão. — Vista.

Ela ajudou a mulher a se despir do vestido e, em seguida, da *chemise*. As peças estavam manchadas de sangue e suor e cobertas de lama até o joelho.

Hazel inspirou fundo quando viu o sangue que cobria a parte interna das coxas da mulher, em um tom vermelho vivo.

— Vai ficar tudo bem — garantiu Hazel, tanto a si mesma como a sua paciente. — Qual o seu nome?

Ela usou um pano limpo para enxugar o suor da testa da estranha e ficou surpresa ao ver que não havia febre. Tanto o suor como a pele estavam frias como um cadáver.

— Não posso ter esse bebê — disse a mulher com a voz frágil.

Ela balançou a cabeça de um lado para o outro, e lágrimas escorreram pelas bochechas.

Hazel conseguia distinguir as sardas sob a camada de sujeira.

— Não posso. Não posso. Não posso — repetiu ela.

— Vai ficar tudo bem — repetiu Hazel. — Apenas, por favor. Me diga o seu nome.

Mais uma vez, a mulher balançou a cabeça. Seus olhos estavam tomados por lágrimas.

— Não posso lhe dizer meu nome — replicou, começando a tremer, embora Hazel tivesse acendido o fogo crepitante na lareira e a sala estivesse com um calor sufocante. — Estou com muito medo de morrer.

Os olhos dela estavam arregalados, e Hazel notou que as pupilas estavam dilatadas. A princípio, considerara aquilo um sinal do medo que a mulher estava sentindo, mas, examinando de perto, deduzia que havia algo errado com a maneira como elas não refletiam a luz, a forma como as pupilas pareciam vibrar e tremer.

— Você tomou alguma coisa? — perguntou Hazel, tentando suprimir o receio na própria voz. — Tomou alguma coisa... alguma tintura, alguma erva?

A mulher respondeu aos soluços:

— Não posso ter o filho dele. Não posso ter o filho dele.

Hazel engoliu em seco e continuou a passar o pano úmido na testa da mulher.

— Por favor, eu preciso saber o que você tomou. Vou tentar ajudá-la.

A mulher fechou bem os olhos.

— Calomelano — sussurrou. — Tinha... um pouco de mercúrio. E... e folhas de poejo.

Hazel reconheceu no mesmo instante. Eram tratamentos que as mulheres passavam entre si às escondidas, frascos envoltos em mangas, sob casacos. O tipo de medicamento que aparecia nas lojas sem fachada e endereços clandestinos; comercializados por homens sem dentes, que cobravam uma quantia absurda por golinhos de tinturas servidas de garrafas empoeiradas e pela promessa de não revelar às *autoridades*. Substâncias em que mulheres pobres gastavam suas escassas economias; que homens ricos procuravam para suas filhas e amantes.

Calomelano. Mercúrio. Poejo.

Tomar uma única dose de apenas um desses teria sido o bastante para deixar aquela mulher acamada por uma semana, deitada de costas dominada por cãibras. Tomar os três... Bem, ela devia estar desesperada, pensou Hazel. Mais que desesperada. Aterrorizada a ponto de ter enlouquecido.

Não era de se admirar que ela se recusasse a dizer seu nome: uma acusação de induzir, de forma intencional, um aborto poderia *fazê-la* passar o resto da vida na prisão. Hazel olhou para a barriga dela, tentou avaliar de quantas semanas estava. Era difícil dizer, mas sabia muito bem que, se a mulher fosse pega, poderia parar até na forca.

— *Não* posso ter o filho dele — repetiu a mulher. — Ele me forçou... E eu jamais teria... Eu não poderia...

— Shhhh — disse Hazel, afastando o cabelo *úmido* do rosto dela. — Calma. Você está segura aqui. Vou cuidar de você.

Os olhos da mulher se fecharam, suas pálpebras tremendo, as veias aparentes e rosadas. Hazel temeu o pior até ouvir o batimento tênue no peito dela. Uma palpitação fraca, mas persistente, uma linha tênue que a prendia a este mundo apesar de toda a dor que alguém lhe tinha causado.

Hazel a manteve no sofá na sala de entrada, com medo de que, se a mexesse mais do que alguns centímetros, a sorte ou a misericórdia que a havia mantido viva até então iria abandoná-las. De tantas em tantas horas, levava um copo de água fresca aos lábios da mulher pálida e tentava fazer com que bebesse. Mesmo com o fogo crepitando na lareira, os tremores continuavam, a pele fria ao toque. Hazel tinha enrolado a paciente com a manta da própria cama.

No dia seguinte, Charles e Iona chegaram a Hawthornden, sua exuberância se dissolvendo como fumaça quando viram a cena sinistra diante deles. Hazel mandou o lacaio à cozinha para começar a preparar chá, e pediu à criada que buscasse roupas de cama limpas, e os dois obedeceram em silêncio. Foi só quando ambos voltaram de suas tarefas, ajudando a cuidar da estranha, que Hazel se sentiu confortável o bastante para enfim dormir um pouco.

Iona e Charles ficaram no castelo, comunicando-se em silêncio, da forma como pessoas casadas fazem, tomando conta de Hazel, que tomava conta da paciente.

— A senhorita precisa comer — insistiu Iona, oferecendo uma fatia de pão integral. — Tome, apenas a crosta, então. Com manteiga.

— E chá quente — murmurou Charles.

Em seguida, ele atiçou o fogo na entrada para manter o calor da sala. O chá que o rapaz trouxe estava grosso de tanto mel e tão doce que chegava a ser enjoativo, mas, mesmo assim, Hazel o tomou com avidez.

— Sabe, sempre pensei que mel no chá era um tipo de fraqueza moral — comentou Hazel, terminando a xícara. — E agora não me lembro por quê. É *bom*, não é? As pessoas sabem disso? Mel deixa o chá *tão* bom.

— Sim, acho que as pessoas sabem — respondeu Charles, voltando a encher a xícara e acrescentando uma colherada generosa de mel.

— Bom, *eu não sabia* — sussurrou Hazel, voltando-se para as anotações que tinha feito, documentando a condição da paciente de hora em hora.

A desconhecida nunca chegou a dizer o nome, portanto, Hazel começou a se referir a ela em segredo como Mary.

Durante dois dias, ela continuou à beira da morte: inconsciente e quase incapaz de comer ou beber as colheradas que Hazel levou a seus lábios brancos de tão pálidos. No terceiro dia, uma manhã em que o sol estava com um brilho amarelo como uma gema de ovo, a mulher por fim despertou o bastante para se sentar. A paciente ainda se recusava a informar seu nome e, por isso, continuou sendo Mary. Também se recusou a responder a qualquer uma das outras perguntas que Hazel lhe fizera: Onde você mora? Onde trabalha? As únicas questões cujas respostas Hazel queria mesmo saber, a jovem sabia que não deveria indagar: *Quem a engravidou? Ele machucou você?*

Pelo medo na expressão da mulher, pela maneira como olhava ao redor como um animal enjaulado, Hazel desconfiava que fosse alguém poderoso. O dono de uma mansão em que ela trabalhava, um capataz... ou até, pensou Hazel, ao ouvir os murmúrios da mulher rezando certa manhã, um padre. Não era incomum que homens do clero tivessem filhos sem se casarem. Alguns até eram descarados a ponto de dar seus sobrenomes à prole.

Quem quer que fosse, tinha ferido aquela mulher e, quando Hazel a imaginou voltando ao lugar de onde tinha partido, rezou para que o homem não estivesse por lá. Torceu para que o homem não exercesse poder algum sobre ela.

— Eu não posso lhe pagar — declarou Mary certa manhã, uma semana depois de ter chegado.

Àquela altura, Hazel e Charles tinham conseguido ajudar Mary a subir a escada até um dos quartos de hóspedes. A cirurgiã tinha entrado no cômodo carregando um pires de chá. Uma vez que a cor havia retornado ao rosto de Mary, Hazel constatou que ela parecia mesmo um camundongo: com traços pequenos e arredondados e cílios loiros.

— Garanto a você que não cobro por chá em minha casa — respondeu Hazel sem dar muita importância e apoiando o pires na cômoda.

Os olhos da mulher se entristeceram e ela se voltou para a janela.

— Por tudo, digo. Apenas vim... estava desesperada, sabe? Ouvi dizer que havia uma mulher na mansão na colina, a senhorita, imagino eu, que tratava as pessoas. Mas não tenho muito dinheiro.

— Eu não aceitaria nem se tivesse. — Hazel respirou fundo e se sentou no canto da cama. — As substâncias que você ingeriu, para se livrar da criança... há pessoas que lhe causariam problemas por isso, entende? Sei que não pode me contar onde trabalha ou mora, mas alguém sabia que você estava grávida?

Mary contraiu a boca em uma linha tensa e firme. Assentiu.

— Melhor não comentar nada — aconselhou Hazel. — E, se alguém perguntar, pode dizer que perdeu o bebê. É algo bem comum, acontece todos os dias.

De repente, Mary pareceu assustada.

— Minha senhoria... Foi ela quem me falou onde encontrar os medicamentos. Onde eu poderia comprá-los.

— Ela é confiável?

— Bem, ela recebeu um bom trocado em troca dessa informação — respondeu Mary.

Hazel tentou forçar um sorriso reconfortante.

— Você vai ficar bem — garantiu ela. — O mais importante é que fique bem. Lembre-se de ingerir apenas comidas leves... mingau. Nada de queijo nem carne por algumas semanas. Quando se sentir pronta para voltar para casa, saiba que, se o sangramento voltar, você pode vir me procurar.

Do corredor, Iona escutou toda a conversa pela porta entreaberta. Ela estava torcendo um pano nas mãos. Quando Hazel saiu, fechando a porta com delicadeza, a criada se aproximou.

— Senhorita, isso é perigoso — comentou ela.

Hazel franziu as sobrancelhas, fingindo confusão.

— Não sei do que você está falando. O que ela tem não é nem um pouco contagioso.

Iona inspirou fundo. Ela ergueu uma das mãos, quase de modo involuntário, à barriga grávida, e então a desceu.

— Se o bebê já estiver se mexendo, é forca para a grávida, e forca para o médico também. Eu me lembro de um enforcamento em Grassmarket para um... — Ela engoliu em seco, forçando-se a dizer a palavra. — ... aborcionista. — Ela teve um calafrio. — Não faz muitos anos. Eles são *criminosos*.

Hazel riu.

— Convenhamos, Iona. Não sou uma criminosa. Não tenho estômago para esse tipo de coisa, você sabe.

Iona não riu.

— Eu apenas... — continuou Hazel — ... tratei uma mulher que veio até a mim pedindo ajuda. Isso por acaso é crime?

A criada continuou a torcer o pano de prato.

— É perigoso, só isso. As pessoas ficam desconfiadas e fazem perguntas. Elas já questionam bastante, porque a senhorita é uma dama. Eu escuto os boatos, sabe?

Foi a vez de Hazel ficar surpresa.

— Que boatos?

Hazel sabia que havia fofocas sobre ela. É evidente que sim. Afinal, de que outro modo pessoas como o conde de Hammond saberiam como a chamar? Mas ela imaginava que os boatos se limitavam a eventos e a camarotes do teatro, ao tipo de lugar onde gente das classes mais altas, como seu primo Bernard e a esposa com quem acabara de se casar, se exibe uns para os outros. Pessoas com quem Hazel tinha convivido durante toda a sua vida, em várias festas, almoços e chás. Para eles, Hazel era uma curiosidade, e talvez sempre seria.

Mas havia algo de preocupante quando as fofocas chegavam a alguém como Iona... a noção de que havia pessoas falando sobre Hazel nos mercados ou pubs de Edimburgo. Estranhos que a conheciam e não a conheciam. Que poderiam distorcê-la e transformá-la em algo que ela não era.

Iona não fez contato visual.

— As pessoas dizem que não é certo uma dama ser médica. Só isso.

Hazel forçou a expressão a ficar neutra e se empertigou um pouco mais.

— As pessoas falam isso há um tempo, creio eu. E tenho certeza de que não vão mudar de opinião. Então não faz muita diferença em relação ao que faço. Agora, se me der licença, tenho anotações a fazer sobre a paciente que estou tratando.

Hazel passou por Iona e desceu a escada, saindo pela porta, rumo à entrada de seu laboratório. Iona continuou no andar de cima, observando-a ir.

Folha de Edimburgo

21 de março de 1818

SAÚDE FRÁGIL DA PRINCESA ASSUSTA NAÇÃO

A Grã-Bretanha permanece em um estado de medo e ansiedade devido a relatos de que Charlotte, a princesa de Gales, ainda enfrenta problemas de saúde. Alguns anos atrás, a nação ficou preocupada quando a princesa foi confinada a seus aposentos, vítima da doença conhecida como febre romana. Agora, fontes do Palácio informam que a princesa se recolheu mais uma vez à Casa Warwick e não fará aparições públicas, embora multidões de admiradores tenham comparecido a sua janela.

A popularidade da princesa entre o povo se deve em parte a suas posições políticas: a princesa Charlotte é uma aliada dos Whigs, o partido progressista que defende a reforma trabalhista e os direitos dos trabalhadores. Suas inclinações políticas já provocaram certos conflitos com o pai, o príncipe regente, que se identifica como um Tóri, o partido conservador.

Princesa Charlotte é a única neta legítima do rei George III, e a linha de sucessão depende dela, embora tenha rompido o noivado com Guilherme, o príncipe hereditário de Orange, por motivos que fontes acreditam estarem relacionados a sua doença.

Oramos por sua recuperação e saúde.

5

TRATADO ESTAVA tomando a maior parte do tempo de Hazel; consumindo as horas em que ela não estava comendo, dormindo ou tratando de pacientes.

Em retrospectiva, Hazel podia se xingar pelas anotações que fizera no ano anterior, quando Jack levava cadáveres para ela dissecar. Naquela época estava tão inebriada pela emoção, pela novidade e pela estranheza que seus apontamentos eram desordenados e insuficientes.

Por que não tinha traçado figuras mais compreensíveis? Por que seu traço, em nanquim, era tão grosso e desleixado?

Então ela criou o hábito de manter um diário mais bem explicado e organizado, que continha registros e informações de todos os seus pacientes, os sintomas deles e o tratamento que recomendava:

Martin Potter: braço quebrado, inchaço e infecção, exigiu drenagem e realinhamento do osso.

Robert Parlake: dentes cariados, exigiu extração.

"Mary": envenenamento, autoprovocado, por calomelano, mercúrio e poejo. Exigiu caldo de carvão, dieta líquida e repouso. Chá de anis e papoula. Amora para dormir.

Havia levado dez dias, mas, depois de um tempo, Mary estava forte o suficiente para se levantar da cama e acompanhar a cirurgiã em uma caminhada ao longo do córrego: ela estava apoiando o peso no braço de Hazel, as pernas bambas como um potro recém-nascido. Demorou mais dois dias para que fosse considerada recuperada o bastante para voltar para casa. Hazel tinha preparado um pequeno embrulho com pão e queijo para ela e insistido que sua carruagem deixasse a paciente em casa.

— Você está fazendo demais por mim — dissera Mary, balançando a cabeça.

— Bobagem. De que adianta passar duas semanas cuidando de sua saúde se você a esgotar na caminhada de volta para o centro da cidade?

Mary apenas piscara os cílios loiros, atônita, e pegara a comida dos braços de Hazel como se tivesse medo de que ela fosse desistir da oferta.

Hazel e Iona observaram a carruagem descer a estrada.

— Já vai tarde essa encrenqueira — murmurara a criada.

Conforme sua lista de pacientes crescia, também crescia o inventário de enfermidades e remédios para o tratado: ventosaterapia para paroxismos; pão de milhete e tâmaras para tratar excesso de bile negra; arruda e endro para bile amarela; para lúpus, malva e urtiga; vinho quente para tratar amídalas inflamadas; peixe, erva-doce e cominho para febre. Se alguém estava desperto e precisava descansar, ela administrava amora e alface. Se o paciente precisasse ser acordado, usava tomilho e erva-dos-gatos.

E assim por diante.

Depois de ter compilado casos suficientes, ela os organizaria e dividiria por categoria. Mais adiante, com sorte, seria o suficiente para suscitar interesse de um editor, ainda que Hazel compreendesse que jamais seria publicado sob seu próprio nome. Talvez ela nem pudesse ter o privilégio da autora de *Razão e sensibilidade*, que ao menos fora creditado a "uma dama". Uma mulher escrever um romance poderia ser algo constrangedor para a família, mas não motivo para um escândalo. Contudo, um romance e um texto científico de medicina eram completamente diferentes, e a disposição dos homens de permitir mulheres em espaços profissionais tinha um limite. *Que publiquem como autoria anônima*, pensava Hazel. *Não importa se eu não receber o crédito, desde que essa obra valiosa seja publicada para o mundo ler.* Ela repetia aquilo para si mesma como um mantra rigoroso, a fim de dissipar a verdade incômoda: na verdade, seria muito difícil para ela ver seu trabalho publicado e elogiado enquanto ela própria não receberia qualquer aclamação.

Duas batidas delicadas e familiares na porta tiraram Hazel de seus pensamentos. Sem esperar pela resposta, Iona entrou, carregando uma bandeja de café da manhã. Já havia amanhecido. Hazel havia virado a noite trabalhando. De novo.

— Chá e torrada. E a cozinheira fez geleia de amora — disse Iona, colocando a bandeja na escrivaninha.

Hazel se apressou para tirar os papéis de perto da comida.

— Que delícia — comemorou Hazel, surpresa com o fato de um pequeno prazer da vida, como uma geleia de amora fresca, conseguir melhorar seu humor de imediato.

A torrada estava queimadinha nos cantos, como ela gostava.

— Obrigada, Iona.

A criada baixou a cabeça.

— E uma carta para a senhorita.

Hazel notou o pergaminho na bandeja, de um papel grosso, bonito e selado com cera carmesim. Iona aguardava com expectativa.

— Não vai abri-la? — perguntou a criada. — Chegou hoje de manhã por um lacaio de libré com forro dourado. Carruagem chique. Charles não parava de falar sobre isso. Rodas da altura do dorso de um cavalo.

Em um movimento rápido, Hazel rompeu o selo da carta e a abriu.

— É de Mercer... a *comtesse* de Flauat. Ela e o *comte* vão dar um...

Hazel parou de ler, dobrou a carta e a guardou em um dos bolsos da saia. Uma das vantagens de usar vestidos como cirurgiã, constatara ela, eram os bolsos; Hazel às vezes costurava dois ou três bolsos sobre as anáguas para suas penas, o nanquim, o caderno, as agulhas e o bisturi. Ervas secas ficavam espalhadas por todos.

— É um convite para quê? — perguntou Iona. — A senhorita deve ir, sem dúvida! Faz séculos que...

— Que não sou convidada a nenhum evento da alta sociedade, você quer dizer.

Iona corou até ficar de um tom escuro de carmesim.

— Só quero dizer que é um bom sinal alguém como uma condessa a convidar para a casa dela.

— Ou é um sinal de que vão me convidar como uma forma de entretenimento. Talvez estejam faltando fofocas nesta temporada.

— Não deve ser verdade. Você é amiga da srta. Elphinstone... digo, da *comtesse*.

Nisso, Iona estava certa: Hazel Sinnett e Margaret Elphinstone, a qual todos chamavam de Mercer, já foram amigas ou, ao menos, o tipo de conhecidas que ficavam juntas em festas e tocavam o braço uma da outra para apontar que algo ridículo estava acontecendo. Mas suas correspondências haviam diminuído desde... bem, desde a morte de George. Quando Hazel e Hawthornden haviam entrado em luto, a maioria das amizades e de todas as suas correspondências foram deixadas de lado. E mais tarde Hazel ficou fascinada pela Sociedade de Anatomistas e por passar no Exame de Medicina... todo o resto perdeu a importância. Ela tinha escrito a Mercer uma carta de felicitação quando a conhecida se casou com o conde francês, contudo, levando em consideração o tempo que Mercer passara em Londres, devia fazer anos que elas não se viam pessoalmente. Hazel se lembrava dela como uma moça vivaz e espalhafatosa, de uma forma encantadora, a primeira a exigir que os garotos que pairavam nos cantos do salão escoltassem as garotas para uma valsa, e ágil para roubar garrafas de champanhe.

— Para o que ela a está convidando, então? — questionou Iona.

Com um suspiro, Hazel tirou a carta do bolso.

— É uma apresentação de ópera particular, na casa dela. — Enquanto se apressava em ler, ela tentou, sem sucesso, evitar que o entusiasmo transparecesse em sua voz. — É uma ópera que ela assistiu quando estreou em Londres pela primeira vez em março, de Gioacchino Rossini, *O barbeiro de Sevilha*.

Iona riu.

— Uma ópera? Sobre um barbeiro?

— E ela convidou Luigi Zamboni e Geltrude Righetti-Giorgi... — Hazel baixou o convite. — Ah, Iona... Bom, agora receio que eu deva ir.

— São amigos seus?

— *Cantores célebres*, Iona. Dizem que são brilhantes. Vozes que poderiam nos fazer chorar só de ouvir.

— Ora, então está decidido! Vou separar um vestido para a senhorita.

— Bom, não é para tanto. Não é tão simples assim. As pessoas vão comentar... — disse Hazel, andando de um lado para o outro. — Mas... é evidente que também *vão* comentar se eu *não* comparecer. Esse é o dilema terrível, não?

Ela deu meia-volta.

— Devo ir, não? — perguntou, por fim, para a criada.

Iona assentiu.

— Afinal, quando a senhorita deu atenção ao que falam? — rebateu a criada.

Hazel sorriu.

— Acho que a senhorita ficará feliz em sair de casa e ver seus amigos — argumentou Iona. — Apenas se lembre de... hã... lavar o sangue das mãos antes de ir.

Hazel de fato lavou as mãos e esfregou o sangue que havia formado uma crosta marrom sob as unhas. Ela ficou na banheira por tanto tempo que a água ficou marrom. Depois que se secou, escovou o cabelo comprido — estava *muito* longo, quase na altura da cintura, e precisaria cortá-lo em breve — e se vestiu. Conhecendo Mercer, seria um evento elegante, repleto de franceses que haviam saído de seu país natal depois da queda de Napoleão, mas não haviam abandonado o ar soberbo de superioridade e estilo.

Para o dia a dia, Hazel preferia usar meias e espartilhos de algodão sob os vestidos, mas para aquela ocasião ela usaria meias de seda e um corpete que poderia servir até como armadura de batalha.

Iona a ajudou a vestir sua *chemisette* favorita — de um tecido branco diáfano com gola alta de babado — e, por fim, o vestido. Por anos, o luto havia transformado a mãe de Hazel em um fantasma, quase silenciosa e completamente egocêntrica, que tentava ao máximo ignorar Hazel. Portanto, por muito tempo, Hazel usara vestidos de segunda mão ou de estações anteriores, com a mãe ocupada demais para encomendar trajes novos para a filha e a garota jovem demais para saber como comprar vestidos.

Mas havia um vestido que a mãe selecionara para ela com cuidado e atenção. Meses antes, quando lady Sinnett ainda esperava que a filha se tornasse noiva de Bernard e rodopiasse pelo circuito social nos braços dele, lady Sinnett mandou as medidas de Hazel para a sra. Thire na Fleet Street de Londres.

— Você vai precisar de pelo menos algo digno de uma baronesa — dissera a mãe, fungando.

O noivado nunca realmente acontecera, mas talvez sua mãe tivesse se esquecido de cancelar a encomenda com a modista, porque a caixa fora entregue, embrulhada com uma fita roxa. Hazel a havia guardado, sem abrir, embaixo do guarda-roupa. Ela não tinha uma ocasião para o vestido, nem a coragem de vê-lo. Entretanto, naquele momento decidiu levar a embalagem até a cama, soprou a poeira da tampa e removeu com delicadeza o papel que cobria o tecido elegante.

Era um vestido de gala cor de calêndula, um amarelo alaranjado, vivo como o sol poente. O tecido cintilava ao refletir a luz das chamas das velas. As ombreiras eram bufantes e finas, tão delicadas que Hazel as tocou apenas com a ponta dos dedos. Por meio segundo, a mente dela se voltou ao vestido verde no fundo do armário, aquele que ela já usara em uma dezena de eventos. Era um vestido simples — irrepreensível, até —, confortável como uma roupa de baixo.

Mas então o vestido amarelo alaranjado brilhou sob a iluminação e Hazel não conseguiu se conter. Ela deslizou para dentro dele, o tecido fresco como água contra sua pele, e a garota fez beiço diante do espelho. Não havia nenhuma regra que dizia que cirurgiãs não podiam usar coisas belas, certo?

Dedicar-se a uma profissão não significava que Hazel também não poderia usar um vestido como qualquer uma das francesas que se dignavam a passear por Edimburgo.

Ela tinha que admitir, ao se virar e rodopiar a saia diante do espelho, que a imagem era chocante. Depois de semanas usando apenas vestidos de algodão preto e calças masculinas, ela tinha esquecido que quase poderia ser bonita... que a cor do vestido conseguia destacar o corado de suas bochechas e o âmbar de seus olhos. O marido de Iona, Charles, quase caiu para trás quando a viu descer a escada.

— Poderia me fazer o favor de chamar a carruagem, Charles? — pediu Hazel, puxando a capa por sobre os ombros. A peça não era tão elegante quanto uma casaca moderna, mas a jovem não conseguia desistir dela. — Não creio que seja prudente cavalgar até Edimburgo neste vestido.

Charles assentiu e saiu correndo para alertar o cocheiro.

No fundo, de forma inconsciente, Hazel havia considerado a possibilidade de que o primo, Bernard Almont, e a nova esposa dele, Cecilia, pudessem comparecer ao evento. Porém, ao vê-los com os próprios olhos, desembarcando com cuidado da carruagem diante da mansão da *comtesse*, Hazel não havia imaginado a forma como sentiria um embrulho no estômago e a garganta seca. Ela estava com dificuldades para engolir. Se não tivesse chegado outra carruagem atrás da dela, bloqueando-a na entrada, Hazel talvez tivesse pedido ao cocheiro para dar meia-volta e levá-la para casa. Contudo, era tarde demais para isso. Ela estava ali, usando um vestido da sra. Thire, pelo amor de Deus, e ouviria a ópera. Bernard não deveria ter o poder de impedir aquilo.

Os olhares dos convidados que conversaram entre si pareceram atravessar a pele de Hazel. Ela se forçou a manter a cabeça erguida e a postura aprumada. Talvez estivessem apenas fascinados pela beleza do vestido dela.

Hazel avistou uma conhecida — era uma antiga amiga da mãe se dirigindo à entrada.

— Olá, lady Bridgers — cumprimentou Hazel —, é um prazer revê-la.

O rosto da senhora se contraiu em sinal de reconhecimento por um momento impossível de tão breve e, em seguida, lhe deu as costas.

O mesmo comportamento se repetiu com outros dois convidados, homens e mulheres que Hazel conhecera e com quem já havia socializado. Parecia haver um consenso universal de que a rebelião dela era perigosa, talvez contagiosa. Conversas se findavam assim que Hazel se aproximava e ela sabia que era o principal assunto das fofocas.

Portanto, ao entrar na mansão, Hazel foi até o champanhe e se concentrou em examinar a arquitetura elegante. Era uma beleza histórica: uma construção de pedra do século XVI que, com o tempo, tinha recebido expansões na área externa, com torreões, um jardim murado e um pátio que brilhava com a luz das tochas. Do lado de dentro, o som de cavalos e carruagens desaparecia, substituído pelo tilintar de vidro e risadas. Bernard e Cecilia haviam desaparecido em meio à multidão. Hazel virou uma taça inteira sem mesmo sentir o gosto da bebida.

Do outro lado do salão de baile, avistou um garoto de cabelo preto. Seu coração disparou. Ele estava ali. Jack tinha vindo atrás dela. Ele estava de costas e, embora usasse um paletó bordado com o qual Hazel nunca o tinha visto, seus braços e pernas eram longos e esguios como ela se lembrava, a curvatura de sua postura e a linha do pescoço idênticas às dos sonhos dela. Seus lábios de repente ficaram secos e sua circulação sanguínea se tornou audível. Jack estava ali, na festa de Mercer Elphinstone e, a qualquer momento, ele se viraria e Hazel veria o sorriso que se repetiu em sua mente mil vezes. Ele ofereceria a mão e a traria para junto de si e nada na dor pungente da perda dele nem na solidão dos últimos meses importariam. Afinal, estariam juntos de novo.

Jack se virou e Hazel prendeu a respiração por um momento, cheia de expectativa.

Entretanto, não era ele.

Era um desconhecido com um nariz longo e fino e olhos arregalados e fundos, pelo menos trinta anos mais velho que Hazel. Era um homem muito bonito com braços e pernas longos e cabelo preto, mas mesmo assim era um desconhecido, um estranho.

Ela tinha sido inocente. Era irracional e idiota se deixar levar por fantasias. Quer tivesse ou não sobrevivido ao enforcamento, Jack se foi. E esperar que ele reaparecesse só prolongaria a angústia dela. Toda vez que a ferida da perda dele começava a cicatrizar, Hazel arrancava a casca e voltava a sangrar.

Mas ela precisava crescer.

Contendo as lágrimas, avistou a anfitriã através da multidão de vestidos em tons claros.

— Mercer!

Margaret Mercer Elphinstone se virou na direção de Hazel. Seu vestido era branco e flutuante, e poderia ter parecido informal, não fosse pela gola Médici que se avolumava na nuca e pelo fato de que ela combinava o vestido com um pente de ouro e pedras preciosas em seus cachos pequenos e vários colares pesados de pérolas. Seu rosto estava sorridente, mas era um sorriso que escondia uma leve confusão.

— Hazel! — exclamou ela, radiante, mas seus olhos iam e vinham de Hazel ao restante do salão. — Não... não achei que você viria.

— Eu não poderia perder a chance de ouvir a ópera.

O rosto da *comtesse* relaxou.

— Mas é óbvio — respondeu ela, se aproximando para dar um beijo em cada bochecha de Hazel. — Que maravilha que você veio. Falei de você *sem parar*, pergunte a Charles. Para ser honesta, nossa lua de mel se tornou uma *chatice* de tanto que eu comentava sobre minha querida amiga Hazel Sinnett... e já ouviu falar de Hazel Sinnett? E, *com certeza,* já lhe falei sobre Hazel Sinnett. — Mercer deu um passo para trás e levou uma mão ao peito antes de acrescentar: — E esse vestido! Ninguém a avisou que é mal-educado ofuscar a anfitriã?

Com a atenção dela, Hazel conseguiu sentir o salão ficar mais ameno. Ela retribuiu o sorriso da anfitriã.

— Como se alguém pudesse ofuscá-la, Mercer — retrucou a garota.

Mercer deu uma voltinha e deixou o vestido rodar ao redor dela.

— Eu achava meu vestido lindo até ver o seu, e agora terei que pedir um nessa cor. Qual é o nome? Laranja? Amarelo?

— Na verdade, creio que o tom se chame calêndula — respondeu uma voz detrás de Hazel.

Hazel se virou e encontrou Bernard, sozinho, com uma postura rígida.

— Srta. Sinnett — cumprimentou ele.

Por força do hábito, Hazel ergueu a mão. Bernard a pegou e a beijou e, o mais rápido possível, ela baixou a mão de volta ao lado do corpo. Fazia meses que ela não o via, desde que ele tinha mandado Jack Currer para a morte, por ciúme e covardia. Ele escrevera cartas a Hazel que permaneceram fechadas até serem atiradas ao fogo e, nas poucas ocasiões em que fora a Hawthornden para visitá-la, Hazel tinha dado ordens expressas ao lacaio para dizer a Bernard que ela não estava recebendo visitas. Com o tempo, ele desistiu e, fazia algumas semanas que Hazel tinha visto anúncios no jornal de que ele tinha se casado com Cecilia Hartwick-Ellis, uma garota agradável que estava de olho nele e em seu título havia anos.

Era estranho vê-lo agora, em seu paletó formal, o cabelo arrumado, cheirando a pomada. Apesar de tudo, era *estranho* Hazel não estar ali com ele, não ter chegado de braços dados com Bernard e o fato de que não passaria a noite com ele buscando suas bebidas. Era um hábito, os dois juntos. Com a promessa de um noivado desde a infância, o relacionamento deles tinha se tornado cômodo e confortável assim como um par favorito de pantufas. Apenas uma verdadeira traição tinha sido forte o bastante para quebrar aquele laço e deixar anos de companheirismo dilacerados e em farrapos. Azedos e destruídos.

Houve uma época na qual Hazel olhava para Bernard e via seu futuro: sem dúvida, um futuro que se tornaria um fardo, mas tão inevitável quanto o amanhecer de um novo dia. No momento, ela o encarava e sentia ânsia. Tudo no rosto dele era errado e medonho: o nariz bulboso, os olhos próximos demais, a gola tão apertada no pescoço que chegava a ser ridícula. Ela o odiava. Foi só quando Bernard pigarreou que ela se deu conta de que estava parada diante dele, em silêncio e furiosa, havia um minuto.

— Fiquei, hã, triste por você não ter ido ao casamento — comentou ele. — Meu pai insistiu em contratar cinquenta violinistas para a recepção. O bolo tinha cobertura de açúcar cristalizado. Sei que você sempre gostou de açúcar cristalizado.

Hazel permaneceu petrificada, sem conseguir nem mesmo fechar a cara.

— Pensamos que talvez sua mãe — continuou Bernard —, lady Sinnett, fosse, mas...

— Ela ainda está de luto, se não me engano. Certo, Hazel? — interveio Mercer, bendita seja.

Hazel assentiu, firme. O luto oficial por seu irmão George havia acabado anos antes, mas Mercer sempre havia compreendido o estranho isolamento e a tristeza prolongada que caíra sobre

Hawthornden. Hazel articulou um agradecimento com a boca, em silêncio, para Mercer, que a tomou pelo cotovelo.

— Agora, sr. Almont, se me der licença, preciso apresentar Hazel a meu marido.

Assim que elas estavam longe do campo de visão de Bernard, Mercer soltou o cotovelo de Hazel.

— Garoto pavoroso, sempre achei. Fico muitíssimo contente que você não tenha acabado presa a ele. Além disso... — disse ela, com um brilho nos olhos — ele é muito menos interessante do que uma vida dedicada à medicina.

Hazel sorriu.

Mercer se aproximou mais.

— Estou louca para fazer perguntas. Todos ouvimos os boatos. É verdade que usou as roupas de seu irmão? Quantas pessoas já operou? Você desmaia quando vê sangue? Ainda se veste como homem?

— Sim, dezenas a essa altura, não e quase nunca.

A condessa piscou, analisando a informação.

— Impressionante.

Bem naquele momento, um garoto alto de cabelo cacheado que Hazel não reconheceu veio saltitante atrás da anfitriã.

— *Comtesse*! Querida! — chamou ele com um sotaque francês.

— Claude — cumprimentou ela com educação. — Gostaria de lhe apresentar a minha amiga, srta. Hazel Sinnett.

O francês, Claude, acenou distraído para Hazel, mas logo em seguida a encarou, de olhos arregalados.

— É essa *la*...

— A própria — interrompeu Hazel.

— Arrá! — exclamou Claude, rindo e pegando a mão de Hazel para beijá-la. — Mercer, *ma chérie*, você tem os amigos mais fascinantes. *La* cirurgiã mulher, *la* princesa...

Mercer revirou os olhos.

— Ah, você sempre comenta sobre a princesa, não?

— Ela está mesmo doente? — questionou ele. — E por que *elle* rompeu o noivado?

— Claude, já falei uma dezena de vezes que eu e ela não trocamos cartas desde minha lua de mel. Você sabe tanto quanto eu. Mas vou dizer que ela nunca teve muito interesse pelo príncipe de Orange. A mãe dela o odiava, e você sabe que Charlotte detesta desafiar a mãe, ainda mais em um assunto em que agradava *tanto* o pai dela.

— Você acha que a princesa vai se casar por amor, então? — perguntou Hazel, surpresa ao participar da conversa.

Mercer exalou.

— Não — respondeu. — Quando a princesa se casar, vai ser por *pragmatismo*.

Claude pegou duas taças de champanhe de uma bandeja que passou.

— Bem, nesse caso, acho melhor ela se apressar. Ouvi dizer que *l'*ingleses estão loucos por um herdeiro.

Mercer pegou uma das taças.

— Nós *temos* um herdeiro — rebateu ela. — O avô de Charlotte é rei agora, e o *pai* dela é o próximo na sucessão do trono e, *depois*, Charlotte será rainha. Ela tem tempo de sobra para ter um filho.

Com as sobrancelhas arqueadas de maneira astuta, Claude fez contato visual com Hazel e eles compartilharam o mesmo pensamento em silêncio: o pai de Charlotte, o príncipe regente, era o homem que de fato comandava o país enquanto George III estava em seu estado de loucura... mas o príncipe era odiado pelo público.

O país queria a jovem e liberal Charlotte. E queriam a linha sucessória dela o quanto antes.

Uma mulher com um vestido verde que mais parecia uma bolha se intrometeu na conversa:

— Acham que ela está muito doente? Ouvi dizer que a princesa está à beira da morte de novo e se recusa a ver o médico.

Claude riu.

— Ora, é compreensível, não? *Ceux* médicos, sempre apertando e cutucando, cortando e drenando. Tão terríveis quando *la* doença em si.

— Charlotte sempre foi teimosa — retrucou Mercer. — Mas, infelizmente, não sei mais sobre a doença dela do que os jornais. E, como essa é *minha* festa, peço que não se fale mais sobre a princesa. Nem sobre política.

Voltando o rosto para o resto do salão, Mercer ergueu a voz e a taça:

— Olá, olá a todos! A ópera começará em breve, mas, primeiro, vamos todos para o jardim da frente para uma surpresinha!

A multidão a obedeceu e, acompanhando a correnteza de vestidos longos de seda e cetim, Hazel saiu da mansão. Ela tentou identificar os convidados: pessoas que conhecia, garotas com quem tinha assistido a aulas de etiqueta, talvez até garotos que haviam se sentado ao seu lado quando fingia ser um jovem cavalheiro nas aulas de anatomia do dr. Straine... mas todos os rostos se dissolveram e mergulharam juntos na escuridão.

Por um momento, ficaram parado, famintos e impacientes, rindo de nervoso e perguntando-se por que tinham sido guiados para o frio da noite. Mas a dúvida durou apenas um breve momento. Houve um estranho som crepitante e, então, um estouro ensurdecedor, e o jardim, a mansão e as pessoas foram iluminadas pelo brilho deslumbrante de fogos de artifício.

A multidão irrompeu em aplausos, Hazel participando deles. Não dava para evitar — era extraordinário: fogos brancos, brilhantes e ofuscantes transformados em uma imagem que cintilava como os diamantes no pente da anfitriã. Hazel voltou a atenção do céu para as pessoas ao seu redor, que olhavam para cima com a alegria e a inocência de crianças. Ela sorriu.

A queima de fogos durou cinco minutos e, quando a última rajada explodiu no ar, as pessoas comemoraram. Através da névoa de pólvora, Hazel entreviu Mercer. Ela estava radiante, nos braços do marido, o *comte*, um francês alto com um bigode que se curvava nas pontas.

— E agora — gritou Mercer — de volta para dentro para o *verdadeiro* espetáculo!

Ela atravessou as portas e Hazel começou a segui-la, mas uma mão pousou em seu cotovelo.

A garota tentou puxar o cotovelo, mas se deu conta de que a mão pertencia a um policial. Os botões do casaco azul-marinho refletiam, e as botas dele eram de cano alto. Ele era um homem alto, de pelo menos um metro e oitenta, com um rosto e uma careca vermelhos como beterraba. Hazel se deu conta de que aquele não era um mero policial — ele usava o chapéu de alto intendente, com um distintivo de bronze bem polido.

— Srta. Hazel Sinnett? — questionou o homem de rosto vermelho. Havia uma crosta amarela no canto de sua boca. Seu hálito tinha um cheiro rançoso e fétido.

Ela assentiu.

— Fui a sua casa. Hawthornden. Um castelo e tanto — zombou ele. — Disseram-me que eu a encontraria aqui.

O coração de Hazel disparou. O sangue correu alto em seus ouvidos. Com quem ele tinha falado? Iona? Charles? A mão do homem apertou mais seu braço.

— E por que o senhor precisou me encontrar aqui? — questionou ela, mantendo a voz firme.

O ar ao redor deles tinha ficado parado e o hálito do homem era sufocante. Algo estava errado. Algo estava *muito errado*.

As pessoas na multidão pareceram notar a interação. Bernard se afastou de Cecilia e se dirigiu a Hazel e ao policial.

— Com licença, intendente — falou Bernard, pigarreando. Suas sobrancelhas se franziram, uma ruga no meio da testa. — Essa é minha *prima*, sobrinha de lorde Almont. Sem dúvida o senhor sabe que não deve pôr as *mãos* em uma dama.

Hazel ficou ao mesmo tempo mortificada e agradecida. Ela manteve os olhos fixos nos dedos roxos do intendente ainda ao redor de seu braço, recusando-se a dar a Bernard a satisfação de olhar para ele.

— Hmm — resmungou o alto intendente, virando o corpo na direção do de Bernard. — Eu não me importaria nem se ela fosse a princesa de Gales. Essa mulher está presa por assassinato.

Um riso escapou da garganta de Hazel como um latido. Ela não conseguiu evitar.

— *Assassinato?* — repetiu ela. — Assassinato *de quem?*

Bernard piscou algumas vezes, perplexo.

— Com certeza há algum mal-entendido — insistiu ele. — Pensar que uma *dama* é capaz de...

O intendente ignorou Bernard e puxou Hazel para longe, subindo a trilha na direção de uma carruagem à espera, alta e preta. Hazel olhou para trás na direção da festa. Cecilia foi até o lado de Bernard, cujas sobrancelhas continuaram unidas em sinal de confusão.

— Venha — grunhiu o intendente, puxando Hazel com mais pressa, para longe do grupo de estranhos e conhecidos pasmos que se reuniram para observar a cena.

Foi então que Hazel tropeçou na barra do lindo vestido cor de calêndula, em um cetim elegante costurado a mão, encomendado da sra. Thire em Londres. Ela ouviu a bainha rasgar. O vestido estava arruinado. Mas que importância tinha aquilo? Um policial estava segurando o seu braço e a empurrando para dentro de uma carruagem, alegando que estava sendo presa por assassinato, levando-a para algum lugar no meio da noite. Mesmo assim, ouvir o rasgo do tecido bastou para tirar Hazel do pavor abstrato da situação toda, e ela sentiu os olhos úmidos de lágrimas.

O cheiro de pólvora dos fogos de artifício era forte e metálico no ar. Com um grito, o alto intendente conduziu seus cavalos em um trote pela estrada de terra, rumo à Cidade Velha. Atrás deles, a fumaça das explosões ainda pairava, densa e branca, perto do chão ao redor da mansão, iluminada pelas tochas e velas, opaca. A festa foi se afastando, e Hazel, em silêncio e paralisada de medo, voltou a atenção para a escuridão na estrada à frente, a mente acelerada, mas nenhum pensamento fincando raízes.

6

AZEL FICOU SENTADA na carruagem do alto intendente, as mãos algemadas, observando a paisagem escura passar em alta velocidade. Foi só quando eles já estavam de volta à estrada principal que ela conseguiu acalmar o coração acelerado a ponto de pensar com clareza e, alguns minutos depois, tentou recobrar a consciência para colocar a cabeça para fora da janela a fim de chamar a atenção do alto intendente, sentado no alto e dirigindo o coche. O vento soprou o cabelo dela ao redor do rosto.

— Pode ao menos tirar essas algemas? — pediu ela, sua voz parecendo tensa e aguda. — Não sou uma assassina.

Ele a ignorou, e a carruagem não diminuiu o ritmo, balançando pela rua de pedras. Pelo que Hazel viu, eles estavam rumo ao norte, mas ela não tinha como ter certeza na escuridão. Ela contemplou fugir: a porta estava trancada pelo lado de fora, mas será que ela conseguiria sair pela janela? Tinha quase certeza de que não e, mesmo se conseguisse, até onde conseguiria chegar com aquelas algemas? O intendente tinha quase o dobro do tamanho dela.

Depois de mais alguns momentos de silêncio agonizante, ela se inclinou janela afora de novo.

— Com licença. Pode pelo menos me dizer quem eu teria assassinado?

A careca do intendente refletia o luar. Mais uma vez, porém, ele se recusou a se virar para trás para olhá-la, mas, depois de um segundo de hesitação, pigarreou.

— Imagino que você conheça uma mulher chamada Florence Fitzpatrick — respondeu, o escárnio transbordando de cada sílaba.

O cérebro apavorado de Hazel, apavorado, demorou meio segundo para repassar os nomes de todas as pessoas que ela já havia conhecido na vida. Jamais fora apresentada a Florence Fitzpatrick. Era um engano, então. Um fiozinho de terror se afrouxou e relaxou dentro de Hazel. Era tudo um mal-entendido. Um equívoco. Tudo seria resolvido.

— Não — disse Hazel, a voz estranhamente aguda e ecoando em seus ouvidos. — Não conheço essa pessoa. Você está enganado.

O alto intendente bufou.

— Hmmm — soltou ele.

Devia ser um engano. Ela vasculhou as lembranças. O nome lhe era estranho, porém, o que era ainda mais tranquilizador era o fato de que nenhuma mulher havia morrido sob seus cuidados nos últimos meses. Em janeiro, ela havia removido um tumor de um homem chamado Billy Barber — ela havia aberto a barriga dele, onde um caroço de carne endurecida do tamanho de uma laranja havia surgido e, para seu horror, os órgãos dele estavam marcados por bubões pretos e duros. Ela havia removido o tumor e costurado a incisão, mas ele morreu uma semana depois. Não devia ser a isso que eles estavam se referindo. Hazel tinha consolado a viúva em prantos e enviado flores para o enterro dele.

Talvez a polícia a estivesse levando a algum lugar para ser interrogada. Talvez nos próximos minutos chegariam à mansão do próprio lorde alto intendente, que lhe daria uma xícara de chá e tiraria as algemas de seus punhos, e todos dariam risada sobre o mal-entendido.

Então Hazel viu, no alto da colina, alta como uma fortaleza medieval, e soube que não estavam a caminho de uma mansão para tomar chá. Calton Gaol era uma prisão de pedra com torreões que se assomavam sobre a Cidade Nova. Tinha sido aberta poucos anos antes, e Hazel se lembrava de explicá-la para Percy em um de seus raros passeios juntos pela cidade. Ao longe, a estrutura imponente, a mais alta da região, ficava no topo de uma colina relvada e parecia um castelo, e Percy, com as mãos pegajosas, tinha apontado para a construção e perguntado a Hazel se o rei ficava lá quando visitava a Escócia. Havia carroças passando ao redor deles naquele dia, lojistas varrendo seus alpendres e mercadores gritando sobre o preço do peixe.

Hazel tinha que baixar o rosto para perto de Percy para falar com ele. Ele devia ter quatro ou cinco anos na época.

— Não, Percy — respondera ela. — Aquele é um lugar aonde pessoas muito más vão quando machucam outras pessoas. Mas não precisamos nos preocupar com isso.

Eles também não tinham por que se preocupar com visitas do rei à Escócia (fazia quase dois séculos que o monarca não se dava ao trabalho de visitar o país), mas Hazel não corrigiu o irmão.

O que mais eles haviam feito naquele dia? Era tão difícil de lembrar. Devia ter sido antes da morte de George, porque Hazel não conseguia se lembrar de um tempo em que ela e Percy houvessem passado o dia juntos na cidade depois que o luto recaiu sobre a família.

As rodas da carruagem passaram por uma grande saliência na estrada e Hazel voou do banco, batendo a cabeça no teto.

— Ai! — gritou ela.

— Silêncio aí atrás — retrucou o intendente, que enfatizou a ordem com uma pancada forte no teto da carruagem.

Hazel se recostou. Era tudo um mal-entendido. Nascido, sem dúvida, dos vários boatos perigosos sobre ela. Hazel era uma mulher que havia recusado um pedido de casamento e, no momento, morava sozinha, indo para cima e para baixo sem acompanhante e agindo como uma cirurgiã. Era lógico que as pessoas a olhariam com desconfiança. Uma figura desonrosa. Uma ameaça, até. Mas ela não conhecia nenhuma Florence Fitzpatrick, e com certeza não havia assassinado essa mulher. Ela fechou os olhos e tentou repetir para si mesma que tudo ficaria bem. Seu tio, sua mãe, seu pai... Eles eram pessoas proeminentes, pessoas com títulos de *nobreza*. Pessoas que poderiam ajudá-la e quem sabe causariam muito constrangimento à nova Força Policial de Edimburgo.

A carruagem continuou aos solavancos e, na escuridão, Calton Gaol se tornou apenas uma sombra iminente. Tudo seria resolvido, garantiu Hazel a si mesma. Tudo ficaria bem.

Depois de passarem pelos portões, um guarda apareceu e tirou Hazel da carruagem.

— Que belo vestido — comentou o guarda, esfregando os dedos no tecido no ombro de Hazel.

Ela se afastou de súbito.

— Ora, ora! — exclamou ele, antes de tossir, o som grosso de catarro. — Difícil, hein?

Do lado de dentro, Hazel foi empurrada para uma sala de pedra vazia e ouviu ordens para vestir uma roupa branca e simples de algodão. Para sorte dela, o guarda havia removido as algemas e fechado a porta atrás de si para lhe oferecer privacidade.

A sala era úmida e cheirava a putrefação e dejetos humanos. Hazel sentiu ânsia enquanto colocava a camisola que tinham lhe entregado: o material era áspero e esfarrapado, com manchas marrons que lhe deram a certeza de que não era a primeira a usá-lo. Quando terminou, o guarda voltou e recolocou as algemas em seus punhos.

— Preciso escrever uma carta — disse Hazel enquanto o guarda a escoltava por um longo corredor. — Várias cartas, na verdade.

O guarda tossiu de novo.

— Não cuido de nada disso. Só estou aqui para levá-la até sua cela.

— Minha *cela*? Mas você não pode me colocar em uma *cela* sem ao menos explicar por que estou aqui!

Hazel repetiu a si mesma que era um mal-entendido, sem dúvida alguma, mas lágrimas ardiam em seus olhos.

O guarda com a tosse tirou um lenço de um bolso do peito e cuspiu nele. Ele examinou o cuspe, depois dobrou o tecido e o devolveu ao bolso.

— Sou apenas um guarda noturno. Não cuido de nada disso.

— Bom, deve ser o *trabalho de alguém* cuidar disso.

— É, mas essa pessoa só vem de manhã — disse ele.

Com isso, ele apanhou uma chave de bronze de um chaveiro no cinto e abriu a porta para um quartinho. Com apenas a luz de tocha do corredor, Hazel conseguia distinguir um catre pequeno e um penico.

— Entre.

Atônita, Hazel obedeceu. O cheiro tinha ficado mais forte conforme eles adentravam a cadeia. O que devia ser a cela dela tinha o cheiro tão forte de mofo e ferro que quase fez seus olhos lacrimejarem mais.

— Pode ao menos retirar as algemas? — perguntou Hazel.

Iluminado pelas tochas, o homem era apenas uma sombra agora, o rosto invisível na penumbra.

— Sinto muito, mas não tenho permissão de fazer nada sobre isso. — Ele tossiu de novo, e era quase um pedido de desculpa.

— O *que* você tem permissão de fazer? — indagou Hazel, odiando a tensão e o medo em sua voz.

Em resposta, o guarda fechou a porta e virou a chave.

Ela se sentou no catre (havia apenas uma tela estendida sobre um estrado de madeira) e sentiu exaustão e confusão invadirem seu organismo. No escuro, ouvindo o gotejar de água em algum lugar ao longe e o som distante de gritos, Hazel Sinnett se permitiu chorar.

7

NÃO HAVIA NENHUMA janela na cela. A única indicação de que Hazel tinha se era de manhã ou noite era a mudança na luz que atravessava a pequena grade quadrada na porta pesada de madeira da cela. Duas vezes ao dia, pelo menos parecia ser duas vezes ao dia, um guarda com espinhas no rosto chegava com uma bandeja com pão e um copo d'água.

Afinal, há quanto tempo ela estava ali? Era quase impossível distinguir, porém ainda mais preocupante era o fato de que Hazel não fazia ideia de quanto tempo *ficaria* na cela. Ninguém lhe tinha dito *quem* era Florence Fitzpatrick nem como Hazel a teria matado. Ela sentia que estava começando a enlouquecer.

Ao menos recebera uma clemência: o alto intendente entrou em sua cela um dia e estendeu a Hazel um pedaço de pergaminho e uma pena com a ponta cega.

— Devo vigiar enquanto você escreve — declarou ele.

Hazel não se opôs. Ela rasgou o pergaminho em três e apressou-se a escrever três cartas, uma em cada um dos pedaços. Os destinatários eram diferentes, mas as mensagens eram as mesmas.

Por favor, envie ajuda. Fui detida por um alto intendente e trazida a Calton Gaol com base em acusações falsas. Tenho pouco espaço para escrever e nenhuma informação sobre quando serei liberada.

Hazel Sinnett

Ela dobrou as cartas, tomando cuidado para não manchar a tinta, e escreveu os destinatários na parte de fora: a mãe em Londres; o pai em Santa Helena; e o tio, lorde Almont, logo abaixo da colina, na Cidade Nova.

Assim que ela terminou de escrever o endereço de seu tio, o alto intendente tirou as cartas de Hazel.

— Vai enviá-las, certo? — perguntou ela. — Pelo menos isso tenho direito, não tenho?

O alto intendente apenas bufou pelo nariz e saiu, fechando a porta da cela com um estrondo pesado e deixando o tilintar da chave na tranca ecoar no ar.

Hazel tinha pouquíssimas esperanças de que as cartas aos pais fossem de grande ajuda. Levaria dias para chegar a Londres, que dirá para uma carta embarcar em um navio para ser devidamente entregue ao comando da ilha do pai. Mas a mensagem para o tio poderia fazer a diferença.

A qualquer minuto, pensou ela naquela noite. *A qualquer minuto.*

Na manhã seguinte, nada tinha mudado: ninguém tinha invadido a cadeia alegando que a polícia havia cometido um erro. Talvez a carta ainda não tivesse sido entregue ao tio. Afinal, se tivesse, lorde Almont teria enviado ajuda.

A esperança de Hazel reduzia a cada hora que passava, a cada nova refeição que o guarda cheio de espinhas lhe trazia. Quatro refeições haviam se passado desde que ela escrevera para o tio, depois cinco e seis. Lá pela sétima refeição de pão e água, Hazel estava dizendo a si mesma que eles não tinham enviado as cartas. Na décima, acreditava que seu tio tinha, *sim*, lido seu pedido de ajuda e decidido ignorá-la. Iona, com certeza, estava ciente de que Hazel estava desaparecida. Além disso, todos na festa a tinham visto ser presa. Talvez Bernard a odiasse mais do que Hazel imaginava. Talvez tivesse convencido o pai que apodrecer na prisão era o que a prima merecia.

Não muito depois que ela escrevera as cartas, Hazel notou que seu campo de visão começara a escurecer nos cantos. Desejou estar com seus cadernos para registrar os sintomas conforme apareciam. Tentou se lembrar deles e os repetiu para si mesma: visão em túnel e turva, dores na barriga, um suor tão intenso que a deixava com frio a ponto de bater os dentes quando acordava. Por vários dias seguidos, Hazel percebia que estava fraca demais para se levantar do catre: o guarda entregava sua comida e retirava a refeição interior, que permanecera intocada.

Era uma febre, ela sabia disso. Hazel precisava de alimentos nutritivos, repouso e água potável, mas não tinha nada disso. Tudo que tinha eram aquelas paredes frias, o catre baixo e duro e o tempo de sobra para ficar presa na própria cabeça repetindo para si mesma que precisava sobreviver, precisava melhorar.

— Tenho ao menos permissão para ver um médico? — lamentou ela na escuridão.

Tinha sido necessária toda a sua força para pronunciar aquelas palavras e, mesmo assim, Hazel as ouviu sair de sua boca como pouco mais de um sussurro. Ninguém na prisão a escutou... ou ninguém decidiu responder.

Hazel não morreria ali. Ela repetiu mentalmente aquela simples frase várias vezes, fraca demais para qualquer outro pensamento: *não vou morrer aqui*. Não vou morrer aqui. Quatro palavras. Seis sílabas. Uma frase a que ela poderia se agarrar quando o mundo ao seu redor estivesse rodopiante e frio. Ela não morreria ali. Hazel tinha chegado longe demais para morrer por uma febre.

E, certa manhã, ela acordou, ainda molhada de suor, mas os braços e as pernas não estavam doloridos e pesados. As pálpebras não ardiam mais quando ela as fechava. Quando o guarda colocou a bandeja de café da manhã na cela, ela percebeu que estava com fome, pela primeira vez em dias. Hazel rastejou até o pão e deu mordidas pequenas para se alimentar. Não era muito, mas era alguma coisa.

Hazel não tinha percebido, mas o guarda com espinhas no rosto tinha ficado esperando do lado de fora da porta.

— Pegue — sussurrou ele, oferecendo mais um pedaço de pão. Hazel o devorou em uma inspiração.

Na manhã seguinte, quando o guarda com espinhas no rosto entregou o pão e a água, Hazel se empertigou de repente no catre. Ela o olhou com clareza pela primeira vez: ele era pelo menos trinta centímetros mais alto do que Hazel, e se portava com a elegância de um ganso embriagado. O pescoço era comprido, mas fino como um carretel de linha. Se não estivesse presa, Hazel poderia ter se apiedado dele.

— Sabe... — disse ela. — Você pode usar hamamélis. No rosto. E mel para aliviar as... — Ela deu um tapinha na própria bochecha.

Se o jovem guarda corou, era impossível saber pela vermelhidão em seu rosto já inflamado.

— Com certeza vai ajudar a aliviar o inchaço — completou. — E a vermelhidão.

O guarda a encarou, mas não respondeu nada. Mesmo assim, dali em diante, suas refeições passaram a incluir um pedaço de queijo.

Hazel estava ficando sem maneiras de fazer o tempo passar. Para não enlouquecer, examinava as linhas na parede, as rachaduras que subiam pelo chão, e os nós na madeira da porta da cela. Quando estava deitada no catre, fechava os olhos e tentava imaginar um corpo humano e dissecá-lo em sua mente. Aqui está o esterno. Aqui estão os pulmões. Sob eles, o estômago, o fígado e a bexiga. Ela contava todos os ossos da mão centenas de vezes. Repassou todas as doenças em que conseguia pensar e depois tentou recitá-las em ordem alfabética. Se ela se distraísse o suficiente, não pensaria tanto na fome. Seu osso do quadril já estava se tornando tão proeminente que ela conseguia apalpá-lo pelo tecido do vestido quando estava deitada no catre. O cabelo ficara tão emaranhado que ela não conseguia mais passar os dedos por ele.

Foi enquanto Hazel estava tentando visualizar todos os vasos sanguíneos que passavam pela coxa que a porta de sua cela se abriu.

Era o alto intendente.

— Acabou? — perguntou Hazel com a voz rouca. — Vou ser solta? Vocês falaram com meu tio?

O alto intendente tossiu em resposta. Ele sacudiu a cabeça e fez sinal para Hazel o seguir.

Ela sentiu as pernas fracas e cambaleantes depois de dias sem se mexer, mas fez o melhor para acompanhar o ritmo dele, atravessando o corredor sinuoso da cadeia, passando por inúmeras portas com grades nas janelas. Detrás de algumas delas, Hazel ouviu gemidos ou choros. Outras, porém, estavam em silêncio. A garota se perguntou se aquelas celas estavam vazias ou coisa pior. O intendente a guiou por uma escadaria para um grande corredor vazio, onde uma fresta de luz do sol atravessava uma janela. A claridade fez Hazel se dissolver em um acesso de espirros.

— Por aqui — instruiu o intendente, quando Hazel tinha por fim parou de espirrar e piscar depressa.

— Vou ser solta? — perguntou ela outra vez, olhando ao redor.

O guarda com espinhas no rosto estava por ali. Ele fez contato visual com Hazel e balançou de leve a cabeça. Ela sentiu um aperto no peito.

Em silêncio, o intendente continuou a guiá-la pelo corredor até uma antecâmara.

Hazel estava confusa. O cômodo era muito diferente de todos os outros que ela tinha visto na cadeia: poderia ser a sala de estar decorada de uma residência, com um papel de parede amarelo estampado, uma lareira grande, e uma variedade de cadeiras de madeira. Então, Hazel percebeu que o homem de peruca empoada e toga sentado no alto da sala era um juiz.

— Isto é um julgamento? — pergunta Hazel. — Então sem dúvida tenho direito a um advogado.

O juiz bufou.

— Uma mera audiência, *senhorita* — declarou ele, com um som sibilado na última palavra. — E alguém em sua posição tem sorte de ter sequer isso. Além disso, devo lembrá-la de não falar com seus superiores antes que se dirijam a senhorita.

Hazel conseguiu engolir a raiva e, rangendo os dentes, fez uma grande reverência que deixaria a mãe orgulhosa.

— Claro, milorde. Minhas mais sinceras desculpas.

Aquela era a das raras situações nas quais seu conhecimento de decoro poderia ser usado a seu favor. Ela logo notou o rosto do juiz se suavizar, mas apenas por um breve momento.

— Tragam a testemunha — chamou ele, sem olhar para a garota.

Hazel se virou.

A princípio, ela não reconheceu a mulher. O rosto pálido dela estava escondido sob uma touca e, desde que Hazel a tinha visto pela última vez, o corpo dela havia recuperado um pouco de sua forma. Foram os cílios loiros que Hazel reconheceu primeiro, tão claros que eram quase brancos.

— Mary — murmurou Hazel.

A mulher estremeceu e baixou os olhos. Mary. A mulher à beira da morte de quem Hazel cuidou até que recuperasse a saúde.

O juiz pigarreou.

— Por favor, diga seu nome.

— Florence Fitzpatrick — revelou ela, a voz pouco mais que um murmúrio.

O juiz se empertigou na cadeira.

— E, sra. Fitzpatrick, é *verdade* que foi a essa mulher que a senhora recorreu para realizar um aborto ilegal?

A mulher, Florence, ficou em silêncio.

— Não é verdade — declarou Hazel. — Diga a eles que *não é verdade*. Ela veio a mim doente, moribunda, com o bebê já morto na barriga. Salvei a *vida* dela.

— *Silêncio!* — exclamou juiz. — Sra. Fitzpatrick, conversamos com sua senhoria. Sabemos que a senhora estava grávida e perguntou sobre meios para matar o próprio bebê. Seu marido instruiu que a justiça fosse feita. Agora, pergunto-lhe mais uma vez: foi essa mulher que realizou seu aborto ilegal?

Florence estava trêmula, os olhos fixos no chão.

— Talvez a senhora precise ser relembrada... — continuou o juiz. — Seu marido garantiu que, se a senhora cooperasse com a Justiça, seria oferecida clemência por seus atos. Clemência que, em minha opinião, a senhora não merece.

Florence, ainda tremendo, assentiu de leve.

— Isso é um sim, sra. Fitzpatrick?

— Sim — sussurrou Florence, a palavra tão baixa que Hazel, a apenas trinta centímetros de distância, mal conseguiu ouvi-la.

O juiz bateu com a mão na mesa.

— Pronto. Pode ir, sra. Fitzpatrick.

Hazel encarou Florence, cravando os olhos nela, desejando que a outra se virasse pelo menos por um instante em sua direção. Tinha salvado a vida daquela mulher e, em troca, ela a havia condenado. Ela não ergueu os olhos em nenhum momento. Ainda cabisbaixa, envergonhada demais para encarar Hazel, Florence deixou que o intendente a guiasse de volta ao corredor.

— Não é verdade! — gritou Hazel, em um acesso de fúria e terror, esquecendo-se de todas as regras de decoro. — É mentira. Fui aprisionada aqui com base em uma mentira.

O juiz olhou para ela de cima a baixo como se Hazel fosse um inseto esmagado sob sua bota. Em frenesi, Hazel correu na direção do guarda com espinhas no rosto que estava à porta.

— Alguma de minhas cartas foi enviada? Diga-me isso, ao menos! Por favor, busque meu tio, lorde Almont, na Cidade Nova.

O guarda com espinhas no rosto olhou para Hazel.

— Sinto muito — sussurrou ele.

O juiz continuou a gritar, mas a visão de Hazel estava turva. O intendente apanhou as algemas que prendiam as mãos de Hazel e a puxou para fora da antecâmara, de volta ao corredor, e então escada abaixo até as profundezas da cadeia. Foi quase um alívio voltar à cela e se deitar no catre para aguardar o mundo parar de girar. Mas então o som da chave na porta a trouxe de volta à realidade, e Hazel Sinnett entendeu muito bem os problemas que estava enfrentando.

43 George 3 c. 58
Lei de Lord Ellenborough, 1803

Quanto a certas outras ofensas hediondas, cometidas com a intenção de destruir as vidas dos súditos de Sua Majestade por veneno ou com a intenção de realizar aborto...

... fica então decretado por sua Excelentíssima Majestade, o rei...

... que qualquer pessoa ou quaisquer pessoas que voluntária, maliciosa e ilegalmente causem e realizem o aborto em qualquer mulher que se encontre grávida...

... a pessoa ou as pessoas que cometam esse crime, seus conselheiros, auxiliares e instigadores, cientes de qualquer informação de tal crime, devem ser e serão declarados criminosos e devem sofrer pena de morte.

Vigente na Inglaterra, no País de Gales, na Irlanda e na Escócia de acordo com a disposição 6 George 4 c. 126

8

Foram dias sem saber o que estava acontecendo. Hazel perdeu completamente a noção do tempo e qualquer esperança de que as cartas que havia escrito para sua família tivessem sequer sido entregues. Horace (nome, aliás, do guarda com espinhas no rosto) continuava a entregar pão e queijo a ela duas vezes ao dia. Em uma ocasião, ele até lhe trouxe uma pera.

— Não conte a ninguém — sussurrou ele, fazendo a fruta deslizar pelo chão.

Era granulosa e tinha gosto de grama, mas Hazel chupou até as sementes mesmo assim.

Às vezes, Hazel batia à porta sem parar, exigindo falar com alguém, que *qualquer um* a escutasse. Outras, só permanecia sentada no catre, fitando o vazio, perguntando-se como seria a experiência de ser guiada ao cadafalso de madeira em Grassmarket. Sempre havia multidões para assistir às execuções: com certeza teria gente lá, gritando e zombando dela, chamando-a de nomes terríveis pelo crime que pensavam que ela havia cometido.

Será que teria a chance de dizer uma última palavra?

Será que suas pernas tremeriam e revelariam seu medo?

Os corpos de criminosos enforcados eram os únicos cadáveres que a lei permitia para dissecação. Hazel sabia que, depois que ela caísse da forca, haveria outra cena terrível: garotos se acotovelando, todos tentando apanhar o corpo pelo qual sabiam que um estudante de medicina pagaria um bom dinheiro. Será que Jack tinha sido um deles? Será que ele havia disputado com outros garotos pobres para pegar os cadáveres de criminosos enforcados antes de conhecer Munroe e decidir que era mais simples ir aos cemitérios à noite e escavar?

A umidade na cela era sufocante. Em certos dias, pairava pesada no ar como uma manta de lã e, em outros, ficava tão abafado que só era possível se deitar no catre e rezar para o tempo passar mais rápido. Talvez Jack tivesse passado pela mesma coisa quando ficou aprisionado antes de seu enforcamento. Hazel vinha pensando nele com cada vez mais frequência nos últimos tempos, tentando invocar a lembrança da sensação de tocá-lo e de como o cabelo escuro dele caía sobre os olhos. Ele era tão gentil com ela, e com todo mundo. Hazel percebeu que não conseguia se lembrar de detalhes específicos que ele lhe havia contado, mas se lembrava do que sentia quando estava com ele: que Jack realmente gostava dela e queria que ela ficasse segura e fosse bem cuidada.

Ele passou seus últimos dias em uma cela de prisão. Será que as horas haviam perdido o sentido para Jack também? Será que ele também passara do terror à resignação de um momento para o outro? Hazel escutava passos se aproximarem e desaparecerem no corredor atrás da porta de sua cela, certa de que toda vez *aquele* seria o momento em que os guardas entrariam e a levariam à morte. Ela se perguntava se, nas presentes circunstâncias, optaria por tomar o tônico que o dr. Beecham lhe oferecera, naquele instante em que a morte parecia não apenas provável, mas iminente. Será que daria um gole de um frasco que prometia um futuro desconhecido, mas indefinido? Ela ainda não tinha certeza.

Era mais um dia quente e abafado. O pedaço de queijo que Horace lhe trouxe com a bandeja de café da manhã estava úmido pelo calor. A camisola que Hazel vestia, áspera, e com um cheiro que a fazia se lembrar de estábulos, grudava em suas pernas e axilas. O ar pesado chegava em seus pulmões. Ela desejava ter um livro ao alcance.

Então, depois de uma verdadeira eternidade, vieram buscá-la.

Houve uma batida na porta da cela, e Hazel sentiu uma eletricidade atravessar seu corpo. Antes que ela pudesse se sentar, a porta se abriu com um rangido pesado. Era o guarda da prisão que a havia conduzido à cela pela primeira vez, tanto tempo atrás. Foram semanas? Meses? A memória de Hazel tinha ficado fraca, disforme como um gás. O homem ficou parado como uma estátua, ocupando quase todo o batente. Sua boca era uma linha fina e reta e, antes que ele pronunciasse uma única palavra, Hazel entendeu que deveria acompanhá-lo.

Então, é essa a sensação de estar no corredor da morte, pensou Hazel, seguindo o guarda silencioso pelo corredor. Nem dinheiro nem influência familiar puderam salvá-la, e ela havia descoberto, a cada minuto angustiante em sua cela, que tinha menos amigos do que imaginava. Seria enforcada. Talvez, se fosse uma poeta, e não uma cirurgiã, ela poderia conseguir se consolar com algum pensamento lírico a respeito da natureza fugaz da vida ou do propósito cruel do homem no planeta. Mas a exaustão e a fome haviam esvaziado a poesia de seu cérebro. Ela estava cansada e assustada e, quando o pensamento efêmero de evocar algumas "últimas palavras" passou por sua mente, nenhuma lhe ocorreu.

Ela tinha lido que, quando o rei Charles I foi decapitado, ele insistiu em usar duas camisas para a execução porque era um dia frio e ele não queria que ninguém o visse tremendo e pensasse que fosse de medo. Catarina Howard, uma das esposas condenadas de Henrique VIII, pediu que um cadafalso fosse levado a sua cela na Torre de Londres para que ela pudesse praticar colocar a cabeça nele. A ideia era que, quando por fim seu momento chegasse, e a rainha adolescente estivesse exposta na frente de centenas de pessoas que tinham ido para ver sua cabeça ser decepada, ela conseguiria fazer tudo parecer natural. Elegante, talvez quase coreografada.

Entretanto, Hazel não seria decapitada. Seria enforcada como uma criminosa qualquer em uma praça.

As pedras que Hazel havia escondido em suas roupas de baixo roçaram desconfortavelmente em sua pele. Mesmo sob o calor do dia e encostadas no corpo, as pedras conseguiram se manter frescas ao toque. Hazel havia passado os últimos dias enchendo o vestido e as meias com pedrinhas de todas as formas como conseguia imaginar reunir sem que fosse pega. O tempo na prisão definhara o seu corpo... mesmo sem um espelho, ela conseguia reparar a forma como os joelhos batiam um no outro e cabelo castanho caía em tufos do couro cabeludo. Enforcamento era uma morte rápida, Hazel sabia disso, mas apenas se a força da queda partisse o pescoço da vítima. Se a força fosse pequena ou seu corpo leve demais para a gravidade fazer efeito, ela seria estrangulada pela corda, lenta e dolorosamente. O objetivo das pedras era aumentar seu peso para garantir que tudo fosse breve.

Quando estava certa de que o guarda estava concentrado no caminho à frente, Hazel pegou do chão uma pedra do tamanho da palma de sua mão e a encaixou no espaço entre sua camisola e seu espartilho, onde retiniu contra as outras que ela já havia juntado ali. Talvez quando chegassem a Grassmarket, ela encontraria pedras lisas o bastante para caberem nos sapatos.

O guarda apertou o passo. Hazel acompanhou e, enquanto caminhava, tentou manter a respiração calma e deliberada; o que seria importante. Ela não queria parecer nervosa quando por fim chegasse ao cadafalso. As pessoas poderiam dizer o que quisessem de Hazel Sinnett, mas não poderiam negar que ela enfrentou a morte com bravura, de cabeça erguida, a postura aprumada e o nariz empinado em um gesto de desafio.

Pela luz interior fraca do átrio, o guarda guiou Hazel na direção do portão principal da prisão. Finalmente veria o mundo lá fora. Talvez a última vez em que ela vislumbraria o sol, pensou, distraída. Desejou poder ter se despedido da mãe e do pai. Fazia anos que ela não o via; quando imaginava o rosto dele, era uma versão do que existia no retrato da família que estava em Hawthornden. Hazel havia erguido os olhos para a pintura tantas vezes que tinha se sobrescrito à lembrança dela. Ela teria desejado beijar a bochecha de Percy, pedir para ele se comportar, ser bonzinho com a mamãe. Teria dito a Jack que o amava. Mas talvez Hazel encontrasse Jack em breve.

Eles pararam diante do portão.

— Espere — declarou o guarda, tirando um molho de chaves de metal tilintantes do casaco e as balançando até encontrar a certa.

Com um estalo que fez Hazel se lembrar de um osso se quebrando, ele soltou as algemas ao redor de seus punhos. Ela pensou, então, que as algemas pertenciam à prisão. Imaginou que iria à forca amarrada em cordas. Ainda estava usando a camisola simples que lhe tinham dado quando chegara. Por um momento, se perguntou se eles poderiam devolver o vestido que ela tinha usado naquela noite quando a tiraram da festa, o de tecido dourado que reluzia sob a luz de velas. Imaginou um corpo pendurado na forca com aquele vestido de gala e quase sorriu com o ridículo. Qual seria o paradeiro daquela peça? Provavelmente no baú da esposa ou da filha de um dos guardas. *Que bom*, pensou Hazel. *Que outra pessoa faça bom uso*. Ela não precisaria mais dele aonde estava indo.

Assim que a porta da prisão se abriu, Hazel quase desabou de joelhos graças ao choque de tudo: da luz, do frio, da sensação do vento batendo em sua bochecha. Em seu tempo na prisão, manchas vermelhas haviam se espalhado em seu rosto. A marca ficou irritada e repuxada sob o sol.

O guarda pareceu incomodado. Seu peso mudou de um pé para o outro, sem jeito. Sua expressão era estranhamente neutra e sinistra.

— Ninguém me consulta mais sobre nada — comentou ele, pelo visto para si mesmo.

— Desculpe? — perguntou Hazel.

O homem baixou os olhos como se estivesse surpreso que ela estivesse lá.

— Bem. — Ele a enxotou como um gato de rua. — Vá logo. Saia.

Confusa, Hazel tropeçou nos paralelepípedos que levava à rua. A carroça que ela imaginou que a levaria a Grassmarket não estava lá. Exceto por uma carruagem preta alta que devia pertencer ao juiz ou a um magistrado, a estrada estava completamente vazia.

— Eu vou... andando? — indagou Hazel.

— Você acha isso engraçado, é? Andando uma ova — retrucou o guarda, e tossiu algumas vezes.

Hazel olhou ao redor. Não havia nenhum lugar para ir. Sem dúvida, ninguém nunca fora em uma carruagem preta envernizada com toques dourados à forca. A carroça que a levaria estava atrás da chique? A garota deu alguns passos hesitantes para a frente, sentindo as pedras roçarem desconfortavelmente onde ela as havia escondido. Seus movimentos eram estabanados e lentos; ela tentou não deixar as pedras caírem da camisola.

A porta da carruagem preta se abriu, revelando um jovem de peruca empoada.

— Venha, srta. Sinnett. Sinto muito, mas não temos o dia todo! — exclamou o estranho, com um forte sotaque inglês. Ele consultou um relógio de bolso e bufou, frustrado. — Sem dúvida sua marcha natural é mais rápida do que isso! Vamos, vamos!

Hazel ficou encarando, mas obedeceu e se apressou em direção à carruagem preta, deixando as pedras caírem ao chão. O homem de peruca a ajudou a embarcar no banco ao lado dele na carruagem.

— Vamos ter que dar um banho na senhorita ao final do dia, com absoluta certeza — comentou ele, cutucando a camisola branca de Hazel e estremecendo de repulsa.

O mundo, que vinha girando desde que Hazel ouviu a batida na porta da cela, estava começando a ficar mais lento.

— Imagino que eu não vá ser enforcada, então — disse ela.

Ele balançou a cabeça e abriu um sorrisinho triste.

— Não — declarou, e deu uma batidinha no teto da carruagem, que avançou lento pela rua, morro abaixo, para longe da prisão. — Outras providências foram tomadas.

9

O NOME DELE era Gaspar Philip Pembroke, e se tratava de um mordomo da família real. Em menos de uma hora de viagem na carruagem, Hazel ficou sabendo sobre as opiniões dele sobre a culinária escocesa (abismal), o estado das estradas de Londres a Edimburgo (uma vergonha) e suas opiniões sobre as habilidades dos convidados do Congresso de Viena na valsa (melhores do que ele imaginara). Suas roupas eram estranhamente formais e antiquadas: pouquíssimos homens ainda usavam perucas empoadas, e os que a portavam eram velhos que se recusavam a renunciar a moda de sua juventude. Gaspar parecia ter por volta de trinta anos. Tudo em sua aparência, dos sapatos muito bem engraxados ao cabelo branco empoado, era fastidioso. Ele parecia o tipo de homem que acordava várias horas mais cedo para remover os fiapos da calça e passar os vincos das meias.

A carruagem passava aos solavancos por campos de cavalos e Gaspar estava discursando se o cruza-bico escocês tinha ou não um canto mais doce do que o inglês.

— Peço desculpas — interrompeu-o Hazel, por fim —, mas o senhor poderia me informar o que está acontecendo?

— Ah — respondeu Gaspar, ajeitando-se um pouco.

Hazel reparou que ele se esforçava muito para evitar que a manga de corte impecável de seu casaco roçasse na sujeira e na fuligem da camisola dela.

— Estamos indo para Londres — explicou ele.

— Londres.

— Londres. Exatamente.

— Mas... — começou Hazel. Uma variedade de perguntas havia inundado a cabeça dela de uma única vez. Naquela manhã, ela estava em uma cela de prisão, esperando para ser enforcada. E, de repente, estava viajando. Em uma carruagem. Para Londres. — Eu ainda vou...?

Hazel ergueu os punhos em uma mímica das algemas que estavam ali até poucas horas antes. Ela virou a cabeça para o lado e botou a língua para fora como um cadáver enforcado.

Gaspar se crispou.

— A resposta curta é não.

— Qual é a resposta longa? — questionou Hazel.

Gaspar suspirou e o lenço de babados em seu pescoço tremulou.

— A resposta longa é não, pela clemência de Sua Alteza Real, o príncipe regente.

— Como é possível? O príncipe regente?

Será que suas cartas tinham sido entregues ao tio, afinal? Mesmo se tivessem, parecia impossível que o príncipe regente tivesse se envolvido nas tribulações de um visconde escocês.

— Espere um momento — disse. — Se fui solta, por que estamos indo para Londres? Quero ficar no Castelo Hawthornden. Já passamos por ele.

Hazel se virou na carruagem para tentar ver se a fumaça de Edimburgo ainda estava visível ao longe.

— Volte! — demandou. — Tenho uma casa para administrar. Um laboratório médico. Meu tratado! Estou trabalhando em um tratado... uma espécie de *manual* de medicina e anatomia, e meus papéis estão espalhados por meu laboratório. — Hazel inspirou fundo, imaginando o pergaminho se esfarelando ou ficando úmido e mofado. — Preciso ir para *casa* — insistiu ela, por fim, odiando a lamúria em sua voz.

Gaspar arqueou as sobrancelhas.

— O único motivo pelo qual a senhorita não está esperando a queda abrupta do cadafalso, srta. Sinnett, é porque o próprio príncipe a convocou a Londres. Garanto-lhe que quaisquer *papéis* em que esteja trabalhando são as menores de suas preocupações.

— Diga-me, então. Por que estou sendo convocada?

O homem suspirou de novo e bateu no teto da carruagem, fazendo sinal para o cocheiro que eles deveriam parar.

— Minha calça está amarrotada — observou ele —, meu cabelo está amassado, e meus pés estão inchados. E imagino que, depois de tudo que devem tê-la feito passar naquela prisão maldita, a senhorita gostaria de comer algo. Não vejo motivo para não lhe oferecer explicações durante o jantar.

A estalagem em que eles pararam à beira da estrada era pequena, mas confortável, com um fogo crepitando na lareira na extremidade do recinto, e apenas algumas outras poucas almas solitárias ocupando os lugares perto do balcão. Gaspar escolheu uma mesa no canto e abriu um guardanapo sobre seu banco antes de se sentar nele.

— Imagino que esse lugar vá servir — murmurou ele.

O cheiro de carne assada estava enchendo a boca de Hazel d'água. Quando a esposa do estalajadeiro trouxe duas canecas de cerveja à mesa, Hazel tomou a dela em um único gole. A torta de peixe veio momentos depois. Hazel nunca tinha sentido um gosto tão delicioso na vida — anos de festas e banquetes preparados por cozinheiros caríssimos... nada se comparava à primeira garfada da torta de peixe na pequena estalagem à beira da estrada principal a caminho de Londres. A comida a aqueceu de dentro para fora. A cada garfada, ela sentia a dormência abandonar a ponta dos dedos e o calor se espalhar por suas bochechas. Ela imaginava que fosse como a primeira respiração profunda depois de se afogar e lambeu o garfo depois de limpar o prato, todas as aulas cuidadosas de etiqueta na infância com sua preceptora se dissolvendo de repente. Gaspar empurrou o prato pela metade na direção de Hazel sem dizer uma palavra.

Grata, Hazel terminou a refeição dele.

Quando ficou satisfeita, reclinando-se e se sentindo mais saciada do que em muito tempo, Gaspar limpou os lábios com o lenço e se virou para ela.

— Imagino que a senhorita saiba que a princesa Charlotte de Gales está com a saúde debilitada.

Hazel refletiu sobre o assunto.

— Ela teve a febre romana, não foi? E... rompeu o noivado.

— Sim. Embora a princesa saiba *bem* que o príncipe de Orange seria um par perfeito tanto em termos políticos como diplomáticos... Enfim, estou divagando. A princesa se recuperou da febre romana. E a corte celebrou. Entretanto, nos últimos meses, a saúde dela, mais uma vez, tornou-se... delicada.

Os pelos da nuca de Hazel se arrepiaram.

— A febre romana voltou? — indagou ela. — Nunca houve um caso confirmado de um paciente que tenha sucumbido de novo depois de se recuperar. Não pode ser. Ela não pode ter a febre romana pela *segunda vez*.

— Ela não tem — garantiu Gaspar, com rispidez. — Ou, melhor, é *provável* que não tenha. Não sei dizer.

— Certamente, ela tem um médico. Imagino que o rei e o príncipe possuam *centenas* de médicos a disposição. O que todos eles acham?

— E agora chegamos ao ponto. A princesa está se negando a ver um médico. Qualquer médico. Ela se confinou a seus aposentos e não autoriza abrir a porta para admitir qualquer pessoa além da dama de companhia. Ela se recusa a falar com Sua Alteza Real, o príncipe regente, ou com Sua Alteza Real, a princesa de Gales. Ela se afastou até de Sua Majestade, a rainha. Alega que é contagioso. Não se alimenta e chora a noite toda. A impressão de que me deram é que está bem doente, mas ninguém conseguiu examiná-la. Como a senhorita deve imaginar, a situação se tornou bastante desesperadora.

— Compreendo. Mas o que estou fazendo aqui?

— O príncipe regente pensou em tentar uma tática diferente — respondeu Gaspar, ajeitando as dobras da gola. — Os médicos que foram empregados pela família real, como a senhorita deve imaginar, têm o pedigree e a *experiência* que se esperam deles. Portanto, talvez sejam menos adequados para os exames particulares de uma jovem princesa. A população de Londres ouviu boatos sobre a sobrinha de um visconde que trabalhava como cirurgiã — revelou, estudando Hazel de cima a baixo — e o príncipe regente achou provável que a princesa estivesse mais disposta a receber uma médica mulher. Da mesma idade dela, mais ou menos. Talvez ela pudesse até vê-la como uma amiga. Então, fui incumbido de buscar a senhorita.

— Mas não sou médica — argumentou Hazel, seu coração se apertando ao declarar aquilo. — Não oficialmente. Não cheguei a prestar o Exame Real.

Ela sentiu a torta de peixe virar chumbo no estômago. Talvez tudo não tenha passado de um mal-entendido, e Hazel seria levada de volta à cadeia.

Para o alívio dela, Gaspar apenas deu de ombros.

— Como eu mencionei, a situação se tornou bastante desesperadora.

— Eles sabem das acusações contra mim, então? Estou... livre?

Gaspar pigarreou e se levantou, tirando algumas moedas do bolso e as depositando na mesa sem deixar que tilintassem.

— Considere-se a serviço da família real. — Ele se inclinou para perto de Hazel e sussurrou tão baixo que ela se perguntaria depois se ele tinha mesmo dito algo: — A Corte Real pode ser mais agradável, mas também *é uma prisão*.

Gaspar se afastou dela de repente, e a máscara de requinte retornou a seu rosto. Ele abriu um sorriso alegre para o estalajadeiro e a esposa, e saiu do estabelecimento, a cauda do paletó, obsoleto havia meio século, balançando atrás dele.

10

A VIAGEM DE carruagem para Londres durou quatro dias. A maior parte do tempo foi ocupada por Gaspar defendendo em alto e bom som as opiniões sobre tudo que viesse à sua mente. Na primeira noite, Hazel conseguiu comprar um vestido novo. (Gaspar a proibira de adquirir também uma calça: "Estamos indo à Corte Real!", "Bem, eu não pretendia usar a calça para fazer reverência a Sua Majestade!")

A parada deles em York foi ainda mais emocionante para Hazel: uma das lojas num vilarejo tinha uma cópia de uma revista de medicina alemã, a qual ela estudou bastante satisfeita durante as horas seguintes da viagem.

— A senhorita lê isso? — questionou Gaspar, espiando por sobre o ombro dela.

— Se eu leio um ensaio sobre a capacidade do fígado de se regenerar? É evidente que sim. Estou lendo neste exato momento.

— Não — disse Gaspar. — Quis dizer... a senhorita lê *alemão*?

— Ah, sim. Alemão, italiano, francês e latim.

Gaspar arqueou uma sobrancelha.

— E todas as damas da Escócia são tão instruídas quanto a senhorita? — perguntou ele.

— Muitas, sim. Os ingleses parecem imaginar que estamos, sei lá, correndo nus pelos campos e atirando lama uns nos outros para nos entreter, sobrevivendo à base de água de vala e lavagem. Admita! Vocês leem Hume e sir Walter Scott e, ainda assim, acreditam que somos todos bárbaros.

Gaspar corou.

— Não... Não *todos*.

Ansioso para mudar de assunto, ele apontou para a revista alemã de Hazel.

— Seus tutores também lhe ensinam medicina? — indagou. — Existem médicas mulheres simplesmente vagando pelas ruas de Edimburgo?

— Não — admitiu Hazel. — Eu tampouco teria estudado se meu pai não tivesse a mente aberta em relação à educação. Ele me colocou para estudar junto a meu irmão mais velho, George. O mesmo tutor, as mesmas aulas. Esforçando-nos para superar um ao outro nas notas. Imagino que o espírito competitivo seja impossível de superar, não é?

— Mas a senhorita não respondeu a minha pergunta! Como uma mulher se torna cirurgiã?

— Ela não se torna — respondeu Hazel. — Ela se veste com as roupas do irmão, usa um nome falso na escola de anatomia e paga pela taxa de entrada. Então, quando é descoberta e expulsa do curso, contrata um ressurreicionista para arranjar corpos para serem estudados.

— Perdão... mas que tipos de "corpos" estão sendo vendidos?

— Corpos mortos, sr. Pembroke. Cadáveres. Tirados de cemitérios.

Gaspar tinha ficado verde e parecia que ia vomitar.

— Você... estudava corpos *mortos*? Mortos? Tirados da terra?

— De que outra forma eu entenderia o corpo humano bem o bastante para fazer operações?

— Não sei! — retrucou Gaspar, balbuciando. — Livros, creio eu!

— Sr. Pembroke, garanto-lhe que o senhor não confiaria em um cirurgião que só aprendeu com livros empunhando um bisturi apontado para o seu corpo. Livros são estéreis e frios. Desenhos ajudam um pouco, *é verdade*, mas logo se aprende que é impossível entender a anatomia humana sem que se olhe para ela de fato.

— Imagino que esteja certa — murmurou Gaspar. — Mas... os corpos de fato vinham direto de cemitérios?

— Na verdade, algumas vezes — disse Hazel —, até ajudei a desenterrá-los.

Gaspar fez o sinal da cruz e conteve a ânsia de vômito.

Quando a carruagem finalmente chegou às ruas luminosas de Mayfair, em Londres, as articulações de Hazel estavam tensas e doloridas. Gaspar a guiou na direção dos novos cômodos em um quarteirão elegante na esquina da residência da princesa na Casa Warwick em Pall Mall. O quarto era agradável e iluminado, com uma grande janela com vista para o parque, um jarro d'água sobre a cômoda e uma manta grossa na cama.

— Alguma mala, milady? — perguntou a criada.

Gaspar pareceu um pouco acanhado.

— Creio que, talvez, devêssemos, sim, ter parado em sua casa em Edimburgo para buscar algumas coisas de que a senhorita poderia precisar.

Hazel deu de ombros.

— Não há problema — respondeu. — Vou pedir para enviarem minhas coisas. Há diversos livros de que preciso também. E meu tratado! Iona pode me mandar meu tratado. Posso continuar escrevendo! — Ela fez uma pausa e se voltou para Gaspar. — Tem alguma ideia de quanto tempo vou ficar aqui?

— Imagino que o tempo que for preciso para fazer a princesa recuperar a saúde.

Eles hesitaram por um momento, sem nada a acrescentar, o silêncio antes do adeus inevitável. Qual era a despedida adequada a um estranho com quem se tinha acabado de passar a maior parte da semana, sacolejando lado a lado em uma carruagem?

Gaspar pigarreou.

— Bom, srta. Sinnett, tenho certeza de que a verei. Em Warwick, Buckingham ou Kew. Pelos arredores.

— Certamente — concordou Hazel. — Agradeço por me trazer aqui.

— Sou um mordomo a serviço da família real. Estava apenas cumprindo meu dever. — Com isso, ele fez uma grande reverência e se dirigiu à porta.

— Espere!

Gaspar se virou.

— Desculpa — continuou ela —, é só que... Sua peruca. E seu paletó. São de décadas atrás. Admito que faz um tempo que não venho a Londres, mas... é essa a moda agora?

O homem abriu um pequeno sorriso triste e balançou a cabeça.

— Não.

— Preciso saber. Estava enlouquecendo de tanta curiosidade. Só uma predileção, então?

Gaspar levou os dedos à peruca empoada e a alisou.

— Como mordomo real, sirvo ao rei, Sua Majestade George III. Como a senhorita sem dúvida sabe, nosso rei sofre terrivelmente.

Hazel sabia, era lógico. As histórias da loucura do rei eram de conhecimento geral *àquela* altura, que ele passava dias delirando e gritando disparates, murmurando, sem conseguir manter qualquer pensamento em sua mente em momento algum. Era o motivo pelo qual seu filho, o príncipe, estava atuando como regente.

— Às vezes, o rei se perde no tempo — explicou Gaspar. — Constatei que o rei é reconfortado quando vê a moda de sua juventude. Isso o ajuda a pensar que está são.

Ele baixou a cabeça em mais uma reverência e deixou Hazel sozinha em seu quarto para se acomodar.

Ela tomou um banho demorado, penteou o cabelo e escreveu à família para avisar de sua nova localização e a Iona pedindo que lhe enviasse seus pertences o quanto antes. Quando entregou a pilha de cartas à criada que esperava à porta, Hazel não teve dúvida que, daquela vez, a correspondência de fato chegaria a seus destinatários.

O som da porta se fechando ecoou e depois cessou, então Hazel deixou que o silêncio se prolongasse. Havia apenas a luz amarela da tarde entrando pela janela e quietude. Era uma sensação estranha estar sozinha em um cômodo confortável de forma tão abrupta, como pisar em terra firme pela primeira vez após semanas no balanço de um navio. Uma semana antes, ela estava angustiada e suando sobre um estrado em uma cela de prisão terrível, o sistema nervoso em frangalhos e eletrizado ao esperar pela execução a qualquer momento. No momento, encontrava-se sentada em uma cama com travesseiros de plumas de ganso, esperando um encontro com a princesa Charlotte de Gales.

Suas circunstâncias eram melhores, sem dúvida, mas Hazel ainda estava apreensiva. Ela sempre tinha sido uma garota independente. Em virtude de um pai ausente e uma mãe em luto perpétuo, desde tenra idade pensava, talvez de forma ingênua, que era responsável por si mesma e por suas circunstâncias. Se queria assistir às aulas do dr. Beecham, precisava encontrar uma forma de entrar; se queria estudar cadáveres, ela mesma precisava adquiri-los.

E assim, ser a vítima de uma mudança tão extrema em circunstâncias fora de seu controle a deixou se sentindo desgarrada e receosa. O quarto era confortável — Hazel estava observando o fim da tarde pela janela, o sol se pondo sobre o parque e os sons agradáveis de conversas e do canto de pássaros trazidos pela brisa —, mas ela não conseguia ignorar a sensação de que havia algo errado. Era como se estivesse em uma carruagem e as portas tivessem sido trancadas pelo lado de fora e, embora seu cavalo estivesse trotando, Hazel sabia que, a qualquer segundo, ele poderia frear e fazê-la tombar.

Seu sono naquela noite foi imediato e profundo, mas quando acordou, foi com a lembrança de um sonho que consistia em uma única gargalhada. Uma gargalhada como um repicar de sinos, mas arrepiante, cruel e zombeteira. Por sorte, depois de se banhar e se vestir no dia seguinte, aquele pesadelo tinha se dissolvido por completo.

Mapa completo das famílias reais da Grã-Bretanha,
de 1066 até o momento presente,
por sir Alberic Twistle-Wick-Alleyne (1814)

... A Casa de Stuart terminou o reinado em 1714, quando Ana, rainha da Grã-Bretanha, morreu sem deixar sucessores. (Embora a rainha tivesse tido dezessete filhos, nenhum sobreviveu à infância.) O Decreto de Estabelecimento de 1701 havia estipulado que nenhum católico poderia suceder à coroa inglesa e irlandesa. Portanto, o próximo rei da Inglaterra viria a ser o primo de segundo grau de Ana, George I da Casa de Hanôver, cuja mãe tinha sido descendente direta do rei Jaime I.

Árvore genealógica da Família Hanôver

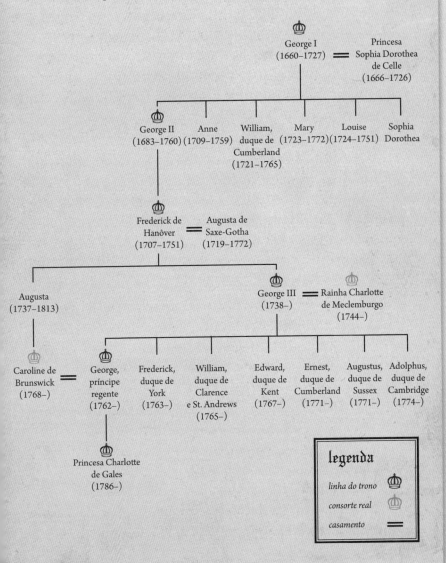

11

— SENHORITA NÃO pode entrar.
— Perdão?
— O estado da princesa não permite que ela receba visitas — explicou a dama de companhia da princesa Charlotte.

Tratava-se de uma mulher pequena, pelo menos cinco centímetros mais baixa do que Hazel, com cabelo escuro e um nariz arrebitado. Tinha olhos argutos e, embora exprimisse um pequenino sorriso irônico que nunca deixava o rosto, estava plantada com os braços cruzados na frente da porta dos aposentos particulares de Charlotte na Casa Warwick, parecendo *muito* séria.

Hazel havia chegado à residência da princesa no início da tarde, uma mansão de pedra de três andares no fim de Pall Mall. Ela torcia para ao menos conseguir se apresentar à paciente. Esperou no andar debaixo por uma hora até a dama de companhia por fim aparecer e pedir que aguardasse mais um pouco, assim poderia verificar se a princesa estava disposta a recebê-la. Como foi constatado, a resposta era *não*.

— Sinto muito pelo inconveniente — disse a dama de companhia com o nariz empinado. Sua voz tinha um tom agradável. — Mas Sua Alteza Real precisa descansar. Está doente.

— Se esse é o caso, é mais uma razão para eu vê-la — replicou Hazel. Ela se empertigou, bastante ciente de que as roupas temporárias que usava em Londres não lhe caíam muito bem e que ela ainda não estava com sua maleta médica. — Sou a cirurgiã.

A dama de companhia estreitou um pouco os olhos.

— A médica. Sim. Ouvi falar da senhorita — comentou, avaliando Hazel de cima a baixo. — Imaginei que fosse... mais velha. Que tivesse vinte e cinco anos, pelo menos.

— É uma bênção para minha mãe que não tenho essa idade. Consegue imaginar se ela tivesse uma filha de *vinte e cinco anos* ainda solteira? Ela se atiraria no Canal da Mancha.

Houve um momento de silêncio até a dama de companhia sorrir, rompendo a máscara ferrenha.

— Srta. Eliza Murray — apresentou-se, oferecendo a mão. — Dezenove anos e ainda solteira.

— Hazel Sinnett. Prazer.

Ela concluiu no mesmo instante que gostava de Eliza Murray. Havia algo no rosto dela, talvez a maneira como o minúsculo sorriso era maior de um lado, que dava a impressão de que ela guardava um segredo e que, se Hazel tivesse sorte, poderia acabar descobrindo-o.

Eliza deu um passo na direção dela.

— Mesmo assim — reiterou a dama de companhia —, não posso permitir que visite os aposentos da princesa. Entretanto, talvez ela fique mais receptiva a visitas nas próximas horas. O humor dela em geral melhora depois do jantar. Fique à vontade para esperar. Posso pedir para lhe trazerem chá.

— Seria esplêndido, obrigada.

Hazel esperou na sala de visitas da Casa Warwick pelo restante da tarde. Um criado lhe serviu chá e, mais tarde — talvez por pena ao ver que Hazel ainda aguardava quando o sol começou a se pôr sobre Pall Mall —, jantar. Alguns meses antes, Hazel estaria inquieta e impaciente, batendo os pés ou tamborilando sobre a perna, mas o tempo passava de maneira diferente depois das horas que passara na prisão. Ela se contentou em ficar sentada com os próprios pensamentos, escrevendo na sua mente o capítulo seguinte do tratado ao qual se dedicaria assim que seus baús chegassem de Edimburgo.

— Então... por que está solteira? — perguntou Eliza Murray uma hora depois que Hazel havia terminado o jantar. Eliza estava voltando ao salão principal e carregava uma caixa para entregar ao lacaio. — Não são muitos os homens interessados em uma mulher que pode esquartejá-los?

Hazel riu.

— Não muitos.

— Deve ser melhor assim. Que tipo de homem gostaria de ter uma esposa que sai por aí serrando pernas e sabe-se lá o que mais?

— Um homem muitíssimo raro — respondeu Hazel, pensando em Jack.

Uma lembrança dele no cemitério, iluminado apenas pelo luar. Seu cabelo era grosso, escuro e desgrenhado, e ele sorria, lhe oferecendo a mão. Jack a tinha feito se sentir como se pertencesse àquele lugar, com ele. O coração dela se apertou e Hazel piscou para afugentar o pensamento antes que a ferisse ainda mais.

— E você? — indagou ela. — Por que a dama de companhia da princesa Charlotte ainda está solteira?

A boca de Eliza se curvou um pouco, mas ela não corou.

— Talvez exista um pretendente — replicou. — E um pedido de casamento. Creio que, se a princesa tivesse aceitado o pedido do príncipe de Orange e ido morar na Holanda durante seis meses de cada ano, eu teria perdido minha posição e me casado. Mas... — A voz de Eliza foi sumindo.

— Mas ela o recusou.

Eliza olhou para a porta dos aposentos da princesa.

— Sim. Por causa da saúde.

— Evidente.

A dama de companhia se sentou em uma poltrona de brocado ao lado de Hazel.

— Isso não quer dizer que eu tenha esgotado minhas opções — acrescentou Eliza. — Tenho *muitos* pretendentes.

— Não tenho dúvida. Você é bonita.

Eliza sorriu como uma criança com um segredo.

— O garoto que pediu... — começou ela, com um olhar significativo para Hazel. — Um *homem*, na verdade. É um tenente, sob o príncipe Frederico Augusto da Prússia.

— Um estrangeiro, então — provocou Hazel. — Alto, moreno e bonito?

Eliza pensou por um momento.

— Alto, sim. Loiro, não moreno. E creio que as pessoas o acham bonito, sim. Com um ar ladino de soldado Continental.

— E você já lhe deu a resposta?

— *Elizaaaaa.* — Uma voz como um sino tilintante chamou dos aposentos da princesa.

Era uma convocação.

A dama de companhia se levantou.

— Preciso ir. E, para ser franca, a senhorita também. Talvez seja melhor tentar de novo amanhã.

Eliza acenou com educação para Hazel e saiu apressada na direção do chamado, desaparecendo por trás da porta da princesa.

No dia seguinte, Hazel chegou ao amanhecer. Ficou sentada na antessala da princesa com vários livros que havia trazido e lido durante o dia todo. Os funcionários reais deixavam bandejas de chá a intervalos regulares, com a maior cortesia.

Eliza a cumprimentou.

— Ela não vai deixar que a senhorita a visite hoje, então não há por que esperar — informou.

— Tenho chá e livros. Estou bem satisfeita aqui.

Ao cair da noite, Hazel forçava a vista para ler as letrinhas estreitas sob a luz de velas, então decidiu que, mais uma vez, era hora de voltar para seus aposentos.

No terceiro dia de espera na Casa Warwick, Hazel levou três livros e um pergaminho inteiro. Ela pensou que, como estava ali, poderia continuar escrevendo o novo capítulo do tratado, ainda que isolado das demais páginas. Mas não fazia nem uma hora que Hazel estava com a pena na mão quando ouviu o rangido de uma porta. Ela se virou, esperando ver Eliza, talvez para lhe informar que ela estava perdendo tempo de novo... mas não. No batente, com um robe de seda e cabelo castanho comprido e cacheado indo abaixo dos ombros, encontrava-se a neta do rei George III e a futura herdeira presuntiva do trono da Grã-Bretanha, a princesa Charlotte de Gales.

Era um rosto que Hazel vira milhares de vezes em gravuras de jornais e retratos, mas apenas por um curto intervalo em carne e osso. Sua pele era impecável e pálida como leite ou como uma massa de pão que acabara de ser enfarinhada. Seu nariz era curvado como um bico de tentilhão, e seus olhos eram pequenos e redondos. Eles vagaram pela sala de estar até pousarem em Hazel.

— A senhorita está aqui de novo — declarou a princesa. — Fui informada de que estava me esperando.

— Estou.

Hazel ficou em dúvida se deveria fazer uma reverência. Só estavam as duas em um aposento que caía nas sombras, e uma delas estava de roupas para dormir. Uma reverência sem dúvida era a coisa mais correta a fazer, mas parecia errada de alguma forma. A princesa esperou e, por uma fração de segundo, Hazel se perguntou se tomara a decisão errada. Entretanto, a princesa suspirou e lhe deu as costas, deixando a porta entreaberta.

— Pode entrar — anunciou ela. — Mas não vou deixar que me *examine*.

— Tudo bem — respondeu Hazel, apressando-se na direção do quarto. — Estou sem meus equipamentos mesmo.

Embora ainda estivesse claro, as cortinas pesadas do quarto estavam fechadas, mantendo o cômodo em uma penumbra à luz de velas. Mesmo assim, apesar da falta de iluminação natural, era evidente que o quarto era decorado de maneira suntuosa, com superfícies cobertas de tantas cores diferentes e tantas variedades de tecidos grossos e estampados que Hazel não conseguia identificá-los a tempo para contá-los. O papel de parede era sofisticado, verde com uma textura de vinhas e folhas. Uma tapeçaria estava pendurada atrás da cama enorme de dossel e, afundada nela, sob uma montanha de almofadas, estava a princesa, que tinha retornado a um estado de repouso.

Ela acariciava uma cachorrinha do tamanho e do formato de um profiterole que estava deitada plácida em seus braços.

— Muito bem, Edwina — murmurou a princesa Charlotte para o animal.

Eliza Murray estava sentada no canto do quarto, bordando. Ela não ergueu os olhos quando a garota entrou.

Hazel pigarreou.

— Talvez Vossa Alteza Real poderia começar me relatando seus sintomas.

Charlotte se virou de lado.

— Quais *não* são meus sintomas? — retrucou ela, soltando um gemido. — Estou cansada de estar doente, para ser honesta. Sou jovem, deveria poder *viver minha vida*.

— Fadiga? — perguntou Hazel.

— Fadiga, náusea. Dores de cabeça... dores de cabeça terríveis, terríveis. Tão horrorosas que mal consigo sair da cama. Eliza sabe. Diga a ela, Eliza.

Eliza arqueou uma sobrancelha, mas não tirou os olhos do bordado.

— Alguma erupção cutânea? — perguntou Hazel.

— Sim. Não. Não, nada disso. Mas estou *inchada*, como se meu corpo todo se expandisse de alguma forma. Parece que minha pele está esticada demais sobre tudo que há debaixo dela.

— Dói?

A princesa deixou a cachorrinha no chão com delicadeza, e Edwina saiu correndo pela porta. Ela então puxou o edredom sobre a cabeça.

— Sim! Terrivelmente! — exclamou a princesa, sob as cobertas. — Uma dor intensa na barriga quase todos os dias, e isso além da dor de cabeça. É um milagre que eu consiga sair de casa.

Hazel tinha quase certeza de que sabia o que havia de errado com a princesa, mas seria impossível bater o martelo a menos que pudesse examiná-la. Ela ergueu uma mão e deu um passo para a frente, como se abordasse um cavalo arisco.

— Posso ver se sua testa está quente...

— Não! — protestou Charlotte, batendo na mão de Hazel. — Já lhe disse. A senhorita não pode tocar em mim. Médicos demais *tocaram em mim. Me cutucaram.* Já não basta ter que fazer o que meu pai manda. Recuso-me a tornar uma alfineteira para esse desfile de homens baixinhos e mal-educados que cheiram a... tabaco e gim. Foram anos disso e só melhorei uma vez ou outra e nunca por muito tempo.

— Compreendo — disse Hazel.

A princesa arqueou uma sobrancelha.

— A senhorita compreende?

— Sim — concordou Hazel. — Quase nunca ensinam aos médicos como falar com as pessoas que eles devem cuidar. Eles aprendem com cadáveres, que não têm como se queixar.

— Eu me questiono o quanto esses médicos "aprendem" de fato. Meu pai trouxe uma dezena, mas nenhum conseguiu descobrir o que há de errado comigo. O que o deixa furioso, é lógico, porque é impossível me obrigar a casar se eu não conseguir sair da cama.

— Vou descobrir o que há de errado com Vossa Alteza, garanto.

A declaração da garota fez a princesa Charlotte arquear ambas as sobrancelhas.

— Desejo-lhe muita sorte, doutora — declarou ela, com a voz descontraída, antes de virar as costas para Hazel e puxar as cobertas.

Como se aproveitando aquela deixa, Eliza descansou o bordado na cadeira ao lado e se levantou.

— Vou acompanhá-la até sua carruagem, srta. Sinnett — disse ela.

O sol havia se posto, e a lua era uma crescente tênue ao longe, mas Pall Mall estava iluminada por lamparinas a gás que se postavam como soldados em uma fileira pela lateral do meio-fio. A casa da princesa ficava no finzinho de uma rua cercada dos dois lados por casas geminadas de pedra branca, e o efeito da iluminação sob a névoa da noite que se refletia na fachada dos edifícios era um pouco fantasmagórico. Uma década antes, aquelas tinham sido as primeiras lamparinas a gás de Londres, um pequeno objeto de luz amarela enfraquecida contra uma escuridão iluminada apenas por pontinhos de luz de vela ao longe. Dali a uma década, talvez todas as ruas passassem a ter lamparinas a gás. Talvez uma década mais tarde, elas seriam iluminadas por eletricidade. Hazel se perguntou que cor a nova luz projetaria nos paralelepípedos. Que formas novas poderiam assumir as sombras que as lâmpadas lançariam sobre as ruas da cidade?

Hazel estava se aproximando da carruagem no momento em que ouviu uma gargalhada histérica ecoando da rua mais acima, para além dos limites da claridade. Era uma risada parecida com a do sonho dela. Da esquina, um grupo de estranhos se tornou visível, à meia-luz amarela das lamparinas a gás. Eram seis ou sete homens e mulheres, todos rindo e puxando uns os outros conforme desciam a rua. As vozes se projetavam: deviam estar bêbados de vinho, embriagados de alegria ou algo ainda mais forte. E, embora os detalhes de suas vestes fossem difíceis de identificar sob a luz fraca, mesmo a um quarteirão de distância, Hazel reparou que eles estavam vestidos para uma festa. Em seus rostos, todos usavam uma máscara dourada na forma de um coelho.

Hazel ficou hipnotizada. Ela observou uma das mulheres mascaradas segurar a mão de um homem e puxá-lo por uma portinhola quase invisível próximo as casas geminadas do outro lado da rua... uma porta que parecia levar a algum lugar *entre* as residências. Ela só notou a portinhola quando a mulher a abriu e entrou. O restante do grupo com suas roupas finas e máscaras de coelho acompanharam depressa, o eco dos risos desaparecendo com eles. Hazel tinha forçado a vista para o outro lado da rua, mas só conseguira enxergar escuridão para além da porta.

— Quem são eles? — perguntou Hazel a Eliza, impressionada pelo grupo que havia aparecido e desaparecido como um fruto de sua imaginação.

— Os Companheiros à Morte. É uma sociedade secreta, mas não parecem entender a parte de manter segredo. Uma sociedade literária, dizem eles, porém, acima de tudo, é uma sociedade para se matar de beber e impressionar uns aos outros com festas cada vez mais extravagantes.

— Imagino que seja um grupo exclusivo — comentou Hazel.

— Digamos que ser tataraneto de um Plantageneta ajuda a receber um convite. Mas, se for uma pessoa famosa, há maiores chances de fazer parte da sociedade secreta.

— Famosa?

Bem naquele momento, outro vulto mascarado apareceu na esquina. Detrás das orelhas de coelho da máscara dourada, Hazel conseguia ver um cabelo castanho-escuro cheio. Ele descia Pall Mall devagar, mas com propósito, sem se atentar à presença de Hazel e Eliza escondidas atrás da carruagem na ponta oposta da rua. Quando o homem se aproximou, Hazel notou que ele se esforçou para esconder que mancava. Ele se aproximou da porta escondida e bateu em um ritmo estranho.

Toc.

Toc, toc.

Toc.

Toc, toc.

Eliza apontou com a cabeça para o vulto.

— A senhorita já leu *Peregrinação de Childe Harold*? — sussurrou Eliza.

— Aquele não é... — A porta se abriu, e o homem entrou com discrição. — *Lord Byron*?

A dama de companhia revirou os olhos.

— O próprio. O grupo coleciona celebridades. Todos que são importantes para a arte, a cultura e a sociedade tentam se tornar membros. O príncipe regente pensa que está governando o país... Mas está enganado. As verdadeiras decisões estão sendo tomadas pelas pessoas por trás daquela porta.

— A princesa Charlotte é integrante do clube exclusivo, então? — questionou Hazel. — Os Companheiros à Morte ou seja lá como se chama?

— Está brincando? Qualquer sociedade que envolva poetas românticos enfiados em uma porta escondida em becos não é o tipo de lugar a ser frequentado pela futura rainha da Inglaterra em negociações para um casamento respeitável.

— Mesmo assim... — insistiu Hazel. — Você não fica ao menos curiosa para saber o que eles fazem lá dentro?

— Bebendo e celebrando uns aos outros por seu brilhantismo coletivo. Mistério resolvido. Boa noite, Hazel Sinnett.

Eliza fechou a porta da carruagem, e Hazel a observou entrar na mansão da princesa conforme a carruagem descia a rua. O som da risada da mulher ainda vibrava na sua mente. Naquela noite, Hazel sonhou com coelhos. Em seu primeiro dia na Sociedade Real de Anatomistas em Edimburgo, os alunos haviam recebido um coelho para dissecar, a fim de estudar seus órgãos e a forma como o sangue corria pelo corpinho minúsculo. Em seu sonho, Hazel estava de volta à sala de aula, e o coelho sob seu bisturi tinha um rosto dourado. Quando ela tentou abri-lo, ele saltou da mesa e escapou para a rua.

15 de maio de 1818
Clarence Road, 4
Windsor

Querida Hazel,

Estou horrorizada. Horrorizada e desesperada. Não entendo por que você acharia interessante escrever agora me informando que aparentemente foi encarcerada (?) e quase trouxe um vexame à nossa família do qual jamais nos recuperaríamos. (Afinal, você já não se esforçou o suficiente para nos trazer vergonha?)

Fico aliviada, ao menos, que a confusão tenha sido resolvida e em saber que está segura em Londres. Como sabe, estou em Berkshire, onde Percy está superando todas as expectativas em Eton. Se passar por perto, por favor, venha tomar chá (desde que esteja disposta a pedir desculpa primeiro pelo estrago indescritível que você quase causou à nossa família).

— Sua mãe, lady Sinnett

12

Por sorte, levou apenas cinco dias para o baú de Hazel chegar de Edimburgo. Gaspar bateu à porta assim que o lacaio estava saindo da antessala. Naquele dia, tanto o casaco quanto a calça do mordomo eram bordados em vermelho. A peruca empoada estava penteada, impecável como sempre.

— Ah... — disse ele, desviando do grande baú. — Estou vendo que seus pertences chegaram bem.

Hazel abriu o baú. Em um piscar de olhos, já estava com os braços enfiados dentro dele. *Sim, ainda bem. Ótimo.* Lá estavam seus cadernos e as páginas em que vinha escrevendo seu tratado (graças a Deus) e seu espartilho bom e sua camisola, e o cachecol favorito. Mas...

— Onde está minha maleta médica? — questionou ela.

Hazel começou a revirar o baú.

— É uma bolsa grande de couro. Desgastada. Bem rachada. Era do meu pai.

— Tem valor sentimental, imagino? — perguntou Gaspar, usando um dedo para erguer e analisar a bainha de um dos vestidos de Hazel, que ela havia atirado no chão.

Era evidente que ele estava incomodado com as emoções que Hazel deixava transparecer.

— Não. Quer dizer, tem, *sim*, mas não é esse o problema. Todos os meus equipamentos médicos estão nela. Meu bisturi, minha serra, minha tesoura, meu...

— Sim, sim. Compreendo — interrompeu Gaspar, contorcendo-se como se as palavras de Hazel fossem minhocas penduradas diante dele.

— Você tem... medo de médicos, Gaspar?

— Não tenho *medo*, obrigado. Só acho esse tipo de conversa... — disse ele, buscando a palavra certa — ... desnecessária! Não há por que ficar falando sobre... tesouras e outros instrumentos.

Ele estremeceu e Hazel sorriu. Por algum motivo que não conseguia explicar direito, ela achava encantador aquele pavor mal disfarçado quando o assunto era cirurgia.

— Enfim — continuou Gaspar —, vou resolver isso. Tenho certeza de que podemos comprar esses *itens* para a senhorita em Londres. É uma cidade grande.

— Sim, tenho certeza. Mas os equipamentos são extremamente pessoais, e se eu...

— Eu lhe garanto, vou resolver isso! — exclamou Gaspar, levantando a voz. Ele ajeitou as abotoaduras antes de continuar: — E talvez seja melhor não mencionar esse pequeno contratempo, que é de fato *tão pequeno e muitíssimo remediável*, ao príncipe regente.

— Você disse o príncipe regente?

— Exato — respondeu Gaspar, com um suspiro. — Mais uma vez, mandaram-me buscá-la. Devo levá-la a Kew. Sua Alteza solicitou uma audiência com a senhorita.

Apressada, Hazel deu uma olhada em seus vestidos, todos amarrotados, em estados variados de desespero, tendo viajado por metade da Inglaterra e, então, sido atirados ao chão.

Gaspar reparou a apreensão.

— Este terá que servir — sugeriu ele, pegando um azul-marinho bastante horrendo que a mãe de Hazel havia comprado para a cerimônia em que seu pai foi promovido a capitão.

Ela não o havia usado desde então, e se lembrava que era muito quente e áspero sobre os braços.

— É o único minimamente adequado — completou ele.

— Não posso usar isso para conhecer o príncipe. Não sei nem por que Iona o enviou... Não o uso há séculos. A bainha deve ser curta demais. E pinica. Vou parecer uma adulta vestida de criança para um tipo de apresentação cômica.

Gaspar espanou a poeira da saia do vestido.

— Na verdade, eu o acho bastante encantador.

Hazel ergueu um de seus vestidos mais novos, um simples cor de linho que usava em seu laboratório.

— Não posso usar esse? — quis saber.

Parecia que Gaspar havia levado um tapa, horrorizado.

Meia hora depois, Hazel estava usando o vestido azul-marinho horrendo, sentada em uma carruagem com Gaspar a caminho de Kew, uma das muitas propriedades da família real próximas a Londres.

— Lembre-se de elogiá-lo pelos jardins — instruiu Gaspar. — E pelos móveis, porque ele mesmo escolheu boa parte da mobília. E faça uma reverência. *Exagerada* — prosseguiu, com uma expressão súbita de pavor em seu rosto. — A senhorita sabe fazer reverência, não sabe? Por favor, diga que sim. N*ão* há tempo para eu ensiná-la.

— *É evidente que s*ei fazer reverência. Seria mais fácil se eu estivesse usando um vestido que me permitisse mexer os braços e as pernas, mas vou dar um jeito. — Hazel tentou girar o ombro e ouviu o barulhinho de uma costura se rasgando em algum lugar. Portanto, logo abaixou o braço.

— Não entendo por que está reclamando — declara ele. — O vestido está esplêndido. A senhorita quase se passa por uma dama.

— Eu sou uma dama, Gaspar.

— Ora, nenhuma dama que conheço anda por cemitérios vestida de calça.

— Talvez... — retrucou Hazel, concentrada em olhar para a frente e tentando não sorrir — ... isso signifique apenas que você precise conhecer mais damas.

Gaspar corou do mesmo tom vermelho de sua gravata.

Os jardins de Kew eram vastos, tão bem cuidados que Hazel imaginou que devia ser necessária uma criadagem de centenas para fazer com que continuassem parecendo tão belos e conservados, com todas as tulipas se abrindo ao mesmo tempo e voltadas na mesma direção, as cercas vivas bem delineadas e a grama verde. A carruagem deles atravessou uma pequena ponte sobre um lago borbulhante. Hazel baixou os olhos e avistou grandes carpas na água.

— Primeiro cumprimentamos o rei — informou-lhe Gaspar, sem diminuir o passo.

Hazel tentou acompanhar, seguindo o rabo da peruca de Gaspar pela entrada imensa, passando por um corredor que parecia ser interminável, mas que acabava, por fim, em uma pequena porta de madeira. Gaspar bateu. Sem resposta.

— Vossa Majestade? — chamou Gaspar.

Ainda nada.

Ele virou a fechadura tão devagar que a porta quase não rangeu. Em seguida, se virou para Hazel.

— Apenas faça uma reverência rápida — sussurrou. — Nada de perguntas. Não fale absolutamente nada para o rei. Faça uma reverência e não dê as costas para ele. Mostramos respeito e, então, saímos.

Hazel assentiu. Gaspar empurrou a portinha de leve.

O quarto era pequeno e estava abafado. Dava a impressão de ser ainda menor porque todas as paredes eram cobertas pelo mesmo papel de parede de brocado verde-esmeralda, que provocavam um efeito claustrofóbico um tanto desorientador, exacerbado pela alta temperatura e pela escassez de móveis no aposento... Além da cama grande com dossel, o quarto quase não tinha mais nada. O cheiro de mofo e morte era onipresente. Hazel teve que resistir ao impulso de tapar a boca e o nariz com a mão. Gaspar se abaixou em uma grande reverência, e foi só então que Hazel se deu conta de que o rei George III estava ali. Era um homem baixo e decadente, que fazia um movimento de mastigação e revelava as gengivas cor-de-rosa. Gaspar encarou Hazel, que percebeu que precisava fazer uma reverência.

— Vossa Majestade — disse ela, lembrando-se só depois que as palavras haviam saído de sua boca que deveria ter permanecido em silêncio.

Mas o rei não reagiu. Seus olhos giraram sem se focar em nada, e sua boca se abriu e se fechou ainda em silêncio.

Gaspar puxou Hazel pelo braço, e ambos saíram do quarto andando de costas. De volta ao corredor, soltaram o fôlego no ar fresco.

— Um dia ruim — comentou Gaspar, mais para si mesmo do que para Hazel. Ele se aprumou. — E agora vamos ver o príncipe regente.

Depois de atravessar mais dois corredores, subir um lance de escada e adentrar um terceiro corredor, Gaspar por fim guiou Hazel a uma sala de estar luminosa com janelas compridas que davam para os jardins. O príncipe regente se encontrava sobre um pedestal, posando para um pintor.

Pelos retratos que tinha visto dele, Hazel imaginava que se tratasse de um homem até bonito. Mas não era. Seu corpo era como uma massa de argila que fora apertada pelas mãos de uma criança, e ele havia arrumado o cabelo para a frente, na direção do rosto, mas o penteado tinha sido agressivo demais — havia riscos de pente no couro cabeludo rosado e calvo entre os fios de cabelo ensebado pelo excesso de pomada. Olhinhos azuis espreitavam em um rosto vermelho e inchado como uma linguiça assada.

— Excelente, Vossa Alteza — elogiou o artista detrás do cavalete. — *Muito* distinto.

Hazel conteve o riso. Gaspar a acotovelou, e ela fez uma grande reverência. Uma de suas melhores; com certeza a mãe teria ficado orgulhosa.

— Vossa Alteza Real — cumprimentou Gaspar, após se levantar de sua própria reverência, tão exagerada que a peruca quase caíra da cabeça. — Gostaria de lhe apresentar a srta. Hazel Sinnett, sobrinha de lorde Almont.

O príncipe regente se inquietou um pouco como uma criança de colo, e Hazel reparou que ele estava usando uma cinta superapertada na barriga.

— Ora, sim, como vai? — perguntou ele, ríspido.

— A médica... — relembrou Gaspar com delicadeza — ... que veio tratar a princesa. Sua ideia brilhante, se bem se lembra, de que a princesa seria mais receptiva a ideia de uma médica mulher da mesma idade. Uma ideia que *já* se provou um sucesso, senhor: a srta. Sinnett já teve a entrada permitida aos aposentos da princesa.

— Sim, sim. Evidente. A médica. Minha ideia brilhante — disse o príncipe regente, se parabenizando, estufando o peito e saltando do pedestal. — Já basta de pintura por hoje — dirigiu-se ao artista.

— Senhor, eu... — O artista tentou rebater.

Mas o regente o ignorou. Ele abriu o colarinho e, em um movimento rápido, tirou a cinta com um suspiro pesado.

— Um príncipe deve estar magro e em forma! — declarou ele para ninguém. Voltou-se para Gaspar e estreitou os olhos. — Você sempre teve essas pernas gordas, Gaspar?

— Sim, creio que sim, Vossa Alteza.

Hazel já sabia que discordava das visões políticas do regente: ele era um Tóri ferrenho, um homem que encarava a guerra e os poderes da aristocracia com bons olhos. Contudo, ao se encontrarem pessoalmente, Hazel constatou no mesmo instante que havia algo desagradável nele, uma energia na postura e no sorriso de escárnio que a deixava com os nervos à flor da pele. Assim como o restante da Grã-Bretanha, ela ficaria grata quando a princesa Charlotte ascendesse ao trono.

O príncipe regente observou Hazel como examinaria um inseto antes de esmagá-lo com a bota.

— Então, a médica... Coisinha feia a senhorita, hein?

— Imagino que não tenha me trazido aqui para tratar sua filha por causa de minha aparência, Vossa Alteza Real — murmurou Hazel, sem romper o contato visual.

O regente aproximou-se dela com bamboleios e seu jeito arrogante, parando bem próximo à garota. Inclinou-se ainda mais perto, e cada partícula de Hazel quis recuar, baixar a cabeça e os olhos, mas ela resistiu. O hálito dele era horrendo, como gordura animal apodrecida.

— Deixe-me ser bem claro sobre uma coisa, srta. *Sinnett* — declarou ele.

Hazel sentiu um aperto no estômago.

Ela não tinha certeza se ele estava prestando atenção no nome dela; ele tinha parecido, bem, *bobo*. Mas, naquele momento, com o regente concentrado nos olhos dela, Hazel ficou ciente de quanto poder ele detinha e do fato de que as palavras dele eram terrivelmente *sérias*.

— A saúde da princesa tem mais importância para esta nação do que a senhorita é capaz de conceber. Tivemos especialistas brilhantes... brilhantes! Que a examinaram e a trataram. A senhorita é apenas um experimento. Uma nota de rodapé. Imagino que vá fracassar e, quando isso ocorrer, eu a mandarei de volta ao casebre na Escócia que chama de castelo para passar o restante de sua vida arrancando dentes e operando patas de burro. E, se fizer *qualquer coisa* que possa prejudicar a princesa ou agravar a condição dela *qualquer forma*, desonra será *pouco* para a senhorita — afirmou o regente, virando as costas em suas roupas caras. — Bom dia, srta. Sinnett. Bom dia, Gaspar.

Hazel teria dado risada (a brusquidão, o choque de tudo), se não tivesse notado que estava com as mãos trêmulas.

— Vou precisar de alguns equipamentos — pediu ela a Gaspar. — Instrumentos cirúrgicos. E algumas ervas.

Gaspar também parecia abalado pelos comentários do regente.

— Sim, sim. Há uma enfermaria aqui em Kew. Pegue o que precisar e mande um bilhete se precisar de mais alguma coisa.

— Obrigada.

Hazel saiu dali e dirigiu-se à enfermaria, tentando se ancorar e conter os tremores. Ela trataria a princesa. Não fracassaria. Tinha provado para si mesma e para o dr. Beecham e o dr. Straine que estava à altura da Sociedade Real de Anatomistas. E agora provaria seu valor mais uma vez, porque não queria saber o que aconteceria com ela ou com sua família se, dessa vez, falhasse.

Ela deveria ter esperado isso de um palácio real, mas a enfermaria de Kew superava muito qualquer sonho de Hazel. Ela perdeu o fôlego ao entrar e ver a grande variedade de instrumentos cirúrgicos, todos reluzentes e expostos, atraindo-a e fazendo-a esticar a mão para pegá-los. Nas prateleiras sobre a bancada, havia ervas secas em recipientes de vidro e medicamentos organizados à perfeição, alinhados em ordem alfabética ao lado de tiras de algodão e álcool. Alguns dos nomes nos frascos lhe eram desconhecidos, remédios de que Hazel nunca nem tinha ouvido falar, que dirá visto ou ter tido ao seu alcance. Mas também havia livros ali: uma pequena biblioteca que Hazel tinha certeza de que a informaria sobre quais pós deveriam ser incluídos em um cataplasma para estancar um sangramento e quais seriam infundidos em um chá para combater a letargia. Seu coração disparou ao pensar em todo o conhecimento escondido por trás das capas de couro rachadas, e ela esticou a mão para pegar o primeiro livro da pilha, sobre o tratamento de melancolia, escrito em francês.

Hazel parou depois de ler apenas o primeiro capítulo, prometendo a si mesma que retornaria para terminá-lo, assim como a todos os outros livros que se encontravam naquele lugar, convidando-a com a promessa de informações a serem aprendidas, de formas de se tornar uma cirurgiã ou médica melhor. No momento, contudo, ela tinha uma missão e, portanto, começou a reunir os itens para sua nova maleta médica, pegando uma tesoura, um bisturi, uma agulha afiada e um carretel de fio preto resistente. Estava examinando uma pequena serra quando ouviu alguém pigarrear às suas costas.

Hazel se virou e avistou um homem de braços cruzados. Ele era incrivelmente alto, talvez até com mais de um metro e oitenta, mas o que ela notou antes de tudo foram os ombros fortes e o peito largo. Pelo tipo físico e pelo cabelo loiro, Hazel teria imaginado se tratar de um camponês, alguém que passava longas horas sob o sol exercendo trabalho braçal. Entretanto, aos poucos, ela foi notando os demais detalhes de sua aparência:

ele estava vestido como um cavalheiro, em um paletó com excelente caimento, tinha um bigode aparado com esmero, e usava óculos. Uma armação redonda de metal que emoldurava olhos da cor de mel em torrada.

— O que acha que está fazendo aqui? — perguntou o homem loiro. Ele falava com um leve sotaque que Hazel não conseguia identificar. Suas sílabas eram precisas, mas estranhamente arredondadas. — Se for uma ladra, basta deixar o que pegou e se retirar. Prefiro não chamar os guardas, mas alguns desses equipamentos são bem valiosos, então eu preferiria não ter o trabalho de os substituir.

— Não sou uma ladra — retrucou Hazel.

O estranho arqueou uma sobrancelha, e Hazel se deu conta de que estava com os braços cheios de instrumentos que havia pegado. Ela deixou cair tudo sobre a bancada com estrondo.

— Gaspar disse que eu poderia vir aqui — informou ela.

— Ah — disse o homem, dando um passo mais para perto dela. Não estava sorrindo. — E Gaspar também lhe disse que poderia pegar, vejamos... meu bisturi, minha tesoura, minha agulha e meu carretel?

Hazel deu um passo para tentar bloquear a bancada da linha de visão dele.

— Na teoria, sim. Se eu os tivesse pegado, seria porque eu não sabia que lhe pertenciam. E porque preciso deles.

— Aquela linha não vai servir para costurar um vestido — comentou ele, baixando a voz em um sussurro sarcástico. — É para pele, não saias.

— Fui convocada *como médica* para tratar a princesa Charlotte. Tenho certeza de que ela consegue contratar costureiras muito mais qualificadas para os vestidos dela.

Ele deu mais um passo para a frente, e Hazel tentou bloqueá-lo, mas ele se esquivou pela esquerda, depois pela direita e pegou a tesoura às costas dela. Em seguida, fez um movimento de cortar duas vezes o ar.

— Uma médica deveria saber a importância das ferramentas particulares de um colega — argumentou.

— Sei bem. Vim por ordens do príncipe regente e pedi para que minhas coisas me fossem enviadas, mas minha maleta médica não chegou. E fizeram questão de deixar bem claro para mim o que está em jogo ao se tratar dos cuidados da princesa, então preferi começar o quanto antes.

O estranho inclinou a cabeça.

— Engraçado — disse ele.

— O que é engraçado?

— Não creio que eu tenha ouvido um pedido de desculpa no meio desse discurso.

Hazel sentiu o sangue ferver. O rapaz não parecia muito mais velho do que ela, talvez cinco anos a mais, porém se dirigia a ela como se Hazel fosse uma criança. Ela sabia que ele tinha razão; ela deveria, sim, pedir desculpa.

Mas, em vez disso, disse:

— E o senhor vai pedir desculpa por sugerir que eu usaria equipamentos médicos para costurar um vestido?

Ele expirou pelo nariz: não era bem uma risada, mas os olhos castanhos cintilaram um pouco, por divertimento ou desprezo. Hazel sentiu as bochechas corarem.

— Certo — admitiu ele depois de um momento. — Peço desculpas.

O bigode dele era uma linha reta que parecia uma impossibilidade. Ele deveria ter que aparar os fios errantes todos os dias. E não era indigno para um homem *adulto* ser loiro, afinal? Cabelo loiro era para crianças de colo com bochechas coradas, não homens altos de peito largo com sotaques inidentificáveis que faziam a boca de Hazel ficar seca quando se aproximavam dela.

Era naquele ponto que ela deveria retribuir o pedido de desculpa, devolver os instrumentos e perguntar com educação se haveria alguns sobrando, mas ela se encontrou imóvel e incapaz de falar.

Como se lesse a mente dela, o homem foi até um armário no canto da sala e o abriu.

— Há equipamentos extras aqui. Fique à vontade para usar o que quiser.

Hazel permaneceu em silêncio, ainda frustrada por motivos que ela não conseguia articular e, então, ainda mais frustrada porque, ao ser *gentil*, ele enfraquecia o direito dela de ficar irritada. Algo naquele rapaz a deixava *nervosa*. Por que ele era tão *cortês*?

— Então, ao que parece, as damas deste país não pedem desculpa *nem* agradecem — acrescentou ele, como uma piada.

Bem naquele momento, a porta da enfermaria foi aberta. Um lacaio ofegante recuperou o fôlego e se curvou, segurando-se ao batente.

— Dr. Ferris — chamou ele, ofegante —, a sua presença foi convocada no quarto real.

Antes que o dr. Ferris pudesse responder (aquele era o dr. Ferris?) ou reagir, um idoso de roupas de dormir passou empurrando o lacaio para entrar na enfermaria.

— Detesto essas festividades, mas sou obrigado a botar um sorriso no rosto e comparecer! — exclamou ele, dando uma pirueta na direção de Hazel. — Lady Marlborough, como a senhora está maravilhosa.

O cabelo do homem estava desgrenhado, e os olhos eram redondos e arregalados, a parte branca bem visível. Hazel reparou que a pele dele estava vermelha e inflamada, como depois de uma noite de bebedeira intensa. Ela também notou que o idoso, em meio a um surto de alucinação, era o homem para quem ela havia feito reverência no começo daquela tarde: o rei da Inglaterra.

O dr. Ferris se colocou entre Hazel e o rei George III.

— Vossa Majestade — disse o médico, fazendo uma grande reverência. — Se me permite acompanhá-lo até a *sala de jantar*.

Ele pegou o braço do rei com delicadeza e começou a encaminhá-lo para a saída. O rei o acompanhou, mas lançou um olhar de quem pede desculpas na direção de Hazel. Ela sorriu, e o rei George retribuiu a expressão.

— Fique à vontade para pegar os instrumentos do armário — disse o dr. Ferris antes de sair. — Mas, por favor, não leve meus equipamentos pessoais.

— Não levarei — garantiu Hazel em voz baixa.

E escutou os passos deles desaparecerem pelo corredor, os sons dos murmúrios reconfortantes do dr. Ferris ficando mais e mais distantes.

13

Hazel se viu em uma nova rotina confortável. Ela acordava, vestia-se e se dirigia à Casa Warwick, onde os criados a recebiam com uma xícara de chá e um lugar confortável para se sentar enquanto esperava a princesa decidir se aceitaria ou não sua visita.

Sem uma maleta médica, Hazel havia envolvido todos os equipamentos emprestados da enfermaria de Kew em um pedaço de lona e levado a trouxa consigo todos os dias. Mas ainda não os havia usado.

Na maioria das tardes, durante o cochilo da princesa, Hazel jogava uíste com Eliza, que era muito competitiva.

— Tenho três irmãs mais velhas — explicou Eliza. — Aprendi a não medir esforços quando se trata de jogar cartas.

— Possuo irmãos homens — disse Hazel.

— Ah. Bem, se tivesse irmãs, saberia que mulheres podem ser ardilosas. Como agora, eu a estava distraindo com essa conversa para poder me safar com *esta jogada* — declarou Eliza, colocando a carta vencedora na mesa com um floreio. — Ganhei, mais uma vez.

— Creio que você tem uma vantagem. Tem muito mais prática do que eu.

— Ora, então, estou lhe fazendo um favor ao jogar com a senhorita sem apostar nada enquanto se aprimora.

Hazel descobriu que Eliza não apenas era uma jogadora de cartas implacável, mas também a dama de companhia da princesa havia quase dois anos. O pai dela era o terceiro filho de um barão, e as perspectivas dele de uma herança eram mínimas.

— O objetivo é que eu encontre um bom marido antes que esteja fadada a ser a tia encalhada, solteirona pelo resto da vida. Duas de minhas irmãs já estão casadas e com filhos. Tenho *três sobrinhos*!

— E como estão as conversas sobre casamento? — perguntou Hazel. — Já respondeu ao seu tenente?

Eliza abriu um pequeno sorriso.

— Há *conversas*. *Cartas* e possíveis declarações de amor.

Hazel arqueou as sobrancelhas.

— Da parte dele ou da sua?

— Ah, da dele, lógico. Ele está interessado. A senhorita poderá ver com os próprios olhos; ele estará no baile do príncipe regente na Casa Buckingham na semana que vem.

— Um baile?

— Sim, a senhorita vai, certo? O regente vive dando-os na esperança de que qualquer dia a saúde da princesa melhore o bastante para lhe permitir dançar. Assim ela poderá conhecer um pretendente, se apaixonar e finalmente escolher um marido. É óbvio que, em segredo, ele nutre esperanças de que ela mude de ideia sobre Orange.

— Ela não mudará?

Eliza deu uma risada.

— Chegou a ver o príncipe hereditário de Orange? Uma criaturinha magra deplorável. Cara amargurada. Péssimo dançarino. Sem falar que parece ter uns doze anos.

— Nem um pouco parecido com seu tenente.

— De maneira alguma — retrucou Eliza, sem conseguir conter o sorriso. — Nem um pouco parecido.

Hazel sorriu.

— E, pela primeira vez no dia, *eu* ganhei de você no uíste! — exclamou ela, revelando sua mão de cartas.

— Não é justo! Eu estava distraída... mantendo-a a par de fofocas essenciais da sociedade!

— Se faz você se sentir melhor — replicou Hazel —, fui derrotada umas quarenta e cinco vezes seguidas. As chances eram de que eu teria que vencer em algum momento.

Eliza sorriu e juntou as cartas com cuidado. Ela inclinou a cabeça na direção da porta fechada da princesa.

— Vou ver como ela está.

Alguns minutos depois, Eliza colocou a cabeça para fora do quarto. Hazel se levantou.

— Desculpe — disse Eliza. — Ela não deseja visitantes hoje, mas mandou dizer que os sintomas dela no momento são dor de barriga, dor de cabeça e calafrios. Também disse que a urina ficou mais escura do que o normal. Isso ajuda?

— Não sei ainda, mas pode ajudar. Obrigada, de toda forma.

— Tudo para ajudar uma campeã de uíste.

Quando tentava se dedicar a seu tratado, era quase impossível para Hazel se concentrar para escrever no quarto. Era iluminado demais, *claro* demais, radiante demais. O ar era estagnado e abafado. Algo na maneira como a luz do sol adentrava pelas cortinas brancas finas fazia as palavras não fluírem da pena dela. Era o completo oposto de seu laboratório em Edimburgo, escuro e com cheiro de pedra úmida e terra.

Em um dia em que a princesa e Eliza a haviam dispensado assim que ela adentrou os aposentos, Hazel se viu incapaz de escrever mais de meia frase na pequena escrivaninha ao lado da cama, então achou melhor levar o pergaminho e a tinta para a enfermaria em Kew, onde se lembrava de ter visto uma bancada e uma mesa de madeira sem verniz e nenhuma janela tão luminosa.

O local encontrava-se vazio, e tão reconfortantemente organizado e limpo como na primeira visita de Hazel. Ela se acomodou em uma bancada de madeira e espalhou seu material diante de si. Constatou que não foi nada difícil retomar de onde havia parado em Edimburgo. Hazel sentiu como se estivesse escrevendo havia apenas alguns momentos quando levantou a cabeça para a janela estreita no alto do cômodo e reparou que a luz já assumira o laranja dourado da tarde. Ela estava muito focada em escrever a legenda de uma figura de um coração que já estava até desenhado.

— O ventrículo esquerdo transporta sangue *para* o corpo, não de volta do corpo — disse uma voz suave por sobre seu ombro.

Hazel se levantou com um sobressalto e quase entornou um pote de tinta.

— Desculpe, desculpe-me — acrescentou o dr. Ferris, erguendo as mãos como se tentasse proteger o rosto. — Estava curioso para saber em que a senhorita estava trabalhando.

Hazel tentou acalmar o coração acelerado, batendo forte com a surpresa da intrusão.

— O que está *fazendo* aqui?

— Esta é... minha enfermaria — respondeu ele.

— Na verdade, é a enfermaria do *palácio*. O senhor trabalha a serviço da Coroa, assim como eu.

— É mesmo? — perguntou o médico, inclinando a cabeça.

— A senhorita sabe o que faço, então — disse ele, em tom de afirmação, não de pergunta.

Hazel de repente se deu conta de que estava sozinha, sem acompanhante, com um homem em um cômodo em que qualquer pessoa poderia entrar a qualquer momento.

Era com esse tipo de coisa que ela teria se preocupado no passado. Antes de se vestir como um jovem cavalheiro para estudar na Sociedade Real de Anatomistas. Antes de Jack. Mas ela não podia pensar em Jack.

Ela ajeitou seus papéis e usou o corpo para bloquear seus escritos da visão do dr. Ferris.

— Sim, sei. Trata o rei George III, que Deus o ajude e proteja.

O dr. Ferris deu um sorrisinho sarcástico.

— Admita — disse ele. — A senhorita está um pouco impressionada.

— Com *o senhor*? Por que eu estaria?

Ele inclinou a cabeça.

— Primeiro da turma na Universidade de Uppsala aos dezesseis anos. Chefe de cirurgia mais jovem da história do Hospital de Saint Göran em Estocolmo. Com textos publicados no *Journal of the Royal Society of Medicine* e no *New England Journal of Medicine*. Na verdade, publiquei dois artigos no *New England*. Associado da Universidade Real de Cirurgiões. Fluente em sueco, francês, inglês, latim, alemão. Ah, e dinamarquês. Médico particular do rei da Grã-Bretanha e da Irlanda aos vinte e quatro anos. Devo continuar?

Hazel revirou os olhos.

— Posso ver em que está trabalhando? — continuou o dr. Ferris. — Talvez eu possa oferecer alguma ajuda? Uma dica do que o ventrículo esquerdo faz?

— Eu *sei* o que o ventrículo esquerdo faz.

— Tenho certeza de que sabe — retrucou o dr. Ferris. — Mas está errado em sua figura. O ventrículo esquerdo está da perspectiva do paciente, não do médico. O lado esquerdo do paciente.

Hazel baixou os olhos para o desenho. Por mais exasperante que fosse, ele tinha razão.

— Eu sei qual é o ventrículo esquerdo — declarou ela e, então, arrependeu-se de imediato porque parecia uma criança petulante falando.

O dr. Ferris franziu o cenho.

— Sabe mesmo?

Hazel pegou sua pena e logo riscou a ilustração.

— Foi um erro em minha representação. Mas não em meu raciocínio. Tem uma diferença aí. Às vezes as pessoas conhecem *muito bem* um assunto, mas acabam escrevendo de maneira incorreta. Só isso.

O médico a ignorou e foi até seus suprimentos medicinais para pegar algumas ervas. Ele baixou um grande recipiente de porcelana de uma prateleira alta e removeu a tampa devagar. Hazel esticou o pescoço para ver o que havia dentro.

— Sanguessugas! — exclamou ela.

— Sim, evidente. — Ele deu de ombros. — Uma excelente forma de harmonizar os humores.

— Sim, sim, eu sei, é só que eu... — começou Hazel, sentindo um calafrio involuntário.

O dr. Ferris notou.

— Curioso. Uma médica que não sabe diferenciar esquerda de direita e é tão sensível... Muito curioso.

— Não sou sensível. Já cortei duas pernas e quebrei quatro braços. Retirei uma bala de um fêmur e uma espada de uma orelha *e* em ambos os casos o paciente sobreviveu.

O bigode do médico se eriçou, e ele ergueu uma única sanguessuga grossa em um dedo e a levou devagar na direção de Hazel. Sem perceber, ela se encolheu. O médico devolveu o animal ao pote com as outras.

— Se é o que a senhorita diz... — afirmou ele, descontraído.

Pegou o recipiente com as sanguessugas, subiu a escada e saiu da enfermaria.

Hazel sentiu a cabeça zumbir e as orelhas quentes. Ela corrigiu sua figura do coração, mas se viu incapaz de voltar a escrever pelo restante do dia.

Uma semana mais tarde, Hazel estava desenhando uma figura detalhada da traqueia quando o dr. Ferris surgiu às suas costas outra vez.

— Dr. Ferris... O senhor sempre incomoda moças quando elas estão tentando escrever?

— Só quando elas estão em minha enfermaria. Eu lhe trouxe chá — ofereceu, deixando uma xícara na mesa, com cuidado para não a apoiar sobre nenhum dos papéis de Hazel.

— Obrigada, dr. Ferris — disse ela, com o máximo de frieza possível.

— Pode me chamar de Simon.

— Acho melhor não.

— Eu discordo. Caso contrário, soaria desrespeitoso demais quando eu a chamasse de Hazel.

— Em primeiro lugar, o senhor não me chamará de Hazel. Embora pareça achar apropriado vir me incomodar quando estou trabalhando aqui *sozinha*, o senhor não deveria se iludir a ponto de pensar que chegamos a algum nível de intimidade.

Ferris fez uma reverência sarcástica.

— Como desejar, srta. Sinnett.

— E, em segundo, não me lembro de termos sido devidamente apresentados. Como o senhor sabe meu nome? Andou perguntando sobre mim? — questionou ela, a última pergunta escapando de sua boca antes que ela pudesse se conter.

— Bom, *srta. Sinnett*, talvez a senhorita ache interessante o fato de que não há muitas médicas mulheres na Grã-Bretanha e menos ainda que tenham sido convidadas para tratar a princesa. Sua reputação, como dizem, a precede.

— E qual é minha reputação? — indagou Hazel.

Ele a olhou de cima a baixo sem disfarçar.

— Inteligente. Obstinada. Bem relacionada, mas que trouxe um escândalo para a família. Creio que me lembro de ter ouvido algo sobre uma prisão em Edimburgo. Boa com linha e agulha quando se trata de pontos. Caligrafia terrível. Pernas finas.

— O senhor não ouviu isso!

— Ah, não?

— Ora, também ouvi falar do senhor, dr. Ferris. Dizem que o senhor é abusado, arrogante e apenas mais um na uma longa linha de celebridades médicas, de prodígios deslumbrados demais com a própria fama para se esforçar em ser bons no próprio trabalho.

— Uma "celebridade"! Obrigado, srta. Sinnett.

— Não foi um elogio, dr. Ferris.

— Simon.

— Não.

Simon von Ferris suspirou e colocou as mãos nos bolsos do sobretudo grande.

— Esse é o problema. Vim aqui com uma xícara de chá, na esperança de causar uma boa impressão. Não sei como saímos do rumo.

— Creio que o senhor tenha me insultado algumas vezes — rebateu Hazel.

— Na minha opinião, os ingleses tomam como insultos meras observações sinceras. Somos muito mais sinceros na Suécia. Vocês disfarçam seus insultos por trás de uma fachada educada. É muito mais cruel.

— O senhor finalmente está errado sobre algo — disse Hazel, tomando um gole do chá; era forte e tinha gosto de baunilha. Ela sorriu. — Tem razão sobre os ingleses em geral. Mas não sou inglesa. Sou escocesa.

— Então nós dois somos estrangeiros. Posso lhe fazer companhia? — perguntou ele, apontando para uma cadeira de madeira ao lado da bancada de Hazel. — Ao menos para o chá. E depois, prometo que vou deixá-la trabalhar em paz.

Hazel assentiu e Simon se sentou, satisfeito. De um dos vários bolsos de seu sobretudo, ele tirou uma maçã e deu uma grande mordida com gosto.

Ela riu.

— O senhor tinha isso em seu casaco esse tempo todo?

— Lógico! — respondeu Simon depois de engolir. — Nunca se sabe quando se pode precisar de um lanche — continuou, tateando os bolsos. — Estou repleto de segredos e apetrechos.

— Então é assim que alguém se torna o médico do rei da Grã-Bretanha: está sempre preparado.

— Isso, e uma compreensão de como falar com a realeza. Eles são uma espécie à parte — opinou ele, dando mais uma mordida na maçã.

Hazel se virou de repente para ficar com o corpo todo voltado para Simon.

— Espere... Talvez o senhor possa me ajudar.

— Mais do que com o chá?

— Com a princesa. Ela se recusa a deixar que eu a examine.

— Ah... — disse Simon. — Sim, conheço bem o comportamento da princesa. Ela se recusou a abrir as portas da Casa Warwick quando me enviaram para tentar descobrir o que havia de errado com ela.

— Apenas por curiosidade. O que acha que há de errado com ela?

Ele deu mais uma mordida da maçã.

— Eu lá sei. Pode ser qualquer coisa. Já estou ajudando?

— Não, mas creio que pode. Como devo conversar com a realeza, afinal? Não tenho a impressão de que a princesa me deteste, mas não tive a oportunidade de olhar direito para ela. E não posso nutrir esperanças de descobrir o que há de errado com ela sem examiná-la.

Simon hesitou por um momento e levou um dedo aos lábios, pensativo.

— Já caçou patos em Veneza?

— Veneza? — Hazel não queria admitir que nunca havia saído da Grã-Bretanha, então respondeu apenas: — Não. Ainda não, digo.

E então, para o prazer e a surpresa de Hazel, o rapaz apenas continuou falando, sem nenhum ar de superioridade horrorizado e um comentário como "Ah, é maravilhoso, você simplesmente precisa ir". Talvez ele estivesse certo sobre as normas de educação inglesa.

— É preciso acordar antes do amanhecer — explicou ele. — Antes de *antes* do amanhecer, quando os patos ainda estão dormindo. E há centenas deles nas lagoas lá. Talvez milhares. Mas você só pode começar a atirar depois que se acomodar. E ficar esperando ali. Em silêncio, sem se mexer, por uma hora talvez, até os patos começarem a despertar. Então, você percebe que, por você já estar há tanto tempo por ali, eles estão acostumados com sua presença. Aí, sim, você pode começar a atirar.

— Está comparando tratar a princesa com… atirar em patos?

— Apenas por acaso, mas reconheço que talvez não seja uma metáfora perfeita.

— Já apareço todos os dias — contou Hazel. — Passo horas lendo na antessala. Não creio que o problema seja que ela não esteja acostumada comigo.

— Bom, então talvez você precise transformar a situação em um jogo? Ou quiçá... precise apenas *pedir*. Ninguém lhe disse que é tristíssimo ser um membro da realeza? Eles passam o dia todo trancados em jaulas douradas, esperando que alguém os trate como um ser humano de verdade e não como uma peça de porcelana. É uma forma terrível de se viver.

— É difícil para mim sentir empatia por pessoas com tanto dinheiro e tantas terras que nem sabem direito o que fazer com tais posses.

— Então você é uma revolucionária? — indagou Simon.

— Não necessariamente. Mas passei tempo demais lendo jornais escoceses para me considerar uma monarquista devota.

— Muito sensato. Vejo que terminou seu chá. Vou levar sua xícara e deixá-la em paz para escrever.

Simon se inclinou para pegar a xícara e o pires.

— Queria lhe perguntar — disse Hazel. — As sanguessugas estão funcionando? No rei?

Simon balançou a cabeça.

— Tanto quanto tudo o mais que tentei. Conforme passo tempo com o rei George, percebo cada vez mais que mesmo alguém sem muita simpatia pela monarquia acabará tendo compaixão pelo homem. Boa tarde, srta. Sinnett.

O médico saiu a passos largos em direção à porta. Hazel queria ficar sozinha para trabalhar, mas, uma vez que ele estava indo embora, percebeu que queria que Simon ficasse.

— Espere! — chamou Hazel. — Eu me esqueci de perguntar. Você está em Londres há mais tempo do que eu. Já ouviu falar dos Companheiros à Morte?

Simon inclinou a cabeça para o lado e alisou o bigode.

— Já. Marie-Anne Lavoisier e seu núcleo. Eles gostam de jovens belos e brilhantes. Imagino que convidarão a senhorita a qualquer momento.

O nome Marie-Anne Lavoisier era familiar, mas Hazel não conseguia se lembrar de onde o conhecia. Perguntou-se qual dos vultos sob máscaras de coelho tinha sido ela naquela noite, correndo pela Pall Mall.

— Então, imagino que tenha sido convidado? — questionou Hazel antes de conseguir se conter.

Simon sorriu.

— Prefiro passar minhas noites em casa e ter uma boa noite de sono. Tomar chá, ler um livro e estar na cama às nove.

Ele saiu da enfermaria e, embora tivesse levado consigo a xícara que lhe oferecera, Hazel ainda sentia o aroma de chá preto forte, tânico e da baunilha até muito depois de ele partir.

Na manhã seguinte, Hazel caminhou até a Casa Warwick carregando três livros, uma pena nova e muito papel. Se ela ficaria esperando até a princesa estar disposta a vê-la, ao menos poderia usar seu tempo de maneira produtiva.

Ela também levou os instrumentos médicos emprestados de Kew envoltos em um pedaço de lona.

Quando os baús de Hazel haviam chegado sem sua maleta médica, ela escreveu de imediato a Hawthornden, pedindo que Iona a enviasse. Alguns dias mais tarde, sua querida maleta fora entregue, mas a garota quase chorou quando a abriu: o couro estava ensopado e seu interior estava coberto de mofo verde-cinza felpudo. Em algum ponto da viagem entre Edimburgo e Londres, a maleta dela havia caído em uma poça e ficado ali. O cheiro era suficiente para lhe dar vontade de vomitar.

A alça estava enferrujada e partida. Os cadernos que ela havia guardado dentro da maleta foram transformados em algo sólido indistinto e inútil.

O cheiro de mofo permanecera no quarto de Hazel por dias, mesmo depois de ela ter descartado tudo.

Hazel pretendia comprar uma maleta médica nova, mas ainda não havia encontrado uma que lhe servisse bem. Antes de ser destruída, a maleta médica antiga que usara Edimburgo era *perfeita*: gasta o bastante para o couro estar macio sem que estivesse se desfazendo; grande o bastante para carregar tudo de que ela precisava sem ser difícil de manejar. Hazel passou uma tarde vasculhando lojas, porém os resultados foram desanimadores. Encontrou uma dezena de maletas médicas, todas de alguma forma erradas, custando o triplo do preço, mas sem se aproximar da qualidade da sua antiga.

Então o que restava era o pedaço de lona. Por enquanto.

Hazel carregou os livros nos braços, e estava decidindo qual seria o primeiro do dia quando algo chamou sua atenção: um pequeno chumaço de pelo cinzento deitado ao sol, bem no meio do caminho.

— Ora, olá — cumprimentou Hazel, aproximando-se com cuidado.

O cachorro não tinha coleira nem guia e se deitou de costas, abanando o rabo na terra, sem saber nem se importar com o fato de que uma carruagem poderia passar em alta velocidade a qualquer momento. Hazel se aproximou e viu que a cachorrinha cinza, que era mais pelo do que animal, era aquela que ela tinha visto deitada na cama da princesa Charlotte: Edith... ou Edwarda. *Edwina.*

— Creio que não deveria estar aqui fora sozinha, pequenina — murmurou Hazel.

Bem naquele momento, a princesa surgiu no batente da Casa Warwick, o cabelo desarrumado e vestida apenas de robe.

— Edwina! — chamou ela, desesperada. — Venha para a mamãe!

As orelhas da cachorra se eriçaram ao ouvir seu nome, e o pequeno animal se levantou em um salto, abanando o rabo como se fosse correr para mais longe e continuar com o jogo. Antes que Edwina tivesse a chance de fugir, Hazel a pegou no colo e chegou aos degraus da Casa Warwick momentos depois.

— Ah, graças aos *céus*! — exclamou Charlotte, arrancando Edwina dos braços de Hazel.

A cachorra lambeu o rosto da princesa com alegria.

— Procurei por toda parte quando não a encontrei na cama hoje cedo — continuou. — Procurei e então pensei que ela poderia ter saído correndo com o lacaio. Eu simplesmente não saberia o que fazer se ela sumisse!

A princesa fez uma vozinha aguda para a cachorra em seus braços, alternando entre repreensões e elogios, voltando ao quarto. Não agradeceu Hazel, mas tampouco fechou a porta atrás de si.

Portanto, Hazel a seguiu e, em vez de assumir seu lugar de sempre no corredor, sentou-se à mesa do café da manhã no quarto da princesa. Eliza entrou no quarto instantes depois, o cabelo desgrenhado e suor pingando da testa.

— Ah, você a *encontrou*. Eu estava vasculhando a cozinha.

— Ela estava lá fora — murmurou a princesa Charlotte, sem tirar a atenção da cachorra em seus braços. — E a srta. Sinnett a encontrou.

— Ah, bom, quem diria! — exclamou Eliza.

A dama de companhia se sentou na cadeira diante de Hazel.

A princesa estava de volta embaixo das cobertas, imersa em seu próprio mundo com a cachorrinha aninhada no peito e lambendo seu rosto. Eliza suspirou e se voltou para Hazel.

— Cartas? — sugeriu Eliza.

A manhã deu lugar à tarde. Hazel tinha acabado de perder o terceiro jogo consecutivo de uíste para Eliza quando a princesa Charlotte acordou de um cochilo e chamou a criada para trazer chá.

Foi uma tarde preguiçosa. A princesa estava tranquila, grata a Hazel por devolver sua cachorra (embora não mencionasse o assunto) e à vontade o bastante com Hazel para ao menos permitir que ela continuasse em seu quarto. Era uma oportunidade vaga, baseada apenas na intuição, mas a garota concluiu que aquele era o melhor momento para tentar fazer com que a princesa se abrisse para ela. Hazel optaria por uma nova tática.

Levantou-se da mesa e pigarreou. A princesa Charlotte arqueou uma sobrancelha, e Hazel fez uma pequena reverência.

— Vossa Alteza Real, posso ser sincera por um momento?

Eliza observou do canto do quarto, a expressão inalterada, mas a preocupação se infiltrando em seus olhos. Charlotte apenas deu de ombros.

— Seu pai deixou muito claro que preciso chegar a um diagnóstico de qualquer que seja sua enfermidade. Senão, receio que ele possa tornar a situação difícil para minha mãe e meu irmão. *Mais* difícil, na verdade. Eles já têm que lidar com o escândalo de quando recusei um pedido de noivado e me vesti como um jovem cavalheiro para estudar anatomia e, se o regente achar que traí a Coroa, é provável que eu tenha que... não sei, fugir do reino. Morar em Santa Helena.

— Você rompeu um noivado? — perguntou Charlotte.

— No ano passado. Com meu primo. Eu nutria sentimentos por outra pessoa.

E, de repente, Jack invadiu a mente de Hazel em uma onda que ela não conseguiu conter. Estava de volta com ele no cemitério, na cova que tinham acabado de escavar, pressionados um contra o outro com cheiro de terra ao redor, ouvindo a respiração e sentindo as batidas do coração um do outro. De volta ao quarto da princesa, Hazel sentiu o braço se arrepiar.

— Cinco minutos, Vossa Alteza. É tudo que peço. Apenas cinco minutos, e posso escrever um relatório para Gaspar entregar ao príncipe regente.

Hazel prendeu a respiração.

— Tudo bem — concedeu Charlotte. — Cinco minutos.

Eliza pareceu genuinamente surpresa.

— Vou pedir mais um chá — disse a dama de companhia.

— Não, fique — declarou princesa. — A srta. Sinnett vai pedir mais chá. E, quando vou voltar, pode me examinar.

Hazel não estava esperando encontrar uma resposta óbvia nos sintomas, mas ao menos agora tinha algo com que trabalhar. A testa de Charlotte estava quente, era óbvio que sua temperatura estava elevada. Uma febre, isso era inquestionável, assim como o fato de que a princesa se queixava de fadiga e visão turva. Mas o restante do exame foi infrutífero. Os batimentos cardíacos estavam normais. Não havia inchaço nem erupções cutâneas. Havia cicatrizes nas costas, resquícios da febre romana a qual ela sobrevivera, mas nenhuma das marcas era recente, graças a Deus. A princesa comentou que sentia dor na barriga, mas Hazel não sentiu a região dura nem inchada.

No geral, não havia nada no exame que explicasse por que uma mulher de vinte e dois anos estaria de cama com febre havia semanas a fio. Mesmo assim, Hazel anotou tudo com cuidado, acrescentando suas observações em seu caderno. Era um progresso. Por mais estranho que fosse, quando entrou em sua carruagem para voltar ao apartamento naquela tarde, ocorreu a Hazel que, embora ainda não tivesse decifrado a questão, ela queria poder contar a Simon von Ferris sobre o exame que fizera.

14

Por insistência de Eliza, Hazel concordou em comprar um vestido novo para o baile do regente.

— Sinto muito, mas a senhorita não pode continuar vestindo o que *tem* vestido — criticou Eliza, puxando a saia de Hazel certo dia. — Essa bainha está uns dois ou três centímetros curta demais e esse modelo de bustiê saiu de moda já faz seis meses.

— Nem sei se vou ao baile, srta. Murray — retrucou Hazel. — Tenho muito trabalho a fazer. Estou aqui para tratar a princesa, não... ora... dançar.

Eliza lhe dirigiu uma expressão fulminante, quase ultrajada, e revirou os olhos.

— A senhorita deve tratar a princesa, e ela estará no baile. Pronto. Essa é basicamente a descrição do seu serviço aqui. Não sei por que a senhorita torna tão difícil para mim tentar ajudá-la a encontrar uma oportunidade de se divertir.

— Espere. A princesa vai ao baile? — questionou Hazel, que não tinha visto Charlotte sair do quarto, exceto nas poucas vezes em que deram uma volta pelo parque próximo. — Pensei que a saúde dela não permitiria.

Eliza contraiu a boca, tensa.

— Até a princesa Charlotte sabe quando deve ceder ao pai. Ele quer que ela se decida por um marido e acabe logo com isso, seja qual for o estado de saúde dela — cochichou Eliza, aproximando-se de Hazel, que fez o mesmo. — Creio que ele preferiria que ela tivesse se casado logo com o príncipe de Orange e deixado o país de uma vez por todas.

— Por que o regente gostaria que a *princesa* saísse do país? Ela é de longe a integrante mais popular da realeza.

— Justamente por isso. A senhorita não reparou a forma como as pessoas formam filas para vê-la? Gritam o nome dela?

Hazel havia, sim, notado. Quase todos os dias, quando chegava à Casa Warwick, havia um bando de simpatizantes nas proximidades, gritando e mandando desejos de rápida recuperação a Charlotte.

— E a senhorita conheceu o príncipe regente. Longe de mim falar mal de Sua Alteza Real — continuou Eliza, com um sorriso sarcástico —, mas aquele é um homem que gosta de ser o único a ser louvado. Quanto antes Charlotte sair do país com um marido, mais rápido as pessoas vão se focar no príncipe regente e, quanto antes ela tiver um filho homem, mas rápido vão poder se esquecer dela.

— Então, ela se casará para tornar a si mesma obsoleta.

— Toda mulher se torna obsoleta ao se casar — observou Eliza. — As coisas que nos fazem ser elogiadas como jovens... ser charmosas, coquetes e espertas... Em uma mulher casada e com filhos, esses adjetivos se tornam desesperados e constrangedores, como alguém que usa ruge demais. Até nossas educações perdem o propósito um tempo depois que nos casamos. Eu e Charlotte tivemos aulas de línguas estrangeiras e música para nos tornarmos educadas o bastante para conquistar bons maridos. Vamos nos casar e nos tornar matronas e, então, criar nossos filhos homens para tomar decisões por nós.

Hazel recordava a sensação de ser pedida em casamento por Bernard, de saber que, se aceitasse, o resto de sua vida seguiria um rumo limitado e restrito. Dia após dia usando vestidos apropriados, visitando pessoas de sua classe, tendo filhos e observando como, aos poucos, as lembranças do que ela antes amava em cirurgia e anatomia humana se tonariam mais e mais distante.

— Imagino que seja por isso que não tenho intenção alguma de me casar — admitiu Hazel.

A ideia tinha acabado de se materializar, recém-formada, conforme ela a revelou. Hazel não se casaria. Tinha encontrado um amor uma vez, mas Jack se foi e, então, ela viveria de acordo com os próprios termos.

— Uma cirurgiã pode tomar tal decisão — disse Eliza. — Creio que você seja excepcional nesse quesito. Mas a princesa Charlotte não tem esse luxo. O casamento dela é um grande evento diplomático e político. Gerar um herdeiro é o principal dever dela para com a Coroa.

— Portanto, doente ou não, ela vai ao baile do pai.

Eliza assentiu.

— Embora, em geral, eu consiga encontrar uma forma de ajudá-la a ir embora mais cedo desse tipo de evento.

— Certo. Então, vou ao baile — concordou Hazel.

Ao menos, pensou a garota, seria mais uma oportunidade de observar a princesa, vê-la em público e continuar a anotar seus sintomas. Talvez tratá-la seria, sim, como caçar patos. Hazel teria que esperar e observar à medida que os sinais que poderiam levar a um diagnóstico se revelassem aos poucos.

Eliza ainda estava estudando o vestido de Hazel, franzindo a testa e apalpando o tecido da manga entre os dedos.

— A senhorita precisa procurar a sra. Thire para comprar um vestido novo. Isso não é negociável. Vou garantir pessoalmente que ela o termine a tempo para o evento.

— Na verdade, já tive um vestido feito pela sra. Thire! — exclamou Hazel, surpresa, contente por poder oferecer algo que agradaria a Eliza. — Minha mãe mandou minhas medidas para ela no ano passado.

— É mesmo? Bem, mais fácil ainda. Use esse vestido, então. Imagino que seja muito melhor do que as roupas que a senhorita tem usado. Sem ofensa.

O que será havia acontecido com aquele vestido? Ela o usou na festa na casa de Mercer, na noite em que fora presa. Eles a haviam levado para a prisão na colina naqueles trajes, e ela o estava usando quando a obrigaram a se trocar pela camisola áspera de algodão para prisioneiros. É provável que o lindo vestido cor de calêndula ainda estivesse lá, amarrotado em um canto, mofando com a umidade e o abandono.

— Eu... na verdade, não o tenho mais — revelou Hazel. — Eu... o perdi.

Eliza piscou, confusa.

— Certo. Nesse caso, voltamos ao plano original. De toda forma, deve ser melhor assim; um vestido de meses atrás também seria vergonhoso. Pior ainda se já tivesse sido usado uma vez.

— Uma vez?

— Você está em Londres, minha querida srta. Sinnett. Talvez em Edimburgo, tartã e vestidos simples sejam considerados charmosos, mas você verá como as coisas são aqui. Eu a estou protegendo. Dada a oportunidade, essa gente vai comê-la viva.

— E um vestido da sra. Thire vai impedir isso?

Eliza torceu um fio de cabelo no dedo.

— Um vestido da sra. Thire vai distraí-los para que a senhorita possa dar o primeiro golpe — retrucou.

Ser amiga de uma amiga da princesa tinha suas vantagens: no dia seguinte, o ateliê da sra. Thire encaixou Hazel para uma prova de última hora com a própria sra. Thire em uma butique pequena, mas lindamente decorada com colunas brancas em uma esquina elegante perto de Soho.

— Tem que ser rápido — disse a sra. Thire a título de cumprimento, guiando Hazel para os fundos do ateliê. — Toda jovenzinha da alta sociedade quer um vestido novo para chamar a atenção de algum soldado elegante, agora que todos voltaram do combate a Napoleão. — Ela colocou alguns alfinetes na boca. — Você. Srta. Hazel Sinnett. Castelo Hawthornden, Edimburgo. Tenho suas medidas aqui em algum lugar. Nunca me esqueço de uma cliente — acrescentou ela, avaliando Hazel de cima a baixo com um olhar desaprovador. — Alguns centímetros a menos no busto agora, e vamos precisar de mais volume na saia para ajudar a disfarçar essas pernas magricelas. Venha.

E, antes que pudesse abrir a boca, Hazel foi levada até um pedestal para que a sra. Thire pudesse conferir suas medidas mais detalhadas usando um barbante que ela tirou de um dos muitos bolsos escondidos de sua saia.

A sra. Thire era uma mulher alta, por volta dos quarenta anos, mas era difícil saber sua idade com exatidão. Sua pele escura era lisa, mas uma ruga se formava entre as sobrancelhas, transmitindo um ar de intensidade e foco. Os cachos escapavam sob a touca, e Hazel conseguia ver uma única mexa grisalha, emoldurando o rosto dela. A mulher estudou Hazel com uma expressão concentrada.

— Rosa não é sua cor — declarou ela, com um leve sotaque de algum lugar das ilhas caribenhas.

— Ah.

— Azuis. Verdes. Tons de pedras preciosas. Destacam seu belo rubor. Você precisa comer mais. Ao chegar ao baile, tome uma taça de champanhe para ter um pouco de cor nas bochechas — instruiu a sra. Thire, em um tom de quem estava ditando uma carta.

Hazel se perguntou se deveria estar anotando.

— Fique aqui — ordenou ela, e saiu, deixando Hazel sozinha no pedestal ao fundo da sala, ainda no vestido com que havia chegado, mas se sentindo muito, muito nua.

Instantes mais tarde, a sra. Thire voltou carregando um monte de tecido azul-escuro.

— Não há tempo para fazer um vestido sob encomenda, infelizmente — lamentou ela. — Mas creio que esse ficará lindo. Experimente.

— Aqui?

— Não, nas colônias. *Sim*, aqui. Vá, depressa.

E assim, sentindo-se um bocado acanhada, Hazel tirou o vestido que estava usando, ficando apenas de espartilho, e deixou que a sra. Thire passasse o vestido azul-escuro por sua cabeça.

— Sim — disse a sra. Thire. — Sim, fica muito melhor.

E, sem esperar que Hazel respondesse, a sra. Thire tinha começado a apertar e costurar, erguendo o corpete para se ajustar bem à cintura dela e apertando o busto. As mãos dela se mexiam com tanta agilidade, acrescentando pequenos pontos, fixando alfinetes, que Hazel demorou quase dez minutos observando-a em ação para perceber que, na mão esquerda, ela tinha apenas quatro dedos. Em vez de um mindinho, havia um pequeno pedaço de tecido cicatricial, brilhante como uma queimadura. Era uma ferida antiga, pelo que Hazel reparou, a julgar pela maneira como a cicatriz havia desbotado em um tom de branco nas beiradas, talvez de uma lesão de anos antes.

— Pronto — anunciou a sra. Thire, tirando o vestido de Hazel antes mesmo que a jovem pudesse se ver no espelho. — Vou fazer os ajustes e mandar entregar em seu endereço na semana que vem.

— Obrigada — disse Hazel.

Ela levou a mão à bolsa para pagar pelo vestido, mas a sra. Thire balançou a cabeça.

— Não precisa. Considere um presente.

— Não — declarou Hazel. — Não, por favor. Eu insisto.

A sra. Thire manteve a mão erguida.

— É um prazer poder vestir mulheres interessantes, srta. Sinnett. Ainda mais mulheres interessantes que estão atuando como médicas da princesa da Inglaterra — afirmou, sorrindo.

Hazel viu um brilho por trás dos olhos dela, algo que não parecia bem gentileza. A mulher a encarava demais sem piscar, ainda avaliando a garota de cima a baixo embora ela já tivesse saído do pedestal para medições.

— Um prazer conhecê-la pessoalmente, srta. Sinnett — continuou sra. Thire.

Os sinos sobre a porta do ateliê soaram uma melodia alegre quando Hazel saiu para a rua e voltou para a rua e então para a carruagem. Embora o dia estivesse agradável, ela sentiu um calafrio súbito que não conseguiu ignorar.

O vestido chegou na manhã do baile, entregue em mãos por um lacaio que saltou dos fundos de uma carruagem carregando uma grande caixa cor de marfim. O papel fino de dentro era como uma teia de aranha e, embora Hazel não tivesse se afeiçoado muito ao vestido quando o experimentou no ateliê da sra. Thire, ao vesti-lo naquela tarde e se olhar no espelho, teve que admitir que havia algo de mágico nele. Era azul-escuro como o céu da noite, o tecido entremeado por uma linha prata que cintilava conforme ela se movia, como a luz de estrelas. Embora o corte parecesse padronizado — as mangas se estendiam até um pouco abaixo dos ombros e a cintura ficava alta na altura do busto —, quando Hazel o experimentou, ela se sentiu transformada. Outros vestidos a tinham deixado com a sensação de estar brincando de fantasia, mas este a fazia se sentir ela mesma.

A sra. Thire era mesmo genial, pensou Hazel, rodando a saia do vestido e observando o bordado prata refletir a luz da janela. O material era fino e sedoso, dando a Hazel a impressão de água escorrendo por sua pele. Seus últimos pensamentos ao sair de seus aposentos e ver seu reflexo mais uma vez era que ela queria que Jack pudesse estar ali para vê-la naquela roupa. Ela queria que ele a tivesse visto em qualquer vestido bonito. Ele se apaixonou por ela semicoberta de lama, exausta e suja de sangue. Em outro universo, eles poderiam ir de mãos dadas a um jantar na casa de amigos, sem nada com que se preocupar e sem pesadelos que os perseguisse. Apenas os dois, o prazer de estarem limpos e usando belas roupas e sorrindo um para o outro de lados opostos de um salão de baile cheio como se compartilhassem um segredo.

Quando Hazel chegou à Casa Buckingham, a festa já estava cheia, com carruagens fazendo fila por toda a rua e convidados em suas melhores roupas costuradas à mão espalhando-se até o gramado. No salão, a banda tocava uma melodia animada, e o som dos violinos atravessava a mansão, passando por multidões de desconhecidos até alcançar Hazel, que se perguntou aonde deveria ir para não se sentir deslocada. Devia haver cinquenta pessoas só na entrada, agrupadas em pequenos círculos, as cabeça próximas para cochichar. Os sussurros e a batida de leques se abrindo pontuava a música como uma percussão. Hazel não viu Eliza nem a princesa em lugar algum. O único rosto que reconheceu foi o da sra. Thire, que se encontrava ao lado de uma mulher vestida à moda francesa. Hazel acenou, mas a sra. Thire apenas abriu um sorriso tenso e a cumprimentou com a cabeça antes de retornar a sua conversa.

Então Hazel viu mais um rosto conhecido: Simon von Ferris, ao lado da mesa de comida, com uma expressão de quem preferiria estar em qualquer outro lugar. Estava todo de preto, com apenas um toque de sua camisa branca visível na altura da gola.

Hazel se aproximou dele.

— Dr. Ferris.

— Srta. Sinnett.

— Devo admitir que estou um pouco surpresa por vê-lo aqui. Não imaginaria que apreciasse esse tipo de evento noturno.

Simon se aproximou mais de modo a ficar quase sussurrando no ouvido dela.

— E qual evento noturno a senhorita imagina que eu apreciaria?

Hazel se afastou, rompendo a descarga elétrica entre eles. Ela olhou ao redor para ver se alguém havia notado como eles tinham ficado próximos; ninguém estava prestando atenção neles.

— O que você disse no outro dia? Chá, um bom livro e dormir cedo.

— Em um mundo perfeito — replicou Simon. — Mas a posição de médico real é um cargo bastante político. Tenho que comparecer a certos eventos. E descobri que sou muito bom nesse tipo de coisa. Tenho um talento nato para encantar a alta sociedade.

Hazel se engasgou com uma tortinha de queijo de cabra.

— Deve estar brincando. Você estava sozinho no canto como uma criança apavorada quando cheguei.

— Talvez eu estivesse apenas esperando. Aguardando o momento ideal.

— Para quê?

Simon ficou em silêncio por um momento. Ele baixou os olhos para admirar o vestido azul-escuro de Hazel com bordados prata.

— Um vestido novo — comentou ele.

— Isso é um elogio?

— Apenas uma observação.

— Bem, para um homem da ciência, eu imaginei que seus métodos fossem mais precisos. O senhor só meu viu, digamos, em três ocasiões. Não teria como saber que meu vestido é novo. Conclusões devem ser tiradas de fatores passíveis de serem observados.

— Ah, a senhorita está enganada. São muitos os fatores passíveis de serem observados — retrucou Simon, estudando o tecido com atenção.

Hazel sentiu um rubor em suas bochechas.

— Os pontos estão impecáveis — continua —, nem rasgados nem estourados. A bainha está sem manchas. E há vincos aqui... — observou ele, passando o dedo a um centímetro da barriga de Hazel. — Aqui também... — E a coxa. — O que indica que foi tirado de uma caixa há pouco tempo. Portanto, se trata de um vestido novo.

A mão dele pairava sobre o corpo dela, por pouco não tocando o vestido, mas Hazel sentia a sensação do toque da pele dele através do tecido. Mesmo depois que ele afastou a mão.

— Mais uma vez, a arrogância de um médico homem sobrepôs a verdade — respondeu Hazel. — Não há como saber se o vestido é *mesmo* novo ou se apenas cuidei dele com grande esmero. Talvez eu o mantenha guardado em uma caixa quando não o usou usando.

— E há também a forma como a senhorita se porta.

— Como assim?

— As mulheres sempre agem de maneira diferente quando usam um vestido novo. Mais empertigadas. Ombros para trás. A senhorita está radiante. Está linda e sabe muito bem disso.

— Essa não é uma observação científica — rebateu Hazel.

— Não? De todo modo, só haveria um modo de saber com certeza se é ou não vestido novo.

— E qual seria?

— Ver como ele fica quando está dançando — explicou, mantendo o rosto muito sério, sem sequer o indício de um sorriso escondendo-se atrás de seus olhos. — A senhorita me dá a honra? Pela ciência? — convidou Simon, oferecendo-lhe a mão.

Ela aceitou, suas luvas de seda prateadas eram tão finas que era quase como se eles estivessem de mãos dadas.

Ao adentrarem no salão de baile, Hazel sentia todos os olhos sobre eles. Simon pareceu não notar. Ele manteve a atenção fixa à frente e a postura ereta.

— Então, é? — perguntou Simon, se preparando para a dança.

— O quê?

— Um vestido novo.

— Sim — admitiu Hazel. — É um vestido novo. Mas sua metodologia para determinar isso ainda não passa de um palpite de sorte.

Hazel e Simon se encararam, prontos para a dança começar, e ele abriu um sorriso tão largo que covinhas surgiram nas bochechas.

A dança foi interrompida quando um grupo de homens chegou à entrada do salão de baile e todos se viraram para olhar. Havia uma pequena frota deles, talvez uma dúzia de uniformes prussianos iguais: gibões vermelhos vivos, botas altas e calças brancas justas. Era possível distinguir o líder deles sem dificuldade. Embora não fosse o mais alto nem o mais bonito, ele possuía um ar de liderança. Estava na frente do grupo como um pássaro na ponta de uma formação de voo em V, com o quadril inclinado para um lado numa pose confiante. Eram tantas as medalhas que enfeitavam seu gibão que Hazel se perguntou como ele poderia ter encontrado tempo para conquistar todas.

— O príncipe prussiano, imagino? — comentou ela com Simon.

— Friedrich August. Um dos filhos mais novos do herdeiro prussiano. Uma presença constante na corte desde que o celebraram após a Batalha de Leipzig.

Era inegável que se tratava de um homem bonito, com o cabelo penteado para a frente e um sorriso cínico. O príncipe de Orange, o antigo noivo da princesa Charlotte, era um garoto mirrado no canto do salão que parecia, como Eliza havia descrito, uma criança que ainda não chegara à puberdade. Ele mal tinha bigode, apenas alguns tufos patéticos sobre o lábio superior, mais uma sombra do que qualquer coisa. O príncipe Friedrich August, por outro lado, era um *homem*. Não era de se admirar que a princesa Charlotte tivesse aproveitado o primeiro sinal de febre para romper o noivado com o príncipe de Orange. Hazel a entendia.

Ela observou o príncipe Friedrich August se dirigir a Eliza Murray, fazendo uma grande reverência e beijando sua mão. Ela fez uma reverência e então repetiu o cumprimento a um rapaz bronzeado tímido de cabelo cacheado, de pé logo atrás do príncipe.

Hazel imaginou que aquele fosse o tenente de Eliza, e sua suposição se provou correta quando a dama de companhia se aproximou dela, escoltada pelo garoto de cabelo cacheado.

— Srta. Sinnett, gostaria de lhe apresentar o tenente Otto Anhalt. Tenente, essa é a srta. Sinnett, a médica que está tratando a princesa Charlotte.

Otto se curvou e disse:

— O prazer é todo meu.

Hazel sorriu para Eliza, na esperança de transmitir sua aprovação. Ele parecia bastante agradável, e até bonito, com o cabelo volumoso e todos os dentes no lugar.

Otto aprumou a postura, se voltando para Simon.

— Talvez devamos buscar algo para as damas beberem? — sugeriu ele.

— Com certeza — concordou Simon, sem tirar os olhos de Hazel em momento algum.

Os dois se afastaram.

— O que acha? — perguntou Eliza a Hazel. — Ele é bonito — acrescentou, como uma afirmação, mais para si mesma do que para Hazel.

— É, sim — concordou Hazel, em um tom mais tranquilizador possível.

— Creio que vou me casar com ele. O serviço dele ao príncipe prussiano acaba mês que vem, então ele vai voltar para casa. E me convidou para ir com ele. A família dele tem uma propriedade, e ele ganha bem como soldado, mas a família dele é que tem mais dinheiro. Ele ganha umas cinco mil libras por ano.

Hazel não respondeu de imediato, e Eliza estudou os olhos dela antes de continuar:

— Não posso continuar com a princesa para sempre. Assim que ela estiver bem, vai se casar e se mudar para uma residência nova com empregados novos e vou estar ainda mais velha com ainda menos pretendentes. *Nenhum* pretendente. Gosto de Otto. Gosto bastante dele, e creio que, com o tempo, posso até amá-lo. Ele é muito gentil. *Muito*. E engraçado! E tem sido muito paciente comigo.

— Eu acho que ele parece uma graça — comentou Hazel.

A dama de companhia estava sorrindo quando os rapazes voltaram com taças de champanhe.

— A princesa virá esta noite? — perguntou Otto. — Ouvi dizer que viria.

Eliza balançou a cabeça.

— Ela está muito mal. Se queixou de dor de cabeça — explicou, sem fazer contato visual com Hazel. — Se nos derem licença.

Eliza e Otto se afastaram em meio à multidão.

— Já chegou a um diagnóstico? — murmurou Simon a Hazel.

— Não. Mas consegui, por fim, examiná-la. Nenhuma distensão. Não é varíola, graças a Deus. Nem a febre romana de novo. Ela estava com febre, e reclamou de dores na barriga e na cabeça. Havia vermelhidão e inchaço ao redor dos olhos.

— Dores de cabeça e vermelhidão ao redor dos olhos poderiam ser febre amarela. Excesso de bile amarela?

— Cogitei isso, mas o tom de pele dela estava rosado. Nem um pouco amarelado. No máximo, vermelho.

— Escarlatina, então?

— A língua estava normal. Sem dor de garganta nem glândulas inchadas.

Simon refletiu por um momento.

— Vômito? — perguntou ele. — Pode ser tifo.

— Sem vômito. Ao menos não que eu saiba. A febre é baixa demais para ser tifo. E isso não explicaria a dor na barriga.

— Gravidez? — questionou Simon com uma sobrancelha arqueada. — Explicaria a dor e a exaustão.

Hazel balançou a cabeça.

— Ela é vigiada demais. A srta. Murray fica com ela todos os momentos do dia, e tenho certeza de que os lacaios passam relatórios ao pai. Um cavalheiro não conseguiria chegar nem a um metro de distância dela. Talvez seja uma doença que nunca vi. Algo raro, quem sabe. A ideia que mais me assusta é que algo esteja crescendo sob a pele dela que eu não consiga ver.

Ainda não tinha revelado aquilo em voz alta, mas se tratava de um medo que vinha tirando seu sono desde o dia em que ela examinara Charlotte e encontrara tão poucos sintomas físicos.

Em Edimburgo, Hazel tinha aberto pacientes e visto tumores do tamanho de laranjas, pretos e pulsantes dentro de órgãos. E se algo estivesse envenenando Charlotte de dentro para fora, e Hazel não pudesse ver? Não haveria como ter certeza sem operar, e ela jamais correria o risco de submeter a princesa a qualquer tipo de procedimento sem antes se certificar.

Ela percebeu, porém, que foi uma agradável surpresa falar sobre o assunto, pensar em voz alta na companhia de outro médico. Ela não tivera a oportunidade de conversar sobre medicina ou cirurgia com *ninguém* desde seu breve período na Sociedade Real de Anatomistas e, na época, não havia nenhum caso de verdade sobre o que discutir; eram apenas estudantes cansados e eufóricos comparando anotações e figuras. E Hazel nem sequer era Hazel, era George Hazelton, usando as roupas do irmão. Era bom ser ela mesma, pedir conselhos, trocar ideias sobre medicina com um homem que a tratava como uma igual, não como uma peculiaridade ou algum tipo de atração exótica.

— Hmmm — murmurou Simon, levando um dedo ao bigode. Ele o cofiou distraído, algo que Hazel notou que ele fazia quando estava nervoso ou pensativo. — Quando eu estava na faculdade de medicina em Uppsala, um professor dizia que, se ouvir quatro cascos galopando ao longe, você deve pensar em "cavalo" antes de pensar em "camelo".

Do outro lado do salão, Hazel observou o príncipe Friedrich August e seus homens rindo e bebendo com os braços nos ombros uns dos outros. Eliza estava ali por perto, tomando uma taça de vinho com elegância ao lado de Otto.

— Então, quer dizer que — disse Hazel —, quando se está lidando com uma questão médica que parece confusa, é mais provável que seja uma doença comum exibindo sintomas incomuns.

— Exato.

A banda começou uma valsa animada e, sem aviso, Simon puxou Hazel pela cintura, tão de súbito que ela se assustou.

— É assim que começa a dança, não? — perguntou Simon.

— Creio que sim — respondeu Hazel.

Assim, sem trocar mais uma palavra, os dois saíram rodopiando em meio à multidão.

Como dançarino, Simon von Ferris era tenso e formal; seu corpo era alto demais para permitir o que Hazel chamaria de elegância. Simon não permitia que sua postura se encolhesse, nunca deixava o cotovelo descer abaixo do ponto preciso em que deveria estar. Ele estava tão concentrado em acertar os passos que Hazel achou que ele não percebia a atenção que estava recebendo das damas nos cantos do salão de baile. Ela observou os olhares perpassarem o corpo de Simon e viu como as outras abriam os leques para esconder os murmúrios. Elas o desejavam, percebeu Hazel. Quando ela voltou o olhar para o rosto de Simon, ele só tinha olhos para ela.

A música terminou e a salva de palmas foi interrompida por uma fanfarra desafinada anunciando a chegada do príncipe regente. Ele entrou com uma expressão mal-humorada e um gibão vermelho vivo, ao lado de Gaspar, que usava sua peruca empoada à moda antiga. O regente estufou o peito e passou os olhos pela multidão, parecendo descontente com o que via, embora os cortesãos fizessem grandes reverências e abrissem seus sorrisos mais obsequiosos. Ele se voltou para Gaspar para perguntar algo que Hazel não conseguiu escutar. Gaspar balançou a cabeça, e o príncipe regente saiu a passos duros, sem uma única dança.

A entrada e a saída súbita dele fizeram com que o ar escapasse da festa como um balão que desinfla. A animação do salão se evaporou e, menos de uma hora depois, o restante dos convidados começou a sair. (Friedrich August e seus amigos pareciam não notar tensão alguma; eles estavam empilhando taças de champanhe e rindo, cálices despencando e se estilhaçando no chão.)

No canto da pista de dança, Hazel puxou Eliza de lado.

— Charlotte já chegou a considerar o príncipe Friedrich August como pretendente?

Eliza balançou a cabeça e olhou ao redor para confirmar que ninguém as tinha escutado.

— Não, céus, não! Por quê? O que a senhorita escutou por aí?

— Nada! — exclamou Hazel. — Eu só estava pensando... Ele é um príncipe e tudo mais. Está na idade ideal. E parece bem... sabe, sociável.

Eliza balançou a cabeça mais uma vez.

— Nem todos os príncipes são *príncipes*, com calibre para se casar com a futura rainha da Inglaterra. A Europa está *cheia* de príncipes. Friedrich August tem uma posição relativamente baixa. Não é o filho mais velho. Ramo cadete da família. Mas isso não seria um problema se não fosse por sua reputação. Ele é um *canalha*. Há boatos de ter dois filhos ilegítimos e uma dezena de corações partidos por onde passa. Não... Ele é um soldado e perambula pela Europa fazendo as mulheres se apaixonarem por ele até o pai obrigá-lo a se casar para receber uma herança irrisória. Há um número muito limitado de pretendentes em potencial à disposição da princesa Charlotte, o que ela tem total consciência. Além do mais, creio que ele já está noivo. De alguma duquesa austríaca ou algo assim. Coitadinha. É por isso que ele vai embora no mês que vem e Otto vai para casa. Friedrich August esgotou a paciência do pai e está sendo mandado embora para a sua noiva. Ela terá que passar o resto da vida observando-o gastar a fortuna deles em apostas.

Eliza e Hazel se voltaram para observar o príncipe beijar o braço de uma loira sorridente.

— Um charme — completou Eliza. — Agora, se me der licença, tenho que mandar fazer a infusão da princesa antes que ela durma.

O baile estava se dissolvendo ao redor deles, e Hazel se virou para se despedir de Simon, para agradecê-lo pela dança, pelo conselho sobre o diagnóstico de Charlotte e por tornar a noite em geral muito mais agradável do que teria sido sem a companhia dele, mas Simon havia sumido. Havia desaparecido na multidão ou ido embora enquanto Hazel conversava com Eliza.

A partida repentina a deixou se sentindo como se a noite fosse uma melodia incompleta, uma canção tocada até a última estrofe e então suspendida, a tensão da música ainda no ar.

Às costas de Hazel, a Casa Buckingham estava iluminada por lanternas nas janelas, uma bolha fantasmagórica de luz em contraste com a escuridão da grama do St. James' Park que se estendia, aveludada, diante da propriedade. Hazel decidiu ir a pé até seus aposentos, primeiro pelo parque e depois seguindo a faixa escura do Tâmisa até seu apartamento. Ela estava agitada quando chegou lá, vibrante pelo ar frio da noite e pelo champanhe que tomara. Cenas do baile se repetiram em sua cabeça enquanto ela se despia, dobrando com cuidado o vestido que Simon tinha notado ser novíssimo.

Abriu um sorriso. Naquele momento, teve certeza de algo que, até então, tinha sido apenas um questionamento incômodo, algo que suspeitava. Até que enfim descobrira o que havia de errado com a princesa. O diagnóstico era certeiro, Hazel soube naquele instante, com uma certeza avassaladora completa e absoluta.

Hazel estava tão absorta em pensamentos sobre a princesa Charlotte que quase não notou que um envelope tinha sido deixado em seu travesseiro.

Não havia ninguém no quarto, tampouco alguém se encontrava do lado de fora, na rua. Ela se perguntou quando ele foi entregue, e *como* tinha sido entregue de maneira tão íntima.

O envelope era grosso e vermelho-sangue, selado com cera vermelha no formato de um cérebro humano. Estava endereçado em uma tinta vermelha quase invisível no papel se não fosse pela forma como cintilava sob a luz das velas.

Seu nome estava escrito na frente em letra cursiva perfeita: *Srta. Hazel Sinnett.*

15

Ão havia carta alguma dentro do envelope vermelho, apenas um pedaço de pergaminho sem assinatura, escrito com a mesma caligrafia perfeita e precisa do envelope. Era um poema, uma charada e um convite, tudo em uma coisa só, e Hazel leu as frases primeiro para si mesma e, depois, em voz alta para poder senti-las em sua boca.

Onde antes havia seis que se diziam sete
E um grande leão branco requinta
Se passar pelo véu de Pierce, encontre a mente
Onze da noite de quinta

Era um convite para os Companheiros à Morte, disso Hazel tinha certeza; ou, ao menos, um convite que dependia da capacidade dela de resolver a charada. (Por um instante fugaz, Hazel ficou em igual medida entusiasmada e escandalizada com a ideia de que Lord Byron em pessoa deixara o envelope em seu quarto.)

Quanto a decifrar aonde a rima a levaria, Hazel imaginou que teria sido mais fácil se ela conhecesse Londres um pouco melhor. Devia haver uma escultura de leão de um material como mármore branco em algum lugar, talvez seis de tamanhos variados. Ou talvez "seis" fosse um endereço, e ela estivesse buscando o nº 6 da Seventh Avenue, ou algo assim.

Era intrigante, mas, antes que Hazel pudesse passar muito tempo refletindo sobre a mensagem (*devia haver um mapa da cidade em algum lugar*), ela recebeu mais uma carta, porém entregue em mãos.

Gaspar fez uma grande referência ao lhe confiar a missiva e, embora Hazel o cumprimentasse de maneira calorosa, ao se aprumar, a expressão dele era pétrea.

— O príncipe regente não é um homem paciente — declarou ele.

Hazel rompeu o selo real no envelope e leu rápido as linhas breves da mensagem.

Srta. Sinnett,

Fiquei muito decepcionado ao descobrir que a princesa não compareceu ao baile hoje. Se Charlotte estiver doente demais para comparecer ao festejo que será oferecido para homenagear sir Robert Mends por sua promoção a comodoro daqui a três semanas, considere-se demitida.

Sua Alteza Real,
George, príncipe regente

Gaspar observou os olhos de Hazel enquanto a garota lia.

— A senhorita está com problemas? — questionou ele, hesitante. — O regente… não parecia feliz.

— Se eu tivesse que adivinhar, o regente é um homem que nunca está feliz. Não estou com problemas. Apenas recebi um prazo.

— E… isso não se tornará um problema?

— Não — garantiu Hazel. — Porque sei o que vou fazer.

Na manhã seguinte, quando Hazel chegou à Casa Warwick, Charlotte estava de mau humor. Mesmo assim, ela invadiu o quarto da princesa apesar dos protestos de Eliza.

— Ela está descansando! Não deseja companhia! Não quer nem que *eu* fique no quarto!

As cortinas estavam fechadas, e o ar abafado, opressivo, com um fogo crepitando na lareira apesar do dia agradavelmente ensolarado de primavera lá fora. O quarto tinha se tornado uma caverna abafada e úmida.

Hazel fez apenas uma brevíssima reverência antes de se endireitar diante da princesa e declarar:

— Já sei o que está errado com Vossa Alteza.

A princesa estava deitada sobre um montinho de travesseiros com o braço cobrindo os olhos para bloquear toda luz fraca em meio à penumbra. De repente, ela se sentou e se concentrou em Hazel.

— O quê? Quer dizer... o que é?

— Já sei o que há de errado com Vossa Alteza — repetiu Hazel.

As duas se encararam por um segundo, e Charlotte voltou a se reclinar.

— Bem, isso seria uma surpresa. Meu pai mandou uma dezena dos melhores médicos virem me examinar, e eles me trataram para tudo. Dores de cabeça e humor desequilibrado. Aplicaram sanguessugas em mim, me drenaram e me cortaram. Qualquer que seja a cura que tenha planejado, não vou prometer aceitá-la antes de saber como será o tratamento. Então, o que vai ser? Um tônico? Ventosas? Não me diga que será uma sangria. Já tentaram antes, e detesto. Me dá fome.

Hazel balançou a cabeça.

— Não há necessidade alguma disso — disse ela.

— Ah, é?

— Não — garantiu Hazel.

A princesa afofou o travesseiro.

— Bem, então eu adoraria saber como está planejando me curar.

— Não vou curá-la — respondeu Hazel. — Porque não há nada de errado com Vossa Alteza. É tudo fingimento.

Charlotte ficou estupefata. Em seguida, se recuperou, cerrou os dentes e olhou ao redor. Eliza estava ao lado de fora. Apenas as duas estavam no quarto, o silêncio interrompido apenas pelos estalos da lareira. Hazel se recusou a romper o contato visual.

Por fim, a princesa indagou, baixinho, impassível:

— Por que eu fingiria uma doença?

— Porque — respondeu Hazel, com cuidado para manter a voz tranquila —, uma princesa doente pode adiar um casamento com o príncipe de Orange e, então, cancelar o noivado. Em seguida, se continuar doente demais para encontrar outro marido, talvez consiga não se casar.

Com o coração disparado, Hazel observava atenta a princesa, mas Charlotte continuou imperturbável.

— Porque talvez — continuou ela — a princesa esteja apaixonada por alguém com quem não possa ficar. E, se fingir uma doença, não terá que ir a jantares, festas ou bailes e ver essa pessoa, que está prestes a se casar com outra. Se a princesa estiver doente, pode continuar recolhida em casa, com as cortinas fechadas para o mundo, e permanecer naquele lugar onde há a esperança de ficar com a pessoa que ela ama.

A parte que Hazel não disse à princesa foi que ela conhecia muito bem aquela sensação. Depois da morte de Jack, Hazel se afundou em seu trabalho, dentro do laboratório na masmorra de Hawthornden, onde dias e noites se misturavam. Parecia traição a ele, à memória dele, que o tempo passasse, que ela vivesse para ver mais dias sem ele, que seguisse em frente quando ele não estava mais lá. Hazel não fingiu uma doença. Em vez disso, começou a escrever seu tratado. Ela havia se escondido no trabalho porque toda vez que saía para o mundo, perguntava-se como seria se Jack estivesse ao seu lado.

A princesa Charlotte alisou o lençol na cama com cuidado, fitando as mãos.

— O que a senhorita vai fazer? — perguntou ela, por fim, baixinho.

Hazel suspirou. Ela se dirigiu à cadeira perto da cama de Charlotte, onde Eliza se sentava com o objetivo de ler para ela. Sobre a mesa, havia uma cópia de *Razão e sensibilidade*.

— Eu li esse! — exclamou Hazel.

Charlotte sorriu.

— Um dos meus favoritos — comentou a princesa. — Já li uma dezena de vezes. A senhorita leu os outros da autora?

Hazel balançou a cabeça.

— Admito que nunca gostei muito de ficção. Quase só leio textos médicos, e os livros de história que eu pegava emprestado da biblioteca de meu pai. Contudo, minha mãe deixou esse pela casa. Creio que ela nunca chegou a lê-lo. Quer dizer, tenho certeza de que nunca o leu. Eu separei algumas páginas que acabaram vindo grudadas.

— Sempre me vi como Marianne — declarou Charlotte.

Hazel se esforçou para lembrar das distinções entre as duas irmãs do enredo.

— Romântica e impetuosa — pontuou Hazel.

Charlotte apenas sorriu.

— Mas aprende a ser sensata no fim — completou ela.

— Por quanto tempo Vossa Alteza planejava se manter doente? — perguntou Hazel.

— Não sei. Quanto tempo dura um coração partido? Porque isso não estou fingindo, srta. Sinnett. Não mesmo. Sinto que é tão dolorosa quanto qualquer doença. A dor no peito e na barriga... A maneira como meu corpo inteiro parece disposto a me trair a qualquer momento, como posso me debulhar em lágrimas ao ver coisas aleatórias: flores, uma mãe e uma filha, ou estranhos se abraçando. É tão dolorosa quanto qualquer uma das doenças que os médicos de meu pai diagnosticaram em mim, exceto que não há nenhum tônico que possa me curar. Não há nada que nenhum médico possa fazer para me fazer me sentir melhor.

— Não. Não há nada que eu possa lhe oferecer para aliviar a dor.

Se houvesse, pensou Hazel, ela própria teria tomado havia muito tempo.

Charlotte se sentou na cama e se virou para encarar Hazel, olho no olho. Ela arqueou uma sobrancelha feita à perfeição.

— Vai contar para meu pai?

— Que tal fazermos um acordo? — propôs Hazel. Ela colocou a mão no bolso para tirar a carta que recebera do príncipe regente. — Não vou contar a ele sobre sua "doença" se Vossa Alteza tiver energia suficiente para comparecer... — Hesitou, consultando o ultimato antes de continuar: — ... À festa da promoção de sir Robert Mends.

— E depois?

— Não sei — respondeu Hazel, sincera. — Ganhamos um certo tempo com isso, não é? Vai que encontro a cura para um coração partido até lá.

Charlotte deu um sorriso e secou uma lágrima antes que fosse derramada.

— Admito que é um alívio que você saiba. Eliza desmaiaria de exaustão por ter que ir correndo buscar uma nova garrafa d'água quente toda vez que você quisesse sentir a temperatura da minha testa — revelou ela, baixando os olhos para o chão e vendo um envelope carmim no tapete bordado. — O que é isso?

A carta dos Companheiros à Morte havia caído do bolso de Hazel quando ela tirou a do regente. Hazel se apressou em pegá-la, mas Charlotte foi mais rápida.

— Aaaah — disse a princesa. — Uma charada, é? "Onde antes havia seis que se diziam sete / E um grande leão branco requinta..." O que vão fazer em Seven Dials?

— O quê? — questionou Hazel, surpresa. — O que em nome de Deus é Seven Dials?

— Bem, é uma esquina. Havia uma grande torre, com seis relógios de sol lá, no centro de um cruzamento. Perto de Covent Garden.

— Se são seis relógios de sol — disse Hazel, curiosa —, por que tem sete, *seven*, no nome?

— Bem, não sei direito — admitiu a princesa Charlotte, dando de ombros. — Creio que a torre em si era considerada o sétimo. "Onde antes havia seis que se diziam sete." Derrubaram a torre alguns anos atrás, creio eu, mas é por isso que a região é chamada de Seven Dials. Mas disso você já sabe, claro. Você recebeu o convite.

— Não. Eu não sabia.

— Pensei que era preciso ser inteligente para ser médica.

— Sou melhor com o mapa de um corpo humano do que com as ruas da cidade de Londres, creio eu — retorquiu Hazel.

Charlotte deu de ombros.

— Se a senhorita diz...

— E o restante? Também há uma estátua de leão lá, então?

Charlotte passou os olhos pelo poema de novo.

— "E um grande leão branco requinta." Great While Lion Street é uma das ruas de lá. Pierce foi o arquiteto. Projetou a torre. Era um escultor famoso. Fico surpresa que não saiba essas coisas; parecem muito óbvias para mim.

— Me ajude com mais algo — pediu Hazel. — A última parte... "encontre a mente"?

— Não sei. Talvez algum tipo de placa ou desenho. Mas o restante não poderia ser mais evidente.

— Isso eu já entendi.

Charlotte sorriu e tocou uma sineta pendurada na parede perto da cama. Instantes depois, uma criada abriu a porta e entrou com uma pequena cortesia.

— Chá para mim e para a dra. Sinnett, por favor, Susan.

A criada fez outra reverência e saiu pela porta em silêncio.

— É apenas senhorita, na verdade — disse Hazel. — Sou uma cirurgiã. E, para ser completamente franca, nunca cheguei a fazer o Exame Real de Medicina.

— A senhorita frequentou aulas de anatomia, não frequentou? — questionou Charlotte.

Hazel assentiu.

— É como eu lhe disse antes... Uma dezena de homens de óculos e inúmeras certificações me cutucaram e me apertaram por meses a fio, e nenhum deles chegou a descobrir o que havia de errado comigo. O Exame Real que se dane. Você é médica, Hazel Sinnett, seja lá como queira ser chamada.

16

Vista do alto, Seven Dials era um lugar feito de ruas convergentes que se cruzavam, dividindo o mapa em triângulos. Embora ficasse a poucos passos da pedra branca cintilante de Covent Garden, no segundo em que Hazel desceu a rua estreita na direção de seu destino, ela sentiu uma mudança no ar. Ali era onde pedintes e ladrões ficavam, mulheres com lenços enrolados na cabeça tossiam nas mangas e o choro de crianças ecoava das construções de paredes finas. Homens com olhares maliciosos estavam reunidos no plinto vazio onde Hazel imaginou que outrora ficava a torre com seus relógios de sol. A garota ergueu a gola do manto o mais alto possível para bloquear seu rosto enquanto andava rápido.

Ela tinha suposto que se tratava de uma charada dos Companheiros à Morte, mas também era possível que fosse um tipo de armadilha. O bilhete poderia ter sido enviado por pessoas perigosas, tentando usá-la para atingir a princesa ou puni-la por ter escapado da Calton Gaol. (Também era possível, pensou ela, que, apesar de todo seu status social, os Companheiros à Morte também poderiam ser perigosos.) Hazel era uma dama desacompanhada, andando por um bairro escuro rumo a um destino desconhecido. Se fosse com outra pessoa, ela teria se chamado de tola.

Mas era raro charlatões e intendentes recorrerem a poesia, argumentou ela consigo mesma enquanto caminhava. Por via das dúvidas, carregava um bisturi no bolso, tão útil como arma de defesa pessoal quanto para uma cirurgia. E havia algo guiando seus passos com mais vigor do que a razão: a curiosidade. Se optasse por ignorar a carta, Hazel nunca teria conseguido adormecer naquela noite. Algo estranho e interessante estava acontecendo na cidade, e ela estava desesperada para fazer parte daquilo.

Ela saíra de seus aposentos às dez e meia, quando o céu já estava escuro. Ao menos, a região próxima a seus aposentos era iluminada por lamparinas a gás. Em Seven Dials, a única fonte de luz era os reflexos bruxuleantes de velas em janelas e pubs com lanternas sobre as portas.

Em nenhum aspecto aquele parecia o tipo de bairro frequentado por uma sociedade secreta composta por indivíduos distintos, mas, de fato, lá estava a Great White Lion Street e, a poucos metros da esquina, havia uma porta preta, tão polida que lembrava um espelho e bem conservada, com uma maçaneta dourada que parecia estranha, deslocada do entorno decadente. Sobre a porta preta, uma plaqueta de madeira balançava, tão pequena que Hazel não a teria notado se não estivesse procurando por ela. Não havia palavras, apenas um símbolo, o mesmo que fora gravado na cera para selar seu convite: um cérebro.

Era aquele o lugar. Só podia ser.

Ela bateu à porta, hesitante, e então tentou a maçaneta. Estava trancada.

Só podia ser ali. Desapontada, Hazel tentou de novo, mas ainda estava trancada. Ela tirou o convite do bolso e comparou o selo com o símbolo na placa: o exato desenho de um cérebro, os lobos bem demarcados, emoldurados por algumas espirais grossas. *Era ali.* No entanto, a porta estava trancada. Hazel olhou ao redor. Havia mais uma charada a ser decifrada? Ela suspirou e se apoiou na porta. Um pedinte passou, abrindo um sorriso desdentado para ela, e Hazel se perguntou se não deveria apenas voltar para seus aposentos. Sinos de uma igreja próxima repicaram, um clangor surdo e metálico: onze vezes seguidas. Quando o som do último toque já não mais ressoava, Hazel se voltou para a porta e tentou a maçaneta uma última vez, que se virou com facilidade. A porta se destrancava às onze, em ponto.

 Hazel empurrou a porta, com uma saudação e um agradecimento a quem quer que tivesse destrancado a porta já na ponta da língua, mas, para sua surpresa, não havia ninguém. Ao ser aberta, a porta revelou apenas uma escada que descia rumo à escuridão, sem tochas nem velas visíveis. No terceiro degrau, a claridade da rua já havia sumido por completo; a escada levava ao absoluto breu.

 Pelo intervalo de uma respiração, Hazel hesitou. Mas apenas por um instante. Ela já tinha se disfarçado de cavalheiro e dissecado cadáveres, desencavado covas e roubado corpos, enfrentado um médico imortal que ameaçara arrancar o coração do garoto que ela amava. Ela já tinha se apaixonado, e havia perdido Jack e reaprendido a ficar sozinha. Hazel daria conta de um lance de escada escuro.

 Mesmo assim, ela desceu os degraus com cautela, consciente de que não saberia por quanto tempo cairia se viesse a perder o equilíbrio.

 Uma rajada de vento fechou a porta às suas costas assim que ela passou pelo batente e, de repente, a escuridão se tornou completa.

 Se fosse uma armadilha, pensou Hazel, era tarde demais para voltar atrás. Quem quer que fosse, eles a tinham capturado. A única saída era seguir em frente.

Hazel levou os dedos ao bisturi no bolso.

Estava ficando mais frio a cada passo, e ela não conseguia mais ouvir os gritos e risadas que vinham da rua. Os únicos sons eram os passos dela e o gotejar distante de água em algum lugar. Por instinto, ela estendeu as mãos diante de si para que as pontas dos dedos soubessem antes de seu rosto se a escada levava a alguma curva ou a uma parede de tijolos.

Estava alerta a cada ruído. Será que havia alguém atrás dela? Hazel quase se virou, mas se forçou a continuar. Entendeu que, caso se virasse, poderia ficar desorientada no escuro.

— Você não vai conseguir me pegar de surpresa — declarou Hazel, alto, a voz estranhamente distorcida pela escada.

Entretanto, não houve resposta.

Então, depois de parecer ter descido cem degraus, bem quando estava decidindo se deveria se virar para voltar, uma fresta de luz apareceu diante dela. Um salão, muito iluminado por velas, e uma silhueta obscurecida em um batente.

— Bem-vinda — disse uma mulher. — Ficamos felizes que tenha chegado.

Hazel sentia como se estivesse andando sonâmbula. Ela seguiu a voz e a fresta de luz para o que, à primeira vista, parecia ser um pub. Mas não, não era esse o caso. Embora houvesse mesas e umas doze pessoas sentadas ao redor delas, ninguém estava sentado em banquetas ou cadeiras: estavam reclinados em poltronas estofadas de couro e sofás forrados de veludos caros. A maioria estava falando ou conversando, mal notando a chegada de Hazel.

A vista dela se ajustou à claridade e Hazel percebeu que quase todos os centímetros de parede estavam cobertos por quadros. Outros, não pendurados, encontravam-se no chão, apoiados na parede, empilhados até de três em três em alguns lugares. No teto, um grande lustre candelabro cintilava com cem velas acesas. Uma lareira queimava com ardor atrás de uma grade, uma pistola prateada antiga encaixada em um suporte sobre ela.

Hazel voltou a atenção à anfitriã, uma mulher de cerca de trinta e cinco anos, com um rosto aquilino e inteligente. A estranha arqueou uma sobrancelha elegante.

— Sou Marie-Anne Lavoisier — apresentou-se ela, a voz agradável como água correndo sobre pedras.

Depois que Simon havia mencionado a mulher, Hazel retornou a seus livros para se lembrar por que soava tão familiar.

— Lavoisier... — repetiu Hazel. — A *química*?

A pequena bolha de medo que vinha se inflando no peito de Hazel começou a se dissolver.

Marie-Anne respondeu com um pequeno aceno humilde de cabeça.

— A própria. E tenho certeza de que você descobriu quem somos a essa altura? — indagou.

— Os Companheiros à Morte. Um bom nome. É como o nome que Cleópatra e Marco Antônio deram a sua sociedade de bebida.

O grupo sentado atrás de Marie-Anne estava distraído, mas alguns rostos se voltaram na direção de Hazel, encantados, e a garota se empertigou, com um pouco de orgulho por responder à pergunta da forma correta.

— Ela é uma cirurgiã *e* leu sobre Plínio, o Jovem — elogiou Marie-Anne. — Que encantadora.

— Imagino que seja um humor ácido de sua parte — comentou Hazel. — Cleópatra e Marco Antônio só rebatizaram sua sociedade quando a invasão de Otávio era inevitável. Quando a morte estava se aproximando deles.

Marie-Anne sorriu sem exibir os dentes.

— De fato.

Com o braço, ela gesticulou na direção do vasto salão, e Hazel notou que, além dos retratos que enchiam as paredes, pilhas de livros cobriam quase todas as superfícies planas: mesas, pedaços vazios do chão, equilibrados sobre uma bandeja de chá, sendo usados como pratos para biscoitos.

— Estou sendo convidada para me juntar à sociedade, então? — questionou Hazel a Marie-Anne.

— Talvez.

Um homem negro com um grande chapéu de pele se aproximou pelas costas de Marie-Anne e colocou os braços ao redor dos ombros dela com simpatia.

— Vai me apresentar a essa linda mulher ou eu mesmo tenho que fazer as honras? — Ele a repreendeu antes de estender a mão grande e calejada direto a Hazel. — Sou Benjamin Banneker. Matemático. Astrônomo. Naturalista. Em segredo, também sou poeta, pelo menos um pouco — acrescentou, com um forte sotaque afável dos Estados Unidos.

Hazel gostou dele de imediato. Ela sorriu e apertou a mão de Banneker.

No mesmo instante, um homem gritou no fundo do salão:

— Pare de se chamar de poeta, Banneker. Qualquer dia, alguém vai acabar acreditando.

Em seguida, ele se levantou com afetação, e Hazel soube quem era antes que se apresentasse. Os cachos escuros que caíam sobre a testa e os traços de sua boca eram famosos.

— Ah, pare com isso, Byron — retorquiu Banneker. — Nem todos escrevem poesia para ser famosos.

— Não — retrucou Byron. — Alguns são poetas para fazer o restante da sociedade parecer mais sofisticada. Inclusive, obrigado por me ajudar nisso.

— Perdoe meu *amigo* — dirigiu-se Banneker a Hazel. — Ele acredita que a fama justifica a falta de modos.

— Muito pelo contrário, Banneker — declarou Byron, se aproximando com presunção. Ele olhou para Hazel, mas logo perdeu o interesse e se voltou para Banneker. — Acredito que a fama transforma a falta de educação em uma idiossincrasia charmosa. Na verdade, é um presente que ofereço à alta sociedade. Entro, faço ou digo algo escandaloso, e o resto dela pode passar o resto da vida se *envaidecendo* pelo comportamento *simplesmente audacioso* de Lord Byron. Esse é o verdadeiro motivo pelo qual sou convidado àquelas festas.

— O senhor é convidado àquelas festas porque dorme com as anfitriãs — retrucou Banneker.

Byron pegou um biscoito sobre a capa de um livro e o pôs na língua estendida.

— Isso também — admitiu ele, com um sorriso.

Ele deu a Hazel um aceno da cabeça e voltou a sua mesa, onde tomou de uma vez só o cálice de vinho que o aguardava.

— O ego dele é uma distração — comentou um homem baixinho sentado à mesa de Byron. Ele falava com um sotaque francês marcado. — Imagine o que o senhor teria a dizer se seu talento não fosse desperdiçado fazendo mulheres quebrarem seus votos matrimoniais para ir à cama com você...

— E quem disse que essa não é uma busca valiosa, *François*? — questionou Byron, zombando do nome do homem. — A poesia é feita da luxúria! Da emoção! Do sentimento! Veja, esse é seu problema. Você está moralizando de novo. Você *sempre* faz isso.

Em toda a sua vida, Hazel nunca estivera em um ambiente como aquele. De certa maneira, o lugar a lembrava dos saraus que seu tio dava na Residência Almont em Edimburgo, onde convidava escritores e políticos para palestrar a convidados, e Hazel, jovem demais para ser convidada, escondia-se embaixo de cadeiras ou atrás de sofás para escutar o que estava acontecendo. Para sentir como se fizesse *parte* de um mundo repleto de ideias, filosofia e arte. Mas a sala de estar do tio dela era estoica e decorosa, com convidados sentados em silêncio em cadeiras de dorso duro e batendo palmas nos momentos certos. O local onde ela se encontrava no momento era intrinsecamente diferente, era o tipo onde as pessoas falavam alto e com ardor. Ela gostou muitíssimo.

— Ignore-o — sugeriu Banneker, guiando Hazel na direção de uma mesa e lhe servindo uma taça de vinho. — É o que sempre faço.

Havia outras duas pessoas já sentadas à mesa, no meio de um jogo de cartas: um homem com uma gola alta com babados que descia até o queixo e...

— Sra. Thire!

A costureira sorriu para Hazel.

— Olá, srta. Sinnett. Fiquei sabendo que o vestido azul-escuro ficou divino na senhorita.

— Não fazia ideia de que a senhora estava envolvida... nisto.

A sra. Thire deu de ombros e passou os dedos nas cartas abertas em forma de leque em sua mão. Hazel notou mais uma vez que a mão esquerda dela não tinha um mindinho.

— Uma sociedade secreta, em teoria, é para ser secreta — retrucou.

Banneker puxou uma cadeira e se juntou ao grupo.

— E ninguém sabe mais fofocas do que a mulher que costura o vestido de todas as outras — declarou ele.

A sra. Thire baixou suas cartas sobre a mesa com um floreio.

— E é lá minha culpa que as pessoas queiram contar seus segredos a quem elas pensam que não está escutando? — perguntou ela. Para seu parceiro de cartas, o homem com a gola de babados, sra. Thire sorriu e disse: — Ganhei. De novo.

O homem revirou os olhos.

— Antoine está amargurado porque faz um ano que não ganha — contou a sra. Thire. — E ele gosta de pensar que é muito mais inteligente do que eu.

Antoine, o com a gola de babados, franziu a testa em silêncio.

— É verdade! — insistiu a srta. Thire em resposta ao beicinho dele.

Então Hazel percebeu que Antoine era mudo.

De algum lugar do salão, ouvia-se notas de um pianoforte, mais baixas que o som de conversa. As velas pareciam cintilar no ritmo. O salão tinha um *aroma*, um cheiro específico que parecia familiar a Hazel, mas ela não conseguia identificar. Era o cheiro da terra antes de uma tempestade, antes de começar a chover, quando o ar estava carregado de eletricidade.

Banneker voltou o corpo para Hazel.

— Então, a senhorita já conhecia a sra. Thire — disse ele. — E Antoine aqui... aliás, olá. E me conheceu, e conheceu Marie-Anne. Byron, infelizmente... Quem mais? Ah! Lewis.

Durante a hora seguinte, Hazel foi apresentada a mais meia dúzia de integrantes dos Companheiros à Morte, um grupo que incluía dois membros do Parlamento, um ministro de Finanças e uma mulher chamada Élisabeth, que Hazel entendeu ser uma antiga pintora da corte de Versalhes.

— Foi pintora particular de Maria Antonieta — sussurrara Banneker. — Mas *não* pergunte a ela sobre o assunto. Ela fica chateada.

E a sociedade, descobriu Hazel, colaborava em projetos prestigiosos e empolgantes. Lord Byron tinha ajudado a compor uma ópera para uma das integrantes, uma célebre soprano francesa. Outro membro tinha sido o arquiteto encarregado da reforma do palácio em Kew e recrutado Marie-Anne como química para ajudar a tingir o papel de parede dos aposentos do rei de uma cor que ninguém mais teria.

— Na prática, como a senhora e seu marido descobriram a natureza da combustão? — perguntou Hazel a Marie-Anne quando ela se desvencilhou de mais uma apresentação e ficou a sós com a famosa química. — Que tipo de instalação possuíam? Para evitar que o fogo queimasse o equipamento?

Marie-Anne riu.

— Bem, prevenção de incêndio foi algo que dominamos apenas *depois* que Antoine havia queimado minhas duas sobrancelhas. As duas! Elas nunca voltaram a crescer como antes, mas pelo menos voltaram a crescer.

Hazel deu uma risada e Banneker abriu caminho às cotoveladas para se acomodar à cadeira ao lado dela.

— Conte-me mais sobre o tratado em que está trabalhando, srta. Sinnett — pediu Banneker. — Não quero me gabar, mas completei almanaques bem-conceituados e, se tiver perguntas sobre editoração, tenho certeza de que posso ajudar...

Byron se virou.

— De fato, Benjamin — concorda Byron. — Tenho certeza de que, dentre *todos nós aqui*, é o conselho editorial de um fazendeiro estadunidense que ela vai querer.

— A crueldade não lhe cai bem, Byron — criticou o francês à mesa de Byron. — Deixa sua pele com uma aparência amarelada. Talvez, como não conseguimos a sua bondade, poderíamos recorrer a sua vaidade.

Byron voltou a atenção à própria mesa, deixando Banneker perplexo em uma tentativa tardia de retrucar ao insulto.

— Há quanto tempo o senhor está com os Companheiros à Morte? — perguntou Hazel a Banneker, tentando aliviar a tensão.

Ele relaxou visivelmente.

— Vejamos... Décadas, pelo menos — respondeu ele, com o olhar distante, perdido em lembranças. — Fui à França pela primeira vez antes da Revolução. Para conhecer Antoine, é lógico. Deve ter sido, o quê, 1771? Eu estava calculando um eclipse solar, e os Lavoisier eram os únicos na Europa com o equipamento. Era um milagre, vir da província de Maryland, onde eu tinha que construir tudo à mão com madeira e barbante e quaisquer peças sobressalentes que eu conseguisse encontrar, e então ver o laboratório *deles*. Dourado! O tanto de vidro! Pensei que eu tinha morrido durante a viagem e estava no paraíso.

"Voltei a Maryland para colocar meus assuntos em ordem, mas, daquele momento em diante, sabia que não ficaria nos Estados Unidos. Nem nas colônias, como eram na época. Continuei em minha fazenda durante as revoluções na França e, depois, a revolução nos Estados Unidos e... céus, deve ter sido em 1804 que saí de lá de vez e encontrei Marie-Anne em Londres. Foi mais fácil para mim do que para a maioria. Nunca me casei, nunca tive filhos. Isso complica as coisas. Eu era um homem da ciência que estava apenas tentando fazer meu trabalho, mas em um país que escraviza e mata pessoas como eu. Eu não tinha dúvidas de que o futuro seria mais gentil comigo do que o presente."

— O futuro... a vida na Europa, o senhor diz? — questionou Hazel.

— Detestável — interrompeu a sra. Thire. — Que os Estados Unidos finjam ser um filho do Iluminismo e ainda tenham pessoas escravizadas. Que são tratadas como propriedades. Eles exigiram a libertação do Império Britânico... em nome de quê? De liberdade? Se ainda fossem uma colônia da Inglaterra, a escravidão já teria sido proibida há uma década, assim como no resto do Império.

Um dos políticos cujo nome Hazel não conseguia se lembrar bateu uma bengala no chão.

— Apoiada! Deus abençoe Mends e o Esquadrão da África Ocidental, é tudo que tenho a dizer. Vamos enviá-lo de volta com nossos melhores navios e melhores homens.

Banneker notou a sobrancelha franzida de Hazel.

— É um esquadrão de navios britânicos posicionado perto da costa da África, para interceptar navios com tráfico humano — murmurou ele. — Não vai fazer efeito para deter a escravidão que *ainda* acontece lá, mas já é algo.

— A abolição é o objetivo — declarou Marie-Anne. — Antes, precisamos garantir uma maioria Whig aqui. Nosso governo conservador sempre vai achar que a relação comercial com aqueles escravistas nos Estados Unidos é valiosa demais para pôr em xeque. Vamos precisar de armas em nosso arsenal diplomático, por assim dizer. Quando a princesa Charlote estiver no trono, tudo será mais fácil.

Houve murmúrios de concordância.

— Srta. Sinnett — disse Banneker —, eu ficaria fascinado em ouvir sua opinião sobre um assunto simples. Por que a senhorita acha que as mulheres na Filadélfia já estão estudando em faculdades de medicina, mas isso ainda não é permitido na Grã-Bretanha? — indagou ele, concentrado bem nos olhos dela, com expectativa.

Hazel pensou por um momento.

— Um país jovem tem menos tradições. Menos regras. As regras sociais que estabelecemos aqui, na Inglaterra e na Escócia, estão em vigor há séculos. Nós nos atemos a nossas tradições. Eles estão reescrevendo as próprias regras e progredindo. Embora, pelo que li, eu me arriscaria a dizer que eles não estão tão distantes das tradições inglesas como gostam de pensar.

— Sim! Muito bem observado! — concordou um dos Whigs.

— Todo estadunidense se vê como um grande aventureiro — comentou outro político. — Sem uma monarquia, cada um deles acha que tem o rei na barriga. Ou rainha, nesse caso.

A conversa continuou, e um calor começou a irradiar de Hazel. Era um presente raro, pensou, estar cercada por pessoas inteligentes que de fato se importavam com o que ela tinha a dizer.

Desde que era pequena, Hazel havia aceitado que sua vida estava destinada a estar nos cantos dos principais assuntos. O status de sua família era respeitável, mas não espetacular. Eles podiam ter acesso a pessoas importantes, *famosas*, aquelas que tomavam as decisões, mas os integrantes da família Sinnett em si não eram essas pessoas. Além disso, Hazel ainda era uma mulher. Governantas lhe haviam ensinado que, para influenciar o mundo, as mulheres teriam que usar sua capacidade de ajudar e apoiar seus maridos. Elas poderiam estar em jantares, mas, a menos que o assunto se voltasse para o preço do tecido de vestidos ou para a escolha da cor das cortinas, esperava-se que elas ficassem em silêncio.

Se uma dama tinha qualquer esperança de viver no mundo exclusivo da arte ou da poesia, era por meio de uma beleza estonteante a ponto de um homem a escolher como musa. Uma musa era celebrada, sem dúvida, elogiada e festejada, mas existia inteiramente à mercê de seu artista, de um homem, que a colocava no alto de um pedestal tão pequeno que não lhe permitia dar passo algum, em nenhuma direção, para não cair.

Hazel estava ciente de que seu sobrenome e a negligência de sua mãe haviam aberto uma pequena abertura no sistema que ela explorara para se tornar uma cirurgiã, mas se tratava de uma fresta fina e estreita, precária demais para lhe assegurar sua posição, que dirá imaginar que outra mulher pudesse seguir seus passos. A existência de Hazel como uma cirurgiã mulher era uma peculiaridade que a sociedade parecia disposta a tolerar por ora, e nada mais.

Mas aquele salão, os Companheiros à Morte... eles prometiam um novo futuro. Uma sociedade diferente. Ali, as mulheres bebiam sem restrições, diziam palavrões e derrotavam os homens em jogos de cartas. Marie-Anne era a *líder*, respeitada não por ser bela ou charmosa, mas por ser brilhante. Mulheres não eram objetos em uma prateleira esperando para ser selecionadas para o casamento. Em vez disso, eram uma parte da sociedade tanto quanto os homens.

Um prato de biscoitos estava sendo passado de mão em mão, e Hazel aceitou um, agradecida. Era amanteigado e se dissolveu na boca dela em um instante. Ela se serviu de novo.

E, bem quando Hazel estava se acomodando em sua poltrona de couro, do outro lado do salão veio o barulho de madeira sendo arrastada sobre madeira e então o baque de uma cadeira caindo no chão. Byron tinha se levantado e atirado a poltrona ao chão, absorto em uma discussão com o francês.

— Assim como você despreza sentimentos só porque não consegue medi-los! — gritou Byron.

— O mundo é mensurável, por mais que o senhor deteste admitir isso — replicou o francês. — Até um poema é mensurável. Métrica, rima, ritmo. O senhor menospreza sua própria arte fingindo que ela é feita ao acaso? Meros *sentimentos* desprovidos de habilidade?

Byron vociferou:

— Mas a *beleza* não é mensurável. O sublime não é mensurável. Sinto muito, *Voltaire*, que você não consiga criar uma linha pífia para explicar o que acontece com a alma quando ela contempla uma montanha. Ou, sim, uma bela mulher.

O francês balançou a cabeça.

— O senhor é um tolo, Byron — declarou. — E até reconhecer isso, continuará perambulando pelo mundo sem enxergar nada além do próprio ego.

De repente, Byron tirou a pistola que estava sobre a lareira, engatilhou-a e, antes que Hazel pudesse gritar, disparou um tiro no peito do homem sentado do outro lado da mesa.

17

O SOM DO disparo tornou o salão silencioso. Byron soprou a fumaça da pistola e a devolveu ao suporte. O francês havia caído da poltrona e estava apertando o ombro, que sangrava. Hazel entrou em ação.

— Preciso de um pano limpo e uma bacia d'água! Tesoura, linha e uma agulha. E pinça cirúrgica. Depressa! Ou qualquer tipo de pinça. Alguém tem uma pinça?

Ela desejou ter trazido mais do que apenas o bisturi, mas como poderia saber que precisaria de seu equipamento médico? Ela se apressou até o lado do francês e tentou estancar o sangramento com a mão. O tiro o havia atravessado, na altura do ombro direito e, por sorte, tanto a entrada quanto a saída da bala não atingiram nenhum órgão vital. Mas ele já estava perdendo sangue. O homem estava pálido, abrindo e fechando a boca em silêncio, a peruca escapando da cabeça. Se Hazel não conseguisse suturar o ferimento, poderia precisar amputar o braço inteiro. Ninguém mais no salão parecia nem um pouco preocupado com o homem que tinha acabado de levar um tiro bem diante deles. Byron sentara-se de novo, apoiando as botas na mesa.

— Por favor! — gritou Hazel. — Alguém… linha e agulha, pelo menos.

Ao homem moribundo, ela murmurou:

— Vai ficar tudo bem.

— Tragam o que ela pediu — disse Marie-Anne sem qualquer urgência. — Linha e agulha para nossa médica.

A sra. Thire obedeceu e foi até Hazel, entregando-lhe os itens pedidos, e Hazel começou a trabalhar o mais rápido possível. Ela usou o próprio vestido para estancar o sangramento e, então, começou a reparar o máximo possível do tecido dilacerado. Byron a observou pelo canto do olho, mas Hazel não lhe deu atenção. Seu foco estava em fechar as veias abertas e conter a hemorragia interna, além de suturar as feridas tanto na frente quanto atrás do ombro da vítima.

— Vai ficar tudo bem — sussurrava ela ao homem de tempos em tempos para tranquilizá-lo.

Ele se crispou quando a agulha o furou, mas, exceto por isso, não demonstrou qualquer sinal de dor. Manteve os olhos abertos e atentos, apenas piscando, observando-a trabalhar. Quando por fim terminou as suturas, ela segurou a mão esquerda dele na sua e lhe deu um aperto reconfortante.

— Vai ficar tudo bem — garantiu uma última vez.

Naquele momento, percebeu que, assim como a sra. Thire, a mão esquerda dele tinha apenas quatro dedos.

O francês se levantou e mexeu o ombro.

— Muito bem — elogiou ele, movimentando o braço em grandes círculos. — Parece que está tudo mais ou menos no devido lugar.

— O senhor não deveria mexer o braço dessa forma — instruiu Hazel. — O senhor... acabou de levar um tiro. Perdeu muito sangue. Precisa de repouso.

A sra. Thire se aproximou e examinou os pontos.

— Ela fez mesmo um excelente trabalho. Até nos pontos. Bem pequenos. Não devem nem deixar cicatriz.

— Está maravilhoso — declarou o francês, ainda balançando o braço.

— Você precisa mesmo parar de se mexer — insistiu Hazel.

— Olhe — falou Byron, por cima da cabeça de Hazel —, desculpe por atirar no senhor, está bem? Mas sabe que fico agitado com esse assunto.

O francês não parecia nem um pouco bravo. Pelo contrário, deu um sorriso.

— Viu? Quando não consegue encontrar uma forma de sair vitorioso em um debate pela *razão*, o senhor recorre à violência. O que é grande parte do problema do que estamos vendo na Rússia.

— Ah, não me compare com aqueles camponeses atrasados do fim do mundo! — replicou Byron. — Banneker, você já esteve lá. Como é? Terrível? Frio? Assolado pela fome?

— Na verdade — respondeu Banneker, limpando um pouco de sangue da sola da bota. — Achei bastante cosmopolita. Ao menos em São Petersburgo.

— Lembro a *todos* os presentes — interveio o francês — que fui membro honorário da Academia Russa de Ciências pelo *comando pessoal* da imperadora. Acho que tenho algumas das cartas dela em algum lugar...

Ele pegou no chão uma pilha alta de livros que corriam risco de ser manchados pela poça de sangue que se espalhava, colocou-os sobre a mesa e começou a vasculhá-los.

— Desculpe — disse Hazel. — Todos precisam parar de conversar sobre a Rússia por um momento. Esse homem *acabou* de levar um tiro.

Todos no salão a encararam e, de repente, ela identificou o cheiro peculiar do ambiente. Era um aroma que Hazel sentia quando se sentava diante do dr. Beecham no escritório da Sociedade de Anatomistas em Edimburgo. Um cheiro de eletricidade no ar que impregnava o fundo da garganta. Hazel olhou ao redor para Marie-Anne, Benjamin Banneker e Lord Byron; todos sem o dedo mínimo da mão esquerda.

Hazel tentou se lembrar da história de Banneker. Em que ano ele tinha dito que viera à Europa? Quantos anos ele tinha na época? Byron, Banneker, Lavoisier...

— Vocês são imortais — sussurrou ela. — Todos vocês fizeram o que ele fez... o que o dr. Beecham fez.

Banneker deu um tapinha no ombro de Hazel.

— Muito bem, muito bem — celebrou ele, olhando para o grupo ao redor com certo fascínio. — Acho que é um recorde, não? Juntar dois mais dois antes mesmo de terminarmos uma garrafa de vinho?

— Ela trapaceou — protestou Byron, com migalhas de biscoito caindo da boca. — Ela conhece o Beecham. Já tinha conhecimento do contexto. Torna tudo mais fácil.

Banneker bufou.

— Precisei tirar meu coração e colocá-lo de volta para você acreditar, Byron.

— Como se Byron fosse se deixar seduzir por alguém lhe oferecendo o coração — zombou o francês.

— Vocês conhecem Beecham? — perguntou Hazel. — Ele também é membro dos Companheiros à Morte? Foi ele quem inventou a... fórmula? O tônico?

Os membros da sociedade se entreolharam.

Por fim, Marie-Anne pigarreou.

— É uma *tintura* — explicou ela. — E *não*. Ele lhe disse isso? Rá! Ele era como um cachorrinho atrás do meu Antoine no nosso laboratório. Não sabia a diferença entre hidrogênio e panquecas quando chegou à França. Antoine descobriu a fórmula da tintura. Beecham foi um de nossos primeiros alunos. Partiu pouco depois para seguir os próprios projetos.

— Beecham ainda vaga pela Escócia? — questionou a sra. Thire. — Faz um bom tempo que não recebo notícias dele. Ele mandava cartões no Natal.

Marie-Anne suspirou.

— Mesma história, repetidas vezes. Ele se muda para alguma cidade nova e se reinventa como o próprio neto. Objetivos simplórios — criticou ela, antes de se voltar a Hazel. — Eu e Antoine sabíamos que o que nós... o que *ele* criara era algo com um potencial incrível. Vidas mais longas conduzem à sabedoria. A uma capacidade de ver os padrões da história. De entender a natureza humana e suas consequências. E foi por isso, srta. Sinnett, que criamos os Companheiros à Morte.

— Para *artistas* — completou Byron, com um tom um tanto zombeteiro e presunçoso.

— Para o futuro — corrigiu Marie-Anne. — Para preservar as grandes mentes de uma geração. De todas as gerações. Para criar um grupo com o talento e a capacidade de conduzir o futuro da cultura e da política para um mundo melhor.

— E Beecham? — indagou Hazel.

Marie-Anne suspirou.

— Beecham era... indisciplinado em certos aspectos. Egoísta. Interessado demais em ganhar dinheiro e cultivar a própria fama — opinou ela, tamborilando a mão esquerda na mesa de maneira lenta e deliberada.

A atenção de Hazel foi atraída pelo mindinho ausente de Marie-Anne.

— O privilégio da imortalidade exige sacrifício — continuou Marie-Anne.

Byron balançou seus quatro dedos na direção de Hazel.

— Um ritual de iniciação — explicou ele.

Hazel estudou o grupo diante de si, examinando um por vez.

Ela se dirigiu ao homem silencioso com a gola alta de babados e um rosto que já tinha visto em ilustrações de livros de história.

— *Monsieur* Lavoisier — disse Hazel. — É uma honra.

Antoine Lavoisier respondeu com um aceno cortês.

— Meu pai tinha um livro na biblioteca que resumia seu trabalho com o oxigênio — continuou Hazel. — Não posso dizer que compreendi tudo, mas achei muitíssimo interessante mesmo assim.

Ele sorriu.

— O que é o tônico... a tintura, então? — questionou Hazel. — Um composto alquímico de oxigênio e hélio? Ou precisa de eletricidade? É galvanismo, então? Porque, combinado com certas propriedades químicas...

— Chega disso — interrompeu Marie-Anne. — Eu e Antoine aprendemos logo cedo que a natureza da tintura não seria revelada. Nem mesmo para os membros da nossa sociedade.

Byron deu um gole de um cálice.

— Por mais que eu peça — comentou ele.

— É um fardo que devemos carregar sozinhos — retrucou Marie-Anne. — Portanto, sim, Byron, por mais que você peça, não o amaldiçoaremos com o conhecimento dessa verdade, que, na realidade, deveria pertencer apenas a Deus.

— Byron já crê ser um deus — opinou Banneker.

— Não vou *vender* a tintura nem seja lá o que vocês pensam que eu faria. Apostar em um jogo de cartas e usar para quitar dívidas de jogo. Trata-se apenas de curiosidade — defendeu-se Byron, embirrado.

Marie-Anne passou um dedo ao redor da borda do copo.

— Saber como criar a tintura só causaria tentação. Não de vendê-la, não, não a princípio, mas de compartilhar o conhecimento com um ente querido. Um familiar à beira da morte, uma pessoa amada doente que poderia ter uma morte precoce.

Até um estranho, perto do fim. Nosso grupo deve se manter pequeno e *discreto*. Apenas eu e Antoine conhecemos a fórmula, e assim será.

— Exceto por Beecham — interveio Hazel.

A mulher arqueou as sobrancelhas.

— Beecham conhece a fórmula — completou a médica. — Ele sabe como fazer o... a tintura, ou seja lá o que for.

— Sim — admitiu Marie-Anne, os lábios tensos, e não parecia contente com aquele fato. — Eu, Antoine e Beecham.

— Sou o *único* aqui que não será celebrado? — gritou o francês de repente. Ele tateou os pontos no ombro. — A senhorita me dá pontos, mas não pergunta meu nome. Então, a reputação de grosseria dos modos escoceses *não* é um exagero.

Hazel se virou.

— Minhas mais sinceras desculpas, senhor....

— François-Marie Arouet, a seu dispor. Também conhecido como...

Hazel arregalou os olhos.

— Voltaire. Voltaire! — exclamou ela. — O *próprio* Voltaire. Não pode ser. Não creio que acabei de realizar uma cirurgia em... Voltaire. Estou falando demais. Perdoe-me. É só que... pensei que o senhor estivesse...

— Sim, ora, esse é o problema de nossa querida tintura, não? — retrucou Voltaire. — A imortalidade me forçou a me aposentar cedo.

Animado, Byron bateu o punho sobre a mesa, fazendo a pilha de livros tremer.

— É imortalidade duas vezes consecutivas! — declarou ele. — Imagine quantas pessoas vão ler minhas obras quando eu sofrer uma morte precoce e trágica, para sempre belo. O puro potencial perdido. Eis o problema dos poetas: nunca somos valorizados em vida. É só quando morremos ainda jovens e toda a vasta gama do que *poderíamos* ter feito se torna evidente que as pessoas começam a se importar. E, é óbvio, a essa altura, é tarde demais para colher os benefícios financeiros. Acho que vou realizar minha morte em breve, no meu auge. E acho bom que os obituários me bajulem. Quero ver pessoas *chorando* nas ruas.

Voltaire ainda estava estudando os pontos de Hazel em seu ombro.

— Esplêndido. Tão pequeninos, srta. Sinnett! Acho que nem vai deixar cicatriz... e o senhor *atirou* em mim, Byron! É um trabalho muito impressionante. Muito impressionante mesmo.

Marie-Anne Lavoisier sorriu.

— Imaginei que seria — elogiou ela, voltando a encher a taça de vinho de Hazel. — Como a senhorita compreendeu, srta. Sinnett, nosso grupo é bem pequeno. E a entrada em nossa pequena sociedade é incrivelmente exclusiva. Apenas aqueles que de fato acreditamos que vão *contribuir* com alguma mudança positiva no mundo têm permissão de cruzar aquela porta para o nosso círculo seleto. A imortalidade é um dom. O bem mais precioso de todos, buscado em vão por reis e imperadores desesperados. Mas uma pequena consequência é a leve tendência a sofrer ferimentos no decorrer de uma vida longa.

Ela ergueu a mão direita, e Hazel notou que vários dos dedos tinham pontos ao redor da base. Caídos e suturados, assim como os do dr. Beecham.

Byron tirou a bota e a meia e mostrou seu pé, acinzentado, mal reimplantado na altura do tornozelo. Estava inchado e morto.

— Ainda estou mancando — reclamou ele. — Estão dizendo que tenho um pé torto.

— Não é culpa minha! — exclamou a sra. Thire. — Sou costureira, não cirurgiã.

— Em um passado distante — disse Marie-Anne a Hazel —, tivemos um cirurgião entre nós.

— Beecham — concluiu Hazel.

Marie-Anne assentiu.

— Sim — respondeu. — É uma habilidade muito particular e complexa: a capacidade de religar o membro, cauterizar as veias, minimizar a cicatrização, manter o fluxo sanguíneo... A senhorita possui talentos raros, srta. Sinnett. Achamos que pode nos ajudar, e achamos que podemos ajudar a senhorita. Mais do que já ajudamos, aliás.

— Como assim? — indagou Hazel.

— Os Companheiros à Morte estão no centro da coroa e da sociedade londrina. Fomos nós que ouvimos os boatos sobre a senhorita e sugerimos ao príncipe regente que talvez a filha dele pudesse preferir ser tratada por uma jovem cirurgiã com idade próxima à dela. É isso que fazemos — explicou Marie-Anne. — Influenciamos. Melhoramos as situações. Fazemos tudo avançar.

— Por que eu? — sussurrou Hazel.

— A senhorita é famosa — explicou Byron, como se fosse óbvio. — A única cirurgiã mulher da Grã-Bretanha.

Marie-Anne lançou um olhar severo para ele.

— Srta. Sinnett, você é uma mulher à frente de seu tempo. Imagine como o mundo será para as mulheres daqui a cinquenta anos. *Cem anos*. Elas serão celebradas como cirurgiãs, e não terão que trabalhar sozinhas, sendo motivo de escândalo. Uma mulher não vai precisar se casar para ter um lar, para ser capaz de participar da sociedade.

— O dr. Beecham me falou a mesma coisa no ano passado — comentou Hazel, mas ela sabia que era melhor não acrescentar que o médico lhe oferecera a tintura ou que lhe dera um frasco.

— É mesmo? — questionou Marie-Anne.

O rosto dela estava impassivo. Marie-Anne era uma mulher que sabia não revelar suas emoções, mas houve uma pequena contração na boca dela, e Hazel entendeu o suficiente para inferir que houvera alguma desavença entre os Lavoisier e Beecham.

— Estamos lhe oferecendo, srta. Sinnett, um raro convite para se juntar a nós — continuou Marie-Anne. — Ajudar-nos com nossas pequenas operações. Viver para sempre exatamente como a senhorita foi *destinada* a viver.

— Vamos fazer a parte do dedo agora? — perguntou Byron. — Ou depois? Não quero perder o apetite, e tenho medo de manchar esses sapatos. Vou me retirar.

— Vá para o andar de cima se quiser, George — disse Marie-Anne. — Espere no laboratório. Não há por que fazer tanto estardalhaço.

De um bolso costurado na altura do quadril de sua saia, a química tirou uma longa faca com um cabo preto que cintilou sob a luz das velas.

— Gostaria de uma taça de vinho antes de começarmos, Hazel? — indagou a mulher.

Hazel sentiu um zumbido nos ouvidos.

— Não.

— Que bom. Seremos rápidos, então. Antoine, faça a gentileza de buscar a tintura lá em cima, querido.

— Não! — repetiu Hazel, mais alto do que pretendia. — Não quero fazer parte de sua... Quer dizer, não quero ser imortal.

Silêncio.

Então, Byron caiu na gargalhada.

— Por que não? — questionou Marie-Anne, o rosto ainda inexpressivo, mas a contração no canto da boca ameaçava franzir o rosto todo dela.

Hazel não sabia se era covardia ou prudência; talvez não importasse se fosse um ou outro. Mas a ideia de tomar a tintura... de viver para sempre... lhe dava a aflição de estar sobre um rochedo no alto de um penhasco muito, muito alto e a mandarem pular.

A garota sentiu a boca ficar seca e a atenção de todos no salão recair sobre ela.

— Não quero viver para sempre.

Ninguém disse nada, então Hazel continuou:

— É... *permanente* demais.

— A única coisa permanente é a morte — rebateu Voltaire. — A vida está em constante mudança.

— Eu ficaria entediada — declarou Hazel. — Sei que ficaria. Cedo ou tarde.

Benjamin Banneker abriu um sorriso tranquilizador.

— Entediada? De viajar e ler? Da ciência e da descoberta? Um ignorante poderia se entediar com a eternidade, mas tenho sérias dúvidas de que o *tédio* seria possível para alguém como a senhorita, se me perdoa a presunção.

— Não quero ver as pessoas que amo morrerem.

— Você *sempre* verá as pessoas que ama morrerem — argumentou Marie-Anne. — Acha que a mortalidade a protege disso?

A faca era afiada. Hazel viu a luz reluzir no gume.

— Posso pensar a respeito? — perguntou Hazel, baixinho.

Byron gargalhou.

— Não! Estamos lhe dando uma oportunidade única na vida! *Qualquer* pessoa em Londres daria a mão esquerda...

— Ou certamente ao menos o mindinho esquerdo — murmurou Voltaire.

— ... e você está hesitando? — concluiu Byron.

— Sim — disse Marie-Anne. — Você pode pensar.

Byron quase atirou o cálice da mesa.

— Ela *sabe*! — vociferou ele. — Essa garota pode contar para qualquer pessoa! Sou a favor de obrigá-la a tomar a tintura ou... sei lá... a matarmos. Ao menos amarrá-la e deixá-la aqui embaixo ou algo parecido.

— Convenhamos! — exclamou Voltaire. — O senhor vai assustar a coitadinha.

— Ela não vai abrir a boca — garantiu Marie-Anne.

Hazel achou perturbador ouvi-los falar sobre ela como se ela não estivesse a poucos metros deles. Bem naquele momento, Antoine reapareceu em um lance de escada no canto dos fundos do salão que a garota não havia notado. Trazia consigo um frasquinho de líquido roxo, denso como tinta.

— Tarde demais — disse Byron a Antoine. — Ela não vai tomar.

Hazel recuperou a voz.

— Não vou me tornar imortal agora — declarou.

Ela olhou ao redor do salão, para os artistas e cientistas brilhantes reunidos em um só lugar. Ela não queria ser imortal, mas não queria perder aquilo: o encontro de grandes mentes discutindo arte e ciência. Estar naquele salão confortável escondido abaixo do nível da rua de Londres foi a primeira vez que ela havia se esquecido da própria solidão desde a morte de Jack.

— Mas Lord Byron tem razão. Eu sei a verdade. E estou disposta a ajudar — ofereceu ela. — Vou operá-los e fazer o que precisam.

Banneker quebrou o silêncio.

— Nossa primeira integrante honorária — comentou ele. — Cortamos o dedo dela mesmo assim?

— Não — disse Hazel, respondendo por si mesma. — Não cortamos. Preciso da destreza de todos os dedos à minha disposição.

Marie-Anne não sorriu, mas tampouco pareceu incomodada.

— Está decidido, então. Hazel Sinnett, bem-vinda aos Companheiros à Morte.

18

QUANDO HAZEL VOLTOU a subir o longo lance de escada que levava de volta às ruas de Londres, a primeira luz da manhã estava começando a se insinuar pelo céu. Ela se sentia eletrizada, *viva*, seu cérebro fazendo mil perguntas e chegando a diversas conclusões ao mesmo tempo. Então, era verdade. Era tudo verdade, e ela estava no meio de tudo aquilo. Hazel sabia que tudo que havia envolvido o dr. Beecham no ano anterior não tinha sido um sonho, é óbvio que não. Mas fora tudo tão absurdo, repentino e estapafúrdio que ela jamais se permitira aceitar por completo os fatos.

Mas lá estava Hazel. Em meio a uma sociedade secreta de imortais, os acadêmicos, artistas e filósofos mais famosos da Europa. E eles a convidaram para se juntar ao grupo. Mais ou menos.

Conforme a jovem caminhava pelos paralelepípedos molhados pela chuva — *Choveu enquanto eu estava lá embaixo?*, pensou Hazel —, uma antiga dor ressurgiu, a saudade de Jack. Se ele estivesse ao seu alcance, ela lhe contaria tudo. Eles teriam ficado acordados a noite toda, andado por todos os cantos daquela cidade estranha juntos, serpenteado pelos becos de Londres enquanto conversavam sobre tudo aquilo. Afinal, para quem mais ela poderia contar? O problema de descobrir sobre a imortalidade, sobre a *tintura*, era que fazia qualquer um parecer insano ao tentar descrevê-la. Jack tinha sido o único com quem Hazel tinha sido ela mesma. Ele era a única pessoa com quem ela podia compartilhar tudo de si e que a ouvia e a aceitava com plena compreensão. Ele a tinha conhecido profundamente e a tinha amado.

Mas então onde ele estava?, sussurrou a voz incômoda no fundo da mente de Hazel, regada à crueldade. *Se ele está vivo, por que está desaparecido há meses, por que não me escreveu com um endereço? Por que não veio me encontrar?* Mesmo se Jack estivesse vivo, a verdade era que, de toda forma, ele havia partido e, portanto, a dor permanecia.

Hazel não poderia voltar a seus aposentos, afinal, havia coisas *demais* em sua mente para serem contidas naquele quarto pequeno e simples. As ruas ainda estavam silenciosas, mas, se prestasse atenção, era possível sentir Londres começando a despertar ao seu redor. O cheiro de pão fresquinho subia como vapor das janelas das padarias, e pássaros piavam pela grama úmida escura do parque. Hazel ignorou a calçada e andou sobre o gramado, ignorando a lama e a umidade que começavam a manchar a bainha do vestido.

Ela não sabia sequer para onde estava indo, mas, de algum modo, quando o sol começou a despontar no horizonte, estava em Kew, atravessando os jardins silenciosos em direção à enfermaria.

O palácio ainda estava adormecido. Hazel acenou para um guarda que bocejava e entrou pelo portão. Ela desceu os poucos degraus até a enfermaria e sentiu a temperatura despencar alguns graus ao entrar ali. Era escuro e frio como uma caverna, e os potes de ervas alinhados cintilavam nas prateleiras. Era perfeito.

Entretanto, a bancada que ela estivera utilizando encontrava-se ocupada.

Simon von Ferris estava dormindo sobre a mesa, os cadernos esparramados ao redor de sua cabeça formando uma auréola. Suas bochechas estavam rosadas como as de uma criança, e o cabelo loiro, em geral penteado e impecável, estava arrepiado e bagunçado. Hazel sorriu e se aproximou dele. Não o acordaria, mas havia algo de estranhamente fascinante em vê-lo dormir. Era íntimo, a respiração regular dele, a pequena gota de saliva na página do livro grudada na bochecha.

Como se sentisse a presença dela, ele acordou com um sobressalto, espalhando papéis.

— Bom dia — cumprimentou-o Hazel.

Ele se endireitou.

— É?

— Dia? Quase. Se é bom? Isso eu já não sei. Passou a noite toda trabalhando?

Simon começou a se recompor, ajeitando o colarinho da camisa e arrumando o cabelo com a mão.

— Temos um rei louco que está piorando. Trabalho quase todas as noites.

Hazel estava prestes a se desculpar pela intrusão e ir embora para deixá-lo com seus livros, mas Simon fixou os impecáveis olhos castanhos cor de mel nela.

— Estava sonhando com a senhorita — revelou ele. — E aqui está você.

Simon se levantou.

Talvez, se não tivesse passado a noite acordada, Hazel estaria pensando com clareza. Talvez, se sua exaustão não tivesse sido ultrapassada pelo entusiasmo, pelas novidades, pelas novas pessoas e pelas experiências, ela teria espaço em sua mente para se lembrar do decoro. Mas Hazel não estava pensando muito bem.

Portanto, quando Simon von Ferris disse que sonhara com ela, a garota deu um passo na direção dele e diminuiu pela metade a distância entre os dois.

— Foi um sonho bom? — questionou ela.

— Sim, foi. Foi também um descanso bem-vindo do trabalho — respondeu Simon. — Ando lendo por tanto tempo que as palavras não passam de manchas na página.

Hazel se inclinou para a frente e leu a capa do livro mais próximo por sobre o ombro de Simon.

— *Venenos da Europa e seus antídotos*?! Acha que o rei está sendo envenenado, então?

Simon escondeu o livro embaixo da pilha.

— Não. É apenas uma ideia que tive. Uma leitura complementar para pesquisar possíveis tratamentos. Seria impossível que o rei de fato fosse envenenado, é óbvio, mas, como alguns dos sintomas são parecidos, pensei que... — disse ele, a voz sumindo.

— Por que seria impossível que o rei fosse envenenado? — perguntou Hazel.

— Ele tem dois provadores para cada refeição, que dão uma mordida e tomam um gole de tudo que será consumido pelo rei. Na cozinha, há três chefs que se vigiam. Eu mesmo supervisiono o cardápio dele. Até o açúcar para o chá é provado.

— Não deve ser veneno, então.

— Talvez nem toda loucura tenha uma causa física — afirmou Simon, mais para si mesmo do que para Hazel. — Ou talvez a causa seja uma que ainda não conseguimos compreender. Mas, de todo modo, é preciso continuar tentando. Tratamentos novos. Remédios novos.

— É ruim, então? Quer dizer, a condição do rei.

Simon assentiu.

— Está se agravando. Havia momentos de lucidez antes, em que ele sabia quem era, mas, de raros, eles passaram a... bom...

inexistentes. O rei tem acessos de violência, mas, na maior parte do tempo, fica apenas falando. Murmurando consigo mesmo ou falando a plenos pulmões. Por horas, às vezes até dias seguidos. Reclamando que as paredes estão se fechando ao redor dele. Bobagens assim, como uma criança. Eu me lembro das coisas que meu irmão dizia quando era pequeno. Tagarelices.

— Você tem um irmão? — indagou Hazel.

— Dois irmãos. E uma irmã. Todos muito mais jovens. Eu ajudei a criá-los.

Hazel pensou em George.

— Você deve sentir falta deles — comentou ela.

— Sim — respondeu Simon. — Sinto muita saudade da Suécia.

Pela primeira vez, Hazel notou como Simon parecia cansado. Os olhos estavam vermelhos, as olheiras inchadas e roxas. Estava tão pálido e as concavidades sob suas maçãs do rosto, tão pronunciadas, que parecia um cadáver. Mesmo assim, a beleza dele ainda parecia impossível, ele era tão atraente que Hazel precisava se lembrar que ele era *mesmo* um médico e não um ator de teatro fingindo ser médico.

Ela sentia falta da sensação de tocar em alguém, de ser tocada. Depois da morte de Jack, ela havia protegido e cuidado da própria solidão como se fosse a chama de uma pequena vela. Naquele momento, Hazel sentia a chama a queimar de dentro para fora.

De maneira quase involuntária, ela sentiu a própria mão ir até o rosto de Simon.

Contudo, antes que ela o tocasse, Simon colocou os braços ao redor da cintura de Hazel e a puxou para si. Eles ficaram tão próximos que a garota sentia o calor que emanava do corpo dele. A atenção de Simon foi dos olhos de Hazel aos seus lábios e, então, para o pescoço dela e de volta aos lábios.

Então eles diminuíram a distância e se beijaram.

Era como se o mundo tivesse desaparecido. Tudo que existia era o ar quente entre eles, o gosto do chá de baunilha e biscoitos amanteigados e Simon, a língua dele na boca dela e os braços dele a apertando contra si. Hazel conseguia sentir o peito dele, largo e firme, através de camadas de vestido, casacos e camisa.

E então Simon recuou.

— Perdoe-me, srta. Sinnett. Devo ter perdido o controle — disse ele, afastando-se para pegar seus papéis e livros.

O coração que Hazel estava batendo forte. Ela sentia o sangue correr pelo corpo e o cérebro zumbido.

— Preciso ir para a cama — murmurou Simon.

Se ele conjeturou que Hazel havia passado a noite toda fora ou por que estava tão cedo na enfermaria, não perguntou. Em vez disso, apenas guardou os livros com cuidado em sua maleta médica elegante. (Foi impossível para Hazel não admirá-la.) Simon fez uma pausa ao passar por Hazel na saída, hesitante e parecendo incerto se deveria beijá-la de novo, mas a razão assumiu o controle e ele saiu da enfermaria sem dizer mais uma palavra, deixando um rastro do aroma de chá de baunilha.

Hazel levou a mão à boca, deixando o dedo muito tempo ali, onde os lábios dele haviam tocado momentos antes, para se convencer de que o beijo de fato acontecera. Simon von Ferris a havia beijado na enfermaria, antes do amanhecer.

Mas então, como uma nuvem que encobre o sol, a lembrança de Jack reapareceu.

Ela o viu em sua mente, com tanta nitidez que era como se ele estivesse na enfermaria: o garoto de pernas e braços compridos, cabelo bagunçado e sorriso largo. Ela se sentiu *culpada*, como se tivesse traído Jack ao beijar Simon, e o traído de novo por *gostar* tanto do beijo.

Hazel não deveria se sentir culpada, sabia disso. Jack não estava mais ali. Tinha sido enforcado e, se tivesse sobrevivido, tinha partido sem deixar um endereço. Ele não tinha poder algum sobre ela.

Um médico brilhante, bonito e famoso a havia beijado e ela tinha retribuído o beijo. Ela não devia nada a Jack Currer, por mais que a lembrança dele persistisse como a umidade no ar depois de uma tempestade.

A exaustão de ter passado a noite toda acordada por fim começava a envolvê-la como um cobertor. Ela deveria seguir o exemplo de Simon e ir dormir, mas Hazel já estava em Kew e, em vez de pensar em Simon ou Jack, obrigou-se a ler alguns capítulos de um livro que encontrou nas prateleiras da enfermaria que fazia referência à obra de Antoine Lavoisier antes de retornar a seus aposentos. Ela adormeceu com a mesma roupa e só acordou quando a criada tocou o sinal do jantar.

*A enciclopédia londrina de pessoas científicas
(edição de 1814), editado por R. M. Karmel,
C. R. S. Stewart e Z. Fraser*

Antoine Lavoisier
(26 de agosto de 1743 — 8 de maio de 1794)

Antoine Lavoisier foi um químico francês famoso por identificar o oxigênio e o hidrogênio, bem como por sua teoria sobre a reatividade química. Lavoisier auxiliou na introdução do sistema métrico a fim de instaurar consistência científica.

Antes de sua obra, a comunidade científica acreditava na teoria do flogisto para explicar a combustão. A falsa teoria defendia que um elemento conhecido como "flogisto" era liberado durante a combustão. O estudioso a refutou ao definir que o processo de combustão ocorria quando os elementos eram combinados com oxigênio. A teoria da combustão de oxigênio de Lavoisier também se tornou a base de sua descoberta da conservação da matéria, que afirma que não se pode criar nem destruir matéria dentro de um sistema físico. Em 1768, o rei da França lhe concedeu uma medalha de ouro pelo projeto de iluminação das ruas de Paris.

A esposa de Lavoisier, Marie-Anne Paulze Lavoisier, desenhou muitos dos diagramas experimentais do cientista. Como Lavoisier não falava inglês, sua esposa traduziu artigos científicos e livros para ele. Juntos, eles escreveram a primeira lista abrangente de elementos químicos.

Por seu papel como financista e administrador público junto à *férme générale* para o governo real antes da Revolução Francesa, Antoine Lavoisier foi executado na guilhotina.

19

OS CONVITES COMEÇARAM a chegar ao apartamento de Hazel quase todos os dias: um envelope vermelho--sangue com seu nome em uma caligrafia perfeita, sempre entregue acompanhando as bandejas de café da manhã. Continham convites, em geral ao salão em Seven Dials, mas também a jantares e óperas, além de sessões privadas no teatro.

— Parece que a senhorita encontrou uma bela vida social em Londres — comentou Eliza quando Hazel teve que pedir licença da Casa Warwick antes do jantar para chegar a um espetáculo que começava cedo.

Hazel apenas sorriu em resposta.

— Ao menos vai me contar algo sobre os Companheiros à Morte? — perguntou a dama de companhia. — Uma fofoquinha que eu possa espalhar em segredo?

Hazel vestiu o casaco.

— Eles bebem — comentou. — Muito.

Aquilo era verdade: eles bebiam muito. Não apenas vinho (importado da Itália), mas também absinto (Alemanha), cerveja (Bélgica) e champanhe (França). Sob a proteção da imortalidade, ao que parecia, parecia que eles podiam fazer *tudo* em excesso. Um jantar com os membros da sociedade secreta poderia envolver uma dezena de pratos: carne de caça recheada com castanhas e cerejas, brioches frescos e manteiga com sal, sopa de aspargos, tortas de maçã e pera, sorvete servido em tigelas de prata e com colherinhas minúsculas e, para finalizar, esculturas intricadas de açúcar no formato de um bosque de árvores ou pássaros em pleno voo, apresentados no fim da refeição, arrancando muitos suspiros admirados. Era estranho, pensou Hazel consigo mesma, como o extraordinário se tornava corriqueiro com tanta facilidade. Como era deprimente que o que antes tinha sido emocionante já não passava de mera satisfação. Os Companheiros à Morte eram então forçados a buscar algo ainda *mais* extraordinário do que o já feito, a fim de sentir momentos sempre efêmeros de prazer e surpresa. Aquela reflexão deixou Hazel ao mesmo tempo grata e aliviada por ter recusado a oportunidade de se juntar a eles em sua vida eterna.

Aquilo não significava que o tempo passado com eles não fosse agradável. Longe disso. Na verdade, talvez fosse a primeira vez na vida de Hazel em que ela se sentia cercada por um grupo de pessoas tão apaixonadas pela vida e pelo aprendizado quanto ela.

Quase todas as noites em Seven Dials terminavam com leituras de poesia, Byron fingindo relutância e então abrindo o caderno com o maior prazer e se postando diante do grupo para declamar um trecho do que estivesse criando.

Hazel não gostava muito de Byron, com sua vaidade e por seu assunto preferido ser sempre ele mesmo, mas até ela tinha que admitir a beleza da poesia dele.

Certa tarde, o grupo tinha se reunido para tomar chá na casa da pintora francesa Élisabeth Le Brun. Todo o imóvel possuía uma decoração belíssima; Hazel nunca estivera em Versalhes, mas imaginou que, antes da revolução, tivesse sido algo parecido com aquilo: papel de parede estampado e espelhos com molduras douradas refletindo a luz das velas cintilantes, e bibelôs de porcelana elegantes espalhados por todas as superfícies.

— Srta. Sinnett — chamou um dos políticos, o sr. Lewis, esperando sua xícara de chá infundir. — Será que a senhorita poderia realizar uma pequena cirurgia em mim?

Ele ergueu a mão esquerda, toda enfaixada, e desenrolou o tecido devagar. A mão já estava sem o mindinho, mas Hazel viu que o indicador e o médio estavam roxos e inchados como linguiças, em ângulos que contradiziam a anatomia humana.

— Francamente! — exclamou Élisabeth do outro lado da sala. — Cubra isso. Estamos tomando chá.

— Perdão, madame Le Brun — disse o sr. Lewis, voltando a enfaixar a mão. Para Hazel, sussurrou: — Receio que ainda haja alguns estilhaços na ferida. Acidente de caça. Outono do ano passado.

— Posso cuidar disso. Talvez o senhor possa ir aos meus aposentos amanhã à noite?

Ela teria preferido realizar a cirurgia na enfermaria de Kew, em vez do próprio quartinho, que era confortável, mas simples, porém, ela própria era uma convidada em Kew. Não tinha autoridade suficiente para convidar outra pessoa para um palácio real.

Marie-Anne se empertigou.

— Seus *aposentos*? Deixe de tolice, querida. Vá ao laboratório.

— Laboratório?

E foi assim que Hazel acabou na manhã seguinte descendo a escada para o salão em Seven Dials atrás de Marie-Anne e do sr. Lewis. Contudo, em vez de se acomodar em um dos sofás luxuosos ou em uma das poltronas de couro estofadas com as quais Hazel tinha começado a se acostumar, ela foi guiada por Marie-Anne a uma das prateleiras no fundo do salão, perto da lareira.

— Já era hora de mostrar isso a você — disse ela.

Em seguida, a mulher empurrou a prateleira para o lado com tanta facilidade como se estivesse sobre rodinhas.

E era *de fato* um mecanismo corrediço, que, ao deslizar para o lado, revelou outro ambiente.

Um laboratório.

Mas não um laboratório *qualquer*.

O laboratório mais incrível que Hazel já vira na vida.

Vidro, cobre e mil plantas vivas que a jovem conseguia identificar e outras mil de espécies desconhecidas. Ela sabia que estavam no subsolo, abaixo do nível da rua, mas, em algum lugar, havia uma claraboia no vidro bem acima deles, iluminando o cômodo com uma luz branca morna. Onde a luz do sol não alcançava, havia lamparinas a gás, as chamas dançando em órbitas de vidro perfeitas.

Em um dos lados do ambiente, Antoine Lavoisier examinava um líquido transparente em um frasco bulboso, que era aquecido sobre uma pequena chama azul branda. Ele usava, como sempre, uma gola alta de babados que chegava a seu queixo.

— Olá, querido — cumprimentou-o Marie-Anne.

Antoine acenou, mas não desviou a atenção do líquido.

— Este lugar serve? — perguntou a mulher.

— Sim, serve perfeitamente — replicou Hazel, observando a maca cirúrgica embaixo de uma prateleira de ervas e curativos brancos limpos.

Ela se aproximou dos frascos de remédio e leu o rótulo de um dos vidros, que continha algo roxo e viscoso.

— *Ethereum* — disse Hazel.

— Sim — respondeu Marie-Anne. — O ardil do escocês, como o chamam. Faz o paciente dormir para que não sinta dor. É evidente que sempre há o risco de a pessoa não acordar, mas, para casos graves...

— Eu sei — comentou Hazel. — Vi uma demonstração da substância na Sociedade Real de Anatomistas certa vez, em Edimburgo.

Havia sido o dia em que ela conhecera Jack. Ele a guiou por um corredor escuro e ela viu o dr. Beecham pressionar um pano umedecido de *ethereum* no rosto de um homem antes de cortar a perna dele. Parecia que aquilo tinha ocorrido séculos atrás. Quando Jack era apenas um estranho, e não o garoto cuja pele pálida Hazel havia tocado por completo, no celeiro de Hawthornden, quando estava escuro e chovia lá fora e o mundo fora reduzido a apenas os dois por algumas horas.

— Não preciso de nada disso — disse o sr. Lewis, trazendo Hazel de volta à realidade.

Ele desenfaixou a mão de novo.

Era uma situação terrível. Os dedos indicador e médio estavam roxos e inchados (havia estilhaços cravados neles, era verdade), mas, além disso, o indicador estava torto em um ângulo completamente inumano. Hazel o examinou: o osso estava quebrado, mas também tinha sido separado da mão em algum momento e nunca fora reimplantado da maneira adequada. Os pontos no nó do dedo estavam desgastados e se desfazendo, os tendões e as veias rasgados e visíveis no ponto em que se separavam.

— Consigo retirar o estilhaço, mas não sei o que dá para fazer com o indicador. Vou ter que removê-lo e ver se é possível reimplantá-lo.

Lewis ficou imóvel na maca. Hazel desenrolou a lona que trouxera e pegou o bisturi.

— Pode me dar uma bacia de água limpa, por favor? — pediu ela a Marie-Anne.

A mulher voltou com o pedido e um pequeno frasco de algo amarelo-ouro.

— Para reimplantes — explicou ela, entregando-o a Hazel. — Ajuda o corpo a aceitar o transplante.

— Beecham usava isso também! — Hazel deixou escapar. — Mas não quando estava reimplantando membros... quando estava implantando... partes novas.

— Sim. Estamos muito cientes do *trabalho* que o dr. Beecham conduziu utilizando isso — pontuou Marie-Anne, erguendo o frasco sob a luz, que se filtrou pelo líquido dourado, fazendo-o cintilar. — Algo cruel e ilegal. Mas a diluição funciona tão bem nos próprios membros como nas partes de corpo roubadas dos pobres.

— Terrível — comentou o sr. Lewis entre dentes.

— O sr. Lewis e os Whigs trabalham a favor do povo, não apenas dos ricos — declarou Marie-Anne a Hazel.

— Embora o príncipe regente pareça empenhado em nos sabotar a cada novo desdobramento! — reclamou Lewis. — Duas décadas atrás, ele próprio era um Whig: progressista, idealista. Disposto e apto a conduzir esta nação ao século XIX! Mas então se tornou regente e de repente passou a ser um monarquista ferrenho e tudo mais. Defendendo instituições arcaicas e decadentes, deixando o povo sofrer.

— Sim, sim, sr. Lewis — concordou Marie-Anne. — Não se exalte demais, senão a srta. Sinnett terá dificuldade em retirar os estilhaços.

Hazel sorriu com gratidão e terminou a limpeza das feridas de Lewis.

— Souberam que ele morreu? — perguntou Lewis, tentando manter a mão o mais imóvel possível. — Beecham. Ou "morreu" entre aspas, creio eu. Li o obituário no jornal.

— Será que ele próprio o escreveu, assim como das outras vezes? — questionou Marie-Anne.

— Dessa vez, ele não fingiu que deixou um filho... — lembrou Lewis. — Quem ele vai fingir ser ao ressurgir da próxima vez?

— Ah, um sobrinho distante, talvez. Vai saber — respondeu Marie-Anne.

— Ele terá que ir à Europa continental agora — comentou Lewis, crispando-se um pouco enquanto Hazel puxava pedaços de cascalho e metal dos dedos. — Todos em Londres e Edimburgo já o conhecem.

— Ou aos Estados Unidos — sugeriu Hazel.

Ela andava pensando muito nos Estados Unidos nos últimos tempos.

— Os Estados Unidos! Nosso governo poderia aprender um pouco com os documentos de fundação deles, isso eu admito — disse Lewis, olhando para qualquer lugar menos para a mão esquerda, onde Hazel operava.

O homem começou a discursar sobre os métodos de uma democracia constitucional. Hazel se mantinha concentrada, sem interrompê-lo, feliz que o homem conseguia se distrair.

Ela prendeu a respiração conforme usava o bisturi para cortar o tecido fino e a linha que mantinha o indicador dele preso ao resto da mão.

O dedo, na palma da mão dela, estava quebrado e disforme, mas ela examinou sua base: os principais vasos sanguíneos ainda estavam lá.

— Acho que talvez consiga reimplantar — observou Hazel.

— Apenas um momento, srta. Sinnett — pediu Marie-Anne, se dirigindo a um armário trancado perto do estoque de medicamentos.

Escondida em algum lugar em seu seio, havia uma chave que Marie-Anne retirou e usou para destrancar as portas com um estalo satisfatório. O armário estava cheio de pequenos frascos de vidro que continham um líquido cor de nanquim que parecia rodopiar mesmo se sua embalagem permanecesse imóvel. *Tintura*, pensou Hazel.

Na prateleira inferior, ficava uma fileira de frascos de cor mais clara, amarelos, e quase cintilantes quando refletiam a luz. Marie-Anne passou os dedos pela fileira e escolheu um. Examinou os rótulos com o ar de aprovação e então retornou a Hazel e ao sr. Lewis.

— Permita-me — disse Marie-Anne, e pingou algumas gotas do líquido amarelo-ouro na mão mutilada de Lewis. — Um pouco de diluição. Vai ser necessária para o reimplante funcionar.

— É disso que se trata, então? — perguntou Hazel, estudando o líquido. — Uma diluição? Uma diluição da... tintura?

— Sim. *Muitíssimo* diluída, mas ainda funcionando sob mesmo princípio geral. Compostos oxigenados e então eletrizados. Eu e Beecham a desenvolvemos juntos, antes de descobrir que a tintura em si seria possível. Estávamos tentando criar algo com a capacidade de preservar a vida de uma parte do corpo isolada antes que ela fosse reimplantada ao corpo.

— E funciona? — questionou Hazel.

— Sim. Eu e Beecham tivemos que nos certificar disso. Ainda mais depois que tomamos a tintura e nossa mortalidade se tornou mais forte do que nossas formas físicas.

Ela foi até o marido, Antoine, que, por fim, deixou de se concentrar no experimento. Com os dedos delicados, Marie-Anne afastou a gola do marido, e Hazel levou um susto.

A cabeça de Antoine estava costurada ao pescoço.

Os pontos eram bem-feitos, mas grossos e escuros. O efeito era aterrador, uma cabeça implantada em um corpo como se costuraria um remendo em uma camisa.

— Não consegui dar conta das cordas vocais — admitiu Marie-Anne. — Mas o restante parece funcionar como deveria.

Ela beijou a bochecha do marido com delicadeza e soltou a gola, voltando a esconder a cicatriz e os pontos. Antoine voltou para seu experimento.

— Durante a Revolução... — explicou ela. — Uma cabeça brilhante obrigada a rolar pelas ruas imundas. O poder pode pertencer às mãos do povo, srta. Sinnett, mas isso não quer dizer que as multidões sejam sempre sábias. As pessoas precisam de líderes. Bons homens, como o sr. Lewis aqui.

Lewis ergueu a mão esquerda, que tinha apenas dois dedos além do polegar.

— Mesmo que não tenham dedos — brincou ele.

— Bom, fique parado — pediu Hazel. — Deixe-me tentar lhe dar ao menos um de volta.

Levou uma hora de cirurgia intricada, mas Hazel conseguiu reimplantar o indicador esquerdo de Lewis e, sem dúvida graças às poucas gotas da tintura diluída, ele conseguiu mexê-lo como se nunca tivesse saído da mão.

— Impressionante — elogiou ele, dobrando e esticando o dedo. — E pontos tão caprichados!

— Talvez o senhor nem precise de luvas para o baile do comodoro na semana que vem — comentou Marie-Anne com um tom de aprovação.

Lewis já estava calçando as luvas. Hazel notou que havia um enchimento onde ficaria o mindinho na mão esquerda, para que ninguém que o observasse desse falta.

— Ora, isso já não sei, madame Lavoisier — disse ele, piscando para Hazel. — Haverá damas presentes.

O Mensageiro de Londres, edição vespertina

3 de julho de 1818

WILLIAM BEECHAM, CIRURGIÃO E NETO DO PIONEIRO DA ANATOMIA, MORRE EM EDIMBURGO

William Beecham III, diretor da Sociedade Real de Anatomistas de Edimburgo e chefe de cirurgia da Universidade de Edimburgo, faleceu em decorrência de uma enfermidade não revelada. Beecham é conhecido por ser neto de sir William Beecham I, barão, fundador da Sociedade Real de Anatomistas e autor do *Tratado de anatomia do dr. Beecham — ou A prevenção e cura de doenças modernas*, um texto fundamental que redefiniu o estudo da anatomia durante o século XIX.

Mas Beecham também era um médico célebre em muitos aspectos, adorado pela comunidade médica de todo mundo. Ele era famoso por cirurgias rápidas com baixas taxas de mortalidade e por ter introduzido o uso do *ethereum* (também conhecido como "o ardil do escocês") para anestesiar pacientes antes de cirurgia, embora alguns outros médicos na área questionem a segurança da droga, que ainda não se tornou uma prática generalizada.

O corpo será enterrado na cripta familiar em Glasgow, e todos os procedimentos do funeral serão privados. Beecham não deixou nenhum parente próximo.

20

ESDE A DERROTA de Napoleão, a Grã-Bretanha estava em paz, mas isso não significa que a sociedade londrina havia perdido o gosto por um desfile militar. Sir Robert Mends era o capitão de um navio estacionado perto da costa ocidental da África com o objetivo de interceptar navios com tráfico humano, mas, enquanto regressava à Inglaterra, seu navio tinha sido acostado por corsários franceses. Mends e seus homens não apenas conseguiram rechaçar os corsários como também tomaram o navio *deles*.

Naquele momento, eles desembarcavam em Londres como verdadeiros heróis. Mends estava sendo recompensado com uma promoção a comodoro. Toda sua tripulação ganhou todas as cervejas gratuitas que pudessem aguentar beber em qualquer bar da cidade por terem desempenhado um papel, ainda que pequeno, em uma operação que levara a França a ser humilhada.

Hazel estava em uma caminhada matinal, e uma multidão havia começado a encher as ruas no calor do verão, acenando bandeirinhas em grande expectativa pelo espetáculo iminente. Seria um fim de semana inteiro de festividades... Ela escutou Charlotte se queixar a Eliza de todos os eventos tediosos que exigiriam sua presença enquanto as duas estavam se vestindo no dia anterior.

— É tudo que eles querem que eu faça! Tudo que *posso* fazer: reverência, sorriso. Reverência, sorriso. Não sei o que vai vacilar primeiro: minhas bochechas ou meus joelhos.

Eliza, apertando o espartilho da princesa, retrucara:

— A maioria das pessoas no país invejaria uma posição que não envolve nada além de se vestir bem e comparecer a eventos com as melhores comidas e bebidas, Vossa Alteza.

Os olhos de Charlotte encontraram os de Eliza.

— Sim, Eliza. Eu sei. Sou *grata* e tudo mais, você sabe que sim. Este país precisa de uma boneca de princesa para vestir e brincar, e é uma má sorte da minha parte o fato de que sou eu quem preencho os requisitos. E "boneca" é uma posição muito bem remunerada.

— A dama de companhia da boneca poderia ser um pouco mais bem remunerada — opinara Eliza, irônica.

— Como se você não estivesse a semanas de se casar com um oficial com uma renda anual *muito abastada*, Eliza... *sim, eu faço* algumas perguntas por vezes. Primeiro-tenente, família com uma propriedade. Tudo muito respeitável.

Os dedos de Eliza se atrapalharam nos laços do vestido de Charlotte, e aquela fora a primeira vez que Hazel a viu sem palavras.

— Eu *ia* contar para a senhora — admitira Eliza, por fim. — Que aceitei formalmente o pedido dele.

— Não precisa — replicara Charlotte com frieza. Ela se afastara para terminar de amarrar o cordão na cintura sozinha. — Uma princesa escuta essas notícias. Não esperava que você permanecesse ao meu lado, amarrando meus vestidos por toda a eternidade. Afinal — continuara Charlotte, e se virara para olhar para Hazel —, estou começando a recuperar a saúde. O tempo não para, por mais que fiquemos na cama nos escondendo do mundo. Cedo ou tarde eu precisaria me tornar a princesa que a nação precisa que eu seja, e você precisa se tornar uma mulher casada. Creio que nossa amiga aqui, a dra. Sinnett, é a única mulher que conheço que conseguiu escapar das garras das expectativas. Basta aprendermos a dar pontos de sutura ou a retirar um braço ou perna para podermos ser mulheres independentes, imagino?

— Acho que Vossa Alteza descobriria... — dissera Hazel, pensando com um calafrio na sensação dos lábios de Simon nos dela na enfermaria — ... que até médicos por vezes são vítimas das limitações de nossas posições sociais.

Nos dias que se passaram desde que ela e Simon deram aquele beijo, Hazel não tinha ficado a sós com ele, embora encontrasse desculpas cada vez mais frequentes para se demorar em Kew. Por duas vezes, ela encontrou Gaspar para tomar chá nos jardins porque pensou que Simon poderia passar... No segundo dia, ele de fato caminhou por ali, mas, ao entrar no palácio, estava concentrado em uma conversa com um dos ministros do rei e cumprimentou Hazel e Gaspar apenas com acenos de longe.

Em teoria, Hazel sabia que deveria ter ficado apavorada pelo possível escândalo do beijo; a posição dela como médica da princesa não oferecia um perdão ilimitado, ainda mais quando se tratava de casos amorosos. Com o futuro casamento da princesa ainda indeterminado, a reputação de Charlotte em relação à castidade (e, portanto, as reputações de todos próximos a ela) era valiosa demais para ser manchada.

Contudo, em vez disso, Hazel percebeu que seus temores haviam se tornado humilhantemente mundanos, o tipo de suspiros pelos quais ela zombara Iona em Hawthornden quando a garota admirava o irmão mais velho de Hazel. De repente, ao ler um texto científico, Hazel se pegava repassando os olhos pelo mesmo parágrafo repetidas vezes, percebendo, no final, que não conseguira absorver uma frase sequer. Recomeçava a leitura, apenas para repetir tudo de novo porque não estava pensando de modo algum na dosagem adequada de *ethereum*; mas, sim, em Simon. Estava pensando em Simon e se *preocupando*, como uma criança tola apaixonada, se *ele* estava pensando nela. Talvez o médico vivesse saindo por aí beijando moças. Talvez Hazel não passasse de uma curiosidade para ele, como era para tantas pessoas... uma cirurgiã *mulher*, um espécime fascinante para acrescentar à coleção dele, para se *gabar*. Hazel não sabia *nada* sobre Simon, na verdade. Até onde sabia, ele poderia estar noivo na Suécia. Poderia ser *casado* e guardar esse segredo durante sua estadia em Londres para poder sair por aí *beijando estranhas*! (Era mais ou menos nesse momento da linha de raciocínio de Hazel que ela se repreendia e voltava a se focar e retomar a leitura.)

A fantasia de se *casar* com Simon era uma tolice que Hazel descartou assim que ela se atreveu a fazer uma incursão cautelosa em seus pensamentos. Homens como Simon von Ferris se casavam com jovens belas e enfadonhas ensinadas a cuidar e gerenciar bem uma casa enquanto o marido estava trabalhando. O cargo dele exigiria compromissos sociais. Sua esposa daria jantares e saraus para manter a boa reputação do esposo perante a alta sociedade londrina. Seria ainda melhor para Simon se ela por acaso fosse uma herdeira.

Hazel vinha de uma linhagem nobre... mas havia nobrezas e *nobrezas*. Desde que se entendia por gente, ela compreendia aquilo: sua família era respeitável, mas não especialmente rica. O pai tinha separado um dote razoável para ela, mas, depois que ele falecesse, todo o espólio da família Sinnett pertenceria ao irmão caçula de Hazel, Percy. Ela sabia, lá no fundo, com a certeza de que só vinha depois do tormento, que jamais seria feliz como uma mulher casada. Ela preferiria sofrer as dificuldades de prover uma existência humilde para si mesma como uma cirurgiã profissional do que se afundar no conforto de ser esposa de alguém. E, com o tempo, Simon von Ferris precisaria de uma esposa.

Tinha sido fácil para Hazel aceitar que ficaria sozinha. Porém, Simon aparecera e a beijara e tinha estragado tudo. Porque, no momento, ela ficaria sozinha e *distraída*. (*Curiosa. Invejosa. Fútil.*) A afeição a estava envenenando, tomando conta de seu cérebro e seus pensamentos como uma erva daninha.

Hazel abriu caminho pela multidão e voltou a seus aposentos antes de o desfile começar, mas conseguia ouvir tudo da janela: os aplausos enquanto os homens do HMS *Iphigenia* passavam a cavalo e, então, o *clamor* empolgado das pessoas quando a princesa Charlotte passou em sua carruagem aberta. Os aplausos para a jovem foram dez vezes mais altos do que as palmas educadas para o príncipe regente em sua carruagem. *Não era de se admirar que ele estivesse ansioso para a filha se casar e sair do país*, pensou Hazel, lavando o cabelo na banheira. O príncipe regente nunca passaria de meio governante: estava no poder no momento, mas em nome do pai louco, e, quando *de fato* se tornasse rei, o público apenas o veria como um pré-requisito moroso e temporário, porém necessário, até a querida Charlotte assumir o trono.

Hazel não tinha um vestido novo; teria que usar um traje antigo, uma roupa que trouxera de Edimburgo. Talvez o vestido verde, ainda que ficasse um pouco curto nas mangas e embora tivesse uma pequena mancha de sangue perto da bainha, na parte de trás. (Hazel não havia lavado os pés da maca depois de uma operação e havia encostado em um deles depois, sem considerar que parte do sangue na madeira poderia estar úmida.)

— Ah, por favor, não use um vestido velho! — resmungara Eliza quando Hazel lhe mostrou em seu quarto. — Essas mangas parecem antiquíssimas. Ninguém mais usa mangas compridas.

— São... clássicas — protestara Hazel.

Eliza estava revirando o baú de Hazel, tentando encontrar algo mais novo, quando a criada bateu à porta.

— Uma carta para a senhorita — disse ela.

Eliza se levantou de um salto.

— Uma carta de amor! — exclamou a dama de companhia da princesa, e a pegou da bandeja da criada. — Ah, que sem graça. É de um advogado.

Hazel retirou o envelope das mãos de Eliza. Ela não reconheceu o nome: Ilmo. sr. Samuel Eastman, endereçado a Chalton Street, nº 128. Hazel usou o bisturi como um abridor de cartas.

Era uma notificação de herança.

O dr. Beecham, em seu testamento, deixara mil libras a Hazel, que ela tinha autorização para buscar quando lhe fosse conveniente.

Talvez ele tivesse morrido, sim.

Hazel dobrou a carta e a guardou no baú.

— E então? — indagou Eliza. — O que era? Uma carta de amor de um advogado?

— Não — respondeu Hazel, balançando a cabeça e tentando banir o estranho sentimento que havia se alojado nela. — Alguém que eu conhecia em Edimburgo faleceu e me deixou algo em seu testamento.

— Espero que seja o suficiente para comprar um vestido novo — retrucou Eliza. — Desculpa, isso foi horrível de minha parte, não foi? Estou tentando aprender a parar de ser assim.

— Vou usar o vestido verde. E considere isso um favor, porque imagine como você vai ficar elegante quando comparada a mim.

A verdade era que Hazel gostava do vestido verde. Ela adorava como a cor destacava os tons de pêssego de sua pele, que parecia tão pálida na maior parte do tempo.

Na manhã do baile, enquanto segurava a peça de roupa sob a luz, Hazel se perguntou se Simon gostaria dela de verde... e então, em um instante, sentiu-se envergonhada por sua fixação no jovem médico.

Tirando-o de sua mente, ela colocou o vestido e fez um penteado com capricho, cobrindo-o com um chapéu emplumado de sua mãe que, sabe-se lá como, tinha ido parar entre as posses de Hazel enviadas a Londres. Pronto. Ela ficou... bem. Apresentável. Até que bonita. Não havia por que fazer alarde; a festa não era para ela, afinal. Hazel era médica e fizera seu serviço ao garantir que Charlotte estivesse bem o bastante para comparecer ao evento (ainda que a princesa não precisasse de tratamento médico no sentido convencional), e aquilo era tudo. Não importava a Hazel o que Simon pensaria de seu vestido. Era um vestido *antigo* e o chapéu era de sua mãe... se ela se importasse *mesmo* com o que Simon pensava, teria se esforçado mais. Como não tinha, pensou Hazel, era evidente que nem Simon nem a atenção dele significavam tanto assim para ela. *Quod erat demonstrandum.* Q.E.D.

Era isso que ela estava dizendo a si mesma naquela noite, entrando na carruagem a caminho do baile oferecido na residência particular do príncipe regente, a Casa Carlton.

Todavia, assim que chegou, Hazel se pegou analisando a multidão em busca de um rapaz loiro e alto. Parecia que Simon ainda não havia chegado.

Mas a princesa Charlotte se encontrava lá, como prometido, sua primeira aparição em semanas, e ela estava resplandecente em um vestido rosa-claro com bordados de flores nas mangas e na barra. Penas de avestruz decoravam seu cabelo. Mais notável do que suas roupas, porém, ao menos para Hazel, era como a princesa parecia *saudável*. Embora não pudesse fingir *felicidade* por estar lá — os sorrisos eram mínimos e forçados —, ao menos havia um corado inequívoco nas bochechas dela.

Do outro lado do salão de baile, o príncipe regente avistou Hazel e deixou sua conversa no meio da frase para se dirigir a ela, quase derrubando as pessoas no caminho. (Gaspar estava ao lado dele, pedindo desculpas por Sua Alteza Real.)

— Srta. Sinnett — cumprimentou o regente, olhando para Gaspar para confirmar se havia dito o nome correto. (Gaspar assentiu com discrição.) — Parece que a senhorita conseguiu. Meus parabéns. A princesa está aqui, conforme prometido, com a melhor saúde que vejo em semanas. Agora, diga-me... o que era? Desalinhamento dos humores? Gripe? Ora, desembuche. Diga logo!

— Uma gripe rara, Vossa Alteza — mentiu Hazel. — Uma que parece ir e vir sem motivo aparente.

O regente continuou falando, como se Hazel não tivesse dito nada:

— Devo observar que me parece o tipo de enfermidade que se resolve sozinha, não é mesmo? Eu me pergunto quantos tratamentos a senhorita de fato teria precisado realizar se a princesa tivesse apenas seguido meu conselho: repouso e exercícios! Muito repouso, e muitos esportes e caminhadas! Essa é a cura para esse tipo de enfermidade! Sempre. Lembre-se de minhas palavras.

Era um disparate pomposo. Como o tratamento poderia ser, *ao mesmo tempo*, repouso e exercício? Além disso, o regente nem sabia de *qual* "tipo de enfermidade" a princesa estava sofrendo, para começo de conversa. Hazel e Gaspar trocaram um breve olhar sagaz.

— A princesa já deve estar bem o bastante para viajar agora, correto? — perguntou o príncipe de repente.

— Eu... não posso afirmar com certeza.

— Que tipo de gripe *piora* em barcos? A brisa revigorante do mar faz bem para a saúde! Todos sabem disso! — argumentou ele, tão alto que várias pessoas ao redor viraram a cabeça.

— É um caso bem delicado, Vossa Alteza. Mas creio que, com o tempo, ela vai ficar bem. É sempre melhor não apressar essas coisas. Por precaução.

— Por precaução — repetiu o regente, como se ele próprio tivesse pensado nisso.

— Nós só queremos o melhor para a princesa, é evidente — acrescentou Hazel, sem conseguir evitar.

Gaspar a encarou com uma carranca. O príncipe regente a ignorou e saiu para encurralar outro convidado.

A notícia do tratamento milagroso de Hazel na princesa Charlotte se espalhou entre os convidados. Estranhos se revezavam para se aproximar da médica e lhe dar seus parabéns mais sinceros com um fervor que ela achou quase inquietante.

— Fiquei louca de preocupação quando a princesa teve a febre romana — declarou uma senhora mais velha com penas pretas no cabelo. — Como se minha própria filha estivesse doente. Não sei o que teríamos feito se a perdêssemos dessa vez.

Um homem ofereceu uma reverência tão grande a Hazel que seu nariz quase tocou no chão.

— Graças a Deus a senhorita chegou à corte, dra. Sinnett. Um anjo que caiu do céu.

— Pode me chamar de *srta.* Sinnett, por favor — pediu ela, sem conseguir impedir um rubor de se espalhar por seu pescoço.

A princesa era *mesmo* amada, quase além da conta, concluiu Hazel. Anos antes, a nação tinha entrado em desespero quando ela sofreu um caso quase fatal de febre romana. Devia ter sido pavoroso saber que mais uma vez a princesa estava confinada à cama com uma doença misteriosa que nenhum médico conseguia tratar. E não eram apenas as pessoas comuns que a amavam, aquelas que faziam fila diante da Casa Warwick desejando-lhe tudo de melhor, mas membros da corte também. (É lógico, pensou Hazel, uma vez que eram eles quem mais sofriam pela arrogância e pelo egocentrismo insuportável do príncipe regente.) A princesa Charlotte era um sopro de ar fresco, um lembrete de esperança para o futuro.

Contudo, pensou Hazel, observando a princesa, que, com um sorriso estampado e olhos vítreos, cumprimentava o próximo de uma fila de convidados que não parava de crescer, *devia ser difícil existir ao mesmo tempo como um símbolo e uma pessoa*.

O baile só começaria depois do fim do desfile da tripulação do HMS *Iphigenia* por Londres, portanto, Hazel esperou, bebendo uma taça que apareceu na bandeja de um garçom ao seu lado.

Mesmo sem tentar bisbilhotar, ela acabou escutando a conversa entre dois homens de bigode à sua esquerda:

— ... o rei em um estado terrível...

— Mais delirante a cada dia, pelo que escutei.

— Pelo visto, aquele médico sueco não sai do lado dele há três dias. Como se isso fizesse alguma diferença. Apenas para escutar a falação dele, creio eu.

Então era aquilo. Simon não estaria presente naquela noite. Hazel ficou surpresa pela decepção que sentiu. Ela estava ansiosa para vê-lo, para desvendar se algo na dinâmica entre os dois havia mudado desde o beijo.

— Se fosse o regente — disse um dos bigodudos ao amigo —, eu mesmo o asfixiaria.

— Martin! — repreendeu o outro com falsa indignação. — Traição, e dentro das paredes do *palácio*.

— Ah, deixe disso, Frampton — respondeu.

Vinho espirrou da lateral de sua taça. Eles deram gargalhadas, guturais e festivas.

Da entrada do salão, começaram a tocar trombetas, anunciando a chegada dos convidados de honra. Um arauto parou ao lado das portas duplas.

— Apresentando sir Robert Mends e a tripulação do HMS *Iphigenia*!

As portas se abriram e os homens entraram no ritmo do crescendo da banda. Mends, liderando o grupo, era um homem bonito de meia-idade, com um casaco azul-claro decorado com medalhas e ombreiras douradas. Ele tinha uma cabeleira grisalha, bagunçada ou pelo desfile ou pelas décadas de brisa marítima. Ele estava sorrindo ao entrar, claramente não acostumado com a atenção, mas gostando dela mesmo assim.

Depois de passar por um corredor formado por guardas reais de ambos os lados, ele se ajoelhou diante do príncipe regente. Assim que Mends estava em posição, Gaspar entregou com delicadeza uma espada fina ao príncipe regente.

— Levante-se — pediu o regente depois de tocar a lâmina com suavidade em cada ombro de Mends —, *comodoro* Robert Mends.

Aplausos irromperam pelo salão. O baile, por fim, podia começar.

As mulheres no salão *voaram* em cima dos homens da Marinha, todos usando calças justas e belos paletós azul-escuros com golas altas e abotoamento duplo, os botões de bronze reluzentes.

Eliza estava de braços dados com o tenente dela, Otto. Eles formavam um casal bonito, pensou Hazel. Ambos jovens, atraentes e habilidosos em lidar com as regras e rituais de uma vida na corte. Ao lado deles, o belo príncipe prussiano, Friedrich August, estava com uma mulher emburrada que Hazel só podia presumir ser a noiva dele.

A médica observou a maneira como a atenção da princesa Charlotte volta e meia voltava para eles.

Ela ficou se perguntando como teria sido o relacionamento entre Friedrich August e Charlotte. Será que eles haviam flertado? Hazel tinha quase certeza daquilo. (De longe, o príncipe parecia flertar com todo mundo.) Será que haviam trocado cartas de amor? Haviam se encontrado no meio da noite sem que ninguém soubesse? Ele teria feito promessas que não poderia cumprir? Teria ela, então?

Hazel sabia que, de um modo ou de outro, era doloroso ter que ver a pessoa amada nos braços de outra. Vê-la sorrir para alguém, buscar bebidas para essa outra pessoa, beijar a bochecha de outra. Não era de se admirar que a princesa se confinasse à cama.

Uma música começou, e Hazel estava pedindo licença da pista de dança... ela não tinha intenção alguma de participar naquela noite, e estava considerando chamar sua carruagem para levá-la para seus aposentos... Entretanto, um marinheiro de cabelo escuro desgrenhado se virou e Hazel viu o rosto dele.

Era Jack.

Jack.

Não um fruto de sua imaginação ou fantasia. *Jack* estava ali, e *vivo*. Ele usava o paletó azul-marinho da Marinha Real britânica, e seu rosto era marcado por uma cicatriz branca e reluzente, de contornos rosados. A cicatriz começava na testa, ia pelo nariz e descia até seu lábio. No ponto onde ela passaria pelo olho, estava escondida sob um tapa-olho preto.

De repente, as lembranças de todos os momentos que eles haviam passado juntos voltaram com tudo: o cheiro dele, o toque de sua pele, o ritmo de seu coração. *Meu coração é seu, Hazel Sinnett. Para sempre. Batendo ou não.* Hazel estava de volta ao corredor embaixo da Sociedade de Anatomistas, ao cemitério perto de Hawthornden, ao dorso dos cavalos e ao celeiro olhando para o céu da noite. Estava observando o corpo de Jack, deitado de costas, sangrando, com o dr. Beecham segurando um bisturi sobre ele. Estava apertando a mão dele contra as grades da cela em que ele estava sendo mantido, e entregando o frasquinho de tintura.

E estava ali, naquele salão de baile, olhando para Jack Currer do outro lado do cômodo, olhando no fundo dos olhos dele quando ele se virou e a viu.

Jack Currer, o garoto que Hazel havia amado e perdido, fez contato visual com ela do outro lado do salão.

E fugiu dali na direção contrária.

21

— Ei! Ei! Os pés de Hazel entraram em ação antes que sua mente compreendesse o que ela estava fazendo. O universo girava ao seu redor, mas tudo em que ela se permitiu focar eram as costas do homem que estava seguindo para fora do salão de baile. Ele já estava no meio de um corredor quando ela o alcançou. Hazel conseguiu colocar uma mão no ombro do homem, que se virou.

Era ele.

Era Jack.

O mesmo queixo fino e nariz comprido. A mesma curva do maxilar. E, no olho dele que não estava escondido, Hazel viu as cores com que ela vinha sonhando havia meses: cinza e azul tão claros que era como tentar olhar direto para o sol em um dia nublado.

Deparar-se com o rosto dele de repente fez Hazel se derreter como cera de vela.

Ele a encarou, sem piscar. Parecia estar questionando a própria sanidade, como se Hazel fosse uma pegadinha cruel, uma aparição ou um fantasma.

— Jack — disse Hazel, por fim. — Sou eu.

Como se caísse uma cortina, o choque no rosto dele se transformou de repente em dor, e então medo. Jack cerrou a mandíbula e piscou rapidamente o olho. Ele lembrava um animal enjaulado, prestes a fugir a qualquer momento.

Ela deveria abraçá-lo? Beijá-lo? O cérebro de Hazel estava lhe dizendo para fazer um milhão de coisas ao mesmo tempo e, em vez de fazer qualquer uma delas, a garota ficou paralisada, concentrada no rosto que havia traçado mil vezes em seus sonhos. Ali. Com uma cicatriz, machucado e sem um olho. Mas ali.

Jack parecia estar lutando contra os músculos do próprio rosto. A boca se contorceu e então, por fim, com a voz tensa como a corda de um arco, ele questionou:

— Está tendo uma noite agradável, srta. Sinnett?

Hazel só percebeu que o havia estapeado quando a palma de sua mão ardeu pela força da agressão.

— "Uma noite agradável"? "Srta. Sinnett"? — repetiu ela, furiosa. — O que você está *fazendo*? Por que fugiu de mim?

Ela sentia as orelhas queimando e a dor do tapa estava subindo pelo braço.

Jack engoliu em seco e esfregou a bochecha no local em que o tapa de Hazel pegou. Ele abriu e fechou a boca devagar, para verificar que nenhum osso tinha sido quebrado.

— Por um momento, admito que pensei não ser possível que fosse você. E agora não tenho dúvidas.

— Por que não seria eu? — retrucou Hazel. — Quem mais seria?

Jack olhou ao redor. Ele estava respirando rápido.

— Logo em Londres. Em um palácio real. Boatos de que uma médica mulher estava tratando a princesa chegaram até em nosso barco. Eu já deveria ter imaginado.

— Você sabia que eu poderia estar aqui? E não... não veio?

Jack não respondeu. Sua postura era rígida, em posição de sentido como um soldado, e ele estava tratando-a como uma estranha, não como o garoto que a havia segurado em seus braços no celeiro enquanto a chuva caía em Edimburgo.

— Jack — disse ela. — O que está fazendo aqui? Por que... por que não me escreveu?

Hazel não conseguiu conter a súplica que se esgueirou em sua voz e sentiu as pontadas quentes de lágrimas ardendo em seus olhos.

Ele tinha aberto a boca para responder, mas dois convidados da festa vieram rindo pelo corredor, homens carregando jarros de vinho. Um criado passou no sentido oposto.

— Não podemos falar disso aqui — declarou Jack, baixinho. — Você não deveria ficar desacompanhada em um corredor em um evento onde podem nos ver. É esse tipo de coisa que pode arruinar a reputação de uma dama aqui.

— Desde quando você se preocupa com a reputação de uma dama? — perguntou Hazel.

Sua intenção era que aquele comentário soasse como uma piada, mas eles haviam perdido a intimidade de outrora. A frase saiu mais rígida do que ela havia pretendido, e Jack baixou os olhos. Havia coisas demais a dizer e Hazel não conseguia imaginar a maneira certa para expressá-las.

— O que você está *fazendo* aqui? — questionou ela de novo, com dificuldade.

Da entrada do salão de baile, outro homem de paletó da Marinha estava bêbado e cambaleando um pouco.

— Venha, Ellis! Venha logo! — gritou ele. — Deixe a dama em paz!

— Ellis? — repetiu Hazel. — É esse seu nome agora?

— Não poderia usar o nome de um homem morto, não é? — retrucou Jack, sorrindo.

Um sorriso pequeno e que durou apenas um breve momento, mas era o sorriso *dele*. Era devastador, um sorriso que de certa forma parecia tão familiar apesar de ela não vê-lo fazia meses. Será que Hazel havia se esquecido da covinha que aparecia na bochecha esquerda e no queixo dele? Naquele momento, ela teve certeza de que, se o perdesse de vista, tudo aquilo teria sido um sonho e nunca mais voltaria a ver aquele sorriso.

— Vou entrar em contato — disse Jack, como se pudesse ler a mente dela. — Está tratando a princesa na Casa Warwick?

— Não. Quer dizer, sim, estou... mas *não*. Passei meses esperando por você, Jack, não vou deixar que me escape com uma promessa vaga. Estou hospedada em Stafford Street, nº 3, em Londres, não muito longe do St. James' Park. Vá me ver amanhã.

— Tudo bem — concordou Jack, as sobrancelhas franzidas. — Vou vê-la amanhã, Stafford Street, nº 3.

— Cedo.

— Ao amanhecer — garantiu Jack.

— Jack Ellis, volte aqui, seu caolho de merda! — gritou o marinheiro bêbado no salão de baile.

Jack lançou um olhar constrangido para Hazel.

— Só um minuto, Karrelsby!

— Não acredito que está aqui — sussurrou Hazel.

— Vou vê-la amanhã — disse Jack. — Prometo.

A atenção desceu dos olhos aos lábios de Hazel e, por um momento, ele pareceu querer beijá-la. Por um instante, observou-a como nos velhos tempos, e a vida retornou ao rosto dele. Mas então ele fez uma pequena reverência e saiu andando, na direção do amigo, deixando Hazel sozinha no corredor, sentindo-se ao mesmo tempo vazia e plena, embriagada e completamente alerta.

Ela tinha *visto* Jack de novo. Ele estava *vivo* e estava ali, e o mais bizarro em tudo foi a maneira como ele lhe parecia quase um estranho.

22

omo prometido, Jack chegou ao apartamento de Hazel logo cedo, assim que os sinos da igreja nas proximidades badalaram seis vezes.

Hazel mal dormira a noite inteira. Passara uma hora deitada na cama depois do baile, encarando o teto, ainda com o vestido de festa, pensando em tudo que havia acontecido, tudo que eles haviam dito.

Jack estava vivo, em Londres.

A criada tinha aberto a porta para Jack, e ele estava parado com o ar constrangido no batente, passando o peso de um pé a outro e olhando fixamente para o chão. Ele não estava mais com o paletó azul e a calça branca que usara na noite anterior; em vez disso, vestia uma calça preta simples e uma túnica branca com muitos remendos em vários lugares.

Hazel desceu a escada para recebê-lo, porém ele pareceu confuso, sem saber se eles deveriam se abraçar. Jack baixou a cabeça de leve e, então, buscou a mão de Hazel para beijá-la.

— Srta. Sinnett — cumprimentou ele, tenso.

Hazel já havia aberto os braços para abraçá-lo, mas ficou plantada no lugar, como uma dançarina antes de uma valsa que havia perdido seu parceiro.

— Você ainda tem o mesmo cheiro — comentou Hazel, sem pensar. — Desculpe. É um comentário estranho.

— Tenho? — perguntou Jack. — Qual é meu cheiro?

Um pouco tímida, Hazel se aproximou do pescoço de Jack e inspirou o cheiro dele. De repente, os pelos finos dos antebraços dela se arrepiaram. Ele estava com o cheiro dele — um almíscar que ela não havia sentido em nenhum outro lugar, e floresta, e terra, e o cheiro tânico e metálico de sangue; mas também havia cheiros novos, uma goma no tecido da camisa, e sal do mar no cabelo.

— Está cheirando um pouco a marinheiro — observou Hazel.

— Verdade, e, tendo passado os últimos dois meses com marinheiros, sei que isso é um insulto.

— Em um bom sentido! — exclamou Hazel.

A criada pigarreou.

— Devo pedir chá, senhorita? — indagou ela.

— Sim, por favor, obrigada — respondeu Hazel, fazendo sinal para Jack segui-la até a sala de estar. — Por favor, entre — convidou ela, formal como se estivesse recitando falas de uma peça. — Imagino que, quando um homem visita uma dama, mesmo que essa dama more sozinha e trabalhe como médica, certos rituais ainda devem ser seguidos.

Jack já havia tirado o chapéu e o casaco e os pendurado em um gancho na parede.

— Obrigada, srta. Sinnett.

— Hazel. Pode me chamar de Hazel, sem dúvida.

— Se insiste...

Ele se afundou em uma poltrona na sala de estar de Hazel com as costas eretas como o mastro de um navio. Cruzou as pernas. *Ele sempre havia cruzado as pernas daquela maneira?*, perguntou-se Hazel. Até os gestos dele pareciam desconhecidos e formais.

A garota conseguiu esperar até o chá ser servido para começar a fazer todas as perguntas às quais queria respostas: como ele havia sobrevivido ao enforcamento? Quando partira de Edimburgo? Ele esteve nos Estados Unidos? Como tinha ido parar na Marinha Real?

— Bom, não estou na Marinha Real — explicou Jack. — Não de verdade. Servi no navio quando estávamos no Atlântico e, quando voltássemos à terra firme, eu me alistaria e começaria o serviço. Ao menos, é o que esperam que eu faça.

— Mas você não vai fazer isso? — questionou Hazel.

— Ah. Não sei ainda. Não sei nada que vou fazer até de fato fazer.

— Como você perdeu o olho? — indagou Hazel.

Jack ficou tenso quando ela estendeu o braço na direção dele, então a garota recolheu a mão.

— Desculpe — disse Hazel. — Sei que é... estranho.

— Pensei que nunca a veria de novo — admitiu Jack, de cabeça baixa. — Teria sido mais fácil se eu estivesse morto para você.

— O que quer dizer por "mais fácil"? O que *aconteceu*? Por que foi embora de Edimburgo?

— Pensei que seria mais fácil — repetiu Jack, mas ele ainda não estava olhando para Hazel.

— Você pode ao menos me contar o que aconteceu?

Jack tentou beber um gole do chá, mas estava tão decidido a evitar o olhar de Hazel que acabou por errar a própria boca, e a bebida escorreu por sua camisa. Eles sorriram ao mesmo tempo e, por um instante, algo pareceu se dissolver entre eles.

— Apenas me diga o que aconteceu — pediu Hazel de novo. — Por favor?

Jack apoiou a xícara na mesa com cuidado.

— Certo. Está bem. Vou começar do começo, e talvez possamos partir daí.

Jack acordou em algum lugar no subterrâneo, envolto pelo cheiro de morte e putrefação. A princípio, achou que devia ter sido enterrado vivo; de certo modo, era verdade. Havia uma escuridão absoluta, e o pensamento seguinte de Jack era que ele estava morto, que aquele era o além, e que a poção que Hazel lhe oferecera através das grades da cela não havia funcionado. Mas então sua mão pegou outra mão humana e, mesmo no escuro, Jack soube onde estava.

Ele se encontrava em uma pilha de corpos.

Tentou abrir caminho até a superfície; uma dezena de cadáveres (nus e frios, alguns ainda escorrendo sangue ou coisa pior) pesavam sobre ele. Os corpos tinham endurecido pelo *rigor mortis*. Jack ouviu ecos de estalos na escuridão, mas continuou avançando à força para fugir. Seu pescoço doía, mas ele resolveria isso depois. Tudo que precisava fazer naquele momento era sair daquele lugar.

Por fim, ele conseguiu... caindo ao lado do monte de cadáveres em um chão de pedra gelada. Um teto de pedra formava um arco sobre ele, e Jack murmurou meia oração em agradecimento por saber para onde o haviam levado: ele estava no porão da escola de medicina da Universidade de Edimburgo. Durante anos, ele havia entregado corpos àquele lugar, onde universitários (ou, com mais frequência, professores) pagavam um punhado de moedas em troca de cadáveres bons para serem dissecados.

Comprar corpos de pessoas que foram condenadas à forca era uma das únicas fontes legais de cadáveres para os médicos. Depois de cada enforcamento, sem dúvida haveria um pequeno bando de garotos se acotovelando pela oportunidade de pegar um cadáver e vendê-lo. Jack teria reconhecido todos aqueles garotos. Tinha sido um deles. Torceu para que quem quer que tivesse conseguido pegar seu corpo tivesse recebido uma boa remuneração.

Seu pescoço doía. Não era apenas a pele esfolada pela pressão da corda... embora a região ardesse quando ele tentou tocá-la. Havia também uma dor mais profunda que descia por sua coluna desde a base do crânio.

Jack sabia como sair dali; havia duas escadas para subir. A dos fundos do porão subia para uma sala de aula, mas a da frente o levaria direto a um beco que dava em Forrest Road. A escola para garotos, George Heriot's, estaria à esquerda, e os portões do cemitério Greyfriars Kirkyard estariam visíveis diante dele. Era um caminho que ele tinha percorrido muitas vezes. Em geral no escuro, empurrando um carrinho de madeira que carregava um cadáver nu que tinha acabado de desenterrar.

Com as mãos estendidas à frente de si e dando pequenos passos conforme seus olhos se ajustavam à penumbra, Jack caminhou devagar na direção da escada, sem conseguir se concentrar em nada além da dor que parecia irradiar de dentro para fora de todos os seus ossos e da dor intensa no pescoço. Os degraus estavam lá, bem como ele se lembrava, graças a Deus, e, embora não parecesse haver ninguém ao redor, mesmo assim Jack se crispou com o rangido da escada de madeira. Ele prendeu a respiração e abriu a porta, sem saber se era dia ou noite lá fora. Por sorte, o beco era isolado — afinal, a compra de cadáveres desenterrados era ilegal — e Jack estava confiante de que, ainda que fosse meio-dia, ele conseguiria sair sem ser visto.

Entretanto, a escada não levava para fora.

Jack havia aberto uma porta que dava bem para uma sala de estudantes de medicina, todos os quais o encaravam.

Foi naquele instante que Jack percebeu que não estava usando roupa alguma.

Ele correu.

Correu bem pelo meio da sala de aula, o professor perplexo diante da lousa, chocado demais para falar qualquer coisa. Jack correu o mais rápido que pôde, passando por fileiras e fileiras de cadeiras de madeira, por mesas com o que pareciam cérebros humanos abertos e úmidos sobre elas. Ele conseguiu pegar um dos casacos pendurados em um gancho perto da porta e fugiu, o som de risadas e alguns aplausos dispersos vindo dos estudantes.

Jack escapou da Universidade de Edimburgo como uma rolha estourada de uma garrafa chacoalhada, disparando pela rua mais próxima que viu, tirando algumas peças de roupa de um varal enquanto corria. Mais tarde descobriu ser uma camisa feminina e uma calça alguns números grandes demais, mas serviriam naquele momento, pensou ele, vestindo a camisa e enfiando o excesso de tecido dentro da calça.

Assim, era hora de ir ao Castelo Hawthornden. Por fim, reencontraria Hazel.

Ele se perguntou por um breve momento se seu quarto nos caibros do teatro em que trabalhava teria sido saqueado desde sua prisão. O teatro estava fechado por causa da epidemia da febre romana, e Jack imaginou que tudo teria sido revirado, primeiro por pessoas arrancando das poltronas o tecido de veludo para vender a troco de moedas, mas em seguida por gente que tinha ouvido falar de Jack Currer, o assassino em série que fora enforcado, e queria vender seus pertences, bugigangas mais valiosas por estarem associadas a ele. Edimburgo era uma cidade que vivia com morte em suas veias e assumia aquilo com uma careta e os braços abertos. Havia certos becos da High Street em que mechas de cabelo de um assassino ou sua vítima poderiam ser vendidas como tesouros.

Mesmo assim, havia a chance de que alguns de seus pertences continuassem guardados. Ele havia escondido uma pequena caixa nas vigas do teatro com um punhado de moedas, uma camisa limpa e um relógio de bolso que não conseguia consertar nem tinha coragem de vender. Jack duvidava que até um ladrão intrépido tivesse conseguido encontrar aqueles itens.

Contudo, atravessando a rua, ele vislumbrou o *Jornal Vespertino de Edimburgo* sendo balançado como uma bandeira na mão de um jovem jornaleiro. Mesmo a metros de distância, era possível distinguir a manchete sobre um desenho de tinta que até Jack tinha que admitir que era bem semelhante: ASSASSINO DO CEMITÉRIO ENFORCADO. Ele praguejou baixinho. O garoto não tinha cometido assassinato algum, era óbvio, mas nenhum dos assassinatos foram cometidos em cemitérios! As vítimas tinham sido mortas em salas de cirurgia a fim de que partes de seus corpos fossem utilizadas, mutiladas e descartadas pelos ricos. E ainda botaram a culpa em Jack para encobrir tudo.

Era quase como se as pessoas da cidade não quisessem reconhecer as injustiças sociais lancinantes que aconteciam embaixo de seus narizes todos os dias, a crueldade e a ganância dos que estavam no poder. Era o tipo de corrupção podre que ameaçava a estrutura básica da vida comum. Mas as pessoas tinham que continuar vivendo, não era? Tinham que continuar acordando, alimentando seus filhos, lavando roupa e preparando pratos simples para comer. Um "assassino do cemitério" tornava a história bem mais palatável, mais compreensível, podendo ser consertada com um único enforcamento. Era o tipo de escândalo sobre o qual poderiam fofocar entre uma cerveja e outra: o ressurreicionista que matava a sangue frio, para não ter que se dar ao trabalho de desenterrar... uma história que em breve se tornaria lenda, algo estimulante, não mais assustador.

De nada adiantaria argumentar contra uma mentira em que todos queriam acreditar.

Jack Currer seria o "assassino do cemitério" para sempre.

O problema mais imediato, lógico, era que seu rosto estava estampado por toda a cidade. E, com suas roupas nada convencionais, não havia a mínima esperança de não chamar a atenção. Ele jamais conseguiria voltar ao teatro, que ficava no coração da cidade, para buscar seus pertences sem valor que já deviam ter sumido àquela altura.

As pessoas na rua já o olhavam com estranheza. Ele ergueu a gola do casaco para esconder o rosto e rumou para longe do centro da cidade, na direção do lugar onde ele sabia que estaria a salvo: no Castelo Hawthornden... e com Hazel.

Era uma longa caminhada até lá pela floresta, e ainda mais longa porque Jack não pegaria as estradas principais. Era improvável que chegasse antes do anoitecer, pensou ele, trombando nas árvores e tropeçando na vegetação rasteira densa. Ele teria sorte se alcançasse Hawthornden antes do amanhecer.

Quando, por fim, atravessou um campo vazio e virou a curva onde as árvores cresciam altas ao longo da colina, e o castelo se tornou visível ao longe, estava exausto e dolorido. A dor em sua coluna só havia se agravado, e ele sentia hematomas se formando nas pernas. Hawthornden parecia saída de um sonho, um brilho digno de uma lanterna turvo na névoa, como se o castelo todo fosse um reflexo em um lago. Jack bateria à porta, e Hazel a abriria... e eles se abraçariam de novo e o garoto adormeceria na cama dela. Ela trataria seus ferimentos pela manhã e ele faria ovos com linguiça para que ela comesse, e então...

E então... o quê?

Hazel continuaria seus estudos para se tornar médica; ela não poderia ter vínculos com um assassino. Jack não poderia ser visto em nenhum lugar perto da Escócia, em nenhum lugar perto da Grã-Bretanha, considerando como notícias ruins corriam depressa. O que aconteceria se o encontrassem, descobrissem que ele havia escapado da forca, por assim dizer? Não... ele teria que continuar se escondendo.

Ele poderia morar em Hawthornden enquanto Hazel se aventurava no mundo, tornando-se uma cirurgiã como sempre quis, sendo celebrada como merecia. Ela voltaria para casa à noite e contaria a Jack histórias de lugares que ele não poderia ver e pessoas que ele não poderia conhecer.

Mas quando o pai dela voltasse do posto no exterior ou a mãe retornasse da Inglaterra? Onde Jack se esconderia? Era provável que Hazel arranjasse uma cabana para ele em algum lugar, algum apartamento cujo aluguel ela pagaria. Afinal, como Jack poderia arranjar um trabalho em qualquer lugar se poderia ser reconhecido por qualquer um? E Hazel ainda teria que pagar um adicional para garantir a discrição do senhorio.

Talvez a notícia do enforcamento fosse esquecida. Talvez depois de um tempo, as pessoas se esquecessem do assassino do cemitério e Jack poderia arranjar um emprego, viver de forma honesta e deixar de ser um fardo.

E o que aconteceria em seguida?

Será que uma dama como Hazel algum dia poderia se casar com alguém como ele? Um homem sem passado, sem nome e sem futuro? Esperavam que ela se casasse com um cavalheiro abastado que pudesse sustentá-la, que pudesse lhe oferecer uma casa, uma *grande casa* e uma posição na sociedade. Filhos, talvez. Uma família. Já seria difícil para ela se tornar uma cirurgiã como ela queria, sendo mulher. Ela não deveria precisar ser confinada às sombras com ele.

E, como uma voz incômoda o lembrou, também havia a questão da poção que tomara. O líquido que ele bebeu, que o fez sobreviver ao enforcamento. Tinha gosto de alcaçuz e uma erva gramínea oleosa, com um quê de ácido e amargo. Aquilo de fato o faria viver para sempre? Ou ele havia esgotado o poder da poção com o enforcamento? Jack não sabia, e não sabia a quem perguntar. (Ele preferia cortar fora o próprio coração a pedir qualquer coisa a Beecham... e que Deus tivesse piedade do homem se ele voltasse a chegar perto de Jack.) Mas, se era mesmo verdade, se ele era mesmo imortal... havia ainda menos chance de Hazel ter uma vida com ele.

Mesmo assim, ele tinha que vê-la.

Jack sabia de cor o caminho até Hawthornden, a forma como a trilha era cercada por jacintos-silvestres e se curvava através de um bosque de freixos, e conseguiria chegar lá mesmo no escuro. Uma vez mais perto, ele conseguia ver que havia lanternas acesas nas janelas da biblioteca e do quarto de Hazel.

Lá estava ela.

Ainda que distorcida pelo vidro manchado, Jack reconhecia a expressão de concentração de Hazel ao virar as páginas de um livro na escrivaninha, uma vela queimando perto.

Um cavalo relinchou alto no estábulo, mas Jack continuou a acompanhando, parte dele desesperada para bater na porta e a beijar de novo, mas outra parte muito confusa, incapaz de interrompê-la.

Assim, ele observou. Assistia enquanto ela lia, enquanto a expressão dela mudava discretamente de confusão a frustração, satisfação e então orgulho.

A criada dela, Iona, entrou com uma bandeja de chá. Aquele era o lar de Hazel. Ela estava feliz. E tinha tudo de que precisava.

Jack tinha dito a si mesmo que Hazel merecia alguém com quem envelhecer, e ele acreditava mesmo que isso era verdade, mas havia também um terrível medo nas suas entranhas que ganhava de tudo o que tinha pensado até então: ele já dissera adeus a Hazel uma vez, e pensar em fazer aquilo de novo o assustava. Ele soube, observando a garota pela janela, que nunca seria capaz de ver Hazel Sinnett morrer.

Folhas amassadas e o rangido de rodas de carruagem atravessaram a noite pacata. O som ainda estava longe, mas Jack se sobressaltou; era uma carruagem, e estava se aproximando. Qualquer um que o visse conheceria seu rosto. Qualquer um poderia mandá-lo de volta à prisão... ou coisa pior. Jack não sabia o que fariam com ele se descobrissem que o enforcamento não surtiu efeito, e não queria descobrir.

Um cavalo no estábulo próximo relinchou mais uma vez, e o som das rodas de carruagem se tornava mais alto.

Jack precisava fugir.

Estava mais quente dentro do estábulo do que fora, onde o vento cortante da noite açoitava as mãos e o pescoço de Jack, que o casaco não cobria. Os cavalos relincharam e bateram as patas no chão com aquela intrusão.

— Shhhh — disse Jack, passando a mão pela crina do cavalo preto, que se chamava Betelgeuse.

Jack aprendera a cavalgar naquele cavalo; Hazel o ensinara.

— Somos amigos, não? Eu e você, Betelgeuse.

O cavalo bufou com força pelo nariz e então pareceu relaxar.

Jack pôs a sela nele e estudou os arredores. Havia algumas roupas e botas de equitação cobertas de lama seca em um canto. Eram masculinas e do tamanho dele. Jack ficou confuso por um momento. Será que Hazel deixara as roupas ali para ele encontrar? Mas não, ele se lembrou que os trajes eram do irmão falecido.

Trocou de roupa o mais rápido que pôde, enfiando a camisa e a calça que usara antes em um alforje, pensando que poderia vendê-las quando chegasse à costa. Ele ainda estava usando o casaco que roubara de algum estudante de medicina embasbacado; ficava um pouco curto nas mangas, mas Jack gostava dele mesmo assim.

— Seja bonzinho comigo — sussurrou Jack ao cavalo, e subiu à sela.

Por sorte, o animal havia parado de relinchar. Betelgeuse apenas balançou a cabeça como se dissesse: *E agora?*

Agora, pensou Jack, *partimos*.

Ele não se permitiu sentir a dor que foi se tornando mais profunda e aguda à medida que cavalgava noite afora. No começo, só estava avançando o mais rápido que conseguia, mas, com o passar das horas, deixou o esboço turvo de um plano se formar em sua mente. Jack estava cavalgando rumo ao oeste, para longe do sol nascente, em direção à costa, onde poderia pegar um barco e sair da Escócia, rumo à América. Lá, poderia começar uma vida nova.

Ele parou em uma estalagem quando o cansaço era tanto que ele estava com medo de cair do cavalo em movimento, e trocou a camisa e a calça que não lhe serviam por uma tigela de ensopado morno e um saco de ração para Betelgeuse.

— Nada mau, nada mau — murmurou algumas vezes a velha atrás do balcão, esfregando o tecido branco fino da camisa entre o polegar o indicador. — Nada mau.

Por um milagre, o bolso do casaco roubado continha algumas moedas, e Jack as ofereceu em troca de uma noite de sono em uma cama que cheirava a mofo. Os olhos da mulher eram opacos e brancos, mas, mesmo assim, Jack rezou em silêncio quando ela pareceu forçar a vista na direção do rosto dele, como se o reconhecesse.

Jack levou mais um dia inteiro cavalgando até chegar à cidade de Greenock, onde um rio largo e curvo desaguava no mar cintilante. Navios balançavam de modo suave no porto, e Jack sentiu um frio na barriga. Era ali. Aquela seria a última vez em que ele veria a Escócia.

Pagar a tarifa iria se revelar um obstáculo. Jack não tinha coragem de vender Betelgeuse, que não lhe pertencia, então apenas o soltou na floresta quando chegaram aos arredores da cidade portuária. (Betelgeuse, por sua vez, sequer hesitou antes de sair trotando feliz por entre as árvores, como se sempre tivesse acreditado que não pertencia a senhor algum além da natureza.)

Parecia haver mais navios no porto do que Jack conseguiria contar; ele havia passado a vida esforçando-se para ser invisível e, portanto, não foi complicado passar uma tarde escondido atrás de uma pilha de caixotes e um rolo de corda do tamanho de uma pessoa, espiando as várias transações que aconteciam nas docas e se acostumando aos diferentes sotaques. Ele não tinha percebido como o escocês de Edimburgo era tão *britânico* até escutar aqueles homens de Greenock, que engoliam as consoantes e cuspiam vogais como ossos de galinha.

Eles gritavam destinos uns para os outros, a maioria dos quais Jack jamais ouvira falar. Lugares que soavam distantes e exóticos. Mas ele já decidira, talvez de forma arbitrária, pelos Estados Unidos, então esperou até ouvir um grito ríspido que soava como "Virgínia!" e correu na direção de um homem que guiava um carregamento de caixotes para um barco pequeno e bonito na beira do píer.

Jack refletiu, sem se preocupar muito sobre o assunto, qual seria a punição para um passageiro clandestino, mas não se permitiu se preocupar demais. Uma vida nas ruas lhe havia ensinado a importância da ação em vez da precaução. *Roube agora, se for necessário, enfrente as consequências depois... ao menos você vai estar vivo para enfrentá-las. Além disso*, pensou, *eles não têm como me matar.*

Mas, contemplando as possíveis formas de se esgueirar pela prancha de embarcação (será que ele conseguiria caber dentro de um caixote e ser *carregado* para o barco junto à carga?), Jack descobriu que entrar no navio poderia ser mais fácil do que imaginava.

— Tripulação de convés! Marinheiros! Uma libra e dez xelins por mês, mais uma refeição por dia. Procurando jovens fortes, zarpamos hoje à noite!

Um grupo de garotos da idade de Jack ou mais velhos já estava se aproximando do recrutador. Jack entrou na fila.

— Nome?

— Jack... Hm, Ellis.

— Hm, qual é, então?

— É esse meu nome. Jack Ellis.

O nome inventado veio a sua mente na hora. Ele se tornara Jack Ellis, simples assim.

— Bom, Jack Ellis, você já esteve em um navio antes?

— Sim. Várias vezes. Trabalhei nas docas de Leith, perto de Edimburgo — mentiu Jack.

O homem o encarou, não lá muito convencido pela mentira, mas sem querer ter o trabalho de questioná-la. A vida tinha voltado ao corpo de Jack: desde que tinha acordado no porão da escola de medicina, sua pele havia passado de cinza a rosada, mas ele ainda sabia que sua *aparência* não era a das melhores. Estava coberto de hematomas, com arranhões que subiam pelos braços e pelas pernas. Estava magro demais e muito cansado. O homem deve ter achado que ele era um ladrão.

— Por que saiu de Edimburgo, então?

— Eu me meti em umas encrencas — respondeu Jack, pensando que dizer algo parecido com a verdade seria sua melhor aposta.

Para seu alívio, o homem riu.

— Braços fortes, pelo menos — comentou, com aprovação.

— Volte às seis, os navios zarpam às sete, e não vamos atrás dos atrasados. Nada de roubar no navio, e nada de *encrenca*.

— E o navio vai para a Virgínia, certo? Estados Unidos? — perguntou Jack.

— Isso, para Norfolk. Nos Estados Unidos. Entregar cargas. Mas não vá pensando em agir feito um passageiro em uma viagem de luxo! Você vai aonde o navio for e vai ficar grato pelo trabalho!

Jack saiu às pressas. Ele estava, *sim*, grato pelo trabalho. Chegaria aos Estados Unidos com algumas moedas a mais, e tinha um lugar para dormir e comida para se alimentar. Durante a maior parte da vida, ele tinha estado muito pior.

Ele não tinha nada a fazer em Greenock nem dinheiro para gastar. E, considerando a velocidade com que as notícias podiam correr pela Escócia, ainda tinha medo de ser reconhecido. Por isso, passou as horas seguintes vagando entre as casas pequeninas, serpenteando entre as galinhas e fogueiras nas cercanias da cidade. De um espantalho, ele roubou um chapelão de vigário, surrado pela chuva e pelas intempéries a ponto de o tecido antes preto estar opaco e a aba vergar de maneira útil, escondendo o rosto dele.

Jack foi a um pub e se sentou com uma cerveja e um pedaço de pergaminho coberto por frases riscadas. Ele tinha começado uma carta a Hazel uma dezena de vezes, mas, a cada tentativa, suas palavras pareciam triviais, estúpidas ou cruéis demais. Como poderia explicar tudo em palavras: que ele não *poderia* vê-la porque não poderia construir uma vida com ela? Bastava pensar em Hazel que sentia seu coração doer. Mas como Jack poderia partir sem dizer nada?

Talvez nos Estados Unidos ele pudesse construir uma vida nova para eles. Poderia se tornar bem-sucedido, comprar terras, tornar-se respeitado. Ninguém saberia sobre o enforcamento, nem Beecham, nem nada daquilo. Talvez nos Estados Unidos Hazel pudesse até trabalhar como cirurgiã sem precisar se esconder. Eles poderiam levar uma vida juntos, casados, e ele poderia beijar as pálpebras dela toda manhã antes de ela acordar.

Não.

Mesmo se aquilo fosse possível, a fantasia estava a uma vida de distância. Como poderia pedir a Hazel para esperar tanto tempo por ele? Talvez tudo fosse mais fácil se ela pensasse apenas que ele havia falecido. Esperança era algo perigoso. Como Jack havia aprendido, quase toda a dor do mundo se devia à esperança.

No fim, ele só conseguiu elaborar poucas palavras que transmitiam tudo: seu amor, seu pedido de desculpa, sua esperança para o futuro. *Meu coração continua batendo e ainda é seu. Estarei esperando por você*, escreveu ele. Mas, se ela quisesse acreditar que Jack estava morto, bom, ainda poderia.

Ele voltou à doca uma hora mais cedo e esperou, observando o sol se pôr em tons de vermelho e laranja sobre o porto e o navio que o levaria a sua vida nova. Havia dois mastros altos feitos para apoiar velas ondulantes. Jack aprenderia depois que aquele tipo de navio se chamava brigue. O nome estava gravado no casco com tinta branca lascada: AURORA.

— Ei!

Um homem alto e grande como uma porta trombou no ombro de Jack quando ele estava subindo pela prancha de embarque.

— Cuidado aí — avisou o homem com um sorriso maldoso.

Ele tinha um dente prata que cintilava sob a luz do sol poente. O homem encarou Jack por um momento a mais, baixando a cabeça para tentar ver embaixo da aba do chapéu. Quando Jack tentou passar, ele deu um solavanco na prancha de embarque, fazendo o garoto cambalear. Jack puxou o chapéu para baixo sobre o rosto e seguiu para debaixo do convés, onde a tripulação tinha sido instruída a pendurar suas redes.

Ele havia lidado com gente desse tipo antes: a não ser que Jack derrubasse o estranho com um único soco (e, só de olhar para o brutamontes, Jack tinha quase certeza de que não conseguiria), o melhor era ignorá-lo. A hierarquia social a bordo do navio seria estabelecida; Jack nunca havia se importado com fazer amigos. O homem com o dente prata não tinha nenhum poder sobre ele. (Se, naquela hora, soubesse como estava enganado, Jack talvez tivesse procurado trabalho em outro navio. Mas como o rapaz iria saber?)

O nome do homem era Smeaten e, como Jack logo descobriria, ele era o contramestre do navio, no comando da tripulação do convés. Ele era o tipo de desgraçado que se orgulhava de fazer os outros se sentirem o mais desprezíveis possível. Toda manhã, deixava os aposentos do capitão com um sorriso sarcástico de uma piada interna que ele não compartilharia e distribuía tarefas aos berros.

— Muldon: cordame! McGinley, na galé! Potter, chá para o capitão. E *Ellis*...

Assomando-se diante dele, Smeaten se aproximava tanto que Jack precisaria arquear as costas para olhar no rosto dele.

— Acha que consegue esfregar o convés, Ellis?

— Sim, senhor.

— Mais alto — ordenou Smeaten.

— Sim, senhor — repetiu Jack, mais alto, entre dentes.

Smeaten então passava o resto da manhã vigiando Jack, comentando sobre seu trabalho ("Precisa esfregar tudo por igual! Você é o quê, um idiota? Que tipo de idiota não sabe nem limpar o chão?") e pisando com gosto sempre que poderia estragar o que ele já havia limpado. Smeaten era um tirano para todos os marujos, mas, a Jack, reservava uma porção especial de mordacidade e de veneno.

Ao fim do primeiro mês, Jack e os outros homens fizeram fila diante do intendente do navio, que deu a cada um deles um punhado de moedas dos salários. Smeaten encurralou Jack antes que ele voltasse a sua rede. Antes que o garoto pudesse se desvencilhar, o homem o imobilizou com seu enorme antebraço musculoso contra uma antepara. Com a outra mão, Smeaten arrancou o chapéu de Jack.

— Por que vive usando esse chapéu? — questionou ele, o mau hálito quente no rosto de Jack. — Para se esconder, é?

Smeaten abriu um sorriso tão largo que Jack viu seu dente prata por completo, não apenas um relance.

— Um rostinho bonito como esse — continuou ele. — Não devia ficar escondido. Um rosto memorável, né? O tipo ideal para os jornais.

Ele passou um dedo imundo na cicatriz no pescoço de Jack, que sentiu as entranhas se gelaram.

Smeaten sabia quem ele era. Ele o reconheceu.

O homem tirou o antebraço e Jack foi solto da antepara, mas sabia que não tinha para onde ir.

— Minha irmã mora em Edimburgo. Ela me conta muito sobre os acontecimentos também. Reconheci você desde o primeiro instante em que o vi. *Assassino do cemitério.*

— O senhor está enganado — defendeu-se Jack, mas soube, com um aperto no peito, que Smeaten não acreditaria nele.

— Eu devia contar para o capitão aqui e agora — declarou Smeaten, falando um pouco mais alto.

Jack estremeceu.

— Aposto que o capitão não ficaria muito contente com um assassino foragido a bordo — continuou Smeaten. — Conseguiu escapar da forca, hein? Mas não sei se você teria a mesma sorte no fundo do mar.

Jack não sabia o que responder e, por isso, ficou em silêncio, considerando mentalmente formas de escapar de Smeaten e daquele navio. Não parecia haver muitas.

Smeaten apertou o punho de Jack e abriu os dedos dele à força.

— Vou ficar com isso — declarou, tirando as moedas da palma da mão de Jack. — E acho que vou pegá-las todo mês. A menos, lógico, que você queira que o navio inteiro saiba que temos um assassino a bordo. E posso contar mesmo assim quando desembarcarmos. É a coisa correta a fazer, servir ao rei e ao país. Eu sou uma pessoa correta.

— Se sou um assassino — disse Jack —, você deveria tomar mais cuidado em me ter como inimigo.

Smeaten apenas riu.

— Você é insignificante, *moleque*. E vou dar risada quando o levarem de volta à forca. Vou assistir e garantir que esteja bem morto.

Ele saiu andando, sacudindo as moedas de Jack na mão enquanto seguia, e o garoto se deixou cair no convés. O enjoo que sentia não tinha nada a ver com o balanço do barco. Ele não tinha saída.

A mesma situação se repetiu um mês depois: Jack recebeu o pagamento, mas Smeaten tomou todo seu salário em troca de *silêncio*. A humilhação doía tanto quanto o dinheiro perdido. Os outros marinheiros começaram a manter certa distância de Jack, sem entender qual era a dele, confusos pela forma como Smeaten escolhia chamar a atenção dele e provocá-lo. Parecia haver uma compreensão universal de que Jack era, de certo modo, tóxico, e formar qualquer tipo de vínculo com ele só tornaria as coisas mais difíceis para quem quer que o fizesse.

Jack precisava de um milagre, alguma saída da situação que o estava levando cada vez mais perto da verdadeira captura. Em vez disso, *Aurora* sofreu um desastre.

A tempestade foi diferente de tudo que Jack jamais vira. Chovia em Edimburgo, era óbvio; havia semanas que chovia quase sem parar. Mas, no mar, a chuva estava por *toda a parte*. Parecia vir de todas as direções ao mesmo tempo, açoitando e cortando a pele, encharcando tecido em questão de instantes. A tempestade rompeu o céu de repente depois do que tinha sido um dia agradável e tranquilo de navegação. Jack e a tripulação foram despertados pelos solavancos violentos do navio e pelos gritos que vieram do alto, no convés principal. Logo entraram em ação, puxando brióis, e Jack subiu pelos mastros com os gajeiros para atar as velas depois que fossem enroladas, antes que o vento as puxasse para as ondas.

Um dos marinheiros no mastro embaixo de Jack caiu enquanto subia. Ele atingiu a lateral do navio com um barulho arrepiante e então desapareceu ao mar.

A força do vento parecia impossível; gritos eram abafados no segundo em que saíam das bocas. Quando o vagalhão se aproximou, da altura de três navios empilhados um sobre o outro, ninguém gritou. Ou talvez fosse apenas porque Jack não conseguiu ouvir.

A última coisa que ele viu pelo olho direito foi um pedaço quebrado de mastro de madeira voando em sua direção.

Não havia nada. Nem mesmo escuridão. Era um vazio que Jack não sabia descrever. E então surgiu o gosto de sal, e o gorgolejo da água que havia enchido seus pulmões e estômago. Ele estava se segurando a um pedaço flutuante de madeira, algo que depois perceberia ser parte do casco do navio, encharcado e se agarrando à superfície com os dedos trêmulos. O HMS *Aurora* não existia mais, transformado em mil pedaços pela tempestade, e todos a bordo haviam sucumbido. Jack também tinha morrido. Ou, melhor... Jack *teria morrido*.

Em vez disso, ele estava à deriva no mar: faminto, mas incapaz de morrer de fome; com uma sede inimaginável, mas incapaz de morrer de sede. Estava cego de um olho: um pedaço de madeira permanecia espetado na cavidade ocular, reto como um mastro de bandeira. Jack recordava o suficiente do que aprendera com Hazel para saber que, se não tinha como fechar uma ferida, remover o que está perfurando a pele só agravaria a situação, então ele deixou assim mesmo. Uma de suas pernas estava quebrada, retorcida sob seu corpo em um ângulo que o fez vomitar água do mar e bile.

Quando o HMS *Iphigenia* passou e o avistou, o corpo de Jack tinha ficado vermelho como um tomate e sua pele descascava por causa do sol, e ele tinha perdido tanto peso que todas as suas costelas e a curva da caixa torácica estavam visíveis. Se não fosse imortal, já teria morrido dez vezes.

Então vou mesmo viver para sempre, pensou Jack.

O *Iphigenia* era uma fragata de trinta e seis canhões, com três mastros altos e uma bandeira da Inglaterra se agitando altiva. O cirurgião naval a bordo ficara espantado por Jack ainda estar vivo.

— Só pela perda de sangue... — murmurou ele, examinando a estaca de madeira cravada no olho de Jack.

Ele se crispou quando o cirurgião, um homem mais velho com um tufo de cabelo branco ralo e com uma aparência macia feito algodão, o cutucou. Jack recebeu um pedaço de couro para morder enquanto o homem pegou um pequeno bisturi e começou a trabalhar.

— Melhor não olhar para baixo — alertou a Jack, que estava se recuperando na maca da enfermaria com um tapa-olho.

(Depois de um tempo, Jack acharia impossível resistir e olharia, e se assustaria com a cavidade vazia, roxa e úmida.)

Jack levou duas semanas para recuperar forças suficientes para andar pelo navio, embora mancasse pela perna quebrada que o cirurgião havia colocado no lugar. Ao tenente a bordo,

Jack tinha informado que seu nome era Jack Ellis. Disse que era o contramestre a bordo do *Aurora*.

— E antes? Seu sotaque é de Edimburgo, não?

— Sim, senhor — respondeu Jack. — Trabalhei como... valete, senhor. Valete pessoal de uma família nobre em Edimburgo.

— *Qual* família? — perguntou o oficial. Seu bigode se eriçou.

Jack engoliu em seco, mas a resposta lhe ocorreu em um instante:

— Capitão e lady Sinnett. No Castelo Hawthornden.

A resposta pareceu satisfazer o primeiro oficial e, quando Jack tinha se recuperado o bastante para receber alta da enfermaria, o homem o colocou para ajudar no preparo das refeições e limpeza da cozinha. O navio estava se dirigindo ao sul, em direção ao bloqueio ao longo da costa ocidental da África, com o objetivo de interditar navios com tráfico humano, e não mudariam de rota por um náufrago. Portanto, durante o resto da viagem, Jack existiria em um não lugar, nem tribulação nem convidado.

Mas os marinheiros ingleses com que ele dividia a cabine eram agradáveis... ainda que rissem um pouco demais do sotaque escocês de Jack. E ele entendeu que a melhor maneira de garantir um espaço seguro para si seria se tornar indispensável. Por isso, acordava antes de todos e ajudava a esfregar o convés e descascar batatas na galé antes de vestir o libré que haviam separado para servir refeições aos oficiais.

Era um trabalho árduo, mas Jack logo aprendeu a executá-lo. As regras a bordo de um navio da Marinha Real eram claras e definidas, e, por isso, os ritmos eram reconfortantes.

— O que é aquele navio lá? — perguntou Jack certa tarde a um rapaz inglês chamado Thomas com quem fizera amizade.

Thomas tinha dezenove anos, mas ainda tinha o rosto e a voz de uma criança; estava, com muito orgulho, cultivando um bigode que a Jack não parecia nada além de penugem.

Thomas forçou a vista na direção das velas ao longe.

— Navio francês, ao que parece. Devem ser comerciantes. Embora — continuou ele, esfregando o bigode inexistente com ar pensativo —, não seja comum ver um navio mercador com tantos canhões.

O navio francês estava se aproximando; a cada vez que as tarefas de Jack o levavam de volta ao convés, o casco da embarcação se tornava maior no horizonte.

— Nada com que se preocupar! — gritara Thomas a Jack. (Thomas estava prendendo o cordame das velas ao mastro.) — Estamos em paz com a França, mas volta e meia eles querem tentar nos assustar.

Foi naquele momento que o navio francês disparou contra eles, erguendo uma bandeira preta.

— Piratas! — gritou o primeiro oficial.

Em um instante, o capitão do navio, Robert Mends, estava de pé no convés, de uniforme naval completo, uma espada no quadril.

— Aos canhões, rapazes! — mandou ele. — Atirem em arco a bombordo!

Com o disparo do canhão dos piratas, todos no *Iphigenia* partiram para ação. Jack olhou para cima e viu Thomas se segurando ao mastro pela ponta dos dedos.

Jack nem mesmo pensou duas vezes. Ele era imortal, não era? Agarrou uma corda, enrolou-a no ombro e começou a subir.

— Não! — gritou o primeiro oficial quando viu o que Jack estava fazendo.

— Tarde demais! — berrou Jack em resposta.

Ele subiu o mais rápido possível, o navio balançando e tombando violentamente, a instabilidade chegando ao mastro, onde os dedos de Thomas estavam começando a escorregar.

— Peguei você! — exclamou Jack, alçando Thomas ao cordame e lhe entregando a corda. — Use-a para descer.

— Você não precisa dela? — indagou Thomas, com os dentes batendo.

Ele havia contado a Jack algumas noites antes que aquela era sua primeira viagem desde que se alistara na Marinha Naval. Jack tinha fingido não notar os sons do garoto vomitando à noite.

— Não — respondeu Jack. — Vou ficar aqui em cima.

E, quando o navio francês atingiu a lateral do *Iphigenia*, e os piratas, com facas nos dentes e armas na cintura pularam em cordas, Jack estava posicionado no alto, alertando sobre cada movimento deles ao primeiro oficial e ao capitão Mends.

— Três deles ainda no navio, senhor! Prestes a disparar o canhão!

Mends gritou para um grupo de marinheiros disparar primeiro, e os piratas franceses não tiveram qualquer chance.

Jack observou um dos piratas percorrer o convés com uma pistola apontada para o capitão. Ele agiu antes que seu cérebro percebesse o que estava fazendo: saltou para baixo, riscando uma faca pela lona da vela para refrear a queda.

— Pense melhor — disse ele, caindo com a faca no pescoço do pirata com a pistola.

Jack amarrou as mãos do pirata com violência atrás do corpo, tão apertado que deixaria marcas vermelhas, e então piscou para ele.

— Obrigado pela pistola — agradeceu, e voltou à batalha.

No fim, o HMS *Iphigenia* não perdeu um único homem, e eles não demoraram a embarcar no navio dos corsários (um brigue armado estreito mas robusto chamado *Maria*) e se apossaram dele.

— Excelente trabalho... — elogiou o capitão Mends a Jack quando estavam amarrando os reféns uns aos outros.

— Jack, senhor. Jack Ellis.

— Ellis, sim. O náufrago da Escócia. Há homens de carreira da Marinha Naval que não teriam a coragem que você teve em meio ao combate.

— Obrigado, senhor.

Mends se voltou para o primeiro oficial.

— Vamos colocar Smithee no *Maria* para levá-lo a Londres, e vamos botar Jack aqui como meu mordomo a bordo do *Iphigenia*.

A Jack, ele acrescentou:

— E espero que, quando voltarmos à terra firme, você considere se alistar oficialmente.

Daquele dia em diante, Jack serviu como mordomo do capitão e, quando o navio aportou em Londres, ele era um dos tripulantes que foram recepcionados como heróis: o grupo de marinheiros ingleses que não apenas havia combatido piratas franceses sem perder um único homem como também tomara um dos navios deles.

Hazel não notou que seu chá havia esfriado. Estivera com os olhos fixos em Jack enquanto ele contava de sua vida desde que se despediram. Ela sentia como se o coração estivesse inchando dentro do peito. Por meses, havia pensado que, se visse Jack de novo, ela o envolveria em seus braços com tanta força que não restaria um centímetro entre eles. Mas lá estavam eles, um sentado diante do outro, tomando chá, tentando se lembrar de como ter uma conversa.

— Ainda dói? — perguntou Hazel, apontando para o olho direito dele.

Jack ergueu a mão ao olho por reflexo. Assentiu.

— Acho que teria cicatrizado melhor se fosse você quem tivesse feito a cirurgia. O médico era um senhor, as mãos dele tremiam. Ele falava que era por causa do movimento do navio. Ele não tinha nada... nada daquilo que Beecham dava às pessoas antes das cirurgias. As gotas da coisa mágica.

Hazel deu um sorriso fraco.

— Acho que não faz muita diferença — continuou Jack. — Tomei a dose grande, não é?

Eles se entreolharam, e a garota se perguntou se Jack estava tão assustado quanto ela ou se Hazel só estava vendo seu próprio medo refletido.

— Por quanto tempo vai ficar em Londres, então? — questionou Hazel.

— Não sei. Não tinha planejado me alistar na Marinha Naval de verdade.

— Era o que eu ia dizer. Eu não imaginaria você levando uma vida de marinheiro. Batendo continência e recebendo ordens.

— No fundo, sou péssimo em seguir regras — revelou Jack, e abriu um sorriso tão largo que pela primeira vez em toda a manhã seu dente canino ficou visível.

— Mesmo? — disse Hazel, seu coração começando a bater forte.

— Péssimo — confirmou ele, apoiando a xícara de chá com cuidado no pires. — Posso enganá-los por um tempinho. Mas... e depois?

Eles ainda estavam sentados um à frente do outro, porém Hazel sentiu um peso entre as pernas e observou o olho de Jack descer para seus lábios.

Uma batida na porta a trouxe de volta.

— Preciso atender — sussurrou ela.

— Precisa?

A criada apareceu no batente da sala de estar.

— Senhorita, o sr. Simon von Ferris está à porta para falar com a senhorita — informou ela, desviando os olhos ao ver Hazel e Jack sentados tão próximos que alguém da alta sociedade poderia ter feito o sinal da cruz.

Jack cruzou as pernas para o outro lado.

— Vá lá, então — disse ele. — Tudo bem. Vou terminar meu chá.

Com a cabeça ainda zonza, Hazel seguiu a criada até a porta da frente, onde Simon a esperava no alpendre com um buquê de narcisos.

— Bom dia, srta. Sinnett — disse ele, beijando a mão dela com a boca seca.

Suas olheiras estavam mais profundas do que nunca, inchadas e roxas. E os olhos de Simon estavam vermelhos e úmidos. Ele parecia ter passado a noite toda acordado... após ter ficado uma semana sem dormir.

Hazel baixou os olhos para as flores na mão dele, e Simon seguiu a atenção dela. Ele pareceu surpreso ao se lembrar que as estava segurando.

— Para a senhorita — declarou ele, estendendo os narcisos, como se as flores já estivessem apenas esperando por Hazel em seu batente e ele as tivesse apenas as apanhado para facilitar.

Narcisos. Hazel sabia o que simbolizavam: consideração e respeito.

— São lindas, dr. Ferris, obrigada.

Enquanto falava, ela conseguia sentir o olhar fixo de Jack pela porta fechada da sala de estar, ouvindo tudo que eles diziam.

— Sabe que pode me chamar de Simon, srta. Sinnett — disse ele, baixo.

— No entanto ainda me chama de srta. Sinnett.

Simon sorriu, mas parecia triste. A exaustão pairava sobre seus traços.

— Como vai, Simon von Ferris? Posso lhe oferecer algo? Chá?

Ela praguejou um instante sua hospitalidade... Ela não poderia receber Simon para o chá com Jack na sala de estar, a orelha na fechadura, sem dúvida.

— Não, obrigado — replicou Simon. — Passei os últimos dias na enfermaria, trabalhando, e me lembrei de ler que o ar fresco poderia melhorar o humor e a qualidade do raciocínio. Pensei que talvez a senhorita pudesse ter interesse em me acompanhar em um passeio breve pelo St. James' Park.

— Ah, eu... — disse Hazel.

Antes que conseguisse se conter, seu olhar se voltou por instinto para a porta da sala de estar. A atenção de Simon a seguiu e então se deparou com algo: o casaco de Jack, pendurado na entrada.

— Ah. Vejo que já tem companhia. Perdoe a intromissão, srta. Sinnett.

— Não é intromissão alguma — garantiu Hazel.

Simon ergueu uma das mãos.

— Foi insensatez da minha parte. De todo modo, preciso voltar a Sua Majestade Real.

— Como ele está, aliás? — indagou Hazel, aliviada por poder mudar a direção da conversa, levando-os de volta a um assunto neutro.

— A condição dele só piora. E nada... *nada* que eu faça está chegando nem *perto* de ajudar e... — Ele cerrou os punhos, mas então os relaxou com uma longa expiração. — Perdão. Eu me exaltei.

— De modo algum. Talvez eu possa ajudar.

— Certos problemas não devem ser resolvidos — disse Simon com tristeza. — São apenas fardos a serem carregados. Tenha um bom-dia, srta. Sinnett.

Ele fez uma reverência, deu meia-volta e saiu antes que Hazel pudesse dizer outra palavra sequer.

23

JACK ESTAVA SENTADO em uma poltrona, o olhar distante com uma expressão vazia. A xícara dele estava sobre a mesa, não mais fumegante.

— Preciso ir.

— Como assim? — perguntou Hazel. — Por quê?

— Estou cansado. O trabalho no navio é árduo e temos pouquíssimos dias de descanso.

— Eu... Sim, tudo bem — concordou Hazel.

Ele se levantou e alisou a túnica.

— Obrigado pelo chá, srta. Sinnett.

— Jack... Jack, espere um momento. O que está fazendo? Por que estamos... Por que estamos agindo como estranhos?

Ele não voltou para olhar para Hazel.

— O que estou fazendo aqui? — perguntou ele, baixinho.

— Jack. Sou eu. Estou aqui. Senti muito sua falta — disse ela, ouvindo as próprias palavras conforme saíam de sua boca, que pareciam banais e inexpressivas.

— Preciso voltar ao navio. Foi muito bom vê-la de novo, Hazel. — Ele disse o nome dela como se fosse uma oração.

Não.

Ela não poderia deixar apenas que ele partisse.

Deveria haver algo mais que pudesse fazer. Pensar que Jack sairia de sua vida e desaparecia de novo era o equivalente a uma adaga, a um golpe de faca, a uma ferida no coração que sutura alguma jamais poderia dar jeito.

Devia haver algo que Hazel estava esquecendo. Jack não estava olhando para ela. Em vez disso, o rapaz estava se dirigindo à porta. Ela foi atrás dele.

— O que vai fazer, então? — questionou Hazel. — Aonde vai? Quais são seus planos para o futuro?

— Acho que vou fazer, sim, uma viagem com o *Iphigenia* — respondeu Jack, cabisbaixo. — Ganhar algum dinheiro. Construir uma reputação. Então não posso contar a você aonde vou. Primeiro, porque não sei ao certo. E, segundo, porque, se você soubesse, é tão teimosa que creio que tentaria me encontrar.

— O *Iphigenia* vai demorar a partir?

— Deve navegar para a costa ocidental em primeiro de setembro.

— Setembro — repetiu Hazel. — Já é alguma coisa...

Então, de repente, ela soube o que fazer.

— Jack! Hoje à noite!

Ele hesitou, confuso, no batente.

Hazel piscou para conter a euforia de sua ideia genial.

— Quer dizer — continuou ela —, *hoje à noite*, venha comigo. Há pessoas *como você*. Imortais. Uma sociedade chamada os Companheiros à Morte. Eles são brilhantes, Jack. Químicos e escritores brilhantes, e... não é uma "maldição", e eles vão provar isso a você!

A garota não conseguiu acreditar que não havia pensado naquilo antes.

Eles conheceriam Jack e o adorariam. E Jack veria que não precisava ficar sozinho para sempre.

Ele inclinou a cabeça e ergueu uma mão para ajeitar o cabelo. Hazel tinha visto aquele gesto centenas de vezes. Era uma mania de Jack, e nunca surtia qualquer efeito em deixar seu cabelo mais arrumado. O coração dela saltou ao ver o hábito dele de novo, naquele momento, ali.

— Não sei se um lugar como esse é bom para mim. Sociedade chique com um nome chique.

— Eles vão adorar você — argumentou Hazel. — Você é *imortal*. Tomou a tintura! Você já é um deles.

Jack não pareceu convencido, mas também não foi embora.

— Não costumo socializar com muitos químicos.

Hazel sorriu.

— Cirurgiã não é muito diferente de químico. E nos damos bem, não?

Pela primeira vez desde que Hazel tinha voltado à sala de estar, Jack sorriu para ela.

— É — disse ele. — Acho que nos damos bem.

Eles hesitaram por um momento, dois olhos castanhos olhando no fundo de um olho cinza azulado.

— Eu preciso mesmo voltar ao navio — declarou Jack, por fim. — Antes que o contramestre mande me açoitarem por abandonar meu posto.

— Você sabe onde fica Seven Dials?

— Posso descobrir.

— Então me encontre lá hoje à noite — sugeriu Hazel. — Vamos juntos. Vou apresentar você.

— Que horas?

— Oito?

— Certo, então — concordou Jack. — Vou encontrá-la mais tarde.

— Não fuja de mim de novo. Estou falando sério. Prometa.

Jack vestiu o casaco e colocou o chapéu na cabeça.

— Posso sobreviver a um enforcamento, a uma punhalada, a um naufrágio e à fome — disse ele. — E nem assim me atreveria a cometer a tolice de contrariar Hazel Sinnett.

Ele chegou cedo e esperou na esquina perto de Seven Dials antes que os sinos da igreja ressoassem oito vezes. Vê-lo ali sem que ele soubesse, *em carne e osso*, passando o peso de uma perna à outra, cumprimentando os lojistas que fechavam as portas e rumavam para casa, fez Hazel sorrir.

— Você veio — observou ela.

— Eu disse que viria — retrucou ele, e sorriu, mas a expressão não chegou a seus olhos.

— Venha.

Hazel pegou Jack pelo cotovelo e o guiou na direção da portinha escondida sob a plaqueta de madeira com um cérebro gravado.

— Você anda dando muitas topadas nas coisas? — perguntou Hazel depois de bater à porta. — Com apenas um olho, digo.

— Não. Eu me acostumei mais rápido do que imaginava. Cambaleio um pouco ao descer a escada se estiver escuro, mas, fora isso, não sei. Não penso muito a respeito.

— Acho que você fica um tanto charmoso assim. Como um herói de capa e espada.

— Acha mesmo? Admito que ficou mais fácil dar uma piscadinha — brincou Jack, e seu sorriso pareceu sincero dessa vez.

Se ao menos..., pensou Hazel, *se ao menos ela pudesse passar o resto da vida tentando fazer Jack Currer sorrir.*

O salão não estava muito ocupado naquela noite. Byron estava fumando um cachimbo perto da lareira, com um homem de colete xadrez que Hazel não reconheceu, e a sra. Thire,

Marie-Anne e Banneker jogavam baralho à mesa. Todos se levantaram quando Hazel e Jack entraram.

— Srta. Sinnett — disse Marie-Anne, os olhos arregalados de surpresa. — A senhorita trouxe... um acompanhante.

— Ela sabe que o Companheiros à Morte é apenas para convidados, não? — perguntou Byron sem sair da poltrona. — Isto é uma *sociedade*, não um parque público.

— Eu sei — garantiu Hazel, depressa. — Esse é Jack... Jack Ellis. Ele é... como vocês. Tomou a tintura em Edimburgo. A substância era do dr. Beecham.

Todos encararam, boquiabertos. Foi a primeira vez que Hazel tinha visto uma expressão surpresa no rosto de Marie-Anne Lavoisier. Mas, quase no mesmo instante, a mulher se recompôs.

— Bem... — disse a francesa. — Nesse caso, fico feliz que o tenha trazido até nós. Sr. Ellis, há quanto tempo está... em seu estado atual?

— Imortal, a senhora quer dizer? — perguntou Jack.

Marie-Anne se eriçou diante da franqueza do rapaz.

— Desde o inverno passado, creio eu — respondeu ele. — Senti como gelo e fogo em minhas veias ao mesmo tempo. E então... — continuou, antes de afastar a gola da camisa para exibir as marcas da corda no pescoço — ... sobrevivi a um enforcamento.

Todos os membros dos Companheiros à Morte estudavam Jack como se ele fosse um animal que havia entrado ali, vindo da rua.

— Fascinante — comentou a sra. Thire, sarcástica.

— Então estão deixando ladrões de cavalos se tornarem imortais agora, é isso? — criticou Byron. Ele se virou para o homem com quem estivera conversando antes. — Brown, perdoe-me por ter votado contra seu amiguinho na outra semana. Está evidente que nosso nível baixou e esqueceram de me avisar.

— Não foi roubo de cavalos — interveio Jack. — Foi assassinato.

Byron arqueou uma sobrancelha.

— Mas eu era inocente! — apressou-se em acrescentar.

Byron sorriu com ironia e se dirigiu a Brown:

— Como está seu amigo, aliás?

Brown desviou a atenção de Jack, concentrou-se em Byron e se ajeitou, cruzando as pernas.

— Conseguimos levantar fundos suficientes para mandá-lo para Roma. Com sorte, ele vai recuperar a saúde lá.

— Ou não — retrucou Byron. — O melhor que pode acontecer a um poeta é morrer jovem, sempre achei isso. Não deixar o... como ele se chamava mesmo? *John Keats*... entrar para os Companheiros à Morte será uma bênção, Brown, escute o que digo.

O outro homem apenas tomou um gole de chá.

Marie-Anne se aproximou de Jack com apreensão, e Jack, sentindo que deveria fazer algo, fez uma reverência. Hazel corou e desviou os olhos. Tinha sido uma reverência desajeitada, formal e deselegante demais ao mesmo tempo.

— Jack Ellis, madame — apresentou-se ele.

— Marie-Anne Lavoisier. Por favor, sente-se para tomar um chá. Srta. Sinnett, queria saber se posso lhe pedir um reparo rápido em meu ombro. Os músculos parecem estar se desgastando.

— É lógico — concordou Hazel.

— Fique à vontade, sr. Ellis — disse Marie-Anne. — Vamos subir apenas por um momento.

Hazel lançou uma expressão de quem pede desculpas para Jack e seguiu Marie-Anne até o laboratório. Jack estava em pé, sem saber onde se sentar para tomar o chá. Ele não tinha vestido seu único casaco elegante: estava com uma camisa branca desfiada e calça de montaria e, cercado pelas pinturas a óleo e pela opulência à luz de velas dos Companheiros à Morte, parecia mais deslocado do que nunca. Para Hazel, a cena lhe remetia à imagem de um cão de rua, o pelo desgrenhado e ralo, sentado em uma almofada de brocado.

Ele lançou um olhar silencioso a Hazel, como se garantisse que ficaria bem, e Hazel desapareceu a caminho do laboratório para realizar a cirurgia de Marie-Anne.

Antoine já estava por lá, mexendo em um tubo de vidro que era aquecido por uma chama alta.

— Boa noite, *monsieur* Lavoisier — cumprimentou-o Hazel.

Ele sorriu em resposta.

Marie-Anne tirou o casaco e começou a desatar a renda nas costas do vestido.

— É o braço esquerdo — informou a Hazel. — Já consigo sentir que está se soltando.

— Sem problema. Vou costurá-lo de volta em um segundo.

Marie-Anne tinha razão: o braço estava frouxo. Se ela tivesse demorado mais alguns dias para pedir ajuda, ele poderia ter se soltado do ombro. Era possível ver o músculo rosa onde a carne tinha sido completamente rasgada, mas já havia tanto tecido cicatricial lá que a ferida mal sangrava.

— Desgaste — comentou Marie-Anne, reflexiva, enquanto se crispava de dor. — Esse é o preço de um corpo que dura mais do que deveria.

— A senhora já considerou uma forma de... reverter a tintura? — questionou Hazel, tentando manter uma leveza na voz.

Marie-Anne a encarou.

— Não. É óbvio que não. Por quê?

— Quer dizer, apenas como uma hipótese acadêmica — retrucou a garota. — É possível fazer isso?

Hazel conseguia sentir os olhos de Antoine focados nela, que terminava de passar a agulha cirúrgica.

— Não — disse Marie-Anne. — Não é.

Hazel terminou de dar pontos no braço dela, e Marie-Anne fez alguns círculos com o ombro para experimentar a sensação do movimento.

— Você fez um trabalho maravilhoso — murmurou ela. — O melhor que tivemos desde que esse exercício todo começou. Não concorda, Antoine?

Antoine ergueu um copo de líquido laranja vivo para confirmar.

— Agora — disse Marie-Anne, voltando a vestir o casaco —, vamos voltar a seu amigo?

No andar debaixo, Jack estava sentado ao lado de Lord Byron e seu amigo, Brown.

— Posso me juntar aos senhores? — perguntou Hazel, sentando-se em uma cadeira vazia ao lado de Jack.

Brown e Byron se levantaram enquanto Hazel se sentava, um gesto involuntário das regras de etiqueta. Jack se atrapalhou para sair de sua cadeira a tempo.

— Não sei se já fomos apresentados — disse Brown, voltando a seu assento. — Charles Armitage Brown.

— Hazel Sinnett. Encantada.

— Ouvi dizer que é uma excelente cirurgiã. Ando tendo problemas com minha bexiga nos últimos tempos… *urina preta*. E um fedor horrendo. Posso lhe pedir para verificar isso, digamos, na semana que vem? Gostaria de estar completamente adormecido. Com todo o *ethereum* que puder usar.

— Como ela pode ajudar a sua *urina*? — questionou Jack, com um leve horror.

— Deve ser algum problema na bexiga — comentou Hazel. — Eu teria o maior prazer em dar uma olhada. Aliás, acabei há pouco de escrever um capítulo do meu livro sobre a bexiga.

— Não um livro de poesia, espero eu — retrucou Byron, com a boca dentro do copo.

— É um tratado sobre anatomia e medicina — explicou Hazel. — Mas como um manual para uso doméstico, simples o bastante para que até homens e mulheres que não cursaram a universidade possam aprender.

— Acho uma ideia maravilhosa — elogiou Jack.

— Você sabe ler, Jack? — indagou Byron.

— Sim. Sei.

Hazel olhou feio para Byron, que voltou a atenção para seu uísque.

— Acho que o tratado parece maravilhoso — retomou Charles Brown. — Inclusive, tenho *vários* amigos no mercado editorial de Londres que acho que podem considerá-lo muito interessante. Se quiser ser apresentada...

— Sim! — respondeu Hazel, sem conseguir conter o entusiasmo. — Sr. Brown, seria maravilhoso. Muito obrigada. Está quase terminado. Estou apenas finalizando algumas últimas anotações.

— Meu bom amigo Thomas Clout poderia ser uma ótima opção, se quiser publicar. Ele está sempre procurando por esse tipo de coisa. Vou dar uma averiguada...

— Acho que vou precisar que você dê uma olhada neste pé, Sinnett — interrompeu Byron, alto. — Está melhor, mas ainda não está no lugar *certo*. Não quero andar mancando.

— Se você fosse *menos* vaidoso, Byron — interveio Brown —, acho que seria um poeta muito melhor.

Byron deu um suspiro dramático.

— O único motivo pelo qual *sou* um bom poeta é porque sou vaidoso. Se não consigo ser ainda mais belo, posso tornar minhas palavras mais atraentes.

Brown revirou os olhos.

— Lembro agora por que venho tão raramente de Heath a Londres. Sua companhia é melhor em pequenas doses.

Byron arqueou as sobrancelhas e provocou:

— Não é isso o que sua esposa pensa.

O nariz de Brown ficou vermelho.

— Não sou casado! — exclamou ele.

Embora ele e Byron se encarassem por um momento em desafio, um segundo depois, os dois desataram a rir.

Hazel riu também, até Jack entreabriu um sorriso.

Vários copos depois, a conversa passou à política. Banneker e o sr. Lewis estavam jogando dardos por perto, ouvindo com atenção.

— O príncipe regente também era um Whig — lembrou Brown. — Quer dizer, até se tornar regente.

— É lógico — concordou Byron. — Ele era a favor do poder do povo, do Parlamento, *contra* o governo antiquado de um monarca, até *ele* se tornar o monarca. É aquela mesma história de sempre: eles são liberais até ficarem velhos, ricos e amedrontados.

— Bem observado — concordou o sr. Lewis no balcão, onde estava se servindo de um grande copo de líquido marrom.

— Pensávamos que o príncipe seria mais fácil de controlar porque ele é, bem... um idiota — disse Byron. — Mas ao que parece a verdadeira estupidez é *acreditar* que, no fundo, se é brilhante.

— Aquela última amante tinha sido uma boa influência sobre ele — acrescentou Brown. — A católica. Ao menos ela tinha certo bom senso.

— Quanto antes Charlotte se tornar rainha, melhor — opinou Byron, em seguida virando o copo. — Então teremos uma verdadeira chance de mudança.

— Será que a história não vai se repetir? — perguntou Jack.

Byron e Brown o encararam, como se tivessem acabado de se lembrar da presença dele.

— Ela é uma Whig agora, certo? — continuou Jack. — Mas, assim que subir ao trono, quem sabe ela não se torna uma Tóri como o pai?

Os dois homens o encararam ainda mais.

— Como o senhor se chama mesmo? — indagou Byron, sem expressão.

— Ellis. Jack Ellis.

— Estudou política em Cambridge, Jack Ellis? Ou foi em Oxford?

— Byron, não seja cruel com o garoto — murmurou Banneker perto do alvo de dardos.

— Não, não, estou curioso de verdade! Deixe-me adivinhar: King's College, Oxford! Conheci muitos escoceses que estudaram lá.

— Não fui à universidade — disse Jack.

Byron fez uma careta zombeteira de surpresa.

— No entanto — continuou Byron —, é óbvio que temos um estudioso político entre nós. Diga-me, Ellis, o senhor leu algum dos poemas de Keats? Nosso amigo Charles Brown aqui tentou fazer com que ele fosse admitido em nosso clubinho, mas votamos contra ele. Você tem alguma opinião sobre como ele emprega metáforas? Como recorre a imagens? Para ser sincero, acho o trabalho dele um pouco banal, mas Brown discorda. Dê o seu voto de minerva.

— Não li esse autor — admitiu Jack.

— Uma pena — lamentou-se Byron.

— Diga-me — interveio Hazel, mais alto do que pretendia. — Foi em Cambridge que lhe ensinaram bons modos, então, Lord Byron?

Byron revirou os olhos.

— Só estou tentando entender o que Beecham viu nele — retrucou o poeta. — De que forma o rapaz estava contribuindo para a humanidade que era tão importante que sua ajuda fosse eternizada.

— Não foi ele — comentou Jack. — Quer dizer, ele deu o frasco daquilo para Hazel. Ela o deu para mim.

— Ah! — exclamou Byron, com uma cadência jocosa na voz. — Agora entendi. A cirurgiã *brilhante* que se *apaixonou* por um criminoso! Encantador!

— Já chega, Byron — declarou Brown.

Byron sorriu e voltou se servir de uma garrafa a seu lado.

— Se você diz, Charles. Algum de vocês leu o obituário de Beecham? Fiquei pensando se ele próprio o escreveu, era tão bajulador.

— Beecham morreu? — indagou Jack. — Quando? *Como?* Como ele morreu?

Byron riu, mas, antes que pudesse responder alguma coisa, Hazel replicou:

— Dizem que morreu. Mas, como ele também tomou a tintura, deve estar só esperando o momento certo para assumir outra identidade.

— Sabemos quem ele é desta vez? — questionou Banneker. — Alguém ainda está em contato com ele?

— Não — respondeu Marie-Anne. — Mas devo dizer que isso não importa.

Jack pigarreou.

— Bom — disse ele —, se nenhum de vocês sabe quem ele está fingindo ser agora, como sabem que não está morto de verdade dessa vez? Que não encontrou uma forma de acabar com isso de vez?

Os outros ficaram em silêncio. O crepitar das velas era o único som, até Marie-Anne dar um passo para a frente.

— Sr. Ellis... — começou ela. — Passei décadas desvendando os preciosos segredos da animação humana e formulando a tintura para preservar a vida. Ela desafia o envelhecimento, a perda de sangue. Pode fazer efeito em caso de enforcamento e de decapitação. Eu poderia abrir sua barriga e retirar seus órgãos um a um e, embora você se contorcesse de agonia e as funções normais de seu corpo deixassem de existir, a faísca eterna e sagrada de sua existência jamais se apagaria.

Jack ajeitou o tapa-olho.

— Se existe uma... Tintura ou seja lá o que for capaz de fazer alguém viver para sempre, não vejo por que Beecham não seria capaz de criar outra que o tornaria humano de novo — respondeu.

Marie-Anne sorriu, não um sorriso cruel, mas tampouco gentil.

— Imagino, sr. Ellis, que não tenha lido a descoberta de 1789 de meu marido, Antoine, de que a massa não pode ser nem criada nem destruída por reações químicas. Perdoe-me pela réplica complacente, mas o assunto é um pouco mais complexo do que uma alavanca que pode ser ligada e desligada à vontade.

Ela ergueu uma taça de vinho e a girou em sua mão. Marie-Anne entornou o vinho restante em um vaso de flores e, então, sem avisar, derrubou no chão a taça, que se estilhaçou em mil pedaços.

— Em teoria, podemos encontrar cada um dos cacos e voltar a colá-los da exata forma como os encontramos, e voltaríamos a ter uma taça capaz de conter vinho. Mas não seria a mesma taça, seria? Não. Alguns pedaços se perderam para sempre, pequenos demais para serem vistos pelo olho humano — explicou ela, pisando nos cacos de vidro com um barulho arrepiante. — Parte do vidro já se tornou pó. E parte do que estava mantendo o vidro unido se tornou outra coisa muito diferente. Calor. O som do impacto da queda. O vidro, sr. Ellis, *se foi*. Não se pode apenas voltar a colar os cacos.

— Pessoas não são taças de vinho — rebateu Jack, baixinho.

— O senhor está certo — concordou Marie-Anne. — São muito mais complicadas.

Hazel estava ardendo de humilhação, mas não tinha certeza se era por Jack ou pelos Companheiros à Morte. Os desdobramentos da noite tinham tomado o rumo de uma carruagem desenfreada, e os cavalos corriam rápidos e incontroláveis demais para Hazel saber como fazer com que voltassem a trotar na estrada.

— Mas ele tem razão, não tem? — provocou Hazel, sua voz soando estranha a seus próprios ouvidos. — Não sabíamos que a imortalidade sequer seria possível até a senhora, *monsieur* Lavoisier e o dr. Beecham a alcançarem. Nenhum de vocês teve notícias do dr. Beecham. Nenhum de nós sabe aonde ele foi caso tenha decidido se reinventar. Talvez ele tenha, *sim*, morrido. Ele me deixou uma herança, pelo amor de Deus. Por um advogado e tudo. Talvez Beecham tenha, *sim*, encontrado uma forma de desfazer a tintura, e eu e os senhores só não conseguimos entender como.

— Quanto ele deixou a você? — perguntou Byron.

— Deciframos os segredos da vida, srta. Sinnett — garantiu Marie-Anne, tensa, ignorando Byron. — Embora possamos continuar a trabalhar classificando e medindo o mundo, a natureza dele em si já é conhecida. Foi decifrada. Uma pena para as gerações futuras, nesse sentido.

— Acho que discordo — declarou Hazel. — Quer dizer, não sei se isso *pode* ser feito, mas não acho que seja certo supor que não seja possível. Sem dúvida há coisas que ainda não sabemos.

A garota estava ciente de que todo o salão a encarava. Banneker estava com um dardo na mão que havia se esquecido de atirar.

— Ciência não é poesia — declarou Marie-Anne, firme.
— Em certo sentido, srta. Sinnett, é, *sim*, algo que pode ser conhecido.
— Por que alguém *gostaria* de reverter isso, afinal? — questionou Byron. — Deixar de ser um deus para voltar a ser um homem? Fazer isso de *propósito*?
— Para envelhecer com alguém? — sugeriu Jack, em voz baixa. — Para não continuar igual enquanto as pessoas que você ama mudam e morrem ao seu redor?
Antes que alguém pudesse responder, ele ficou de pé, empurrando a cadeira para trás.
— Com licença — disse Jack. — Obrigado por me receberem. Obrigado, srta. Sinnett, por me convidar.
Ele vestiu o casaco e saiu escada acima de volta à rua.
Hazel correu atrás dele.
— Você não pode continuar fazendo isso comigo! — gritou ela quando alcançaram a rua. — Não pode continuar fugindo de mim, Jack!
Estava escuro, mas lamparinas bruxuleavam ao longe, iluminando Jack quando ele se voltou para ela, com o olho arregalado. A expressão dele era tão apreensiva que, naquele instante, partiu o coração de Hazel.
— Não existe um futuro comigo, Hazel!
Ela tentou se forçar a sorrir, torcendo para que ele retribuísse o gesto e desse um rumo mais leve à conversa.
— Você é imortal — retorquiu ela. — Não há dúvida de que lhe resta futuro.
O rosto de Jack ficou rígido e impassivo. O azul tinha se esvaído de seu olho; estava frio e cinza.
— O que você vai fazer, ficar sem um tostão comigo? — perguntou ele. — Envelhecer enquanto continuo sendo... *nada* para sempre?

A mente de Hazel vacilou, tentando encontrar contra-argumentos.

— Você não é *nada*. Nunca foi um nada. Você está na Marinha Real!

Jack riu, quase um latido gélido.

— Um náufrago. Um ninguém.

— Não precisa ser assim. Você pode se alistar.

— Sem reputação — disse Jack. — Sem dinheiro. Sem nada para oferecer.

Hazel esticou os braços e pegou as mãos dele.

— Isso não importa, Jack — declarou ela, e, enquanto dizia as palavras, nem ela sabia se acreditava em si mesma.

Jack soltou as mãos dela e caminhou rumo ao fim do quarteirão, a uma esquina úmida onde um prédio de tijolos encardido estava com as janelas fechadas a tábuas. Quando Hazel conseguiu fazer com que ele se virasse, viu que ele estava chorando. O nariz dele tinha ficado com manchas vermelhas, e ele secou o olho bom com o punho.

Ele engoliu em seco.

— Você... a poção de Beecham, a tintura, seja lá o que for... você me deu vida, e sou grato por isso, Hazel, de verdade. Mas me escute... Passei muito tempo pensando nisso. Você precisa me escutar. Vou viver *para sempre*. Está me ouvindo? Não vou envelhecer. Vou precisar fugir para *sempre* e começar de novo a cada geração. Não tem como construirmos uma vida juntos enquanto você for mortal e eu for... amaldiçoado.

Alguém ao longe gritou. Houve o barulho de uma porta de carruagem sendo fechada, e mulheres cantando uma canção indecente.

— Não posso ficar com você agora, Hazel — continuou Jack. — Porque não vou aguentar ter que me despedir de você.

— Você não vai ter que se despedir de mim — rebateu Hazel, a voz estrangulada na garganta.

— Na verdade, em algum momento, vou ter que me despedir.

— E se existir uma forma de desfazer isso? — questionou Hazel. — E se Beecham a tiver encontrado, e houver uma forma de tornar você mortal outra vez?

Jack hesitou, as sobrancelhas se erguendo imperceptivelmente.

— Isso existe? — perguntou ele.

Hazel sentiu um aperto no coração.

— Não sei — admitiu ela, baixo.

— Eu rezaria por esse dia, Hazel Sinnett. Mas, até lá, toda vez que olho para você, sinto como se meu coração se despedaçasse cada vez mais. *Desista de mim*, Hazel. Faça com que eu seja apenas uma boa lembrança. Foi o que fiz com você há muito tempo.

Ele colocou as mãos nos bolsos e saiu andando.

— Você está sendo cruel! — gritou Hazel para as costas dele. — O Jack que conheci nunca foi cruel!

Jack não se virou e continuou andando, ficando menor e menor ao longe.

— O Jack que você conheceu morreu — disse ele, sem olhar para trás. — Pelo bem de todos, eu gostaria que ele permanecesse morto.

24

VERÃO TINHA se tornado escaldante, e Hazel sentia o suor se acumulando sob os braços e nas coxas sentada no quarto de Charlotte, lendo um livro enquanto Eliza bordava. A princesa Charlotte dava pedacinhos de bolo para a cachorra, Edwina, que arfava com a língua de fora, esparramada no chão como uma nuvem de tempestade derretida.

Tudo deixava Hazel descontente e desconfortável. Sua *chemise* estava se dobrando sob o espartilho. As mangas, justas demais no braço. Os pés estavam suando. O quarto era quente demais. (Charlotte tinha até permitido que a lareira não fosse acesa naquela manhã.)

Hazel quase havia achado que Jack apareceria a sua porta com um pedido de desculpa na manhã seguinte à discussão. Se perguntou se *ela* deveria ter ido ao navio em que ele estava dormindo e exigido... *alguma coisa* dele. Apenas continuar a conversa. O fato de que ele havia apenas a deixado para trás era exasperante. Fazia Hazel ficar tensa e ansiosa. Ela estava virando as páginas de seu livro com violência, como se o som cortante de cada folha fosse um comentário meticulosamente elaborado que estava dirigindo a Jack. Havia muito que ela *deveria* ter dito na noite anterior e, em vez disso, ele saíra andando e roubara dela a oportunidade de falar tudo. Naquela noite, antes de se deitar, ela tinha começado uma carta para Jack, mas, enquanto escrevia, ficava pensando em coisas diferentes que queria dizer e acabava riscando o que viera antes... até, por fim, Hazel estar olhando para uma página de pergaminho quase toda riscada. Depois de um tempo, ela havia queimado tudo o que escrevera e fitado o teto enquanto esperava o sono vir. Como ele tinha sido tão frio, ter falado com tanta certeza? Jack parecia tão disposto a abandoná-la.

Hazel ficou fumegando por dias, se remoendo, desconfortável, por todas as formas como a interação deles fora disparatada. E ainda estava quente lá fora.

— A senhorita está de mau humor — comentou Eliza para Hazel. — Mal falou uma palavra desde que chegou aqui.

— Não sei o que quer dizer — mentiu. — Estou perfeitamente bem. Estou apenas lendo.

— Você está, *sim*, irritada — disse Charlotte, se sentando. — Dá para ver. Mas não sei qual é sua justificativa. Se é para alguém aqui estar infeliz, essa pessoa sou eu.

Alguns dias antes, Charlotte havia finalmente aceitado se casar com Guilherme, príncipe hereditário de Orange. O príncipe regente ficara extasiado.

— Ao menos Vossa Alteza ainda pode passar o verão em casa — lembrou Eliza.

Charlotte deu um suspiro exagerado e fez carinho no pescoço de Edwina. Parte do acordo para se casar com Guilherme era que a cerimônia seria só em setembro, e ela teria permissão de continuar em Londres até lá. Depois que se casasse, Charlotte passaria metade de seu tempo na Holanda.

— Poderia ser pior — continuou Eliza. — Se Vossa Alteza der uma chance, o rapaz até que *é* muito bonzinho. Não se veste tão mal.

— Maravilha — retrucou Charlotte. — Que agradável será passar o resto da vida e me tornar mãe dos herdeiros de um homem que não se veste tão mal. — Ela suspirou antes de continuar: — Creio que nem todas temos a sorte no amor da nossa querida srta. Sinnett aqui.

Hazel tirou os olhos do livro.

— O que Vossa Alteza quer dizer com isso? — questionou ela, ríspida.

Charlotte sorriu, decidindo ignorar o tom de Hazel.

— Toda a alta sociedade está fofocando sobre seu pequeno flerte.

Em um instante, o suor de Hazel gelou.

Afinal, como as pessoas haviam descoberto sobre ela e Jack tão rápido assim?

— Não é nada de mais — garantiu Hazel. — Ele não está interessado em um futuro comigo.

— Sério? — insistiu Eliza. — Pelo que ouvi dizer, o doutor está enamorado. Ele estava quase babando em você no baile do regente.

Simon. Elas estão falando de Simon.

— Ah... — disse Hazel. — Não sei. Quer dizer, ele me deu flores, sim, mas...

— Ele lhe deu flores? — perguntou Eliza. — Ah, Hazel, quer dizer que ele está a dias de pedi-la em casamento. Todos sabem que os homens são assim.

— *Parabéns* — comemorou a princesa Charlotte. — Ele é alto. Rico. *Famoso*. E dizem que é brilhante, o que deve importar para a senhorita. Mas a altura dele é ótima. Significa que vão ter filhos altos.

— Ele é um bom partido — acrescentou Eliza. — Penelope Smythe passou a temporada toda de olho nele, mas ele mal deu atenção a ela.

— Apenas se lembre de não correr atrás dele — aconselhou Charlotte. — Os homens detestam mulheres que ficam correndo atrás. Gostam de mulheres que os *queiram*, mas que finjam não querer. Isso dá a eles uma impressão de dignidade por estarem caçando algo que valha a pena. Não há nada de impressionante em capturar um coelho que corre para os seus braços.

— As mulheres são coelhos nessa metáfora? — perguntou Hazel.

— Sim — responderam Eliza e Charlotte em uníssono.

— Enfim, não acho que ele vá me pedir em casamento — declarou Hazel, tentando voltar a atenção ao livro. — Poucos homens gostariam de ter uma esposa que trabalhe como cirurgiã.

Eliza e Charlotte contemplaram aquilo por um momento.

— Talvez isso não importe para ele — comentou Eliza com delicadeza. — As coisas são diferentes na Europa continental. Talvez haja médicas mulheres na Dinamarca.

— Suécia — corrigiu Hazel.

— Olhe só — disse Charlotte. — *Suécia*. Ela já está apaixonada, Eliza. Vamos reservar em nossas agendas uma data para um casamento no outono? Talvez eu possa adiar minha ida a Haia para depois da celebração. Agende para o mais tarde possível, Hazel. O que acha do Natal? Você não vai se casar na Escócia, vai?

— Não vou me casar em lugar algum, Vossa Alteza — garantiu Hazel.

Charlotte e Eliza trocaram um olhar irônico.

— Se você diz — retorquiu Charlotte. — Ah, um favor... você se importaria se fizéssemos a doença voltar por um tempinho? Na semana que vem meu pai vai ser o anfitrião de um evento que é "uma noite de música de Handel", e não consigo pensar em nada que eu gostaria menos de fazer do que me manter acordada tentando conversar com o conde de Liverpool.

— Também conhecido como conde da chatice — disse Eliza para seu bordado.

— Não sei se essa é necessariamente uma decisão sábia, Vossa Alteza — argumentou Hazel.

— *Por favooor*? Não vou *deixar* de me casar com o príncipe de Orange. Vou fazer direitinho o que meu pai deseja. Só vou passar uma das minhas últimas noites de liberdade em casa.

Conforme Charlotte falava, Edwina saltou do seu colo para a mesa de cabeceira, onde havia um prato sofisticado de porcelana com o restante de um pedaço de bolo. A cachorrinha o apanhou com a boca e correu para debaixo da cama. Charlotte ou não notou ou não se importou.

— Talvez possamos dizer a seu pai que Vossa Alteza está sofrendo com uma dor de cabeça — considerou Hazel. Involuntariamente, ela sentiu o mau humor passar com a perspectiva de ajudar Charlotte. — E dor de estômago. E, como queremos que esteja bem para viajar no outono, por precaução, vou recomendar repouso.

— *Obrigada!* — exclamou Charlotte. — Agora, anime-se, está bem? Essa careta triste está tornando esse dia ainda mais desagradável.

Estava mais fresco na enfermaria de Kew, e Hazel expirou profundamente ao chegar, pronta para passar a noite terminando — *finalmente, quase acabando!* — seu tratado. Charles Brown tinha enviado uma carta ao amigo da editora, que logo respondera com enorme interesse e um pedido de que Hazel lhe enviasse um trecho o quanto antes.

O tratado em si estava quase completo: além de catalogar de forma meticulosa uma grande variedade das doenças mais comuns e seus tratamentos, Hazel incluíra diagramas de todas as partes internas do corpo humano. Musculatura, sistema circulatório, nervos e órgãos. Todos se uniam, parte por parte, para criar algo maior do que a soma de suas partes.

Como era peculiar, pensara ela certa tarde, enquanto desenhava o estômago, que a maioria das pessoas passava a vida toda sem entender o que acontecia debaixo da própria pele. Eram *tão poucas* as pessoas que podiam assistir a aulas de anatomia ou conseguir cadáveres para dissecar... E, mesmo se tivessem acesso a essas coisas, pensou Hazel, ainda menos gente tinha os recursos necessários para entender de fato o que estava vendo. Ela tentou tornar seus diagramas o mais elucidativos possível, para que alguém sem nenhuma educação formal ou experiência pudesse conseguir entender o que ela sabia: que o corpo humano era um milagre, complicado e simples ao mesmo tempo, uma máquina estranha que desafiava a compreensão, mas que, tendo-se paciência para estudá-la, ela revelaria sua lógica estranha.

Hazel havia terminado o último desenho, o pé, depois de recosturar o de Lord Byron ao tornozelo dele no outro dia. O pé estava podre, a pele acinzentada e as articulações duras e nodosas.

— Consigo impedir que... sabe... que caia — explicara Hazel, costurando o pé de volta no lugar. — Mas não sei se consigo fazer o sangue voltar a correr para os dedos.

Marie-Anne estava perto, examinando um gás roxo se expandir e girar em um tubo de vidro.

— Um pouco da tintura diluída vai ajudar — opinara ela, entregando um pequeno frasco a Hazel.

Como Marie-Anne prometera, assim que Hazel acrescentara algumas poucas gotas do líquido na incisão, o pé do poeta voltou a recuperar cor.

— Fantástico! — exclamara Hazel. — Simplesmente genial.

Ela ainda não conseguia se habituar *àquilo*; era diferente de toda ciência que já vira. Marie-Anne abrira um sorriso humilde.

— Mais uma coisa — acrescentara Hazel —, graças a esse reimplante, vou conseguir completar uma representação do osso do tornozelo para o meu tratado.

Byron estava fazendo círculos com o pé recém-implantado.

— Que bom para você — dissera ele, sarcástico. — Estou muito feliz em ajudar.

— Estou *mesmo* feliz pela senhorita — comentara Marie-Anne. — Completar sua primeira obra, que será publicada… é uma grande conquista. A primeira de muitas, imagino eu. Já pensou com que nome vai assinar?

Hazel voltara a enrolar seus equipamentos cirúrgicos na lona e, ao ouvir aquilo, erguera a cabeça.

— O que quer dizer? Pensei… quer dizer, imaginei que seria com meu nome. Hazel Sinnett.

Marie-Anne parecera um pouco triste.

— Ainda não é considerado apropriado para uma mulher publicar com *o próprio nome*. Em especial ao se tratar de um trabalho de ciência. Até romances! A coitada da Jane ainda está publicando como "Uma dama".

— Jane?

Marie-Anne ignorara a pergunta com um gesto da mão.

— Durante boa parte de minha pesquisa — dissera ela —, trabalhei com meu marido. Conduzi os experimentos, fiz as medições, até tive as ideias. Nossa pesquisa está publicada sob um único nome. O dele.

Hazel tentou relembrar os artigos que tinha lido dos Lavoisier. Ela sempre soube que os dois haviam trabalhado juntos, mas todas as obras publicadas foram creditadas a Antoine.

— Sempre presumi…

— É óbvio — dissera Marie-Anne, calma. — Todos presumem. Parte do sacrifício de ser uma mulher que quer contribuir com algo para o mundo é entender que, às vezes, para conseguir transmitir a mensagem, é preciso o mensageiro correto. As pessoas estão mais dispostas a aceitar a ideias novas vindas de um homem. É simples. E lamentável.

— Mas… — começara Hazel. — A senhora não quer *crédito*? Não quer que o mundo saiba o que *você* inventou?

— É claro. Parte de mim quer. Parte de mim quer ser celebrada. Parte de mim quer todos os prêmios, todas as nomeações reais, todas as homenagens em universidades que Antoine recebeu por nosso trabalho conjunto. Mas isso é vaidade, orgulho. E, o mais importante, para mim, *é* que nosso trabalho seja divulgado. Que estamos mudando o mundo. O bem maior *é* mais importante que meu orgulho, creio eu. E, no fim, foi Antoine quem acabou decapitado na guilhotina quando o povo francês se rebelou em sua raiva e sua violência confusa pelo poder. Sempre há mulheres nos bastidores, mexendo os pauzinhos, Hazel. Podemos ser invisíveis para a história, mas também sobrevivemos.

As palavras de Marie-Anne se repetiam sem parar na mente de Hazel, que estava sentada à bancada em Kew, fazendo os ajustes e edições finais no manuscrito. A folha de rosto dizia UMA OBRA DE HAZEL SINNETT, mas a pena pairava acima do seu nome. Ela tinha feito todo o trabalho. Ela *queria* ser creditada. Mas talvez Marie-Anne estivesse certa. O objetivo de Hazel não era se enaltecer, era ajudar o máximo de pessoas possível. Independentemente da qualidade da escrita ou da dedicação dela para garantir que os diagramas fossem explicativos e detalhados, era verdade: se um nome de homem estivesse na capa, mais gente compraria o livro. Mais gente leria o tratado e confiaria nele.

Da ponta de sua pena, uma gota de tinta caiu bem ao lado do H de Hazel. Bem naquele momento, ela sentiu uma mudança no ar da enfermaria.

— Desculpe — disse uma voz atrás dela. — Estou atrapalhando?

Era Simon. Ainda cansado, mas, ao mesmo tempo, como Hazel tinha que admitir, muito bonito com um terno bem passado, o cabelo penteado e a bainha da calça dentro das botas altas. Ele carregava uma caixa grande nos braços.

— De modo algum — disse Hazel. — Já estava terminando. Além disso, a enfermaria é sua.

— Gosto de pensar nela como nossa. Admito que, mesmo quando a senhorita não está aqui, aprecio ver suas anotações e seus papéis na bancada. Cuidar do rei é um trabalho solitário; é bom imaginar que nem sempre estou sozinho. Que trabalhamos lado a lado.

Hazel sorriu. A questão da autoria poderia esperar outro dia.

— Terminei, sabe? — comentou ela, estendendo a pilha pesada de pergaminho na bancada e alisando as bordas.

De alguma forma, seu tratado crescera e atingira centenas de páginas. Hazel sabia que, mesmo que seu nome não estivesse na edição, ela estava, *sim,* orgulhosa. Era a primeira vez que dizia em voz alta que tinha terminado, e notou, ao dizer, que estava feliz por compartilhar aquilo com Simon.

— Que incrível — elogiou ele, o sotaque destacando os sons vocálicos.

Ele apoiou a caixa que segurava ao lado de Hazel na bancada e inclinou a cabeça para ler a folha de rosto. Hazel conseguia sentir o hálito dele no pescoço.

— Que conquista. Você vai publicar, então?

Hazel assentiu.

— Estava contemplando agora mesmo se vou usar meu nome verdadeiro.

Simon pareceu confuso.

— A senhorita tem outro nome?

— Não. Eu me refiro a se vou usar meu nome porque sou mulher. As pessoas estariam mais dispostas a aceitar um texto médico escrito por um homem.

Simon bufou.

— Quem se importa? Foi a senhorita escreveu, não foi?

— Foi — disse Hazel. — Fui eu que escrevi. Mas não tenho certeza de que seja tão simples assim.

Simon deu de ombros.

— Vou ler seu tratado. Na verdade, mal posso esperar para lê-lo. Tem um capítulo sobre loucura? Receio que meus tratamentos não sejam mais eficazes. A essa altura, tudo que estamos fazendo é deixar o rei confortável. — Simon lançou um olhar conspiratório a Hazel antes de continuar, sarcástico: — O príncipe parece ter abandonado qualquer esperança de que o pai ficará bem de novo. E, como a senhorita deve imaginar, ele está com o coração partido pela situação.

— *É verdade.* Ele deve *odiar* estar atuando como monarca. Governando o reino. Gastando a seu bel-prazer.

Os dois trocaram um brevíssimo momento de inofensiva traição ao reino antes de Hazel recuar.

— Infelizmente, o capítulo sobre loucura é um pouco limitado — admitiu ela. — Mas quais são os sintomas? Talvez eu possa lhe oferecer uma nova perspectiva.

— Balbucios. Balbucios constantes. Esquece onde está. *Quem* é. Quando não está falando, está dormindo. Às vezes, se queixa de dor de cabeça.

— Febre? — perguntou Hazel.

— Quase nunca.

— E a urina?

— De uma cor estranha. Às vezes escura, às vezes com sangue.

— Hmm — disse Hazel. — Ainda acho que parece envenenamento, mas...

— Impossível. Comecei a supervisionar a alimentação dele pessoalmente. Comemos as mesmas refeições, dos mesmos pratos às vezes. Não é veneno. É só algo que nunca vi antes.

— Ainda existem mistérios, então — declarou Hazel.

— Sem dúvida.

Hazel voltou a atenção para a caixa que Simon depositara na mesa.

— A caixa é para quê? É um presente para mim? — zombou ela.

Simon baixou os olhos para o pacote e piscou, como se tivesse se esquecido que o havia trazido.

— Ah. Sim, é.

Hazel o puxou pela mesa.

— Bom, nesse caso... — disse ela, abrindo a tampa.

A garota ofegou.

Dentro da caixa, estava a maleta médica mais bonita que Hazel jamais vira.

As fivelas eram reluzentes, o couro era preto e de uma maciez impecável. As mãos dela agiram por conta própria. Ela ficou de pé, tirou a maleta da caixa e segurou-a com delicadeza na altura do quadril, adorando o peso e o tamanho do objeto. Era *perfeita*: muito melhor do que a antiga maleta médica que fora tomada pelo bolor. Era requintada e devia ter sido incrivelmente cara.

— Não posso aceitar — anunciou Hazel, sabendo que deveria dizer isso, mas sem conseguir tirar os olhos da maleta.

Simon riu baixo.

— Na verdade, a senhorita precisa aceitar. É personalizada, vê? — replicou ele, abrindo a maleta para mostrar a Hazel que, perto da alça do outro lado, as letras *H.S.* estavam gravadas. —

Não sabia a inicial do seu nome do meio. Nem se você tem um nome do meio, para começo de conversa. Creio que nem todos tenham... Notei que a senhorita estava carregando seus instrumentos... bem, na verdade, meus instrumentos, em um pedaço de lona, e pensei que merecia uma maleta médica de verdade.

Hazel estava extasiada. Na mesma hora, desenrolou a lona esgarçada e começou a depositar seus equipamentos na maleta nova.

— É perfeita — disse ela. — Obrigada, dr. Ferris.

— Simon, por favor.

— Obrigada, Simon.

E, embora Hazel tenha imaginado Jack, a lembrança foi afastada de imediato pelo quanto ela queria beijar Simon von Ferris e pela indagação de como seria ele por baixo da roupa.

— Fiquei surpreso ao ver uma médica sem maleta — comentou Simon, trazendo Hazel de volta da fantasia.

— Ah. Eu tinha uma. Mas ela foi destruída quando foi enviada de Edimburgo para Londres. Foi encharcada em algum lugar do caminho e acabou coberta de mofo. O *cheiro* quando ela, enfim, chegou aqui... era terrível, como...

Hazel parou de falar. O cheiro de mofo era, *sim*, terrível. Era avassalador. Parecia se alojar na frente de seu cérebro, entre seus olhos. Permaneceu nas paredes do quarto mesmo após a maleta ter sido jogada fora.

Ela pegou o bisturi que tinha acabado de guardar.

— Preciso ir até o quarto do rei — declarou ela, já na direção da porta.

Simon a seguiu.

— Com um *bisturi*? Srta. Sinnett... Hazel!

— Confie em mim! — insistiu Hazel, virando no corredor.

As pernas de Simon eram duas vezes mais compridas que as dela, e ele a alcançou em poucos passos largos.

— É por aqui — indicou ele.

Como Hazel se lembrava, havia um calor opressivo no aposento, com o fogo ainda ardendo na lareira e as janelas fechadas para proteger da mais leve brisa. E o cheiro continuava avassalador, uma fetidez de sujeira humana e bolor. O rei George III era uma figura pequena e enrugada no centro da grande cama de dossel, usando uma roupa de dormir branca simples. Seus lábios estavam se mexendo, mas não saía som algum.

— Vossa Majestade — cumprimentou Hazel, apressada, antes de erguer o bisturi.

Dois guardas avançaram, mas Simon ergueu os braços.

— Deixem que ela trabalhe — declarou ele, apenas uma leve nota de medo transparecendo na voz.

Com a lâmina erguida, Hazel deu as costas para o rei e foi até uma das paredes. Uma das lindas paredes, com papel de parede intricado em um verde vívido. Com um único movimento confiante, ela cortou sua superfície (um dos guardas gritou) e deu um passo para trás.

A parede em si estava preta e verde, penugenta e úmida.

— Mofo — concluiu Hazel.

A garota arrancou um pedaço de papel de parede e o cheirou.

— Acha que usaram arsênio? — perguntou a Simon.

Ele esfregou o tecido entre os dedos.

— É possível — respondeu. — Mas não seria em uma quantidade significativa para causar envenenamento. A tinta à base de arsênio é inofensiva. É sempre usada em pigmentos.

Hazel apontou para a parede.

— O mofo... — argumentou ela. — A umidade. Podem estar permitindo que o arsênio impregne o ar.

Simon estava respirando depressa. Dava quase para Hazel sentir a mente dele em ação.

— Tirem o rei daqui — instruiu ele aos guardas. Quando hesitaram, ele gritou: — Agora!

Os homens não perderam tempo. O rei foi retirado da cama e guiado com cuidado para fora do quarto.

Simon e Hazel começaram a arrancar mais e mais pedaços do papel de parede. Os dois cobriram as bocas com as mangas. Simon abriu a janela. Uma brisa suave entrou como um suspiro no quarto. O cheiro de morte e putrefação começou a se dissipar.

— Não acredito! — exclamou Simon. — Não acredito!

— Pode não ser a única coisa que contribui para a condição do rei — admitiu Hazel, puxando uma grande faixa do papel de parede com um rasgo satisfatório.

— Bom, com certeza é alguma coisa — disse ele. — É alguma coisa.

E, ao revelarem mais e mais paredes da cor de machucados mal cicatrizados, Simon ficou repetindo:

— Não consigo acreditar.

Gaspar chegou à porta dos cômodos do rei, distraído por algum comunicado profissional nas mãos. Ele continuou andando, de cabeça baixa, até já estar no quarto, quando então ergueu os olhos, viu que Hazel e Simon haviam destruído os aposentos do rei, e parou embasbacado, boquiaberto como um peixe.

— Eu... eu... eu... srta. Sinnett! — chamou ele por fim. Ele encarou as paredes arruinadas e balbuciou mais algumas sílabas sem sentido antes de conseguir pronunciar uma frase completa: — Onde está o rei?

— Está tudo bem, meu amigo — tranquilizou Simon. — A srta. Sinnett descobriu que o mofo nas paredes estava tornando o arsênio do papel de parede venenoso. Ela salvou o rei.

Gaspar piscou, perplexo.

— Mas... mas os aposentos do rei... — começou ele.

— O rei não vai mais dormir neste quarto, entendido? — declarou Simon. — Na verdade, acho que não deve mais dormir em lugar algum deste palácio. Coloque-o em Buckingham, com a rainha. Mantenha as janelas abertas. Garanta que ele tenha muito ar fresco.

Por fim, Gaspar compreendeu a situação. Ele se apressou pelo corredor para encontrar o rei, segurando a peruca enquanto caminhava para que ela não caísse.

— Gaspar é um bom homem — comentou Simon, espanando as palmas das mãos para tirar a poeira. — Vai ajudar a cuidar bem do rei. Enquanto isso, creio que devemos celebrar. Tenho uma garrafa de vinho que um lorde ou outro me trouxe de Paris no ano passado que eu estava guardando para uma ocasião especial. Creio que esta possa ser classificada dessa forma.

Hazel pensou em se sentar diante de Simon, tomando uma taça de vinho e comemorando o dia memorável deles. Ela não conseguia se lembrar da última vez em que tinha ficado tão exultante, tão orgulhosa das próprias capacidades, de seu raciocínio, de seus instintos. Queria ser médica porque amava anatomia e o estudo da ciência natural, mas era uma sensação quase inexplicável, como chá quente com mel se assentando na barriga, perceber que não se tratava de um mero interesse: ela tinha um verdadeiro *talento*. Era *boa* naquilo. Qualificada para fazer o que sempre quis.

Ela se lembrou da sensação do ano anterior, do entusiasmo eufórico de comprar de Jack seu primeiro cadáver e saber que um novo universo se abria para ela. Pensar em Jack lhe trouxe um aperto no peito. Ela não devia nada a ele, não quando Simon estava bem ali, disposto a *estar* com ela, e Jack estava sabe Deus onde.

Simon a olhava com expectativa e, quando Hazel por fim respondeu, foi para dizer:

— Desculpe, mas hoje foi um dia longo. Acho que preciso descansar um pouco.

Ele pareceu desapontado.

— Então é melhor eu dar uma olhada em Gaspar e no rei.

Deu um beijo na mão dela e lhe desejou boa-noite antes de sair.

Hazel não estava cansada. Não sabia por que dissera aquilo. Talvez fosse por que, com a mesma certeza de que a morte é inevitável, ela sabia que, se tomasse uma garrafa de vinho com Simon, pensaria o tempo todo em Jack.

Ela decidiu ir a pé até seus aposentos. O sol estava se pondo, então decidiu pegar o caminho longo a fim de ver as luzes das ruas serem acesas.

Não estava cometendo um erro, assegurou-se. Os sentimentos que nutria por Simon eram uma distração, e passar mais tempo com ele só complicaria as coisas. No fim, ela se sentiria em relação a Simon o que sentia em relação a Jack no presente: estava preocupada, e infeliz, esperando que ele lhe escrevesse. Era melhor apenas desfrutar da noite sozinha, celebrar sua vitória com a saúde do rei George e por ter finalizado o tratado passeando à noite por Londres. Ela sentia falta de Edimburgo, dos penhascos e castelos românticos e das ruas sinuosas, mas, enquanto percorria Londres, admitiu a si mesma que a cidade tinha sua beleza. Era um lugar imenso, com ruas demais e vastos parques, mas, à noite, quando a luz se refletia nas construções de pedra e a chuva fazia os paralelepípedos cintilarem, Londres também era bela.

No meio da rua, Hazel viu olhinhos conhecidos a encararem.

— Ora, olá! O que está fazendo aqui? — perguntou ela.

Era Edwina, a pequena cachorrinha cinza da princesa, deitada de barriga para baixo como se a rua de paralelepípedos fosse seu travesseiro particular.

— Como chegou tão longe de casa?

Edwina não se opôs quando Hazel a pegou nos braços. Ela deu um latido contente e, quase de imediato, relaxou, inerte, de modo que Hazel pensou que estava carregando não uma cachorra, mas um regalo de pele.

Hazel conseguia ver a Casa Warwick cintilando ao longe graças à iluminação a gás de Pall Mall. Ainda havia lanternas acesas no andar de cima, no quarto da princesa. Ela estava acordada, quem sabe chamando por Edwina e a procurando sob a montanha de travesseiros de sua cama.

— Boa noite, Martin — disse Hazel ao lacaio que abriu a porta.

Ele viu a cachorra já adormecida nos braços de Hazel.

— A princesa deve estar procurando por ela! — exclamou ele.

As portas do quarto da princesa estavam fechadas, mas Hazel viu a luz pelo batente e ouviu movimento lá dentro. O som abafado parecia risos; pelo visto, Eliza também estava lá. Talvez elas estivessem jogando baralho e nem tivessem notado que Edwina havia fugido. Hazel tirou uma das mãos debaixo de Edwina e bateu com cuidado na porta.

— Vossa Alteza? — chamou ela. — Tenho algo para você.

Hazel deveria ter esperado pela resposta. Na verdade, nem deveria ter subido ao quarto da princesa. Deveria ter deixado a cachorra com o lacaio e continuado até onde estava hospedada. Mas, em vez disso, Hazel, ainda inebriada de entusiasmo pela vitória com Simon, apenas abriu a porta pensando em cumprimentar as amigas.

A princesa Charlotte e Eliza estavam no quarto. Ambas estavam na cama da princesa, os vestidos baixados à altura da cintura, os seios nus à mostra. Os braços de uma envolviam a outra e seus cabelos estavam soltos. Elas estavam se beijando.

Hazel ficou paralisada, e Edwina saltou de seus braços. A princesa e Eliza se viraram em sua direção.

— Encontrei Edwina. Na rua — explicou Hazel, piscando e desviando o olhar. — Desculpe. Eu só vou... embora agora.

Cobrindo os olhos, Hazel trombou nas portas duas vezes até conseguir sair para o corredor.

25

— ESPERE! HAZEL, ESPERE! Eliza estava correndo atrás dela. Ela havia subido o vestido, mas se atrapalhava para tentar calçar os sapatos enquanto estava em movimento.

— Hazel, volte!

— Desculpe! — gritou Hazel em resposta. — Finjam que nunca estive aqui! Que não vi nada.

Eliza era pequena, mas de uma rapidez surpreendente, e estendeu o braço para segurar Hazel pelo ombro.

— Está tudo bem. Tudo bem. Mas você precisa vir conversar conosco por um minuto.

— Sua Alteza Real vai mandar me decapitarem? — perguntou Hazel, brincando. Mas nem tanto.

— Talvez — respondeu Eliza.

Charlotte estava sentada cama, completamente vestida. (Edwina encontrava-se deitada e satisfeita em seu colo.)

— Por favor, sente-se — pediu a princesa.

Hazel obedeceu.

— Então... — começou Charlotte. — Por favor... por favor, não conte a ninguém sobre isso. Não é...

— ... nada — completou Eliza.

— Bom, não exatamente nada — disse Charlotte. — Mas, como dizem, não é nada que vá importar no fim das contas. Eliza vai se casar com Otto. Eu vou me casar com o príncipe de Orange.

A princesa falava como se estivesse tentando se convencer tanto quanto tentava convencer a Hazel.

Como Hazel não havia notado? *Era* óbvio. A princesa nunca tinha sido apaixonada por Friedrich August da Prússia nem por príncipe *algum*. Não era de se admirar que ela temesse a ideia de se casar; ela seria rifada a um homem e seria separada de Eliza.

Hazel tentou se lembrar de todas as interações que as três tiveram. Teria havido olhares? Flertes? Mais do que isso? Ela passara meses com as duas e não pensou por um único momento que a amizade delas pudesse ser de natureza romântica. Mas, naquele momento, parecia óbvio. Hazel se lembrou de toques demorados, de mãos suaves em braços nus. Ela estava tão focada em tratar a doença misteriosa que não tinha observado bem o todo.

— E então? — questionou Eliza, o maxilar tenso e os olhos estreitos. — Diga alguma coisa, Hazel.

— Não consigo acreditar que eu não tenha notado — comentou ela.

Charlotte e Eliza relaxaram visivelmente com aquela resposta. Talvez elas tivessem esperado asco ou raiva. Foi o que mais surpreendeu a Hazel, que as duas tivessem ficado, no momento em que foram descobertas e no silêncio que se seguiu, mais amedrontadas do que Hazel jamais as tinha visto.

— Não vou contar nada a ninguém — garantiu Hazel.

— Não que alguém fosse acreditar em você — disse Charlotte. — Mas boatos são um perigo hoje em dia. E imagine as ilustrações terríveis que fariam nos jornais. Imagine a reação de meu pai. O horror que seria a filha do príncipe regente estar apaixonada por uma mulher.

— Apaixonada? — repetiu Hazel. — Vocês estão... apaixonadas?

Charlotte e Eliza se entreolharam. As duas assentiram, um gesto quase imperceptível.

— Mas não importa — retrucou Eliza. — Vamos nos casar. A princesa vai cumprir seu dever. Pudemos nos amar por algum tempo, e isso já é mais do que a maioria pode ter.

— Pensei que você estivesse apaixonada por Friedrich August — admitiu Hazel.

Charlotte riu.

— Aquele idiota enfadonho?! Ah, bem, Hazel, então você me subestima.

— Não é culpa minha! — argumentou Hazel, rindo. — Você vivia olhando para ele, parecendo tão triste quando falavam sobre a partida dele.

A princesa a encarou e então olhou para baixo.

— Quando o príncipe Friedrich August da Prússia partir, seu primeiro-tenente também vai embora — explicou ela. — Assim como a noiva dele.

— Está tudo bem — disse a dama de companhia, consolando Charlotte.

O mundo pareceu se resumir somente *às duas*.

— Vamos nos escrever — continuou Eliza. — Sempre que for possível.

Charlotte escondeu o rosto na curva entre o pescoço e o ombro da amante.

— Sempre serei sua, Lottie — sussurrou Eliza. — Sempre sua, de mais ninguém.

— De mais ninguém — repetiu Charlotte, as palavras baixas, mas cheias de ternura. Então ela ergueu a cabeça, surpresa ao ver Hazel ali. — Bom, cá está você... — dirigiu-se a Hazel. — Agora você tem o diagnóstico completo. Sabe, você é mesmo uma boa médica, Hazel. Se eu estivesse de fato doente, gostaria de ter sido tratada por você.

Ela olhou para as duas, que estavam nos braços uma da outra com tanta naturalidade como se seus corpos fossem um *só*, tão à vontade e tão obviamente apaixonadas que Hazel se praguejou de novo por não ter notado.

— Você é a princesa de Gales — declarou Hazel. — A futura rainha da Inglaterra.

— É o que dizem.

— Certamente, *certamente*, se alguma mulher tem o poder de viver de maneira independente, sem precisar se casar e ter um marido, de ter a possibilidade de dividir um lar com a pessoa que ama... certamente, essa pessoa é você — argumentou Hazel.

— Rá! Muito pelo contrário, infelizmente. Sou a única mulher no país cujo futuro casamento e cujos futuros filhos são de interesse nacional. Minha união vai exigir a aprovação do monarca e do Parlamento. O Parlamento determina minha renda anual. Até minha *existência* está contida dentro da prisão de meu privilégio. Eu acordo, ando, sento e durmo a critério do país. Quanto menos eu for uma pessoa, melhor serei uma monarca. Sou uma marionete a quem mandam sorrir e acenar e usar roupas caras escolhidas por outros. Devo me casar com quem me mandam me casar, e devo ter filhos para o regente e o Parlamento criarem em meu lugar. Todas as decisões tomadas por mim, todos os atos de minha existência são ditados pelo Parlamento ou por meu marido e pelo parlamento do país *dele*. Devo me tornar cada vez menor, mais invisível, usando vestidos cada vez mais extravagantes e joias mais caras. Até que, um dia, deixarei de ser Charlotte, por completo.

A mão de Eliza estava sobre a da princesa, fazendo-lhe um carinho delicado.

— Você sempre será Charlotte — murmurou Eliza. — Talvez eu deva ir a um convento. Sair do país. Morar na casa de campo que você comprou para mim na Baváira e envelhecer como uma solteirona.

— Comprei aquela casa de campo para você como um presente de casamento adiantado — disse Charlotte. — Além disso, você seria infeliz longe da sociedade. Otto é bonzinho o bastante para ser um bom marido.

— Ele tem mau hálito. E lambe os polegares quando vira as páginas dos livros. Isso vai me enlouquecer.

— Você vai passar o mínimo de tempo possível com ele — retrucou Charlotte. — E, como uma mulher casada, vai dar festas esplêndidas.

A mente de Hazel estava a mil. Ela pensou em Jack Currer, e em Simon, e na maneira como Charlotte e Eliza estavam se olhando...

— Deve haver outra maneira — declarou Hazel. — Só se vive uma vez. Não podem desperdiçar a vida de vocês longe uma da outra.

Charlotte sorriu com tristeza.

— Como eu disse, você é uma excelente médica, Hazel. Mas, infelizmente, não pode salvar a minha vida desta vez. Talvez eu nunca tenha tido uma vida, na realidade.

A notícia da melhora da condição do rei se espalhou por toda Londres. Gritos alegres e canções patrióticas flutuavam na brisa de verão; até Hazel sentiu o humor melhorar pela alegria ao seu redor.

Naquela noite, ela e Eliza haviam chegado juntas ao concerto no Palácio de St. James. Eliza usava um vestido novo, roxo com mangas de organza, e Hazel um dos antigos que viera de Edimburgo.

— Não entendo por que você não poderia ter comprado um vestido novo — repreendera Eliza.

(Hazel ao menos deixou que Eliza arrumasse seu cabelo.)

— Porque não importa. Ninguém vai olhar para mim hoje.

— É verdade — concordou Eliza. — Ninguém vai olhar para ninguém além do rei. A princesa não poderia ter escolhido uma noite melhor para se ausentar.

Eliza tinha razão. Naquela tarde, Gaspar mal lhe prestara atenção quando Hazel o encontrou em Kew para informar que a princesa não estava se sentindo bem e não poderia comparecer ao concerto.

— O quê? Ah, sim, tudo bem, tudo bem — dissera ele, endireitando as mangas.

Gaspar estava orientando a arrumação do novo quarto do rei e retirando os móveis dos antigos aposentos.

— Não, não! — gritara ele a dois lacaios que estavam sofrendo com o peso de uma grande poltrona dourada. — A com a almofada vermelha! O rei prefere a almofada vermelha! Deixem essa!

Eliza pegou duas taças de vinho de um homem que poderia ou não ser um criado e entregou uma a Hazel.

— Mesmo assim, quer me dizer que não há *ninguém* aqui que você gostaria de impressionar com um vestido novo?

Ao se virar na direção em que Eliza estava olhando, Hazel encontrou Simon.

Ele se destacava em meio ao bando de homens que o cercavam, já que era mais alto, tão elegante em seu paletó bem ajustado que deixou Hazel sem fôlego. A lembrança do beijo dele, da sensação do corpo dele encostado no dela, da língua dele em sua boca, inundou sua mente como xarope que ficara ainda mais viscoso em um dia quente de verão.

Ele sentiu o olhar fixo dela.

— Aí está ela! — exclamou Simon, e se aproximou, abrindo caminho entre os homens. — Srta. Hazel Sinnett. A brilhante cirurgiã que descobriu o motivo por trás da doença do rei.

— O dr. Ferris é modesto demais — disse Hazel. — Ele reconheceu os sintomas, eu apenas ajudei.

Simon apoiou a mão nas costas dela.

— Eu não teria conseguido sozinho — garantiu ele aos homens, e então se virou para ela com um sorriso brilhante.

Seus olhos cor de âmbar eram mesmo perfeitos. Afetuosos, inteligentes e desafiadores.

— E foi ela quem curou a princesa Charlotte, não foi? — indagou um dos homens.

— Sim — respondeu Hazel. — Fui eu.

Simon ergueu a taça de vinho.

— A Hazel Sinnett.

— *A Hazel Sinnett!*

Os convidados estavam felizes, fingindo ser os únicos a crer que a doença do rei sempre seria temporária. Todos estavam felizes... Quer dizer, exceto pelo príncipe regente. O rosto dele estava pintado com o pó de sempre, mas a pele parecia irregular, manchada pelo suor. A camisa dele era pequena demais e estava abotoada de forma incorreta. Ele estava no canto do salão, amuado, os cantos da boca voltados para baixo.

Hazel o escutou dizer:

— O que vou fazer *agora*?

E, por estranho que pareça, Marie-Anne Lavoisier, também uma convidada, também não estava muito bem-humorada.

— Madame Lavoisier! — gritou Hazel, ao ver a química do outro lado do salão.

A francesa, com um vestido marrom tão escuro que quase chegava a ser preto, deslizou até ela.

— Srta. Sinnett. Dr. Ferris — disse ela, cumprimentando-os com uma pequena mesura. — Parabéns, *monsieur*, por sua grande conquista.

— Se alguém merece o crédito, é a srta. Sinnett — insistiu Simon.

Marie-Anne contraiu os lábios.

— Imagino — respondeu a francesa.

Quando ela saiu para cumprimentar outro amigo, Simon se voltou para Hazel.

— Ela não está feliz pelo rei estar melhorando?

— Marie-Anne é uma mulher da ciência — argumentou Hazel. — Talvez só acredite vendo com os próprios olhos.

Foi apenas quando todos estavam sentados e a orquestra erguera seus instrumentos, pronta para tocar, que os trompetes do outro salão soaram um chamado.

— *O rei está chegando!* — bradou um arauto.

Todos ficaram de pé, e as portas duplas nos fundos do salão se abriram de repente.

O rei George III, usando um casaco vermelho vivo enfeitado de medalhas e fitas, entrou no salão com a esposa, a rainha Charlotte, a seu lado. Ela tinha sido convocada de volta a Londres de sua residência de veraneio com a boa-nova do retorno à saúde do marido; era a primeira aparição pública dela em meses.

A expressão do rei era sisuda e séria, mas a rainha, com um penteado alto e cachos caindo por sobre os ombros, estava radiante.

Quando o rei chegou na frente do salão, o arauto bateu um cetro no chão de mármore para pedir silêncio.

O rei pigarreou.

— Devo apenas dizer... — começou ele bem devagar, pronunciando cada sílaba com muitíssimo cuidado. — Que estou g-grato, pelo tratamento de meus médicos e pela paciência de meu país.

Ele ainda não estava forte... Hazel viu a forma como ele se apoiava na esposa, como os joelhos dele cediam e tremiam um pouco.

Mas, conforme o rei falava, as palavras foram se tornando mais fluentes:

— Vou continuar a servir como seu rei. E chega de falar, creio eu. Vamos ouvir uma música, então? Vamos, vamos!

Todos no salão soltaram o ar, a tensão que vinha se acumulando até aquele momento sendo liberada ao mesmo tempo, como água por uma barragem. As pessoas tinham ouvido falar que o rei estava melhor, mas vê-lo com seus próprios olhos, estar presentes na primeira aparição pública do monarca em quase uma década... parecia um milagre.

Simon estava sentado a poucas fileiras de Hazel. Ele encontrou os olhos dela entre o mar de cabeças em movimento e aplausos e piscou. Ela piscou em resposta.

— Eu vi isso — comentou Eliza.

Hazel a ignorou.

O concerto foi magnífico; os músicos reais pareciam se alimentar da energia e do entusiasmo do salão, tocando Händel com mais vigor e alegria do que Hazel jamais ouvira. Suas *mãos* doíam de tanto aplaudir, ao fim da terceira salva de palmas. E então o rei e a rainha se levantaram de seus assentos na frente do salão, e a multidão ovacionou. O rei sussurrou algo apenas para a rainha. De onde Hazel estava sentada, parecia ter sido: "Eu te amo."

— Uma verdadeira união por amor — disse Eliza para Hazel, com a voz mais alta para se sobrepor aos aplausos. — Casados há quase sessenta anos. Sessenta. Dá para acreditar?

Hazel olhou para o rei, o homem que ficou perdido por tanto tempo e que agora, enfim, conseguia assistir a um concerto com a esposa.

— É lindo — respondeu Hazel.

— Quinze filhos — informou Eliza. — Charlotte é a única neta *legítima*, mas eles tiveram quinze filhos. Dizem que ele jamais teve uma amante. Dizem que só amou a rainha durante toda a vida.

O casal real continuou na frente do salão, de braços dados, recebendo os aplausos de sua corte. (Até o regente batia palmas, ainda que sem muito entusiasmo.)

E, naquele momento, ao ver um casal que sobrevivera juntos à loucura, ao poder, à solidão, a décadas e a quinze filhos, Hazel não pensou em Simon. Pensou em Jack.

Ela se voltou para Eliza.

— Você a ama de verdade? — perguntou ela, baixinho. — Mesmo, de verdade?

Eliza soube de imediato a quem ela estava se referindo. Assentiu.

— Estaria disposta a desistir de tudo por ela? — questionou Hazel.

— O que quer dizer?

— Ou melhor... Quer dizer, você ainda a amaria se ela não fosse a princesa?

— É lógico — garantiu Eliza. — Eu a amo por ser apenas Lottie.

— Acha que ela estaria disposta a desistir de tudo por você? E não ser mais a princesa?

Eliza respirou fundo.

— Esse tem sido nosso maior sonho há uma década. Nossas fantasias são que fugimos juntas e somos apenas Lottie e Eliza e nada mais. Mas é um faz de conta. Ela é a única neta legítima. Não tem escolha.

Os aplausos diminuíram, mas não antes de Hazel conseguir sussurrar para Eliza:

— Tenho uma ideia.

26

Azel esperou por uma hora no porto onde o *Iphigenia* estava ancorado.

Enquanto aguardava, observou diversas aves oceânicas mergulharem nas ondas e ouviu a canção incessante de mercadores e marujos chamando uns os outros. Ela estava vestida como um jovem cavalheiro; aprendera fazia tempo que, se quisesse andar sozinha, chamaria menos atenção de calça, com o cabelo amarrado embaixo de um chapéu cuja aba cobriria o seu rosto.

Por fim, assim que o sol começou a ficar alaranjado sobre a água, Hazel o viu: Jack, andando de casaco azul com um grupo de outros marinheiros, compartilhando pedaços de uma empanada da Cornualha.

— Ei!

Os homens se viraram, curiosos. Jack reconheceu Hazel de imediato.

— Thom, Weymouth, vão indo na frente — pediu ele aos amigos. — Encontro vocês logo mais.

A Hazel, disse:

— Olhe, não sei por que você está aqui, mas eu...

— Preciso da sua ajuda.

Jack hesitou e coçou a ponte do nariz, onde seu tapa-olho estava deixando um sulco rosa na pele.

— Com o quê?

— Ainda se lembra de como desenterrar um corpo?

Charlotte e Eliza tinham escutado com a maior paciência Hazel explicar sua ideia.

— Não haverá como voltar atrás — dissera a cirurgiã, tentando expressar a gravidade da situação. — Se fizerem isso, vai ser definitivo.

Eliza e Charlotte estavam entrelaçadas: apenas de braços dados, uma demonstração casual de intimidade que elas já não precisavam esconder porque Hazel sabia o segredo. Edwina pulara em cima da cama e se aninhara no colo da princesa, pegando no sono de imediato.

— A escolha é sua, Lottie — declarara Eliza. — É você quem vai morrer.

— Não morrer *de verdade* — corrigira Hazel. — Nada vai acontecer com você fisicamente. É por isso que vou desenterrar um cadáver que se pareça com Vossa Alteza...

— ... para enganar as pessoas à distância. Para enganar as pessoas durante uma procissão e um funeral — dissera Charlotte, franzindo a testa. — Acho que vai dar certo. Se o cabelo do cadáver for penteado igual ao meu e o vestirmos com minhas roupas e joias. Se dissermos que a doença de que morri é contagiosa, ninguém vai se aproximar muito.

— Vamos fingir sua morte, mas você vai, *sim,* morrer em certo sentido — avisara Hazel. — Para o mundo inteiro, a *princesa Charlotte de Gales* estará morta. Você terá que recomeçar, em outro lugar. *Tornar-se* outra pessoa. Sem nenhum dos privilégios que vêm com sua posição. Só quero confirmar que entende a fundo o que vai sacrificar se decidir seguir com isso.

Eliza apertara a mão de Charlotte.

— Eu sei — declarara a princesa. — Mas a verdade é que, se eu continuar como a princesa de Gales, não terei vida alguma. Não quero mais ser um símbolo. Quero ser uma pessoa. E quero ficar com Eliza.

A dama de companhia apoiara a cabeça na curva do pescoço de Charlotte, e elas trocaram um beijo rápido e amoroso.

— O problema será Edwina — continuara a princesa.

A cachorrinha estava roncando em uma almofada de seda no canto do quarto.

— Ela nunca foi nada além da cachorrinha favorita da princesa de Gales — dissera Charlotte. — Não sei se ela vai conseguir se acostumar com uma vida em que suas refeições não sejam servidas em bandejas de prata.

— Eu te amo — disse Eliza.

— Você tem que me amar — brincara Charlotte. — É seu dever patriótico.

— Não por muito tempo — rebatera Eliza com um sorriso.

A decisão fora tomada: Hazel Sinnett mataria a princesa Charlotte para salvar a vida dela.

Jack escutou Hazel explicar passo a passo o que queria que eles fizessem.

— É amor, Jack — disse ela. — Ela não quer levar uma vida em que tenha que se casar com um estranho e não possa estar com Eliza. Não acho que ela deveria ser obrigada a fazer isso.

Jack ainda estava com migalhas de empanada grudadas nos pelos da barba rala. Hazel teve que se forçar a resistir ao impulso de estender a mão e limpá-los, além de lembrar que não eram mais tão íntimos quanto tinham sido no passado.

— Então... — disse Jack. — Desenterramos um corpo que se pareça tanto com o da princesa que as pessoas acreditem quando você disser que ela morreu de... alguma doença misteriosa nunca antes vista. Mas a *verdadeira* princesa, muitíssimo saudável, vai fugir com a namorada para viverem felizes para sempre sem nenhum dinheiro nem onde cair mortas.

— Bom, não *nenhum* dinheiro. Ela tem joias e uma mesada generosa que pode levar na forma de ouro. Além disso, deu muito dinheiro para Eliza. E uma casa de campo. Ela comprou uma mansão na Bavária que deu a Eliza como um presente de casamento. Se bem que, considerando tudo, deve ser mais como um castelo.

— Um presente de casamento para um casamento entre Eliza e...

— Um prussiano chamado Otto. O casamento não é importante. Ele não vai acontecer. Eliza vai ficar tão triste com a morte da princesa Charlotte que vai se retirar da sociedade londrina, romper o noivado e fugir para a Bavária. Com a criada *dela*.

— Que será a verdadeira princesa Charlotte.

— Charlotte, sim, só que não mais uma princesa, se pararmos para pensar.

— Porque você terá forjado a morte dela, usando um cadáver que vamos desenterrar.

— É — concordou Hazel. — É bem simples, na verdade. Parece que você entendeu.

— Parece... uma maluquice completa.

— Não consigo fazer isso sem você — disse Hazel, sincera.

Desenterrar um corpo morto era um trabalho em dupla e, ainda assim, era arriscado até quando ambos eram ladrões de cova experientes. Hazel só havia conseguido pegar cadáveres com Jack em Edimburgo porque ele sabia o que estava fazendo e, mesmo assim, eles foram em cemitérios com os quais o garoto já estava familiarizado. Os cemitérios de Londres lhes eram estranhos e novos: nenhum dos dois conhecia os horários dos guardas, tampouco se havia patrulheiros na região. Correriam um risco absurdo e, se fossem pegos, o preço não seria apenas suas reputações, mas talvez até suas vidas. Até imortais poderiam passar anos na prisão, pensou Hazel. A lembrança do tempo passado em Calton Gaol emergiu, causando ânsia, e ela se obrigou a afastá-la para não temer por si mesma.

— Por favor, Jack. Por mim.

Jack sorriu e o coração de Hazel bateu mais rápido. Era como se o sorriso dele tivesse o poder de fazer o sangue correr pelo corpo dela na direção oposta.

— Você não vai aceitar não como resposta, não é mesmo, Hazel Sinnett?

— Nunca — retrucou Hazel.

— Mesmo assim, vou partir — disse Jack, mais baixo. — Falei ao capitão que estaria na tripulação do *Iphigenia* quando zarpasse para a costa oeste da África.

— Uma última escavação, então. Só eu e você.

— Uma última escavação — concordou Jack. — Pelos velhos tempos.

Eles se decidiram pelo cemitério de Bunhill Fields, a uma hora a pé do leste de Pall Mall, onde ficava localizada a residência da princesa. Jack levaria pás e corda, e Hazel comprara um carrinho com um punhado de moedas que a princesa lhe dera.

— Tente encontrar um cadáver atraente — dissera a princesa. — Quero que as pessoas lembrem de mim como uma bela jovem princesa.

Hazel e Jack voltariam pelas ruas mais mal iluminadas, mantendo o corpo no carrinho, coberto por uma manta grossa de lã. A quem quer que visse, pareceriam mercadores tentando transportar suas mercadorias pela cidade ao raiar do dia rumo a um mercado.

Concordaram em se encontrar às duas da madrugada e, quando Hazel chegou com o carrinho, bem quando os sinos estavam tocando, viu que Jack já se encontrava nos portões do cemitério, com duas pás de madeira e uma lanterna.

— Lembra como se faz isso? — perguntou ele, entregando-lhe uma pá.

— Como poderia esquecer?

— O problema é que normalmente só iríamos atrás da cova que parecesse mais fresca e perto do muro — disse Jack. — Mas agora estamos buscando algo bem específico.

— Uma jovem. Entre vinte e vinte e cinco anos.

Hazel e Jack olharam para o campo de covas diante deles. Várias pareciam recém-cavadas, a terra revirada estava com cheiro de molhada sob o ar úmido da noite.

A garota desejou ter trazido um modelo de lanterna igual à de Jack: a dele tinha uma tampa que se fechava e bloqueava a chama da vela sempre que ele queria ficar invisível na escuridão. Hazel tentou manter a chama da vela baixa, com a claridade contida perto de si, enquanto examinava as lápides uma a uma: Humbert Beille (homem), Arthur Gordon (homem), Emily Clark Archdull (falecida aos cinquenta e seis), Eleanora Northwick (falecida aos sessenta e cinco), Lander Symondes (homem, e falecido aos oitenta e um).

— Jack! Jack, acho que encontrei uma opção! — sussurrou Hazel na escuridão, enfim.

Era uma cova recente, escavada nos últimos dias, de uma mulher chamada Lucretia Wilkes. ESPOSA E FILHA AMADA, FALECEU EM TRABALHO DE PARTO, 1797-1818.

— Ela tinha… vinte e um anos? — disse ela, fazendo as contas rapidamente.

Jack ergueu a pá.

— Vamos torcer para que tenha sido morena.

O barulho da escavação assumiu um ritmo relaxante, como tecido sendo rasgado ou ondas do mar chocando-se contra a areia. Hazel percebeu que sentia um calor agradável; mesmo com o frio da noite, suor formigava em suas axilas e sua testa. Jack também estava suando — ele ergueu o tapa-olho mais de uma vez para secar o rosto. Eles trabalharam de maneira eficiente, sem falar exceto para dizer às vezes: "À sua esquerda" ou "Acho que um pouco mais fundo aqui". Para a sorte deles, a noite estava inerte e silenciosa, mas um simples estalo de graveto caído deixava Hazel com os nervos à flor da pele. Em um momento, ela chegara a apagar a lanterna em pânico, mas logo descobriu que era apenas um cão vira-lata passando.

Jack estava de pé no buraco que escavaram. Hazel esperava acima, na grama, pronta para ajudar a alçar o corpo para a superfície depois que Jack o tivesse despido e enrolado uma corda ao redor do pescoço. Ele havia tirado o casaco e arregaçado as mangas da camisa. A garota tinha desviado o olhar para não ficar encarando a forma como as veias saltavam na pele dos antebraços dele, os músculos dele visíveis mesmo sob o brilho fraco da lanterna semiencoberta.

Ele inspirou fundo e, sem hesitar, levou a pá de madeira à tampa do caixão.

Hazel se preparou para o estalo.

— Espere um momento — pediu Hazel, baixinho. — Acho que ouvi um barulho.

Ela se virou para olhar em volta, mas, quando fez isso, escorregou na grama úmida e ela deslizou para dentro do buraco estreito, bem nos braços de Jack.

A terra revirada caiu em cima da cabeça deles como granizo. Os dois estavam a um ou dois centímetros de distância, e estava escuro, e era *Jack*... Hazel sabia que não deveria beijá-lo, porque ele não ficaria com ela, mas sabia que queria.

— Pode me ajudar a subir de vol... — sussurrou ela.

Antes mesmo que terminasse a pergunta, Jack encostou a boca na dela.

Hazel soltou a pá e colocou os braços ao redor dele. Eles estavam se *beijando* e clamando um pelo outro, braços e pernas como animais vorazes, envolvendo-se. Hazel enlaçou uma perna e depois a outra ao redor da cintura de Jack; ele a empurrou contra a parede formada pela terra do buraco que eles haviam escavado e a segurou ali, beijando sua boca e depois seu pescoço, chupando e mordendo com tanta força que Hazel sabia que deixaria uma marca.

— Desejo tanto você — sussurrou ele contra os lábios dela. — Senti tanto sua falta.

Hazel não respondeu, apenas o beijou com mais intensidade, a ponto de sentir os dentes dele e a língua dele sobre a dela. Os braços de Jack eram musculosos e fortes, segurando-a contra a lateral da cova sem qualquer sinal de esforço. Ela queria ficar ali com ele para sempre, continuar naquele momento, no escuro, onde o tempo não existia. *Nada* existia além deles, o universo inteiro contido apenas em seus corpos.

— Jack — murmurou Hazel. — Eu te amo.

Jack hesitou, recuando um pouco, apenas um milímetro.

— Ainda sou imortal. Não vou poder lhe dar a vida que você merece. A vida que você *quer*.

Hazel passou as mãos no cabelo dele. O cheiro da pele dele era familiar e inebriante. Era como a floresta depois da chuva, quando a terra estava borrifada por vapor e orvalho, e o cheiro de um pote de tinta, e do óleo que ficava embaixo de suas unhas depois que ela tinha descascado uma laranja.

— Você é a única vida que quero, Jack.

Ele a beijou de novo, mas Hazel se separou porque ainda tinha mais a dizer:

— A princesa Charlotte está disposta a desistir do *país* por Eliza. De toda a identidade. Seu título, seus privilégios, sua família. É assim que me sinto em relação a você, Jack. Eu abriria mão de qualquer coisa por uma vida que eu pudesse construir do zero com você. Sem pensar duas vezes.

— Sem pensar duas vezes — repetiu Jack.

Mesmo no escuro, ela percebeu que ele sorria.

— Sei que vou envelhecer — admitiu Hazel. — E talvez uma cova não seja o melhor lugar para conversar sobre isso, mas andei pensando muito no assunto...

Jack riu, beijando-a entre uma palavra e outra conforme Hazel tentava terminar o que estava dizendo.

— Há uma *chance*, uma chance real, de eu conseguir encontrar uma forma de desfazer a tintura. Ainda não sei como, mas é apenas porque não consegui examiná-la. Se eu conseguisse uma amostra dela... Porque é possível que Beecham tenha, *sim,* conseguido e...

— Hazel...

— O quê?

— Se alguém no mundo for capaz de encontrar uma maneira de desfazer a tintura, essa pessoa é você.

Ele acariciou o rosto dela com tanto carinho que o gesto deixou Hazel com vontade de chorar. O feixe da lanterna refletiu no olho de Jack: o tom perfeito de cinza de um céu matinal em Edimburgo.

— Mas... sou mais uma cirurgiã do que uma química e...

— Hazel?

— O quê?

— Apenas me beije.

E ela beijou.

O tempo se dissolveu e se expandiu. Horas e segundos se passavam ao mesmo tempo, na mesma velocidade. Nada além dos dois importava. Mesmo assim, em algum momento, Hazel se deu conta de que não demoraria para o sol nascer.

Ela se praguejou ao dizer aquilo, mas conseguiu se separar dos lábios de Jack por tempo suficiente para murmurar:

— Precisamos voltar à Casa Warwick.

Jack resmungou baixo, mas soltou Hazel, e eles voltaram a si, lembrando-se por que estavam lá. Hazel, ainda sentindo o coração bater em lugares íntimos e escondidos de seu corpo, voltou a subir até a grama para ajudar a completar a missão.

Para sorte deles, ainda estava escuro, mas o céu começava a clarear. Eles precisavam agir rápido.

Em um único movimento confiante, Jack ergueu o pedaço quebrado da tampa do caixão e o lançou à superfície.

— E então? — perguntou Hazel. — Como ela é?

— Hm...

Hazel ergueu a lanterna e olhou para o cadáver lá embaixo que eles tinham acabado de descobrir: era, sim, uma moça jovem, mas não havia nada que fosse compatível com o que procuravam. Ela era loira, com cachos que se enroscavam ao redor de um rosto que não tinha a mínima semelhança com o da princesa. Charlotte tinha um rosto redondo e um nariz pequeno que lembrava um bico de pássaro. O rosto de Lucretia Wilkes era comprido como de um cavalo, com olhos grandes e fundos, e uma boca reta e fina como uma ferida de faca.

— Talvez ela possa usar uma peruca — sussurrou Jack.

Hazel balançou a cabeça. Aquilo não daria certo. Era impossível. Eles precisariam começar de novo, desenterrar outro cadáver. Mas quantas jovens recém-enterradas encontrariam nos cemitérios de Londres? Quais eram as probabilidades de *alguma* delas parecer tanto com Charlotte a ponto de se passar por ela? E, mesmo se tentassem de novo (e de novo), quanto tempo isso levaria? As chances de serem pegos se tornavam mais altas a cada ida a um cemitério.

Hazel havia permitido que o entusiasmo e o otimismo turvassem sua lógica. Ela tinha encarado aquilo da forma errada, sem dúvida.

— Saia — disse ela a Jack. — Não podemos levá-la.

Jack já estava subindo para a grama e, com um suspiro, voltou a encher o buraco. Não demorou muito para completar a tarefa.

— Vamos tentar outra vez? — perguntou ele, baixinho. — Temos algumas horas antes de clarear.

Ele estava sendo gentil. Hazel sabia que eles jamais teriam tempo suficiente para abrir outra cova e voltar a tempo para a Casa Warwick sem serem descobertos.

— Não — disse Hazel. Ela já tinha começado a voltar em direção ao portão do cemitério com o carrinho vazio. — Acho que eu talvez tenha uma ideia melhor para arranjar um cadáver. Mais rápida e mais eficiente do que desenterrar.

— Ah, é?

— Você não precisaria vir — acrescentou Hazel. — Seria incrivelmente arriscado. Não quero colocar você em perigo desnecessário.

— Incrivelmente arriscado, é? — repetiu Jack, limpando a terra das mãos na calça. — Nesse caso, pode contar comigo.

27

SIMON ESTAVA CORTANDO ataduras na enfermaria de Kew quando Hazel e Jack chegaram.

— Ainda bem que você está aqui — comentou Hazel quando o viu na bancada. — Percebi no caminho que, se você *não* estivesse aqui, eu não faria ideia de onde encontrá-lo.

— Eu moro aqui — respondeu Simon.

Hazel sorriu, irônica.

— Não, estou falando sério. No quarto em cima da enfermaria. Ofereceram-me aposentos em Kew enquanto eu estava tratando o rei. Queriam que eu estivesse por perto.

— *É* evidente — disse Hazel. — Faz sentido. E como está a condição do rei?

— Muito melhor. Graças *à senhorita*. Ele está voltando a falar como antes. *É verdade que* ainda vai levar bastante tempo para recuperar toda a força física, mas creio que o tratamento teve um começo maravilhoso.

— Bom, ele tem um médico maravilhoso — elogiou Hazel.

Jack, atrás dela, pigarreou.

— Ah! — exclamou Hazel. — Perdoe-me. Dr. Ferris, esse é meu amigo, Jack... Jack Ellis. Jack, esse é o dr. Simon von Ferris, médico do rei George.

— Já ouvi falar do senhor — disse Jack.

— Prazer em conhecê-lo, sr. Kellis.

— Ellis — corrigiu-o Jack.

Nenhum dos homens apertou a mão do outro.

Hazel precisou interromper o silêncio constrangedor:

— Simo... dr. Ferris, o senhor por acaso é membro da Universidade Real de Cirurgiões?

— Associado. Sim, sou. — Sua atenção foi de Hazel a Jack, e então retornou a ela.

— Um amigo me disse que, em Edimburgo, havia uma parte subterrânea da escola de medicina, onde eram mantidos cadáveres para estudantes e cirurgiões dissecarem. Existe...?

— Sim, existe. Temos uma sala de cadáveres disponíveis para os associados. Imagino que seja muito parecida com a de Edimburgo.

Hazel olhou por um instante para Jack antes de retornar sua atenção a Simon.

— Não posso lhe explicar o porquê. Gostaria de poder dar satisfação, mas não posso.

— Do que precisa, srta. Sinnett? — perguntou Simon.

Acima de qualquer outra coisa, ele parecia preocupado, como se estivesse de fato aflito com a ideia de que Hazel estivesse em apuros.

— Precisamos da sua ajuda para roubar um corpo.

Simon ponderou por um momento, dobrando com cuidado a atadura que estava cortando e a acrescentando à pilha.

— O corpo precisa ser roubado? — perguntou ele, desconfiado. — Sou um associado da universidade. Os corpos estão disponíveis para meu uso. À venda.

— Ah — disse Hazel, arqueando as sobrancelhas. — Não. Isso... é uma excelente ideia. Podemos apenas... comprar um corpo.

— Talvez eles sejam adquiridos *pela* Universidade Real de forma ilícita, mas creio que eles preferem um sistema em que médicos e cirurgiões fazem vista grossa, por assim dizer. Isso ajuda?

— Sim — respondeu Hazel. — Não, quer dizer... Não precisa ser roubado, de modo algum.

— Maravilha. Posso levá-la à tarde. Sr. Ellis, é claro que o senhor é bem-vindo a nos acompanhar se quiser, mas creio que atrairíamos menos atenção se fôssemos apenas nós dois. Já que essa é algum tipo de missão secreta em que estão envolvidos.

— Tudo bem — aceitou Jack. — Posso esperar na Casa Warwick.

— Maravilha — disse Simon mais uma vez.

Hazel não conseguia acreditar que pudesse ser tão fácil. Depois de passar meses em Edimburgo roubando corpos na calada da noite, com pavor de que policiais ou ladrões os pudessem surpreender, tirando cadáveres nus de caixões quebrados, ela não tinha concebido um mundo em que poder e estima pudessem conferir a alguém o direito de apenas... *conseguir* o que queria, sem complicação ou medo.

Simon e Hazel seguiram juntos em uma carruagem para a Universidade Real de Cirurgiões, localizada na praça pública de Lincoln's Inn Fields. Era um lindo prédio imponente, de pedra branca cintilante e com escadas que levavam a uma entrada defendida por seis colunas em estilo iônico: um templo à ciência e aos homens que a defendiam.

— Olá, Fred — disse Simon ao homem de uniforme à porta, que o cumprimentou com o quepe.

— Dr. Ferris.

Simon guiou Hazel por um salão de pé-direito tão alto que olhar para o teto fazia doer o pescoço, cercado por todos os lados por estantes, onde homens fumavam charutos e se sentavam em cadeiras de veludo vermelho para ler. Simon cumprimentou alguns deles casualmente conforme passavam, mas manteve o passo acelerado, e Hazel lhe era grata por isso; quanto mais rápido eles entrassem e saíssem, melhor. O salão levava a um corredor sinuoso.

— Por aqui — instruiu Simon.

Ele abriu uma porta branca sem nenhuma sinalização e começou a descer um lance de escada. Quanto mais desciam, mais a temperatura despencava (*para conservar os corpos*, pensou Hazel) e, então, antes mesmo de chegarem à porta seguinte, a garota sentiu o fedor de morte e decomposição, de carne putrefata que ficara rígida e então mole de novo. Era um cheiro que ela passara a conhecer tão bem quanto o perfume que sua mãe usava.

— Está procurando algum tipo de cadáver em particular? — questionou Simon, a sobrancelha arqueada.

Um atendente estava perto de uma porta do outro lado do cômodo, tossindo em um lenço sujo.

— Jovem — respondeu Hazel. — Mulher. Cerca de vinte e cinco anos.

Os cadáveres estavam dispostos de maneira horizontal no chão. Hazel levou apenas alguns minutos para encontrar um que era com uma similaridade impressionante com a princesa: nariz curvo, cachos castanhos, rosto de feições suaves. Sob a luz fraca do porão, Hazel pensou que poderia ser, se não gêmea de Charlotte, ao menos a irmã dela.

— Aquela — indicou Hazel.

Simon se dirigiu com agilidade ao atendente e trocou algumas palavras discretas. Voltou até Hazel, enrolou o corpo que ela havia selecionado em um lençol e o ergueu sobre o ombro como se não pesasse mais do que um saco de farinha.

— Certo. Pronto. Vamos levá-lo para a porta da rua por ali. Podemos colocar uma carroça atrás da carruagem.

— Espere — disse Hazel, tateando o bolso em busca da bolsinha. — Ainda não paguei. Quanto devo àquele homem?

— Já cuidei disso.

— Simon, não. O corpo é para mim. Por favor. Quanto devo a você, então? — Seus dedos encontraram as moedas, e ela empurrou um punhado na direção de Simon.

Ele recusou.

— Não é nada. Devo isso e muito mais por sua ajuda com o arsênio e o mofo no quarto do rei.

— Eu insisto — declarou Hazel.

Simon já cruzara o aposento, estava quase na saída dos fundos.

— E eu... ainda não aceito. À Casa Warwick, então. Venha.

Hazel e Simon voltaram juntos à carruagem com sua nova carga amarrada com segurança atrás deles. Os joelhos dos dois se tocavam conforme a carruagem sacolejava pela estrada.

— Então... — disse Simon quando já viajavam em silêncio havia alguns minutos, de sua maneira habitual, em afirmações declarativas. — Imagino que o cadáver não seja para você dissecar e estudar.

— Não.

— E presumo que também não vá me dizer o que pretende fazer com ele?

— Também correto.

Houve um minuto de silêncio e mais um solavanco na estrada e, então, Hazel acrescentou:

— Eu quero contar. Melhor dizendo, eu *gostaria* de contar, mas não seria uma boa ideia. É... perigoso.

— Perigoso — repetiu, baixinho. — Bom, então que bom que veio até mim e não tentou roubar um corpo da Universidade Real sem precisar.

Hazel tinha noção de que as pernas deles ainda estavam se tocando, que a mão de Simon estava pousada na coxa dele e que, se ela quisesse, bastaria esticar os dedos para pegá-la.

— Obrigada — respondeu Hazel. — De verdade, obrigada.

Simon não respondeu, mas em seguida disse, não como uma pergunta, mas como uma afirmação:

— Você está apaixonada pelo marinheiro escocês.

A carruagem deu um solavanco horrendo e Hazel quase bateu a cabeça no teto. Mil respostas diferentes invadiram seu cérebro ao mesmo tempo e, quando ela enfim recuperou o controle de sua língua, replicou:

— Ele nem é marinheiro.

— Mas você está apaixonada por ele.

Não havia crueldade alguma nas palavras de Simon, nem inveja nem rancor. Nem sequer tristeza... era apenas um homem da ciência declarando um fato simples que formulou com base em suas observações.

— Estou — concordou Hazel.

A garota não podia mentir para ele; o rosto de Simon estava plácido, iluminado pelo sol da tarde filtrado pela janela.

— Mas ainda não sei bem se podemos ficar juntos — acrescentou ela baixo.

— Hmm.

— É verdade. Existe uma possibilidade que ele possa... que eu possa não conseguir fazer... o que preciso fazer para que tenhamos uma vida juntos. E, se não conseguir... creio que vou passar a vida sozinha. Porque ser uma cirurgiã é tudo que sempre quis, e não tem problema se eu tiver que ficar sozinha para conseguir fazer isso.

Foi uma sensação boa dizer aquilo em voz alta. Hazel não tinha percebido que tinha aquelas palavras entaladas dentro de si.

— Você não deveria ficar sozinha — comentou Simon. — Deveria se casar comigo.

Ele disse aquilo de maneira tão pragmática que Hazel demorou alguns segundos para entender que Simon havia acabado de pedi-la em casamento.

Ele notou o choque no rosto dela.

— Você pode não me amar como ama seu marinheiro — acrescentou. — Mas creio que um casamento possa ser construído com base em mais do que isso. Pode ser respeito mútuo. A decisão de compartilhar uma vida juntos. De apoiar e cuidar um do outro. Conversas. Companheirismo.

— Você está... está me pedindo em *casamento*?

— Pedindo em casamento, sim.

Hazel riu, sem conseguir evitar. Não era engraçado, mas a risada parecia ser a única reação de que seu corpo era capaz naquele momento.

— O que é tão engraçado? — indagou Simon, sorrindo, embora não tivesse entendido.

— Não posso me casar! Quero ser uma cirurgiã, não uma esposa.

— Também quero que você seja uma cirurgiã — retrucou Simon, como se fosse a coisa mais óbvia do mundo. — Nós trabalharíamos juntos, como já trabalhamos tão bem. Seríamos médicos lado a lado.

Hazel visualizou, então, aquela linda imagem: os dois em uma casa geminada em Londres, com o apartamento deles no andar de cima e um laboratório no andar debaixo, tratando pacientes que chegavam ali. Ele beijaria a testa dela enquanto Hazel trabalhava e ela serviria chá para Simon quando ele ficasse acordado até tarde. E talvez filhos, com cabelo loiro e olhos cor de mel sobre torrada, correriam ao redor deles, rindo baixo e tentando roubar garrafas de vidro das prateleiras. Hazel e Simon envelheceriam lado a lado, um vendo as rugas se aprofundarem no outro, como um espelho. O cabelo dele passaria de loiro a branco, e seus filhos cresceriam e teriam os próprios filhos. Ele lhe mostraria a Suécia e ela mostraria a Escócia a ele, e juntos seriam famosos. Aclamados, célebres e talvez até apaixonados. Era possível, não era?

Mas, no canto de todas a imaginação, havia um fantasma, um vulto de cabelo escuro e um sorriso que fazia o estômago de Hazel se revirar. Ela queria desesperadamente ser o tipo de pessoa que poderia ter aceitado esse lindo futuro com Simon von Ferris. Mas Jack sempre teria seu coração. Por isso, quando a carruagem parou com estrépito no fim de Pall Mall, Hazel se virou para Simon, e ele soube a resposta antes que ela dissesse uma palavra sequer.

— Eu entendo — disse ele. — O amor é um nó difícil de desatar.

— Sim — admitiu Hazel. — É mesmo.

Eles permaneceram dentro da carruagem.

— Espere... — interveio Simon.

O coração de Hazel bateu mais forte no peito embora ela não soubesse ao certo o que ela queria que ele dissesse.

— Se o que você está fazendo é um segredo... com o cadáver... — continuou ele. — Então seria imprudente entrar com ele assim pela porta. Deveríamos disfarçá-lo. Talvez comprar um tapete para enrolar em volta do corpo.

Simon estava certo. Ele falou por um momento com o cocheiro e, poucos minutos depois, Hazel estava em um mercado, pagando por um tapete ornamentado bastante feio que ela achou que não sentiria pena em desperdiçar quando fosse arruinado pelos fluidos de um corpo em decomposição.

Simon já a tinha ajudado a enrolar o cadáver no tapete quando chegaram a seu destino uma segunda vez.

— Foi uma ideia muito boa — elogiou Hazel.

Claro, eles poderiam ter esperado até a noite ou se infiltrado por uma entrada de serviço, mas Pall Mall era iluminada por lamparinas a gás durante a noite toda, e bastaria um único residente olhar pela janela para notar algo suspeito. Assim, parecia apenas que a princesa havia comprado uma peça de decoração.

— Eu sei — falou Simon.

Jack já estava diante da Casa Warwick, parado no alpendre, cobrindo a testa com a mão para bloquear o sol e observar Hazel e Simon ajeitarem o corpo para a entrega.

— Você é uma cirurgiã e uma médica muito talentosa — declarou Simon. — Espero que seus planos para esse cadáver, quaisquer que sejam, deem certo.

— Obrigada, Simon.

Ele beijou Hazel nas duas bochechas.

Jack levou o tapete para dentro, e Hazel esperou na escada da Casa Warwick enquanto Simon partia de carruagem de volta a Kew. Ela quase achou que ele se viraria, ou a chamaria pela janela do coche, mas Simon não fez uma coisa nem outra.

— Venha — chamou Jack por fim, voltando à porta depois que havia deixado o corpo na cama de Charlotte. — Estamos todos aqui dentro.

Charlotte se inclinou bem perto do cadáver, que estava deitado na cama da princesa, usando um de seus vestidos.

— Os olhos dela são da cor errada. — Ela apontou para o próprio olho aberto para demonstrar: — Viu? Os meus são azuis. Os dela, castanhos.

— Posso fechar os olhos dela — sugeriu Hazel. — Dar um ponto escondido. Ninguém vai saber.

A princesa assentiu e continuou seu exame meticuloso.

— Braços e pernas bons... talvez um pouco mais finos do que os meus, mas posso ter emagrecido devido à doença.

Ela deu a volta pela cama.

— Os pés dela são grandes.

Era verdade: os pés da mulher morta eram vários centímetros maiores do que os da princesa Charlotte. Eles haviam escolhido um par das pantufas mais macias de Charlotte, e Hazel e Jack passaram vários minutos árduos tentando enfiar o pé no tecido sem fazer com que os sapatos rasgassem.

— Mas, fora isso — disse a princesa —, uma semelhança *impressionante*.

Eliza tinha penteado o cabelo da mulher morta com os cachos característicos da princesa e maquiado seu rosto no estilo habitual de Charlotte. De longe, seria quase impossível distinguir as duas; de perto, eram dotadas de uma semelhança extraordinária... Seria convincente o bastante para fazer os outros acreditarem que a princesa sofrera de uma doença estranha e um pouco deformadora.

A princesa já havia colocado um vestidinho preto simples, o traje de uma criada. Ela se passaria pela criada de Eliza e viajariam juntas pelo canal até a França e, então, pela Holanda e pela Prússia até chegarem à Baviera. Ela havia dispensado todos os demais criados da Casa Warwick na noite anterior, e Hazel havia cochichado estrategicamente para a criada da cozinha que ela sabia ser a mais fofoqueira que a princesa estava em um estado muitíssimo contagioso.

— Bom... — disse Charlotte. — Imagino que seja isso, então.

Ela já havia preparado a valise com suas posses mais preciosas, bem como uma coleção generosa de notas que elas usariam para viajar. Assim que tinham definido o plano, a princesa começara a presentear Eliza e Hazel com joias em alto e bom som para que ninguém suspeitasse de nada quando os itens desaparecessem.

Não havia mais ninguém de quem a princesa iria se despedir: Hazel sabia, assim como todo o país, que os conflitos entre o regente e a esposa haviam feito com que a mãe de Charlotte, a princesa Caroline de Brunswick, se escondesse na Itália alguns anos antes para se divertir com uma série de amantes, quase abandonando a filha única.

— Poderia colocar essa carta no correio, Hazel? — pediu Charlotte, estendendo a Hazel uma carta dirigida com uma letra caprichada à rainha, a avó de Charlotte. — É só uma carta curta. Imaginei que, se estivesse mesmo à beira da morte, eu diria à minha avó que a amo.

Eliza apertou a mão de Charlotte.

— Ela sabe que você a ama.

De repente, a princesa abraçou Hazel com firmeza.

— Obrigada — disse ela. — Obrigada por salvar minha vida.

— Agora temos apenas que torcer para que isso funcione — acrescentou Eliza.

— Vai funcionar — garantiu Charlotte. — Sei que vai.

Ela pegou Edwina no colo e segurou a cachorrinha perto do peito.

— Vamos, pequenina — cantarolou ela. — Está na hora de partirmos em uma aventura.

Hazel e Jack voltaram juntos aos aposentos dela. Na manhã seguinte, Hazel "descobriria" a princesa e, então, não haveria como voltar atrás.

Quando eles estavam no quarto de Hazel, Jack desatou a parte detrás do vestido dela. Ela estava usando apenas espartilho e meias, e sua pele formigava onde sentia a brisa da janela aberta. Jack passou as mãos pelos ombros e pelas costas dela. As mãos dele eram firmes, ásperas e com calos, mas seu toque era tão gentil que quase a fez chorar. Ele afundou a cabeça no cabelo e na nuca dela por trás enquanto abaixava a *chemise* de Hazel. A respiração dele estava quente e exalava desejo.

Em seu tempo longe de Hazel, Jack ficara mais forte: os braços, antes esguios, estavam firmes, musculosos. Arranhões e queimaduras reluzentes marcavam sua pele como tatuagens; Hazel quis conhecê-lo de novo, todas as partes dele, como havia conhecido antes. Ela colocaria os lábios em cada cicatriz nova.

Quando Hazel se reclinou na cama, sua pele nua cintilando sob a luz de velas, Jack foi até ela. Ele a envolveu nos braços e a fez se sentir pequena, e ela passou os dedos pelo cabelo preto farto dele e se pressionou ainda mais contra o garoto. Jack murmurou o nome dela vezes e mais vezes, até se tornar um cântico, apenas sons, sem sentido, no ritmo da batida do coração dele. *Hazel. Hazel. Hay-zel. Haze-el.*

Antes de caírem no sono, Jack envolveu o corpo de Hazel na cama, abraçando-a por trás e respirando no cabelo dela.

— Hazel — chamou ele. — Você pensou no que vai acontecer?

Ela se virou para ficar de frente para ele e tirou o travesseiro do caminho para poder olhar melhor para ele.

— *Óbvio* — disse ela. — Pensei em todos os aspectos desse plano. A princesa está certa. Vai funcionar.

— Não. Quer dizer, você pensou no que vai acontecer com *você*... Quando a princesa morrer... Quer dizer, ela é tão amada, não é? As pessoas vão ficar aborrecidas. Você é a médica dela.

Hazel engoliu em seco. Aquela era a parte do plano que lhe deixava com um nó na garganta. Jack estava certo: as pessoas ficariam desesperadas com a morte da princesa. Ela era a jovem e bela esperança liberal para o futuro. Quem sabia o que o futuro guardaria, quem seria o próximo herdeiro do trono? O desespero se transformaria em raiva, e boa parte seria direcionada contra Hazel, a médica que a deixara morrer. Aquilo macularia a reputação dela de maneira irreversível, dissiparia por completo o respeito e a estima que a haviam cercado depois de tê-la "curado" pela primeira vez e ajudado Simon a tratar o rei.

Depois do dia seguinte, Hazel não seria mais uma celebridade médica; poderia se tornar até uma pária.

— Charlotte é uma pessoa como qualquer outra — respondeu Hazel por fim, mais para si mesma do que para Jack. — Ela merece uma vida com quem ela ama. Uma vida que seja só dela. Essa é a coisa certa a fazer. Além disso, consegui chegar até aqui, não é? Não importa o que aconteça, vou encontrar uma saída. Sempre encontro.

Jack afastou do rosto dela um fio de cabelo solto e o levou para trás da orelha.

— Já falei hoje… que você é muito linda?

A barriga dele estava descoberta, nua, as costelas e músculos ondulados sob a pele. Havia novos hematomas e cicatrizes sobre o corpo dele que Hazel não vira na última vez em que estiveram juntos.

— Você ainda vai me amar mesmo quando toda a Inglaterra me odiar? — perguntou Hazel.

— Somos escoceses, Hazel — respondeu Jack, um sorriso se abrindo em seu rosto. — Se a Inglaterra odiar você, podemos odiar a Inglaterra de volta.

Hazel sabia que, se Jack não estivesse lhe fazendo companhia naquela noite, ela não teria conseguido dormir. Mas, de algum modo, nos braços dele, ela pegou no sono pouco depois da meia-noite, esperando a manhã que mudaria o mundo.

Folha de Londres

27 de agosto de 1818

FALECIMENTO DE SUA ALTEZA REAL A PRINCESA CHARLOTTE

Cumprimos o doloroso dever de comunicar aos nossos leitores sobre o falecimento de Sua Princesa Real, a princesa Charlotte. A jovem, bela e interessante princesa sobreviveu a surtos de febre romana nos últimos anos para então sucumbir a uma doença misteriosa que a afligiu nos últimos meses.

Nesta manhã, o choque dos residentes leais e afetuosos da metrópole diante de tal acontecimento inesperado e aflitivo não pode ser adequadamente descrito e será sentido por todas as demais partes dos domínios de Sua Majestade. As *ótimas* virtudes da princesa — a promessa reluzente de sua juventude —, sua iminente felicidade conjugal com o príncipe hereditário de Orange — o retrato edificante da benevolência exemplar que ela representou —, seus conhecidos princípios constitucionais, bem como as grandes considerações políticas que dependiam de sua vida se combinam para tornar seu falecimento prematuro uma calamidade que deve mergulhar a nação em tristeza universal. Todos compartilham do sofrimento de seu futuro esposo inconsolável, cujas agonias são no momento indescritíveis. Seu pai real também está, pelo que soubemos, afundado na mais profunda aflição.

A princesa vinha sendo tratado pela cirurgiã Hazel Sinnett, que descobriu o corpo dela nesta manhã às sete horas e enviou a notícia para informar Sua Alteza Real, o príncipe regente, acerca dessa tragédia profundamente lamentável.

O desânimo e a tristeza expressa nos semblantes de todos foram o melhor testemunho do caráter da falecida. A influência do acontecimento foi sentida na bolsa de valores, onde se considerou que é provável que afete a prosperidade nacional, e os fundos sofreram uma depressão significativa. Lojas por toda parte fecharam as portas por iniciativa própria dos comerciantes e todas as atividades foram suspensas, exceto, infelizmente, o da venda de jornais por jornaleiros nas ruas — um escândalo que foi muito reprovado. Calculava-se que a notícia melancólica já se espalharia depressa, sem necessidade de clamor indecente.

A ordem de sucessão da Coroa foi alterada agora devido a morte da princesa Charlotte; e, pela idade dos príncipes na ordem de sucessão e pelo estado da ilustre família, apreensões virão a todas as mentes leais. Será a mais sincera oração da nação de que uma rápida aliança de um dos príncipes solteiros possa ser definida o quanto antes.

28

Demorou apenas uma hora para que toda a cidade estivesse coberta de preto. Hazel foi à Casa Warwick às sete da manhã e mandou avisar a Casa Carlton e a Buckingham de que a princesa havia falecido. Às dez, todas as casas da rua tinham um tecido preto pendurado na janela. Ao meio-dia, vendedores de tecido e modistas por toda Londres avisavam estar sem estoque de tecido de luto. Dava para escutar o choro pelas ruas, assim como os gritos de garotos vendendo jornais impressos *às pressas*, a tinta ainda úmida e manchando os dedos.

Hazel permaneceu na Casa Warwick, cumprimentando e consolando os vários membros da extensa família real e do Parlamento que chegaram para prestar suas condolências. O noivo de Charlotte, o príncipe hereditário de Orange, estava presente, agindo como o centro das atenções e falando alto sobre as virtudes da linda princesa. Hazel olhou para o relógio na parede: se tudo tivesse corrido conforme o planejado, Eliza e a verdadeira Charlotte já se encontravam a bordo de um navio em Dover rumo a Calais.

Ninguém tinha permissão de entrar no quarto da princesa até a chegada do príncipe regente. Ele estava todo de preto, cabisbaixo. Parecia ter envelhecido uma década da noite para o dia: seu rosto, em geral coberto de pó e ruge, estava limpo, e o cabelo parecia fino e despenteado. Ele ignorou os membros da corte que fizeram uma grande reverência com sua entrada, os que tentaram tocar seu ombro ou falar com ele. Em vez disso, o regente caminhou direto até Hazel Sinnett — com tanta rapidez que o secretário particular que estava a alguns passos rápidos atrás dele tropeçou, tentando acompanhar o ritmo.

— Mostre-me a princesa — ordenou o príncipe regente.

Hazel o levou para dentro do quarto. De propósito, ela optara por manter a iluminação fraca, com velas dispostas ao redor da cama, mas nenhuma lamparina. Porém, não havia necessidade para tanto: o corpo estava inchado e roxo, no estado de decomposição normal depois de mais de um dia de morte, o rosto já diferente. Usando o vestido e as joias da princesa, era impossível imaginar que até a verdadeira Charlotte ficaria muito diferente caso estivesse de fato morta. O príncipe estendeu a mão como se fosse tocar no rosto dela, mas então se afastou.

— Minha única filha — disse o regente, baixo. — Minha linda filha.

Seu secretário particular havia entrado pela porta atrás do regente. O funcionário se virou para Hazel, os olhos estreitados de fúria, e sussurrou:

— Isso é culpa sua. A senhorita matou a princesa!

— Tenho certeza de que ela fez o que pôde, Hornsby — murmurou o regente. — Talvez tenha sido culpa minha, por ter contratado uma cirurgiã mulher.

— Jamais é culpa sua, Vossa Alteza — bajulou o secretário particular. — Como Vossa Alteza Real poderia saber que ela era uma *incompetente*?

Hazel abriu a boca para contestar, sem saber muito bem o que diria, quando houve uma batida suave na porta.

— Até que enfim! — exclamou o secretário particular, com um suspiro.

Simon von Ferris entrou no quarto devagar, como se tivesse medo de afugentar um animal assustado do outro lado.

— Vossa Alteza Real — cumprimentou ele, fazendo uma mesura ao regente. — E srta. Sinnett.

A Hazel, o regente informou:

— Pensei em trazer o dr. Ferris para examinar a princesa. Examinar o... corpo. Ver se ele consegue descobrir como ela... como ela... — Um soluço silencioso o tomou de repente.

O secretário parecia ser capaz de fazer qualquer coisa para consolá-lo, mas, claro, tocar um membro da realeza seria terminantemente proibido. Portanto, em vez disso, ele apenas continuou a fulminar Hazel com o olhar.

— Sim, sem dúvida, Vossa Alteza — disse Simon, que então se aproximou da falecida na cama.

Todos os músculos no corpo de Hazel ficaram tensos de imediato; ela tentou relaxar o rosto, ficar com uma expressão natural. Simon não teve pressa. Cutucou nos olhos da mulher (sem dúvida, conseguia ver que estavam costurados, não?) e apalpou o pescoço em busca de inchaço. Com delicadeza, ergueu a mão dela e a abaixou em seguida. Deu a volta pela cama até o outro lado e repetiu o processo. Era impossível que Simon não reconhecesse o corpo que ele próprio havia comprado e entregado à Casa Warwick.

— E então? — perguntou o regente. — Qual é seu diagnóstico?

A atenção de Simon foi por um breve momento até Hazel antes de se concentrar no regente.

— A princesa está morta — declarou ele.

— Bom, que está morta nós *sabemos*! — vociferou o secretário. — Do que ela morreu?!

Dessa vez, Simon se demorou mais em Hazel. Ela tentou implorar em silêncio por ajuda.

— Na minha avaliação? Doença sanguínea alpina. Incrivelmente rara. Sim, na verdade, tenho certeza. A princesa morreu de doença sanguínea alpina. Os sinais são bastante evidentes.

— Doença sanguínea alpina? — questionou o regente. — Nunca ouvi falar disso.

Hazel também não. Ela tinha se dedicado, no último ano, a ler todos os livros de medicina que conseguisse encontrar, e nenhum deles mencionara nem fazia alusão a *nada* sanguíneo alpino. Simon tinha inventado algo. Hazel articulou, em silêncio, um agradecimento para ele.

— O que é aquilo?! — indagou o secretário, apontando para uma grande cicatriz que corria pela mão direita da princesa falsa.

Parecia ter sido provocada por um ferimento de faca. Hazel não havia notado. Como eles não notaram?

— A princesa jamais se cortou nem se mutilou! — exclamou o homem.

— Ah... — disse Simon, falando devagar, dando tempo a seu cérebro para preencher as lacunas do seu discurso conforme o formulava. — Cicatrizes, na verdade, são o efeito mais comum do transtorno sanguíneo alpino. Elas apenas... aparecem. É muito normal que o corpo, após a morte, apresente algumas marcas estranhas e incomuns como essa.

O secretário suspirou alto.

— O que eu gostaria de saber... — insistiu ele — ... é como a srta. Sinnett não reconheceu uma doença tão facilmente identificável. A incapacidade dela de prover os cuidados adequados a torna responsável pela morte da princesa. Se Sua Alteza Real tivesse sido tratada pelo dr. Ferris ou por outro médico homem à altura, acho difícil acreditar que ela não estaria conosco hoje, a meros dias de celebrar seu casamento!

Hazel fez menção de falar, mas foi interrompida por Simon:
— Na verdade, eu e a srta. Sinnett trabalhamos juntos no tratamento da princesa, assim como trabalhamos juntos no tratamento de Sua Majestade, o rei. A srta. Sinnett sugeriu que a princesa estivesse sofrendo de doença sanguínea alpina semanas atrás, mas descartei a teoria dela. Foi um equívoco, pelo que vejo.
— Ah! — exclamou o secretário. — Bom, mesmo assim...
— Obrigado — disse o regente a Hazel. — E ao senhor, dr. Ferris, por seu tempo. Não os culpo pelas obras incognoscíveis de Deus, tampouco pelas tragédias que ele escolhe para sofrermos. Se me derem licença, eu gostaria de ir para casa agora.

Hazel e Simon fizeram uma reverência e o príncipe regente saiu, seguido às pressas pelo secretário particular, que parecia ter mais para falar, porém sem ter mais uma justificativa para tanto.

— Simon — disse Hazel quando a porta se fechara atrás deles e ambos ficaram sozinhos no quarto. — Obrigada. Obrigada. Não precisava fazer isso! Sua reputação...

— Minha reputação vai ficar bem. E é menos frágil do que a da primeira e única cirurgiã mulher com uma nomeação real — argumentou Simon, diante da escrivaninha da princesa, pegando uma das penas e girando-a entre os dedos. — Eu não estava fazendo um favor. Se culpassem a senhorita, isso seria um retrocesso para as centenas de garotas que querem seguir seus passos no campo da medicina. Seu sucesso é o sucesso delas e seu fracasso, o fracasso delas. A senhorita é mais do que si mesma agora. Não é justo ser um símbolo, srta. Sinnett, quando é mais fácil ser uma pessoa.

— Não. Não é.

— E... — retomou Simon, devolvendo a pena a seu lugar. — Eu e você sabemos muito bem que a morte precoce e tão trágica da princesa não é culpa sua.

— Obrigada — disse ela de novo, com sinceridade.

Hazel era mais grata a Simon do que ele poderia imaginar.

— Além disso, estou planejando retornar à Suécia. Não me importa mais o que esses ingleses pensam de mim. Sinto falta da minha família. Meus irmãos estão crescendo sem mim.

— Tenho certeza de que eles também sentem sua falta.

— Eles sentem. E sinto falta do frio. Chove demais aqui. Penumbra demais. O frio é revigorante e, quando o sol se reflete na neve, é a visão mais bela do mundo — comentou Simon, aprumando-se e arrumando um fio de cabelo que havia caído sobre o rosto. — Não sei aonde sua jornada a levará, srta. Sinnett, mas, se for a Estocolmo, por favor, apareça para dar um oi.

— Pode deixar.

— Acredito que a senhorita fará coisas grandiosas — declarou ele, da mesma forma como dizia quase tudo, apenas a afirmação de um fato. Não havia condescendência nem mesmo flerte. Era apenas Simon falando o que acreditava ser verdade.

— Bom, creio que tenho que fazer — replicou Hazel, pegando a maleta médica de cima da mesa e a virando para Simon, as iniciais *H.S.* visíveis na superfície de couro. — Creio que é meu dever deixar essa maleta orgulhosa.

Simon deu um beijo nas bochechas de Hazel e apertou as mãos dela.

— Espero que seu amor pelo marinheiro seja sempre suficiente para a senhorita. E espero que seja feliz.

— Alguém é realmente feliz? — perguntou Hazel.

— Pessoas como eu e você? Pessoas muito inteligentes? Quase nunca. Mas vai saber? Talvez sejamos as exceções.

Ele deu uma piscadinha, um brilho nos olhos castanhos, e Hazel teve certeza de que, um dia, ele seria um marido maravilhoso para outra pessoa.

— É muito difícil tratar a doença sanguínea alpina, sabia? — disse Simon antes de sair.

— É verdade — concordou Hazel. — Quase impossível. Mas já li que a cura pode ser uma vida pacata na Bavária.

— Hm — respondeu Simon, assentindo de forma contemplativa. — Sim, creio que isso pode ajudar.

E ele saiu pela porta, o casaco médico preto desaparecendo no meio das pessoas de luto na rua.

Trecho de **Peregrinação de Childe Harold,**
Canto 4, estrofes 167-168,
"Morte da princesa Charlotte", de Lord Byron

ESCUTAI! *do abismo uma voz vocifera,*
Um longo murmúrio baixo e distante de pavor,
Como vem quando sangra uma terra
Por uma profunda e irremediável dor;
Pela tempestade e pelas trevas o chão se dilacera
O golfo está cheio de fantasmas, mas a principal
Ainda parece viva, apesar da coroa que caíra,
E pálida, mas linda, com uma angústia mortal
Ela seria entronada, mas o amor dele foi brutal.

Herdeira de líderes e monarcas, onde estás?
As esperanças de tantas nações estão apagadas?
A cova não te poderia perdoar e abater uma dessas
Cabeças menos majestosas e menos amadas?

29

A ATMOSFERA SOMBRIA havia impregnado Londres e permeava os Companheiros à Morte em seu antro em Seven Dials. Na lareira, as brasas queimavam baixas e infelizes, mais cinzas e fumaça do que chama. A sra. Thire, usando um véu preto diáfano que se estendia até os tornozelos, tomava goles de chá de uma xicrinha minúscula de porcelana. Banneker estava com o olhar distante, a cabeça pousada entre as mãos. Charles Armitage Brown lia e relia um jornal, como se pudesse, ao examinar com atenção suficiente, descobrir uma versão alternativa dos acontecimentos na qual a princesa ainda poderia estar viva ou, então, descobrir que tudo não passara de uma pegadinha cruel.

Byron estava sentado de lado em uma poltrona, as duas pernas erguidas sobre o braço dela, a testa franzida.

— Lastimável — lamentou ele. — Nosso lindo sonho romântico chegou ao fim! Qual a esperança para os Whigs agora?

Marie-Anne estava escrevendo em um grande livro-razão, mas levantou a cabeça diante do choramingo de Byron.

— Faremos o que sempre fizemos — respondeu ela.

— O quê? — perguntou Byron. — Escrever poesia? É isso que tenho feito.

— Olhar para o futuro, *é lógico* — respondeu Marie-Anne. Sua voz era leve e ritmada, quase cantarolante. — A princesa está morta. O príncipe regente, que, creio eu, voltou a ser apenas príncipe agora, será rei como sempre seria. E, agora, um de seus irmãos mais novos terá que se casar e ter um filho legítimo que um dia, por sua vez, será o rei ou rainha. Talvez o duque de Clarence nos dê um herdeiro. Ou o de Cambridge. Ou o de Kent. Paciência, George. As coisas estão complicadas no momento, mas ainda temos muito pela frente.

— Mas quanto tempo isso vai levar? — questionou Byron.

— O tempo que for necessário — replicou Marie-Anne.

Quando Hazel chegou, o salão inteiro tinha se virado para encará-la. Ninguém disse uma palavra. O silêncio durou tanto tempo e se tornou tão denso que Hazel pigarreou, constrangida.

— Eu... queria ter podido fazer mais — declarou ela, por fim. — Sinto muito.

Foi Banneker quem se levantou e deu um tapinha no ombro dela.

— Temos certeza de que a senhorita fez tudo que podia — consolou ele, baixo, mas sem qualquer contato visual.

Byron bufou.

Hazel se aproximou de Marie-Anne Lavoisier, com passos delicados. Ela tomou cuidado para não deixar que sua voz se erguesse a mais do que um sussurro, com medo de incomodar o salão mais do que já havia perturbado.

— Gostaria de saber se posso usar alguns dos equipamentos do laboratório para fazer minha pesquisa.

— Pode — respondeu Marie-Anne. — Imagino que não haveria problema.

— Tarde demais para encontrar uma cura para a princesa! — gritou Byron do outro lado do salão.

Hazel o ignorou.

— Também gostaria de saber... — recomeçou ela, o coração batendo forte — ... se eu poderia pegar uma amostra da tintura para trabalhar nela.

Marie-Anne limpou a ponta da pena e a apoiou ao lado do livro.

— Srta. Sinnett — disse ela —, por mais contente que fique com sua paixão pela pesquisa, eu e Antoine instituímos uma regra inquebrável de que não ensinaríamos nem compartilharíamos a formulação da tintura. Portanto, se tiver esperanças de replicá-la...

— Não. Não é isso. Quero desfazê-la.

— O marinheiro... — murmurou Marie-Anne.

Não havia por que mentir.

— Exatamente.

Se Hazel tivesse acesso à tintura, se conseguisse entender como funcionava, teria uma chance de entender como revertê-la. Meses haviam se passado desde a notícia da morte de Beecham, e não houve qualquer rumor de outro parente de Beecham surgindo na Europa nem de um jovem cirurgião saindo da obscuridade com habilidades médicas maiores do que sua suposta experiência. Hazel estava achando cada vez mais fácil se convencer de que ele estava de fato morto. Se Beecham conseguira acabar com própria imortalidade e vida, ela poderia tornar Jack mortal de novo.

Marie-Anne se levantou.

— Creio que, como integrante dos Companheiros à Morte, ainda que somente de forma parcial, a senhorita tenha direito a um frasco, para fazer o que desejar — respondeu ela, tirando a chave que estava pendurada em uma corrente ao redor do pescoço, por dentro de sua *chemise*. — Vou destrancar o armário.

Hazel seguiu a química até o laboratório. Ela se perguntou se Marie-Anne também nutria um rancor pela morte da princesa, se a culpava por não lhe oferecer o tratamento correto, embora sabe-se lá como tivesse se espalhado a notícia de que a "doença sanguínea alpina" era um transtorno tão raro e fatal que nenhuma medida teria surtido efeito. Ou talvez Marie--Anne soubesse que havia algo de errado. A cada passo, Hazel tinha a impressão de que estava entrando em algum tipo de armadilha.

Mas não, o laboratório estava vazio: nem mesmo Antoine se encontrava lá. Os experimentos dele estavam guardados de maneira ordenada, as mesas estavam limpas e o sol entrava claro e forte pelas janelas.

O cômodo estava extremamente quente; o vidro mantinha o calor como uma estufa.

O armário era um móvel grande e imponente, de madeira preta, e mais alto do que Hazel e Marie-Anne Lavoisier. Sua fechadura era de bronze enferrujado, manchado e verde de pátina. A francesa inseriu a chave e o destrancou.

E lá estavam: uma dezena de frascos da tintura. Àquela altura, Hazel já tinha visto a substância inúmeras vezes, mas nunca deixava de se fascinar por sua cor impossível, preta e dourada ao mesmo tempo. Era um líquido, mas parecia rodopiar como gás. Deixava um brilho leitoso nas laterais do frasco.

Havia mais prateleiras no armário: uma fileira inferior inteira era dedicada à tintura diluída amarelo-ouro em frascos fechados com conta-gotas, a fórmula que permitia que membros mortos fossem reimplantados.

E ainda havia fileiras de gavetas, pequenas como as de um boticário, organizadas por etiquetas com uma letra que Hazel agora reconhecia como a de Marie-Anne. A garota deu um passo mais para perto. Havia um cheiro, um odor familiar de terra e decomposição vindo do armário, um cheiro que ganhava força no calor do verão.

— Aqui está — ofereceu Marie-Anne, pegando um frasco da tintura do armário e o oferecendo a Hazel, a tampa selada com cera preta. — É sua para fazer o que desejar. Mesmo que queira desperdiçá-la com experimentos que não vão dar em nada.

Mas Hazel estava distraída. O cheiro lhe era tão familiar, como um sonho esquecido e irrecuperável. E vinha de uma das gavetinhas minúsculas do armário.

— O que a senhora guarda aí? — perguntou Hazel.

Marie-Anne piscou, confusa.

— Uma variedade de produtos químicos para nossos experimentos. Linimentos. Ervas. Minerais. Eu e meu marido somos químicos, srta. Sinnett.

Hazel não conseguiu se conter. O cheiro estava ficando mais forte, zumbindo no seu cérebro como uma sirene, e, como se estivesse em um sonho, ela sentiu a própria mão se estender na direção de uma das gavetas de madeira antes que Marie-Anne pudesse protestar. Ela a abriu.

Era mofo. Esporos penugentos de verde ácido e preto, grudando-se em todas as superfícies do interior da gaveta. Era mofo, vivo e *respirando*, nocivo e pungente, e de imediato Hazel soube onde sentira aquele cheiro antes. A resposta estava escrita na etiqueta na frente da gaveta com a letra perfeita e elegante de Marie-Anne Lavoisier: *Kew*.

— A senhora... — disse Hazel, tirando a gaveta por completo e deixando-a cair com estrépito no chão. Mofo pulou para fora e se espalhou pelo chão. — A senhora... estava envenenando o rei. A senhora o estava deixando louco.

— Não seja tola, srta. Sinnett — rebateu Marie-Anne, mas sua expressão não tinha qualquer indício de alguém que ouvia uma piada.

— A senhora colocou o mofo nas paredes. Sabia o que aconteceria com o arsênio no papel de parede. É óbvio que sabia.

É provável que tenha sido a senhora mesma quem colocou o papel de parede no quarto dele! A senhora ou um dos... dos *Companheiros à Morte*.

Marie-Anne suspirou. Ela se agachou, devolveu os esporos de mofo com as mãos e recolocou a gaveta no quadrado vazio no armário, onde ficava. Hazel deu um passo para trás e Marie-Anne espanava a poeira e os fragmentos das mãos com o rosto impassível.

— Permita-me explicar algo para a senhorita — disse Marie-Anne. — No começo, quando a Revolução começou na França em 1789, eu e Antoine ficamos entusiasmados. Estávamos vendo a mudança acontecer por toda a nossa volta. Era uma nova era de razão, e de ciência! Vimos as mulheres trabalhadoras marcharem armadas para Versalhes, as cabeças de guardas da realeza pingando sangue nas multidões felizes lá embaixo e, mesmo assim, pensamos que a raiva do povo era justificada, que o rei e a elite tinham abusado de seu poder e tirado demais do país, que, então, estava exigindo algo de volta.

"Houve um tempo, em 1791 ou 1792, antes do que agora chamam de Reinado de Terror, em que eu e Antoine poderíamos ter fugido do país. O rei Luís e Maria Antonieta eram prisioneiros na época, em Paris, mas estavam vivos. O povo estava negociando uma nova forma de governo, uma nova França, nascida do Iluminismo. Sabíamos que as pessoas estavam com raiva daqueles que haviam se beneficiado durante o antigo regime, pessoas como eu e Antoine. Mas Antoine era um membro da Académie des Scienses, a Academia de Ciências. Ele queria proteger o que havia construído, entende? Ele era um servo, não do rei, mas do povo.

"Vieram buscá-lo na primavera de 1794. Lembro que havia narcisos florescendo em Paris no dia em que vieram buscá-lo. Eles o levaram, junto a meu pai e outros vinte homens, cortaram as cabeças deles na rua e celebraram. Eles celebraram, srta. Sinnett, quando a cabeça de meu Antoine caiu.

"Eu respeito o povo. Uma nação deve estar a serviço de seu povo, e seu governo deve representá-lo. Nosso país não deveria, como os Tóris preferem crer, ser liderado por um déspota. Eles acreditam que o punho firme de um rei vai trazer segurança e ordem. Vi em primeira mão que isso não é verdade."

— Por isso, a senhora tentou matar o rei George? — questionou Hazel. — Porque odeia a monarquia?

Marie-Anne olhou para Hazel com uma preocupação terna.

— Não — disse ela, com a voz tranquilizadora. — É óbvio que não. Se quiséssemos o rei George morto, ele estaria morto. Nós o queríamos... controlado. É um equilíbrio delicado e que exige muita precisão, entende? Um rei forte demais, e o povo contra-ataca. Um rei completamente derrubado... e o caos reina. Uma nação precisa de um líder, mas também precisa ser controlada, por pessoas com visão e inteligência. O príncipe é um bufão, a senhorita sabe disso. Sem apoio nem aprovação popular. Mas ele é fácil de controlar e de administrar — disse ela, passando o dedo pelo gume de um bisturi. — Depois dele, teríamos Charlotte. A coitada, brilhante e perdida Charlotte. Criada para compreender o papel de um monarca em um mundo moderno. Para servir ao povo.

Marie-Anne examinou o bisturi afiado.

— Uma vida longa oferece perspectiva, srta. Sinnett — continuou ela. — As coisas parecem... menores. Podemos ver toda a tapeçaria enquanto os pontos estão sendo feitos, entende? Portanto, com esse poder em particular, vem um dever muito específico. Os Companheiros à Morte têm um objetivo: guiar a nação... com delicadeza, é evidente, mas guiá-la como um cocheiro guiaria um cavalo. Para que os cavalos sigam a estrada correta, eles precisam de rédeas, e comando.

Marie-Anne diminui a distância entre ela e Hazel, ainda segurando o bisturi.

— Que pena que a Inglaterra perdeu a princesa. Uma *lástima* — declarou ela, enunciando cada sílaba. Sua língua estalou a cada palavras. — "Doença sanguínea alpina", não foi?

— É o que disseram — respondeu Hazel, forçando-se a não parecer nervosa, a manter a postura ereta.

Seu coração batia tão alto que ela se perguntou se Marie-Anne conseguia escutar, se a mulher conseguia ver a mentira em seus olhos, as pupilas dilatadas, as piscadas rápidas.

E então a mão esquerda de Marie-Anne estava ao redor do pescoço de Hazel.

Ela apertou.

Hazel perdeu o fôlego. Seu rosto ficou quente e vermelho; os tendões do pescoço se tensionaram contra a força da mão de Marie-Anne. Hazel tentou se afastar, mas de repente todas suas forças a haviam abandonado. Ela estava resistindo em vão enquanto se asfixiava. Havia um reflexo na periferia de seu campo de visão: Marie-Anne ainda segurava o bisturi com a outra mão.

— Onde está a princesa Charlotte? — sussurrou Marie-Anne entre dentes. — *O que você fez?*

Hazel engoliu em seco e com dificuldade, e sua voz era áspera e fina quando respondeu:

— Ela está morta.

A garota se debateu, e vidro se estilhaçou: ela havia quebrado os frascos do armário. Recipientes estavam rolando, derramando líquido nas prateleiras de madeira e no chão, mas Marie-Anne não lhes deu atenção e apertou o pescoço de Hazel com mais força.

— Não me tome por uma tola, srta. Sinnett. Nós acolhemos a senhorita aqui. Eu a convidei. Traga. A. Princesa. De. Volta.

Os contornos do campo de visão de Hazel foram se escurecendo. Uma dor funda estava brotando na frente do crânio dela, e sua boca se abria e se fechava como um peixe na terra.

— Vou lhe arruinar — ameaçou Marie-Anne. — Há muita coisa em jogo aqui para crianças imprudentes!

Hazel tinha que *agir*. A mão em seu pescoço comprimia com mais firmeza, o polegar e os três dedos de Marie-Anne apertavam sua garganta; ela estava sem ar, sem ar algum, e, quando piscava, a escuridão estava demorando cada vez mais para retroceder. Ela havia costurado aquele mesmo braço que lhe tirava a vida agora. Tivera cuidado para que os músculos estivessem devidamente implantados e os ligamentos, no lugar; além de o sangue fluindo a cada um dos dedos. Ela havia costurado aquele ombro de um lado a outro usando suturas fortes, caprichadas e invisíveis.

Foi um reflexo, um instinto impensado, como um animal que enfrenta um predador: Hazel esticou o braço com a pouca força que lhe restava e, quando suas unhas encontraram onde ela pensou que estariam a sutura no ombro de Marie-Anne, arranhou o mais forte que conseguiu.

Marie-Anne gritou.

O aperto dela relaxou, e Hazel inspirou uma golfada profunda de ar. Naquele momento, ela conseguia ver: desfizera a costura onde o braço de Marie-Anne estava implantado ao resto do corpo dela, e os cantos da linha preta estavam soltos.

Mais uma vez, Hazel deu um puxão.

O braço esquerdo de Marie-Anne caiu no chão com um barulho úmido, como o som de uma laranja passada caindo de uma árvore bem alta.

Hazel piscou até o oxigênio voltar ao cérebro. Sangue estava formando uma poça vermelha viva no chão. Hazel conseguiu pegar a própria maleta médica antes que a poça a alcançasse.

Marie-Anne estava apertando o buraco onde estivera o ombro... ofegando, gritando, gemendo. Em seguida, ficou em silêncio — talvez fosse pelo choque ou pela perda de sangue.

Em poucos instantes, os demais Companheiros à Morte dispararam até lá para ver o que havia acontecido... Hazel tinha apenas alguns segundos para escapar.

O braço caído de Marie-Anne se contorcia no chão como um inseto. Todos os quatro dedos tremiam. A poucos centímetros de distância, rolando no sangue, encontrava-se um único frasco intacto com uma rolha de cera preta. Hazel o apanhou e fugiu.

Quando Hazel voltou a seus aposentos, ela trancou todas as fechaduras. Ofegou, escorregando pela porta. Até onde se estendia a influência de Marie-Anne Lavoisier? O quanto ela sabia? Os Companheiros à Morte pareciam oniscientes; haviam chegado a entregar convites bem no travesseiro de Hazel. Aquilo parecera algo charmoso na época; entretanto, naquele momento, fazia o sangue dela gelar. Quem saberia do que eles eram capazes?

Talvez uma parte de Hazel sempre soubesse o que os Companheiros à Morte estavam fazendo. Um mês antes, ela ficara fascinada pela noção de que havia um salão secreto de pessoas influentes e brilhantes planejando estratégias. Era maravilhoso — reconfortante até! — descobrir que existia tamanha conspiração de poder, que o destino do país não estava somente nas mãos de um regente grosseiro que se vestia de um jeito antiquado e estava cheio de dívidas de jogo. Saber que a Grã-Bretanha não era um bote salva-vidas à deriva no mar. *Parecia nobre*, pensou Hazel, *imaginar filósofos trabalhando, escondidos sob a superfície, atuando como um leme para a nação.*

Bastara uma pequena gaveta cheia de mofo para Hazel se dar conta de que aquelas pessoas que existiam em sua mente eram uma fantasia. O poder excepcional havia reduzido a humanidade a um jogo para eles. Eles se tornaram cruéis. Hazel prometeu a si mesma, sentada no chão com as costas na porta, que sua missão como médica seria sempre ajudar as pessoas. Ela nunca negociaria acordos ou tramas se o preço fosse o sofrimento humano. Não haveria atalhos, nenhuma visão grandiosa de planos impossíveis para consertar a sociedade como um todo. Seu trabalho seria lento, longo e deliberado: pessoa por pessoa, o maior número de indivíduos a que ela pudesse auxiliar. Não seria glamoroso. Poderia não haver mais champanhe francês ou vinho italiano ou noites passadas com membros da realeza ou celebridades. Mas ela estaria fazendo a coisa certa.

Hazel Sinnett havia feito sua escolha. Ela jamais iria se transformar no tipo de criatura que Marie-Anne Lavoisier se tornara. Ela deixaria Londres, a cidade que venerava a fama, a nobreza e o dinheiro… e o poder concedido por essas três coisas.

Era hora de seguir em frente.

30

Foi Gaspar quem foi avisar, todo de preto, mas ainda usando a peruca antiquada, que, uma vez que a princesa estava morta, o serviço de Hazel como médica real tinha sido oficialmente encerrado.

— Tenho certeza de que posso providenciar uma carruagem para levá-la de volta a Edimburgo se assim desejar, srta. Sinnett — declarou.

Hazel teve a impressão de que a família real não o instruíra a oferecer aquele favor.

— Não vai ser necessário, Gaspar — garantira Hazel.

Ela já estava dobrando seus vestidos e os guardando no baú. Eram poucos os que valia a pena guardar. (Ela conseguia ouvir Eliza em sua mente, comentando que seria melhor se ela se livrasse de *todos* eles.)

O vestido azul-escuro feito pela sra. Thire era o mais bonito que Hazel já tivera, mas bastava olhar para ele para ser lembrada dos Companheiros à Morte. Ela sentia cheiro de mofo e loucura no tecido, e sentia os dedos mortos de Marie-Anne Lavoisier em volta de seu pescoço. Ela o doaria para a criada ou venderia.

— Não sei se voltarei mesmo a Edimburgo — acrescentou.

— Mas por que não? — perguntou Gaspar.

A verdadeira resposta era... Jack. Hazel sabia que ele jamais poderia voltar para Edimburgo, a cidade em que o rosto dele tinha sido estampado na primeira página de jornais por semanas. Onde tinha amigos e inimigos que sabiam seu verdadeiro nome. Onde, na teoria, estava morto. Hazel não sabia quando poderia voltar a ver Hawthornden: dormir na própria cama, trabalhar no laboratório que construíra para si na masmorra, parar na sacada do quarto e contemplar o riacho verde com uma bifurcação que corria abaixo do castelo. Ela não sabia nem *se* voltaria a ver Hawthornden algum dia. Mas sabia que não queria ficar sem Jack. Preferiria ficar com ele em uma cidade nova, desconhecida, do que passar a vida no ninho anestesiante do que lhe era reconfortante e familiar.

— Minha mãe e meu irmão estão em Windsor — explicou Hazel. — Ele estuda em Eton. Pensei em visitá-los.

O que ela não acrescentou foi que, de lá, ela e Jack viajariam para mais longe: a oeste de Bristol ou ao sul de Portsmouth. A algum lugar onde eles pudessem pegar um navio.

O período que passara em Londres coube em um único baú. Além de alguns poucos vestidos velhos, um par de ceroulas que a princesa lhe dera (Charlotte havia jurado, em meio a um acesso de risos, que seriam a coisa mais confortável que Hazel poderia usar por baixo de seus vestidos), sua maleta médica e seu tratado, embora só Deus soubesse se, sem os contatos e a influência dos Companheiros à Morte, seria capaz de publicá-lo.

E havia o frasco da tintura, ainda tampado. O sangue nele havia secado e coagulado, os sulcos das pontas dos dedos dela pastosos e marrom no vidro, turvando o líquido dentro dele. Mesmo assim, quando ela o virava em determinados ângulos, conseguia vê-lo: preto como nanquim, cintilante e viscoso.

Onde quer que Hazel e Jack decidissem morar, Hazel se dedicaria à missão de estudar e entender o líquido daquele frasco. Ela aprenderia como as regras da imortalidade funcionavam e descobriria como a tintura poderia ser desfeita.

— Eu não a culpo, sabe — comentou Gaspar ao sair. — Se vale de alguma coisa... A verdade é que Deus escolhe quando nos levar. E acho a senhorita uma médica maravilhosa, srta. Sinnett.

— Obrigada, Gaspar. Por tudo.

Ele beijou a mão dela e fechou a porta com tanta delicadeza que não fez barulho.

Havia mais uma coisa que ela precisava fazer antes de contratar uma carruagem e encontrar Jack na doca.

Ela segurava na mão a carta do sr. Eastman, o executor do testamento do dr. Beecham, com um endereço na Chalton Street. Chegara a hora de pegar a quantia considerável que o dr. Beecham lhe deixara. Ela e Jack a usariam para começar seu futuro juntos.

O número 128 da Chalton Street ficava localizado no projeto habitacional de classe média de Sommers Town, perto do projeto habitacional de sobrados conhecido como "Polígono". O lugar estava incompleto — embora tivesse sido planejado a princípio como uma estrutura de cinco lados, cercando um parque-jardim compartilhado no meio, a construtora foi à falência no meio da obra e, no momento, o Polígono era constituído por apenas dois lados de casas geminadas dispostas em um ângulo, apartamentos cercados por campos e habitados pelo tipo de artistas e trabalhadores que nunca teriam como pagar pelos endereços mais elegantes e urbanos no coração ao sul de Londres.

Não havia nenhuma plaqueta para o sr. Samuel Eastman, mas, depois de verificar o endereço no envelope que lhe fora entregue e confirmar que estava no lugar certo, Hazel tocou a campainha. Uma criada de idade avançada abriu a porta, com os olhos leitosos e cegos e um rosto suave como purê de batata. Ela fez sinal para Hazel entrar sem dizer uma palavra.

O sr. Eastman estava sentado à escrivaninha em seu escritório quase sem qualquer outro móvel, lendo algum tipo de documento. Nem metade das prateleiras estava cheia por livros. Não havia cadeira para Hazel se sentar. Os papéis dele pareciam desorganizados, espalhados e esparramando-se de cima da escrivaninha até o chão. Hazel se perguntou como o dr. Beecham poderia ter confiado seu espólio a um advogado como aquele, mas então o homem tirou os olhos do documento e Hazel não se perguntou mais.

O dr. Beecham não estava morto.

Estava se passando por seu próprio advogado.

— Srta. Sinnett — disse ele, simpático —, estava me perguntando quando eu a veria de novo.

A descoberta se espalhou sobre Hazel como um balde de água fria: Beecham não estava morto.

Até aquele momento, quando sentiu a decepção se revirar em sua barriga, Hazel não tinha percebido quanta esperança depositara na noção de que o médico havia encontrado uma forma de pôr um fim, de fazer com que a tintura *não* fosse permanente, e de que um dia ela e Jack poderiam levar uma vida normal juntos. De algum modo, aquilo tinha se tornado um fato irrefutável em sua mente: mais dia, menos dia, ela e Jack encontrariam uma solução. Cedo ou tarde, as coisas dariam certo, como de fato deveriam ser.

Entretanto, lá estava Beecham diante dela. Respirando, passando papéis de um lado para o outro, tão vivo quanto na última vez em que ela o tinha visto, meses antes. A morte dele havia sido uma farsa, tão falsa quanto o futuro que ela antes imaginava ser possível.

— O senhor... — disse Hazel. — O senhor... não está morto.

O dr. Beecham se levantou. Seu cabelo tinha crescido um pouco desde a última vez que ela o vira, mas, exceto por isso, ele não havia envelhecido. Estava intacto. Ainda usava as luvas de couro preto.

— Sim, srta. Sinnett — concordou ele, como alguém poderia fazer com uma criança confusa. — Sim, é lógico que estou.

— Só pensei que...

— Ah... — Beecham pegou alguns dos papéis da mesa. — Pois é. A herança. A morte exige certo comprometimento, como descobri. Burocracia. Finanças. Assuntos maçantes que prefiro lidar pessoalmente. Por isso, o nome de guerra. É mais simples. Só que o dinheiro que prometi no testamento é muitíssimo verdadeiro. Quanto que a carta dizia... mil libras? Espere um momento, tenho as cédulas aqui em algum lugar.

— Não ligo para o dinheiro! — retrucou Hazel, tão alto que as lanternas de bronze instaladas na parede vibraram. — O senhor está... Pensei que o senhor havia morrido.

— Não — respondeu Beecham com gentileza. — Apenas recomeçando. Talvez na Filadélfia desta vez, eu estava pensando. A senhorita já esteve lá?

— O quê? Na Filadélfia? Não.

Hazel queria que houvesse uma cadeira para se sentar. Ela andou de um lado para o outro em um pequeno círculo.

— Pensei que houvesse uma forma de arrumar isso... De desfazer isso — disse ela.

Beecham fez um sinal, oferecendo-lhe sua cadeira da escrivaninha, mas Hazel recusou.

— Preciso ir — declarou Hazel. — Não quero seu dinheiro.

Ele encontrou as cédulas depois de um instante e as estendeu entre os dedos enluvados.

— É seu. Menos do que lhe devo por tudo que aconteceu, sem dúvida.

Hazel fechou as mãos com firmeza, furiosa. Ela conseguia sentir as unhas cravando meias-luas brancas nas palmas de suas mãos.

— O senhor o matou. O senhor incriminou Jack Currer por assassinato e ele foi enforcado. O senhor matou tantas pessoas e...

— ... sra. Parker? Poderia trazer um chá? — pediu Beecham, voltando a atenção para Hazel. — Creio que longas conversas são sempre mais fáceis de lidar com uma xícara de chá.

A criada idosa chegou carregando, instável, uma bandeja.

— Obrigado, sra. Parker — disse Beecham. — Agora, srta. Sinnett, aceita açúcar?

Hazel não respondeu.

— O senhor deixou que ele fosse enforcado pelos assassinatos que o senhor cometeu.

Beecham suspirou.

— Quando se vive por muito tempo, o passado se torna um cortejo sem fim de erros e coisas que poderiam ter sido feitas melhor ou de maneira diferente — admitiu ele, tomando um gole de chá. — Além disso, acredito que nós dois sabemos que o enforcamento foi apenas um... digamos... inconveniente temporário para nosso amigo, o sr. Currer.

Hazel não aceitou o chá que ele lhe serviu, empurrando-o sobre a escrivaninha.

— Ah! — exclamou Beecham. — Acredito que agora entendo melhor seu interesse em recuperar a mortalidade.

— Mas é inútil. Não importa. O senhor não está morto.

— Não. Não estou.

O vapor do chá subiu, rodopiante. Fez Hazel se lembrar de como a tintura se comportava dentro do frasco.

— É ao menos possível? — perguntou Hazel. — Desfazer a imortalidade?

Mesmo se ele tivesse lhe oferecido a cadeira novamente, ela não teria se sentado. Ela queria a opinião dele sobre a ciência por trás da tintura e então iria embora.

Beecham não tinha a mesma pressa. Ele se serviu de outra xícara de chá.

— Olhe na xícara, srta. Sinnett.

Ela olhou. Folhas de chá preto estavam manchando a água. Fios de líquido marrom translúcido se entrelaçavam na xícara.

Em seguida, Beecham pegou o leite e acrescentou um pouquinho à xícara. Ele mexeu uma, duas e, então, três vezes com a colherinha, e Hazel observou a cor passar de translúcida a opaca.

— Há muito sobre o mundo da ciência que ainda não entendemos — começou Beecham. — Mas a tintura afeta uma alma como leite afeta o chá: você pode mexer para misturar, porém, por mais vigorosamente que mexa na direção contrária, o leite nunca vai se separar. O chá está alterado, em um sentido fundamental, em sua essência. E os processos de peneiração, fervura e condensação que poderíamos fazer para tentar separar o chá do leite jamais poderiam nos dar a mesma xícara de chá que tínhamos antes de decidirmos acrescentar o leite.

— Marie-Anne Lavoisier me falou algo parecido — lembrou Hazel.

— Ela, eu e Antoine criamos algo milagroso juntos. Isso não quer dizer que outro milagre não possa ser criado. Mas, à medida que fico mais velho, admito que a mortalidade é algo em que me vejo remoendo. Rememorando. Um tema que me deixa nostálgico. Devo admitir que ainda não encontrei uma maneira pela qual fosse possível separar o leite do chá.

Hazel sentiu um aperto no peito. Ela encontraria Jack na doca mais tarde, e o rosto dele estaria radiante e repleto de esperança. Ela teria que lhe dizer que não tinha nenhuma resposta. Que não tinha nada.

— Por favor... — pediu Beecham. — Leve as cédulas. O sr. Eastman seria um péssimo advogado se não conseguisse executar os termos de um simples testamento.

Hazel pegou as notas em estupor.

— Eu lhe desejo sorte na Filadélfia, então, sr. Eastman — disse ela.

Hazel abandonou a xícara de chá na mesa ao lado da dele. Uma com e uma sem leite, ambas ficando mais fortes e mais escuras a cada segundo que passava conforme as folhas continuavam mergulhadas na infusão.

31

JACK ESTAVA ESPERANDO no porto, usando seu casaco azul com os botões abertos, um sabre de abordagem no quadril. Ao ver Hazel se aproximar na carruagem, ele abriu o sorriso mais largo que a garota já tinha visto. Ela saltou, praticamente *voou*, do banco da carruagem para seus braços, e ele a ergueu do chão e a girou no ar. A vida dela estava toda contida no baú amarrado aos fundos da carruagem; ele tinha recebido licença oficial de sua posição no *Iphigenia*.

Hazel queria se afastar de tudo: da família real, dos Companheiros à Morte, de pessoas poderosas com planos terríveis. Ela estava enfim livre, e enfim com Jack.

Quando ele a soltou, Hazel esperou a tontura passar e percebeu que Jack estava com algo pequeno na mão.

— Não é muita coisa, mas pensei que deveria lhe dar algo.

Ele estava segurando um anel prateado. O metal estava enrolado, sem chegar a fechar um círculo completo. Ao olhar mais de perto, Hazel percebeu que ele era feito de uma agulha, o olho de um lado e a ponta afiada do outro.

— Peguei uma agulha de cirurgia do navio. Eu mesmo a dobrei no formato certo. Sei que é bobagem, mas pensei que você poderia gostar — disse ele, colocando o anel no dedo de Hazel.

— Não posso lhe prometer muita coisa, Hazel, mas prometo que você vai me ter pelo tempo que quiser. Vou estar a seu lado por toda a sua vida. Vou lhe dar tudo que sou. Quer encontre uma... uma cura, quer não, não há nenhum mundo em que eu queira estar separado de você de novo.

Ela o beijou na doca sob os olhares e zombarias de mercadores e marinheiros, mas não se importou. Ele a ajudou a voltar à carruagem e, juntos, partiram em direção à pequena igreja que Hazel havia encontrado no extremo da cidade. Ela nunca havia pretendido que eles se casassem, mas Jack insistiu.

— Deixe que eu faça essa promessa a você, Hazel Sinnett — pedira ele, beijando o pescoço dela. — Deixe que eu diga ao mundo que sou seu e você é minha. Até que a morte nos separe.

St. Pancras era uma igreja atarracada de pedra com um cata-vento que fazia círculos lentos no topo de sua torre. Não havia ninguém em seu interior naquela manhã de quarta-feira, exceto por um bêbado no banco dos fundos e pelo jovem vigário, que não tinha mais do que trinta anos e já estava perdendo cabelo. Ele concordou em celebrar o casamento mesmo sem uma licença especial, em parte porque Jack havia abotoado o casaco e parecia um perfeito marinheiro, e também porque Hazel havia entregado uma doação considerável (que o vigário colocou no bolso com o ar bastante envergonhado antes de eles começarem). A esposa do vigário, uma mulher de olhos pequenos que dava uma olhada nada discreta para a barriga de Hazel, a fim de tentar descobrir se ela estava grávida, aceitou ser a testemunha em troca de uma doação adicional.

Hazel e Jack se ajoelharam diante do altar enquanto o vigário abria o *Livro de Oração Comum*. A garota não conseguia se lembrar da última vez em que tinha ido a uma igreja, mas ainda assim se lembrava do ritmo das palavras; elas voltaram, familiares como uma antiga canção. A luz da manhã entrava pelo vitral, e o salão era morno e dava sono. Hazel olhou de canto de olho para Jack enquanto o vigário falava, e Jack retribuiu o olhar. Ele deu uma piscadinha, então, e Hazel sabia que passaria o resto da vida o amando, com ou sem o consentimento da igreja.

— Jack Ellis — disse o vigário. — Aceita essa mulher como sua legítima esposa para viverem juntos segundo os mandamentos de Deus no sacramento do matrimônio até que a morte os separe?

— Sim — respondeu Jack.

— E Hazel Almont Sinnett: aceita esse homem como seu legítimo esposo para viverem juntos segundo os mandamentos de Deus no sacramento do matrimônio até que a morte os separe?

— Sim — replicou Hazel.

O vigário pigarreou.

— Quem entregou essa mulher... hm... bom, você mesmo, então. Pegue-a pela mão. Tem vinho? Vocês trouxeram o vinho?

— Sim. Desculpe, só um momento. — Hazel se levantou e foi até a maleta médica, onde havia colocado o vinho em um pequeno jarro.

O vigário fez sinal para que ela o entregasse a ele.

— Só um momento — pediu Hazel. — Prefiro servi-lo eu mesma.

Dando as costas para Jack e para o vigário, ela serviu o vinho com cuidado em duas taças, uma para Jack e uma que era destinada apenas a ela.

Ela tomou cuidado para não derrubar nenhuma gota enquanto carregava as duas taças e voltava a se ajoelhar.

— Muito bem — retomou o vigário. — Bebam.

Hazel bebeu. Era forte e estranho: amargo, ácido ao mesmo tempo. Jack fez o mesmo.

— Que suas vidas sejam tão frutíferas e doces quanto o vinho que o Senhor nos dá — continuou o vigário. — E agora... Vocês não trouxeram um anel, trouxeram? — Sua voz não era muito esperançosa.

Hazel tirou o anel de agulha de sutura do dedo e o entregou a Jack para que ele lhe desse de volta. O vigário desviou os olhos e fingiu não ver.

— Com este anel — começou Jack —, eu me torno seu marido.

— Eu me torno sua esposa — disse Hazel.

As palmas dos vigários estavam frias e úmidas, e ele apertou as mãos de Hazel e Jack uma à outra.

— Pela união das mãos — declarou ele, a voz se erguendo com um ar dramático que Hazel desconfiava vir de um sonho frustrado de se apresentar nos palcos. — Eu vos declaro marido e mulher, em nome do Pai, do Filho e do Espírito Santo. Amém.

Hazel e Jack se levantaram, ainda de mãos dadas.

— Minha esposa — disse Jack.

— Meu amor — respondeu Hazel, e apertou a mão dele na sua.

Ela conseguia sentir as batidas do coração de Jack pela mão dele, através da pele. Hazel não se sentia muito diferente, saindo da igreja e atravessando a grama seca e amarronzada do fim de verão até voltar à carruagem, como pensou que se sentiria. Era como se ela e Jack sempre estivessem unidos um ao outro, como se a palavra de um vigário nervoso fosse um mero pequeno ritual entediante que eles precisavam suportar antes de embarcar em sua vida juntos. Hazel sentia o vinho se revirar na barriga, mas talvez fosse apenas sua imaginação.

Hazel tinha conseguido dois cavalos para sua carruagem, um coche de duas rodas que eles mesmos conduziriam sem cocheiro. Seria o transporte deles até Windsor, onde ela poderia se despedir de verdade da mãe e de Percy, e então o casal rumaria à costa, onde Hazel e Jack encontrariam um barco com destino aos Estados Unidos.

Eles haviam se decidido por Nova York, onde ficava o King's College de Manhattan, a primeira faculdade do país a conceder o diploma de doutor de medicina. Quando Hazel dissera a Jack que eles não aceitavam estudantes mulheres, ele bufou.

— Mas eles ainda não conheceram Hazel Sinnett, não é? Aposto que você sabe mais do que todos os professores de lá juntos. Espere até eles verem você e, então, veremos se vão dizer que não aceitam estudantes mulheres.

Hazel apoiou a cabeça nele enquanto a carruagem os levava pela cidade. Ela conseguia ver o topo da Abadia de Westminster e o telhado do Palácio de St. James ao longe. Em algum lugar além do horizonte estava Pall Mall, onde as posses restantes da princesa estavam sendo guardadas e levadas de volta ao pai. Em algum lugar mais distante, Charlotte e Eliza estavam juntas. Se tudo desse certo, seguras e felizes.

— E dizem que há teatros em Manhattan que colocam Le Grand Leon no chinelo — comentou Jack. — Ainda posso trabalhar com isso, construir cenários.

— Haverá um mundo de coisas que poderemos fazer. E não vai faltar tempo para isso.

Os cavalos continuaram em frente à medida que o caminho ficava mais acidentado e estreito. Cada vez mais, as árvores se encontravam mais perto da margem da estrada, e Londres ia ficando menor atrás deles. Poucas carruagens passavam em qualquer direção; Hazel e Jack seguiam em um ritmo tranquilo, de modo a não cansarem os cavalos antes de saberem onde encontrariam um lugar para descansar.

Hazel estava cabeceando de sono sob o calor do sol da tarde quando foi despertada por um relincho agudo de cavalo. A carruagem ficou instável; um dos cavalos havia empinado.

O caminho deles estava bloqueado por um cavalo preto montado por um cavaleiro de calça e casaco preto. Jack estendeu a mão protetora diante de Hazel.

— É um salteador — sussurrou ele, e sacou o sabre debaixo do casaco.

Então, Hazel percebeu que a manga esquerda do casaco da pessoa pendia solta e vazia.

Marie-Anne Lavoisier desceu da sela e caminhou na direção de Hazel e Jack, o rosto uma máscara de fúria.

— Saindo da cidade feito uma covarde — comentou ela. — Esperava mais da senhorita, srta. Sinnett.

— Não devo nada à senhora — rebateu Hazel. — Estamos partindo em paz.

Marie-Anne soltou uma gargalhada cruel e ensandecida.

— Paz! A senhorita destrói anos de trabalho, compromete tudo pelo qual trabalhei, o que construí pelo bem desta nação, e agora parte em uma carruagem com um homem cujo status não é melhor do que o de um varredor de rua qualquer. Se eu não soubesse que a senhorita é tão inteligente, eu pensaria mesmo que é uma maluca. É loucura, isso, sim. Jogar fora todo o seu futuro. Um convite para viver no coração da sociedade britânica, para ajudar a servir a humanidade. E, em vez disso, a senhorita escolhe fugir com... — Ela apontou para Jack. — Um namorado?

— Meu marido — corrigiu Hazel.

— Então é mesmo uma tola, srta. Sinnett — declarou ela, passando a língua nos lábios. — O rapaz tomou a tintura, então não vou desperdiçar uma bala nele.

Então, antes que Hazel ou Jack pudessem reagir, Marie-Anne Lavoisier sacou uma pistola de debaixo do casaco.

— Vai ser mais fácil para você se disser que foi um roubo — disse ela para Jack. — Menos perguntas.

Várias coisas aconteceram ao mesmo tempo: Jack saltou da carruagem com o sabre, Hazel gritou e Marie-Anne Lavoisier disparou um tiro contra o peito da garota.

Houve fumaça, e o cheiro de pólvora. E gritos... mais gritos.

Então o mundo de Hazel ficou preto.

32

AVIA UMA FERIDA aberta no peito de Hazel, um buraco da largura de um dedo com os contornos irregulares e estriados como pétalas de uma flor íris. Estava úmida e, quando Hazel tirou os dedos, soube vagamente, de uma forma indistinta, que eles estavam cobertos de sangue.

O rosto de Jack estava tão perto do dela que Hazel conseguia sentir o hálito dele. O garoto estava falando alguma coisa. A boca dele estava em movimento, o olho arregalado de medo. Jack segurava uma das mãos dela.

— Hazel — chamou ele. — Hazel, Hazel.

Ela engoliu em seco. Conseguiu fazer ao menos isso. Havia vida suficiente nela para conseguir fazer a saliva grossa que se acumulara na língua descer pela garganta. Ela se sentou. A dor não estava lá ainda, mas ela sabia que a sentiria.

Eles estavam em uma estrada à beira de um campo, cercados dos dois lados por árvores. Uma estrada que saía de Londres... ah, sim, eles estavam em uma carruagem antes, mas no momento encontravam-se no chão. As palmas de Hazel estavam marcadas por terem ficado pressionadas contra os pedriscos da estrada.

— Hazel — continuou Jack. — Hazel, consegue me ouvir?

No meio de todo o caos, sua maleta médica havia caído, os instrumentos e as ervas espalhados a esmo. Ninguém havia notado o frasco vazio com a rolha de cera rompida que rolara para baixo da carruagem.

— Acho que tem uma bala em meu coração — respondeu Hazel.

Ela sentia os músculos se tensionando, tentando bombear sangue em vão, pois o líquido escorria pelo buraco deixado pela pequena bola de chumbo. Seu rosto estava dormente, e a dor estava surgindo... sim, lá estava ela... uma cãibra horrível e aguda que começou no peito e se espalhava de modo que até os dedos dos pés se contraíam dentro dos sapatos.

O olho de Jack estava úmido; ele estava chorando. E coberto de sangue. Seu peito, sua calça, seu casaco. *Não deve ser tudo meu*, pensou Hazel.

— Tenho um extrator para remover balas. Em minha maleta — acrescentou Hazel. — Será que eu mesma consigo retirá-la? Quem sabe vai piorar as coisas. Ficaria um buraco ainda maior. Se sou imortal, talvez seja melhor deixar a bala aqui dentro.

Seu coração estava batendo agora, mas ainda de maneira irregular, um *tum*, depois duas palpitações menores e, então, outro *tum*. E então parou. E começou de novo.

— Que estranho — comentou Hazel.

— Você está viva — murmurou Jack. — Você tomou a... você bebeu a tintura.

— Tinha o vinho do casamento. Era um voto de "até que a morte os separe". Parecia justo.

Jack estava bravo. Será que estava mesmo? Era difícil dizer. O ar saía rápido e com força do nariz dele, e ele engoliu em seco.

— Como pôde fazer isso, Hazel? — perguntou ele, o rosto úmido de lágrimas. Ele a beijou com força, como se quisesse confirmar que ela ainda presente. — Como pôde fazer isso? Você ia dar um jeito na situação. Ia dar um jeito nisso por nós dois.

— Ainda posso fazer isso — disse Hazel. — Mas, agora, não vou envelhecer sem você.

Jack a beijou de novo, com tanta força que ela sentiu os dentes dele baterem nos dela. Ele estava chorando enquanto a beijava, e Hazel sentia o gosto salgado das lágrimas dele.

Marie-Anne e seu cavalo haviam sumido. Depois, Jack contaria a Hazel que, assim que a francesa atirara nela, ele a atacara com sua espada, cortando o máximo de carne possível. Ele arrancou da mulher o braço direito e ambas as pernas, e retalhou uma boa parte do tronco dela antes mesmo que Marie-Anne tivesse tempo de recarregar a pistola.

— O mais próximo que alguém poderia chegar de matá-la, imagino — supôs Jack. — Agora ela é mais pedaços do que gente.

Ele continuou ao lado de Hazel à beira da estrada, e a cirurgiã fazia uma operação em si mesma para fechar e enfaixar o machucado. Ela nunca havia feito aquilo antes... Mas, uma vez que tomara a tintura, imaginou que poderia se tornar um hábito.

A bala estava profunda demais, cravada na musculatura do coração. Seu coração imortal já havia começado a bater ao redor do projétil, como o tronco de uma árvore que cresce ao redor de um objeto próximo. Os pontos da sutura eram irregulares e maiores do que o seu normal, mas, como tinha acabado de morrer, se perdoou. Quando a ferida fechou, Jack apertou a mão no peito dela e levou a mão de Hazel no dele.

— Meu coração é seu, Hazel Sinnett — disse ele. — Batendo ou não.

— Ainda posso encontrar uma cura, sabe? Quem sabe a gente envelheça juntos.

— E, quando nos cansarmos deste mundo, vou tomar a sua descoberta com o maior prazer — respondeu Jack. — Mas, olhando para você agora, não consigo imaginar me cansar de viver com você ao meu lado.

— Vamos mirar em uns cem anos... e decidir de novo então.

— Duzentos.

— Está bem — aceitou Hazel. — Daqui a duzentos anos. Em dois mil e dezoito, quando todos estivermos vivendo embaixo do mar ou em máquinas voadoras, podemos decidir se queremos continuar a levar uma vida imortal juntos.

Jack ergueu Hazel e a depositou com delicadeza na carruagem, de modo que ela pudesse ficar deitada com a cabeça no colo dele enquanto ele os conduzia pela estrada, na direção do pôr do sol. Ele passou os dedos pelo cabelo dela e acariciou os fios suavemente enquanto a jovem observava o mundo passar lá no alto, galhos de árvores e raios do sol e céu. De vez em quando, Jack baixava os olhos e sorria para ela, e Hazel se perguntava se a eternidade seria tempo suficiente.

No Natal, no fim do ano de 1818, duas mulheres chegaram a uma cidadezinha chamada Riedenburg, às margens do rio Altmühl. Ambas vestiam roupas pretas, de quem está de luto, mas não pareciam infelizes. Ao contrário, estavam extasiadas pela viagem e, enquanto andavam pela cidade, que tinha sido coberta de neve na noite anterior, elas riam e sorriam, passeando com uma cachorrinha cinza na coleira. Uma delas sabia falar alemão; a outra aprenderia em breve. Havia uma feira de Natal, e o cheiro de castanhas assadas permeava o ar. O homem que lhes vendeu uma caneca de vinho quente indicou a direção da mansão para onde elas estavam se dirigindo. Viúvas, pensou ele.

Que sorte que elas haviam se encontrado. A nova casa delas era um castelo medieval, com uma torre de pedra e um telhado vermelho construído na encosta de um penhasco de calcário, cercado por árvores em todas as direções. Ficava a uma caminhada curta da cidade, mas era completamente isolado. Um lugar para ser dono da própria vida.

No primeiro andar de um edifício em Seven Dials, um homem com pontos ao redor do pescoço estava segurando um livro e virando as páginas. À primeira vista, parecia que ele lia sozinho. Mas ele não era a única pessoa ali.

Havia uma cabeça a seu lado, sentada em um balcão.

A cabeça de uma mulher, piscando e respirando. Imortal, mas ainda assim apenas uma cabeça.

Eles haviam tentado costurar a cabeça de volta ao corpo — estava dilacerado, sem braços nem pernas, mas ainda era um corpo —, porém, os esforços tinham sido em vão. Seus estoques de tintura haviam sido destruídos; não houve tempo para produzir mais antes que o corpo começasse a se decompor de forma irreparável. Embora as bochechas conservassem sua cor e ainda restasse um brilho nos olhos, o tronco ficou pálido e inchado pela morte. Depois de um tempo, escolheram amputá-lo.

Mesmo assim, ela estava viva, tanto quanto possível. Uma mente brilhante, presa em uma cabeça sem corpo. Ela e seu marido continuariam a ser anfitriões, recebendo alguns amigos seletos, todos artistas estimados e membros da alta sociedade, para compartilhar seu vinho e suas noites, discutindo filosofia, literatura e formas como o mundo poderia ser guiado em uma direção mais adequada.

Havia um casal na proa de um barco a caminho dos Estados Unidos. O homem estava plantado com firmeza, balançando sem problemas com o movimento das ondas. Ele ria enquanto a esposa vomitava, dava tapinha nas costas dela e acariciava seu cabelo. Eles falavam e riam com sotaques escoceses. No decorrer da longa viagem ao mar, a mulher daria à luz dois bebês. O marido e a esposa jamais se chamariam de estadunidenses, ao contrário dos outros imigrantes que estavam ansiosos para abandonar as pessoas que tinham sido. Eles eram escoceses e sabiam disso e, por mais tempo que passassem em Manhattan, seus sotaques nunca se atenuaram, permanecendo afiados como um bisturi.

O homem arranjaria um emprego no Park Theater na Chatham Street, e seu tapa-olho lhe daria um ar mistério e fascínio que faria os jovens atores passarem a reverenciá-lo como uma espécie de lenda. Ela se matricularia na faculdade de medicina de King's College em Manhattan. A instituição a tinha recusado uma dezena de vezes, mas ela continuou a aparecer, esperando nos escritórios de administradores, professores e cirurgiões visitantes por horas, com uma maleta médica com suas iniciais e um tratado escrito por ela a tiracolo. Seus vestidos cobriam a cicatriz branca e reluzente que descia por seu peito, da largura de um punho.

Esperaria pelo tempo que fosse necessário, dizia ela. Ela tinha tempo.

Trecho de **Um tratado de medicina moderna** *(1822),*
por Hazel Sinnett-Ellis

TRANSTORNO SANGUÍNEO ALPINO — uma doença extremamente rara cuja proveniência é desconhecida. Sintomas incluem sonolência extrema, fadiga, cicatrizes e hematomas sem explicação, além de inchaço nos pés. O transtorno sanguíneo alpino é fatal, e não existe tratamento. Contudo, trata-se de uma doença tão rara e improvável que os médicos que estudarem este tratado são aconselhados a não assustarem seus pacientes com um possível diagnóstico.

notas e agradecimentos

IMORTALIDADE: UMA HISTÓRIA de amor é uma obra de ficção e, embora eu tenha me inspirado em fatos históricos, parte da alegria de escrever um romance é poder adaptá-los para satisfazer meus interesses narrativos. Talvez o mais óbvio seja que a febre romana é uma praga fictícia, embora tenha certa semelhança com a escarlatina. (Na verdade, a mudança mais óbvia é que, até onde saiba, ninguém criou uma tintura que possibilitasse viver para sempre.)

No mundo real, a princesa Charlotte morreu durante um parto em 1817, um ano depois de seu casamento. Neste universo, imagino que o fato de ela ter sofrido de um caso de febre romana tenha adiado o casamento dela por alguns anos, permitindo que os acontecimentos do romance ocorressem. Algumas outras mudanças são pequenas: Sir Robert Mends só recebeu sua posição de comodoro em 1821, três anos depois de quando este romance é ambientado. Em nosso mundo, a anestesia foi usada pela primeira vez em cirurgia por William Morton em Boston em 1846. Durante uma demonstração no Reino Unido, ela foi apelidada de "ardil ianque" ou "truque ianque"; no meu universo, o dr. Beecham inventou a própria anestesia algumas décadas antes e, portanto, ela passa a ser conhecida como "ardil do escocês".

Espero que este romance inspire o leitor a explorar a história das personalidades e dos locais que usei por prazer e por ficção e, caso fique com raiva por algo que eu tenha errado, fique à vontade para me mandar um e-mail, embora eu não possa prometer que realmente vá lê-lo.

Este livro só é possível graças ao grande esforço e dedicação das pessoas incríveis que ajudaram seu predecessor, *Anatomia: uma história de amor*, a encontrar seu público. Obrigada, é lógico, a meu agente, Dan Mandel, que sempre respondeu a meus e-mails frenéticos e que entende que preciso de mais encorajamento do que um adulto com amor-próprio deveria precisar. Toda a equipe na Wednesday Books é maravilhosa, e devo meu agradecimento a minha intrépida e incrivelmente paciente editora, Sara Goodman, e a Alexis Neuville, Mary Moates e Rivka Holler. Muito obrigada à brilhante revisora Eliani Torres por seu trabalho detalhista e paciente. Também devo um agradecimento especial a Kerri Resnick e Zack Meyer por seu trabalho criando duas capas tão lindas e cativantes. Acho de verdade que qualquer sucesso que esses livros alcancem se deve muito a como elas ficaram *boas*, e tenho permissão para dizer isso porque essa é a parte do livro com que não tive nada a ver.

Muito obrigada à equipe da Reese's Book Club, e a Reese Witherspoon por selecionar *Anatomia: Uma história de amor* para o clube do livro, o que mudou minha vida, e também por *Legalmente loira*, que também mudou minha vida, só que de uma forma diferente e mais sutil.

A primeira e única pessoa a ler as primeiras versões deste livro foi minha irmã, Caroline Schwartz, que sabe direitinho o que os leitores querem. Obrigada por ler com tanta rapidez, por me tirar da beira de precipícios, e por me dar a proporção exata de validação e comentários muito úteis. Este livro é muito melhor graças a você.

Obrigada à Stories Books & Cafe em Echo Park, onde escrevi quase toda a segunda metade deste livro enquanto tomava um excelente café coado com leite de aveia.

Katie Donahoe, você foi minha líder de torcida durante todo esse processo, e tenho muita sorte por contar com sua amizade. Obrigada por acreditar que eu realmente poderia escrever este livro, mesmo quando eu passava o tempo todo reclamando.

Obrigada a meus gatos, Eddie e Beetlejuice, por me permitirem usar sua aparência.

A meu marido, Ian Karmel. Tenho muita sorte por ter encontrado você. Tudo que faço é melhor porque posso fazer contigo. Eu te amo muito.

1ª edição	SETEMBRO DE 2024
impressão	BARTIRA
papel de miolo	PÓLEN NATURAL 70G/M²
papel de capa	CARTÃO SUPREMO ALTA ALVURA 250G/M
tipografia	ARNO PRO